【臺灣現當代作家研究資料彙編】108

郭良蕙

國立台灣文學館
出版

部長序

　　文化是一群人思想言行的沉澱，臺灣文化是共同活在這塊土地上所有人的記憶，臺灣文學更是寫作者、評論者、閱讀者經驗交流的最具體且明顯的印記。

　　在不很久之前的 2018 年 1 月，國立臺灣文學館才舉辦「臺灣現當代作家研究資料彙編計畫」第七階段成果發表會，作家、家屬、學者齊聚，見證累積百冊的成果已成當代文學界匯集經典與志業的盛事。

　　時序來到歲末年終，文學館接力推出第八階段的出版成果，也就是林語堂、洪炎秋、李曼瑰、王詩琅、李榮春、吳瀛濤、王藍、郭良蕙、辛鬱、黃娟十位重要作家的研究彙編，為叢書再疊上一批穩固的基石。

　　記憶是土壤，會隨著時代的震盪而流失，甚至整個族群忘卻事情的始末，成為無根的人群。這時候就需要作家的心、文學的筆，將生命體驗以千折百轉的方式描摹、留存到未來。如此說來，文學就是為國家的記憶鎖住養分，留待適當的時機按圖索驥，找出時空的所有樣貌。

　　作家所見所思、所想所感，於不同世代影響時代的認識，因此我們談文學、讀作品，不可能躍過作家。「臺灣現當代作家研究資料彙編計

畫」的精神恰與文化部近來致力推動「重建臺灣藝術史計畫」的核心想法不謀而合，也就是從檔案史料中提煉出最能彰顯臺灣文化多元性的在地史觀，為 21 世紀臺灣文化認同找到最紮實的記憶路徑。這套叢書透過回顧作家生平經歷、查找他們的文學互動軌跡，加上諸多研究者的評述，讀者不僅與作家的文學腳蹤同行，也由此進入臺灣特有的文學世界。

十分欣見臺文館將第八階段的編選成果呈現在面前。這個計畫從 2010 年開展，完成了 110 位臺灣現當代重要作家的研究資料彙編。這份長長的名單裡，雖不乏許多讀者耳熟能詳的文學大家，但也有許多逐漸為讀者或研究者都忘的好手。這個百餘冊的彙編，就是倒入臺灣文化記憶土壤的養分。漸漸離開前臺的前輩作家，再度重新被閱讀、被重視、被討論，這是推展臺灣文學的價值。

這一套兼具深度與廣度的臺灣文學工具書，不只提供國內外關心、研究臺灣文學的用戶參考，並期待持續點亮臺灣文學的光芒。

文化部部長　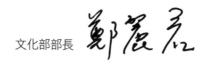

館長序

　　以文字方式留存的臺灣文學，至少已有三百餘年歷史，若再加計原住民節奏韻味的口傳文化，絕對是至足以聚攏一整個社會的集體記憶。相對於文學創作的不屈不撓，臺灣文學的「研究」，則因為政治情境所迫，而遲至 1990 年代才能在臺灣的大學科系成立，因此有必要加緊步履「文學史」的補課工作。

　　國立臺灣文學館，當然必須分擔這個責任。文學，是人類使用符號而互動的最高級表現，作家透過作品與讀者進行思想的美好交鋒，是複雜的社會共感歷程。其中，探討作家的作品，固是文學研究的明確入口，然而讀者的回應甚至反擊，更是不遑多讓的迷人素材。臺灣文學館在 2010 年開啟《臺灣現當代作家研究資料彙編》的編纂計畫，委託臺灣文學發展基金會執行，以「現當代」文學作家為界，蒐羅散落各地、視角多元的研究評論資料，期能更有效率勾勒臺灣文學的標竿圖像。

　　《臺灣現當代作家研究資料彙編》，由最早預定三個階段出版 50 冊的計畫，因各界的期許而延續擴編，至今已是第八階段，累積出版已達 110 冊。當然，臺灣文學作家的意義，遠遠大於現當代的範圍，彙編選擇的作家對象，也不可能窮盡，更無位階排名之意。

現當代的範圍始自 1920 年代賴和的世代至今，相對接近我們所處的社會，也更能捕捉臺灣文化史的雜揉情境。當然部落社會的無名遊吟者、清末古典文學的漢詩人，曾在各個時代留下痕跡的文學家們，亦為高度值得尊崇的文學瑰寶。第八階段彙編計畫包含林語堂、洪炎秋、李曼瑰、王詩琅、李榮春、吳瀛濤、王藍、郭良蕙、辛鬱、黃娟共十位作家，顧及並體現了臺灣文學跨越族群、性別、世代、階級的共同歷程，而各冊收錄的研究評論，也提供我們理解臺灣文學特殊面向的不同視野。期待彙編資料真能開啟一個窗口，以看見臺灣短短歷史撞擊出的這麼多類屬各異的文學互動。

國立臺灣文學館館長　蘇碩斌

編序

◎封德屏

緣起

　　1995 年 10 月 25 日，在臺灣師範大學教育大樓的 201 室，一場以「面對臺灣文學」為題的座談會，在座諸位學者分別就臺灣文學的定義、發展、研究，以及文學史的寫法等，提出宏文高論，而時任國家圖書館編纂張錦郎的「臺灣文學需要什麼樣的工具書」，輕鬆幽默的言詞，鞭辟入裡的思維，更贏得在座者的共鳴。

　　張先生以一個圖書館工作人員自謙，認真專業地為臺灣這幾十年來究竟出版了多少有關臺灣文學的工具書，做地毯式的調查和多方面的訪問。同時條理分明地針對研究者、學生，列出了十項工具書的類型，哪些是現在亟需的，哪些是現在就可以做的，哪些是未來一步一步累積可以達成的，分別做了專業的建議及討論。

　　當時的文建會二處科長游淑靜，參與了整個座談會，會後她劍及履及的開始了文學工具書的委託工作，從 1996 年的《臺灣文學年鑑》起始，一年一本的編下去，一直到現在，保存延續了臺灣文學發展的基本樣貌。接著是《中華民國作家作品目錄》的新編，《臺灣文壇大事紀要》的續編，補助國家圖書館「當代文學史料影像全文系統」的建置，這些工具書、資料庫的接續完成，至少在當時對臺灣文學的研究，做到一些輔助的功能。

　　2003 年 10 月，籌備多年的「臺灣文學館」正式開幕運轉。同年五月《文訊》改隸「財團法人台灣文學發展基金會」，為了發揮更大的動能，開

始更積極、更有效率地將過去累積至今持續在做的文學史料整理出來，讓豐厚的文藝資源與更多人共享。

於是再次的請教張錦郎先生，張先生認為文學書目、作家作品目錄、文學年鑑、文學辭典皆已完成或正在進行，現在重點應該放在有關「臺灣現當代作家評論資料目錄」的編輯工作上。

很幸運的，這個計畫的發想得到當時臺灣文學館林瑞明館長的支持，於是緊鑼密鼓的展開一切準備工作：籌組編輯團隊、召開顧問會議、擬定工作手冊、撰寫計畫書等等。

張錦郎先生花了許多時間編訂工作手冊，每一位作家的評論資料目錄分為：

（一）生平資料：可分作者自述，旁人論述及訪談，文學獎的紀錄。

（二）作品評論資料：可分作品綜論，單行本作品評論，其他作品（包括單篇作品）評論，與其他作家比較等。

此外，對重要評論加以摘要解說，譬如專書、專輯、學術會議論文集或學位論文等，凡臺灣以外地區之報刊及出版社，於書名或報刊後加註，如中國大陸、香港、新加坡等。此外，資料蒐集範圍除臺灣外，也兼及中國大陸、香港、新加坡、日本、韓國及歐美等地資料，除利用國內蒐集管道外，同時委託當地學者或研究者，擔任資料蒐集工作。

清楚記得，時任顧問的學者專家們，都十分高興這個專案的啟動，但確定收錄哪些作家名單時，也有不同的思考及看法。經過充分的討論後，終於取得基本的共識：除以一般的「文學成就」為觀察及考量作家的標準外，並以研究的迫切性與資料獲得之難易度為綜合考量。譬如說，在第一階段時，作家的選擇除文學成就外，先考量迫切性及研究性，迫切性是指已故又是日治時期臺籍作家為優先，研究性是指作品已出土或已譯成中文為優先。若是作品不少而評論少，或作品評論皆少，可暫時不考慮。此外，還要稍微顧及文類的均衡等等。基本的共識達成後，顧問群共同挑選出 310 位作家，從鄭坤五、賴和、陳虛谷以降，一直到吳錦發、陳黎、蘇

偉貞，共分三個階段進行。

　　「臺灣現當代作家評論資料目錄」專案計畫，自 2004 年 4 月開始，至 2009 年 10 月結束，分三個階段歷時五年六個月，共發現、搜尋、記錄了十餘萬筆作家評論資料。共經歷了三位專職研究助理，近三十位兼任研究助理。這些研究助理從開始熟悉體例，到學習如何尋找資料，是一條漫長卻實用的學習過程。

接續

　　「臺灣現當代作家評論資料目錄」的專案完成，當代重要作家的研究，更可以在這個基礎上，開出亮麗的花朵。於是就有了「臺灣現當代作家研究資料彙編暨資料庫建置計畫」的誕生。為了便於查詢與應用，資料庫的完成勢在必行，而除了資料庫的建置外，這個計畫再從 310 位作家中精選 50 位，每人彙編一本研究資料，內容有作家圖片集，包括生平重要影像、文學活動照片、手稿及文物，小傳、作品目錄及提要、文學年表。另外每本書分別聘請一位最適當的學者或研究者負責編選，除了負責撰寫八千至一萬字的作家研究綜述外，再從龐雜的評論資料中挑選具有代表性的評論文章，平均 12～14 萬字，最後再附該作家的評論資料目錄，以期完整呈現該作家的生平、創作、研究概況，其歷史地位與影響。

　　第一部分除資料庫的建置外，50 位作家 50 本資料彙編（平均頁數 400～500 頁），分三個階段完成，自 2010 年 3 月開始至 2013 年 12 月，共費時 3 年 9 個月。因為內容充實，體例完整，各界反應俱佳，第二部分的 50 位作家，分四階段進行，自 2014 年 1 月開始至 2017 年 12 月，共費時 4 年，並於 2017 年 12 月出版《百冊提要》，摘要百冊精華，也讓研究者有清晰的索引可循。2018 年 1 月，舉行百冊成果發表會，長年的灌溉結果獲文化部支持，得以延續百冊碩果，於 2018 年 1 月啟動第三部分 20 位作家的資料彙編。

成果

　　雖然過程是如此艱辛，如此一言難盡，可是終究看到豐美的成果。每位編選者雖然忙碌，但面對自己負責的作家資料彙編，卻是一貫地認真堅持。他們每人必須面對上千或數百筆作家評論資料，挑選重要或關鍵性的評論文章，全面閱讀，然後依照編選原則，挑選評論文章。助理們此時不僅提供老師們所需要的支援，統計字數，最重要的是得找到各篇選文作者，取得同意轉載的授權。在起初進度流程初估時，我們錯估了此項工作的難度，因為許多評論文章，發表至今已有數十年的光景，部分作者行蹤難查，還得輾轉透過出版社、學校、服務單位，尋得蛛絲馬跡，再鍥而不捨地追蹤。有了前面的血淚教訓，日後關於授權方面，我們更是如臨深淵、如履薄冰，希望不要重蹈覆轍，在面對授權作業時更是戰戰兢兢，不敢懈怠。

　　除了挑選評論文章煞費苦心外，每個作家生平重要照片，我們也是採高標準的方式去蒐集，過世作家家屬、友人、研究者或是當初出版著作的出版社，都是我們徵詢的對象。認真誠懇而禮貌的態度，讓我們獲得許多從未出土的資料及照片，也贏得了許多珍貴的友誼。許多作家都協助提供照片手稿等相關資料，已不在世的作家，其家屬及友人在編輯過程中，也給予我們許多協助及鼓勵，藉由這個機會，與他們一起回憶、欣賞他們親人或父祖、前輩，可敬可愛的文學人生。此外，還有許多作家及研究者，熱心地幫忙我們尋找難以聯繫的授權者，辨識因年代久遠而難以記錄年代、地點、事件的作家照片，釐清文學年表資料及作家作品的版本問題，我們從他們身上學習到更多史料研究可貴的精神及經驗。

　　但如何在規定的時間內，完成每個階段資料彙編的編輯出版工作，對工作小組來說，確實是一大考驗。每一冊的主編老師，都是目前國內現當代臺灣文學教學及研究的重要人物，因此都十分忙碌。每一本的責任編輯，必須在這一年的時間內，與他們所負責資料彙編的主角——傳主及主編老師，共生共榮。從作家作品的收集及整理開始，必須要掌握該作家所

有出版的作品，以及盡量收集不同出版社的版本；整理作家年表，除了作家、研究者已撰述好的年表外，也必須再從訪談、自傳、評論目錄，從作品出版等線索，再作比對及增刪。再來就是緊盯每位把「研究綜述」放在所有進度最後一關的主編們，每隔一段時間提醒他們，或順便把新增的評論目錄寄給他們（每隔一段時間就有新的相關論文或學位論文出現），讓他們隨時與他們所主編的這本書，產生聯想，希望有助於「研究綜述」撰寫的進度。

在每個艱辛漫長的歲月中，因等待、因其他人力無法抗拒的因素，衍伸出來的問題，層出不窮，更有許多是始料未及的。譬如，每本書的選文，主編老師本來已經選好了，也經過授權了，為了抓緊時間，負責編輯的助理們甚至連順序、頁碼都排好了，就等主編老師的大作了，這時主編突然發現有新的文章、新的資料產生：再增加兩三篇選文吧！為了達到更好更完備的目標，工作小組當然全力以赴，聯絡，授權，打字，校對，重編順序等等工作，再度展開。

此次第三部分第一階段共需完成的 10 位作家研究資料彙編，年齡層與活動地區分布較廣，跨越 19 世紀末至 1930 年代出生的作者，步履遍布海內外各地。出生年代較早的作者，在年表事件的求證以及早年著作的取得上，饒有難度，也考驗團隊史料採集與判讀的功力。以出生年代較近的作者而言，許多疑難雜症不刃而解，有些連主編或研究者都不太清楚的部分，譬如年表中的某一件事、某一個年代、某一篇文章、某一個得獎記錄，作家本人及家屬絕對是一個最好的諮詢對象，對解決某些問題來說，這是一個好的線索，但既然看了，關心了，參與了，就可能有不同的看法，選文、年表、照片，甚至是我們整本書的體例，於是又是一場翻天覆地的大更動，對整本書的品質來說，應該是好的，但對經過多次琢磨、修改已進入完稿階段的編輯團隊來說，這不啻是一大挑戰。

1990 年開始，各地縣市文化中心（文化局），對在地作家作品集的整理出版，以及臺灣文學館成立後對日治時期作家以迄當代重要作家全集的

編纂，對臺灣文學之作家研究，也有了很好的促進作用。如《楊逵全集》、《林亨泰全集》、《鍾肇政全集》、《張文環全集》、《呂赫若日記》、《張秀亞全集》、《葉石濤全集》、《龍瑛宗全集》、《葉笛全集》、《鍾理和全集》、《錦連全集》、《楊雲萍全集》、《鍾鐵民全集》等，如雨後春筍般持續展開。

經過近二十年的努力，臺灣文學的研究與出版，也到了可以驗收或檢討成果的階段。這個說法，當然不是要停下腳步，而是可以從「臺灣現當代作家評論資料目錄」所呈現的 310 位作家、10 萬筆資料中去檢視。檢視的標的，除了從作家作品的質量、時代意義及代表性去衡量外、也可以從作家的世代、性別、文類中，去挖掘有待開墾及努力之處。因此這套「臺灣現當代作家研究資料彙編」，大部分的編選者除了概述作家的研究面向外，均有些觀察與建議。希望就已然的研究成果中，去發現不足與缺憾，研究者可以在這些不足與缺憾之處下功夫，而盡量避免在相同議題上重複。當然這都需要經過一段時間去發現、去彌補、去重建，因此，有關臺灣文學的調查、研究與論述，就格外顯得重要了。

期待

感謝臺灣文學館持續推動這兩個專案的進行。「臺灣現當代作家評論資料目錄」的完成，呈現的是臺灣文學研究的總體成果；「臺灣現當代作家研究資料彙編」的出版，則是呈現成果中最精華最優質的一面，同時對未來臺灣文學的研究面向與路徑，作最好的建議。我們可以很清楚的體會，這是一條綿長優美的臺灣文學接力賽，經過長時間的耕耘、灌溉，風搖雨濡、燭影幽轉，百年臺灣文學大樹卓然而立，跨越時代並馳而行，百冊作家研究資料彙編得千位作家及學者之力，我們十分榮幸能參與其中，更珍惜在傳承接力的過程，與我們相遇的每一個人，每一件讓我們真心感動的事。我們更期待這個接力賽，能有更多人加入。誠如張恆豪所說「從高音獨唱到多元交響」，這是每一個人所期待的。

編輯體例

一、本書編選之目的，為呈現郭良蕙生平、著作及研究成果，以作為臺灣文學相關研究、教學之參考資料。

二、全書共五輯，各輯內容及體例說明如下：

　　輯一：圖片集。選刊作家各個時期的生活或參與文學活動的照片、著作書影、手稿（包括創作、日記、書信）、文物。

　　輯二：生平及作品，包括三部分：

　　　　1.小傳：主要內容包括作家本名、重要筆名，生卒年月日，籍貫，及創作風格、文學成就等。

　　　　2.作品目錄及提要：依照作品文類（論述、詩、散文、小說、劇本、報導文學、傳記、日記、書信、兒童文學、合集）及出版順序，並撰寫提要。不收錄作家翻譯或編選之作品。

　　　　3.文學年表：考訂作家生平所進行的文學創作、文學活動相關之記要，依年月順序繫之。

　　輯三：研究綜述。綜論作家作品研究的概況，並展現研究成果與價值的論文。

　　輯四：重要文章選刊。選收作家自述、訪談紀錄以及國內外具代表性的相關研究論文及報導。

　　輯五：研究評論資料目錄。收錄至 2018 年 11 月底止，有關研究、論述臺灣現當代作家生平和作品評論文獻。語文以中文為主，兼及日文和英文資料。所收文獻資料，以臺灣出版為主，酌收中國大陸、香港、日本和歐美國家的出版品。內容包含三部分：

　　　　1.「作家生平、作品評論專書與學位論文」下分為專書與學位論文。

　　　　2.「作家生平資料篇目」下分為「自述」、「他述」、「訪談」、「年表」、「其他」。

　　　　3.「作品評論篇目」下分為「綜論」、「分論」、「作品評論目錄、索引」、「其他」。

目次

輯一◎圖片集

影像◎手稿◎文物

1947年6月，就讀上海復旦大學外國語言文
學系三年級的郭良蕙。（孫啟元提供）

1950年代，郭良蕙攝於嘉義自宅，後方牆上為其
畫像。（孫啟元提供）

1950年代，郭良蕙於嘉義家中伏案寫作。（孫
啟元提供）

1950年代初期，郭良蕙時常以腳踏車代步，穿
梭嘉義市區。（孫啟元提供）

1952年3月16日，出席中國文藝協會南部分會於高雄市高雄學苑舉辦之成立大會。前排：
王藍（左一）、郭良蕙（左五）、郭晉秀（左六）、童真（右三）、蕭傳文（右四）、
艾雯（右五）、蘇雪林（右六）；後排：陸震廷（右七）。（陸震廷家屬提供）

1950年代中期，郭良蕙留影於臺北新公園（今二二八和平紀念公園）。
（郎靜山藝術文化發展學會提供／郎靜山攝）

1955年5月5日，出席臺灣省婦女寫作協會成立大會。前排：鍾梅音（左5）、韋祖文（左6）、李曼瑰（左7）、劉枋（左8）、王紹清（左11）、徐鍾珮（右1）、張明（右2）、嚴友梅（右4）、張雪茵（右8）、邱七七（右9）、艾雯（右10）、蘇雪林（右12）、謝東閔（右13）；中排：郭良蕙（左10）、侯榕生（左11）、王琰如（右6）；後排：叢甦（左3）、潘錦瑞（左5）、袁乃英（左6）、王積青（左7）、趙淑敏（左8）。（趙淑敏提供）

1950年代後期，郭良蕙與夫孫吉棟（右）合影於屏東。（孫啟元提供）

1960年代，郭良蕙於廣播節目受訪時留影。（孫啟元提供）

1960年代，郭良蕙沙龍照。（孫啟元提供）

1961年，參與電影《君子協定》演出，與工作人員合影。前排坐
者：導演黃宗迅（右一戴帽者）、郭良蕙（右二）、演員王琛
（左一）、江繡雲（左二後）、晚夢（左四）。（孫啟元提供）

1968年，於友人王企鱉家中聚會留影。左起：朱秀娟、郭良蕙、席德進、
王企鱉。（孫啟元提供）

1969年，出席中國廣播公司於臺北中國大飯店舉辦的座談會。前排右起：華嚴、林海音、劉靜娟、趙淑
敏、劉紀鴻、蔣芸；中排右起：趙之誠、張繼高、龐宜安、郭良蕙、張漱菡、潘霏、崔小萍；後排右
起：林適存、蘇雲青、王大空、佚名、丁衣、趙剛。（趙淑敏提供）

1971年，郭良蕙展開為期四個月的旅行，足跡遍及歐洲、非洲及南亞，攝於埃及人面獅身像前。（孫啟元提供）

1973年，攝於臺北城南林海音家。前排左起：夏祖麗、琦君、林海音、胡品清、羅蘭；後排左起：張曉風、郭良蕙、繁露、張秀亞、蓉子。（夏祖麗提供／夏承楹攝）

1974年，香港作家徐訏訪臺，與文友一同接待。左起：劉紹唐、沉櫻、郭良蕙、郭晉秀、劉枋、徐訏、徐尹秋。（國立臺灣文學館）

1970年代中期，郭良蕙於巴黎盧森堡公園的喬治‧桑雕像前留影。（孫啟元提供）

1970年代後期，郭良蕙與文物收藏家李艾琛（左）合影於餐會。
（孫啟元提供）

1980年代，文友合影。右起：呂青、琦君、小民、郭良蕙、趙琴、趙
淑敏、佚名。（趙淑敏提供）

1980年代，郭良蕙於胡奇中畫作前留影。（中華文物學會提供）

1982年7月10日，郭良蕙出席中國文藝協會的女作家聚會，與張秀亞（中）、艾雯（左）合影。（文訊文藝資料中心提供）

1982年12月，應馬尼拉新疆書店邀請，參加「中華女作家訪問團」赴菲律賓參訪，與菲華作家歡聚。前排左起：王禮溥、郭良蕙、亞藍、李惠秀；後排左起：周淑純、趙淑敏、陳瓊華。（趙淑敏提供）

1980年代初期，為撰寫文物相關文章，於書房查找文獻的郭良蕙。（孫啟元提供）

1980年代中期，郭良蕙（中）於臺北家中留影，後方牆上為席德進於1970年春為其繪製之肖像，長掛於郭良蕙家中客廳。（孫啟元提供）

1985年5月5日，出席中國文藝協會舉辦之五四文藝節大會。前排右起：郭良蕙、陸震廷夫人、陸震廷、陳暉、陳暉夫人、艾雯；後排右起：郭嗣汾、墨人、郭晉秀、馬各、王書川。（陸震廷家屬提供）

1980年代後期，郭良蕙於義大利旅遊時留影。
（孫啟元提供）

1989年10月6日，與兄姐及友人合影於北京。右起：大
姐郭良玉、郭良蕙、常書鴻、大哥郭良夫、常書鴻夫
人李承仙。（孫啟元提供）

1990年代，與文物收藏同好於佳士得拍賣預展
合影。左起：桂良、佳士得拍賣官施福、郭良
蕙、陳鈞、杜念嘉。（中華文物學會提供）

1990年，郭良蕙於香港街頭留影。（孫啟元提供）

1997年，郭良蕙接受《文訊》訪問，攝於臺北家中客廳。（文訊文藝資料中心提供／鄧惠文攝）

1990年代後期，郭良蕙於巴黎羅浮宮前留影。（孫啟元提供）

2002年，長篇小說《心鎖》解禁後初次於臺再版，攝於九歌出版社為其舉辦之新書發表會。（九歌出版社提供）

2003年5月24日，與文友於餐會合影。左起：郭良蕙、郎雲、黃美之。（翻攝自《文訊》第342期，2014年4月）

1950年代中期，產量甚豐的郭良蕙
漸受藝文界、媒體界矚目，多次
登上雜誌封面。圖為《晨光》第3
卷第5期（1955年7月）及《今日世
界》第85期（1955年10月）封面。
（水祥雲、陸劍南攝）

1964年7月5日，郭良蕙赴港參與香
港書籍文具業公會舉辦的圖書文
具展覽，當地《工商晚報》刊出多
篇報導。（何鴻毅家族提供）

約1970年，歌曲〈笑紅了臉的花〉，由郭良蕙作詞，魯玉鵬作曲。（翻攝自
《他們的故事》，立志出版社）

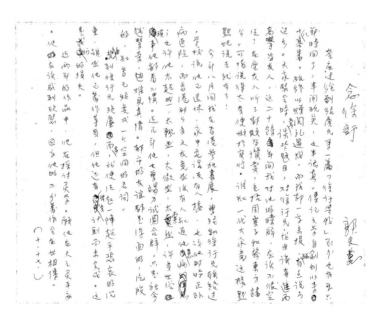

1980年10月，郭良蕙〈念徐訏〉手稿。（國立臺灣文學館）

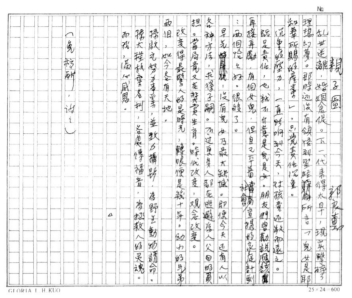

2005年10月，郭良蕙發表於《文訊》第140期〈親子圖〉手稿，述及對子女的感受及心情。（文訊文藝資料中心提供）

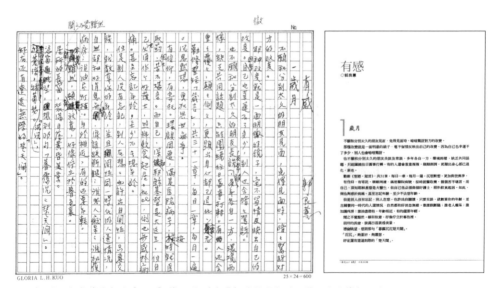

2009年4月，郭良蕙發表於《文訊》第282期〈有感〉手稿及期刊內頁，述及暮年心境。（文訊文藝資料中心提供）

輯二◎生平及作品

小傳◎作品◎年表

小傳

郭良蕙(1926～2013)

　　郭良蕙，女，早年曾以筆名「蕙」發表作品，後多以本名創作，另有英文名 Gloria Liang-Hui Kuo，籍貫山東鉅野，1926 年 8 月 17 日生於河南開封，1949 年來臺，2013 年 6 月 19 日辭世，享年 87 歲。

　　上海復旦大學外國語言文學系畢業。1948 年由於學潮罷課頻仍，乃於年初進入上海《新民晚報》校對組工作，同年畢業後繼續任職。1949 年因國共內戰局勢不穩而赴臺，定居嘉義，為增加收入開始執筆寫作。曾任《文藝列車》主編、中國文藝協會南部分會理事。1978 年與張壽平、張添根、陳昌蔚等人創立「中華文物學會」，曾任該會第四至八屆常務理事、第九屆理事。曾獲《亞洲畫報》第一屆普通組小說獎，並於 1987 年、1988 年連續列名《世界名人錄》（Marquis, *Who's Who in the World*）。

　　郭良蕙創作文類以小說為主，兼及散文。1950 年代初曾短暫執起譯筆，後因創作的渴望轉而專志小說創作。早期作品以短篇、中篇小說為主，書寫戰後市井小民日常，擅營懸疑張力，結構精巧。如〈正人君子〉、〈喪〉，以反差手法呈現人性貪婪，一別戰後文壇對人性的溫情謳歌，深蘊現代主義對人性的批判意識。1960 年代的創作以長篇小說為大宗，多以婚戀為主題，聚焦都會男女的眾生相。郭良蕙擅以對話、心理活動突顯人物形象，勾勒男女情感關係中的機心與博弈、婚姻生活的現實與殘酷，除了揭露傳統婚戀價值迷思，更勇於探觸性別政治，開展多元情欲

的書寫。1962 年的長篇小說《心鎖》，著力探索女性在情欲與道德間的掙扎，對性心理的大膽描繪與剖析引起輿論譁然，除遭省政府新聞處查禁小說，也遭到中國文藝協會、臺灣省婦女寫作協會除名。《心鎖》事件後，郭良蕙仍筆力不輟，先後交出《青青草》、《早熟》、《焦點》、《黃昏來臨時》、《兩種以外的》等數十部各具關懷的長篇力作。此外，亦有如《台北一九六〇》、《台北的女人》的短篇集結，以寫實筆法精準捕捉都市生活的感覺結構，董保中嘗言「郭良蕙的小說世界表現了以臺北為中心的一個活力強盛的、勢力日益強大的資產階級世界，或是中產、上中產階級社會世界」，足見其筆下生動活現的「臺北人」。

1971 年起，郭良蕙投入文物鑑賞及旅遊興趣之中，將各地旅行的心得及文化體驗下筆成文，發表於報刊。1980 年代開始長期於《藝術家》及《中國文物世界》撰寫文物玩賞、收藏心得，以深入淺出的活潑筆法，穿梭文物歷史及世路人情，頗獲佳評，集結出版《郭良蕙看文物》、《世間多絕色》等書。

長達五十年的創作生涯中，郭良蕙以諷刺短篇起家，進而轉思長篇佳構，後以散文縱談古今，以諸多形式演繹複雜人性。她曾自言：「小說寫多了，對於事物的看法也像寫小說一樣，不只注意問題的表面，而注意為何發生這種問題」，堪見其善察世事的銳眼。《心鎖》事件的打擊未能使郭良蕙停筆，反而使她拓展多向度的創作。在通俗婚戀題材中以冷靜筆調諷論人性；持秉對人性的客觀洞澈書寫早戀、同性戀情等議題，郭良蕙的創作遊走於邊緣與主流的邊界，誠如樊洛平所言，「作為一個文學生涯頗帶戲劇性、曾被驅逐至『邊緣』的作家，郭良蕙的創作又給文壇不斷地出『難題』」。范銘如則強調其反叛主流的面向，提出：「她側重女性主體性的質詢、對霸權論述的解構，運用多重、分裂而不穩定的女性身分來突顯主流意識形態的專斷絕對」。在主流價值的箝制下，以書寫辨證自由、力剖人性的郭良蕙，以筆發聲，在時代嘈雜聲浪中堅持求真求誠的創作理念，勇於敘說社會表象下人性的真實。

作品目錄及提要

【散文】

爾雅出版社 1980　　爾雅出版社 1985

格蘭道爾的早餐

臺北：爾雅出版社
1980 年 7 月，32 開，145 頁
爾雅叢書之 75

臺北：爾雅出版社
1985 年 6 月，32 開，149 頁
爾雅叢書之 75

本書集結作者旅遊短文，敘及異國見聞及感悟。全書收錄〈格蘭道爾的早餐〉、〈屬於閒遊散記的〉、〈投宿記〉等 13 篇。正文後附錄〈郭良蕙已出版的著作〉。
1985 年爾雅版：更名為《過客》。正文與 1980 年爾雅版同。正文前新增郭良蕙〈都是「過客」——再版前言〉。

郭良蕙看文物

臺北：藝術家出版社
1985 年 5 月，25 開，360 頁

本書集結作者探討文物之文章，敘及文物歷史及收藏心得。全書分六部分，收錄〈金碗緣〉、〈色彩繽紛蒜頭瓶〉、〈舊金山的舊王孫〉、〈濃妝淡抹的粉彩〉等 39 篇。正文前有郭良蕙〈出版前言〉，正文後有郭良蕙〈此岸到彼岸——代後記〉。

文物市場傳奇

香港：藝術推廣中心
1987 年 9 月，25 開，271 頁

本書集結作者發表於《中國文物世界》及《聯合報》的文物相
關文章，敘及文物交易的市場生態及人事體悟。全書收錄
〈無・有・有・無〉、〈調包記〉、〈海外文物市場〉等 23 篇。正
文後有郭良蕙〈後記〉。

青花青

臺北：藝術家出版社
1988 年 7 月，25 開，357 頁

本書收錄作者陶瓷相關鑑賞文章，兼談文物市場尋寶閱歷。全
書分六輯，收錄〈黃地——皇帝——兼為李艾琛教授遠行二周
年而作〉、〈唐代之女〉、〈三彩箱的命運〉、〈最現代的原始〉等
37 篇。正文後有郭良蕙〈出版前的沉思——代後記〉。

世間多絕色

臺北：藝術家出版社
1997 年 1 月，25 開，272 頁

本書匯集作者探討各類藝術品之文章，以輕鬆筆調縱談文物前
生今世及人情百態。全書分「陶瓷」、「生肖」、「珠寶」、「雜項
藝術」、「畫・書法」、「人物及其他」六輯，收錄〈選美和審
美〉、〈官窯觀〉、〈綠瓶緣〉、〈光緒揚眉記〉等 48 篇。正文前有
郭良蕙〈出版前言〉，正文後附錄〈作者簡介——郭良蕙〉。

九歌出版社 2002

新世界出版社 2002

人生就是這樣！

臺北：九歌出版社
2002 年 1 月，25 開，209 頁
九歌文庫 622

北京：新世界出版社
2002 年 8 月，32 開，156 頁

本書集結作者於 1980～1990 年代發表於《聯合報》、《中華日報》、《中央日報》等報刊散文。全書分「往日隱情」、「旅人有情」、「異國悠情」、「臺北居情」、「歲月留情」五輯，收錄〈線團〉、〈紐約機場〉、〈桃花面和口紅〉、〈道具〉、〈巴黎舊情〉等62 篇。正文前有郭良蕙〈走過青春〉、〈好一片月白風清（代序）〉，正文後有郭良蕙〈自我素描（代後記）〉，附錄〈郭良蕙金句選摘〉。
2002 年新世界版：正文與 2002 年九歌版同。正文前刪去郭良蕙〈走過青春〉、〈好一片月白風清（代序）〉，正文後新增郭良蕙〈贅語〉。

【小說】

自印 1953

青年圖書公司 1954

銀夢

〔自印〕
1953 年 1 月，32 開，156 頁

嘉義：青年圖書公司
1954 年 5 月，32 開，156 頁

短篇小說集。全書收錄〈她這多半輩子〉、〈陋巷群雛〉、〈意外的收穫〉、〈賊〉、〈孩子的心〉、〈婦人心〉、〈塑像〉、〈風波〉、〈小張〉、〈銀夢〉、〈失去的聖誕〉、〈一罐咖啡〉、〈梯〉、〈我與阿趙〉共 14 篇。正文前有羅家倫〈序〉、黃季陸〈序〉，正文後有陳紀瀅〈《銀夢》讀後記〉、郭良蕙〈作者附言〉。
1954 年青年版：內容與 1953 年自印版同。

畅流半月刊社 1954　大業書店 1963

新文化公司 1964　花城出版社 1991

泥窪的邊緣

臺北：暢流半月刊社
1954 年 1 月，32 開，154 頁
暢流叢書第五種

高雄：大業書店
1963 年 2 月，32 開，195 頁
長篇小說叢刊之四十

香港：新文化公司
1964 年 6 月
新月文藝叢書 12

廣州：花城出版社
1991 年 1 月，32 開，207 頁

長篇小說。本書收錄作者 1952 年 5 月 16 日
至 12 月 1 日在《暢流》連載的長篇小說〈泥
窪裡的奇葩〉，以日記體形式描繪初出社會的
少女於上海歡場複雜環境中歷經的掙扎與轉
變。全書共 37 章。正文後有郭良蕙〈作者瑣
語〉。
1963 年大業版：更名為《午夜的話》。正文與
1954 年暢流版同。正文後刪去郭良蕙〈作者
瑣語〉，新增郭良蕙〈後記〉。
1964 年新文化版：更名為《午夜的話》。正文
與 1954 年暢流版同。正文前新增〈編者
識〉，正文後刪去郭良蕙〈作者瑣語〉。
1991 年花城版：更名為《午夜的困惑》。正文
與 1954 年暢流版同。正文後刪去郭良蕙〈作
者瑣語〉。

禁果

臺北：臺灣書店
1954 年 12 月，32 開，217 頁

短篇小說集。全書收錄〈受辱的人〉、〈兇手〉、〈麗人行〉、〈鄰
家〉、〈沉淪〉、〈長相思〉、〈潮〉、〈風燭〉、〈雨〉、〈誤〉、〈比翼
鳥〉、〈過渡〉、〈風雅〉、〈浮沉〉、〈禁果〉、〈犧牲〉共 16 篇。正
文後有郭良蕙〈作者附語〉。

婦女寫作協會 1955　天同出版社 1958

情種

臺北：婦女寫作協會
1955 年，32 開，100 頁
婦女文叢之九

屏東：天同出版社
1958 年 11 月，32 開，100 頁
婦女文叢之九

香港：新文化公司
1963 年
新月文藝叢書 13

中篇小說。本書敘述癡情的富家子弟酈廣民對
小提琴家梅儂一往情深，為成全其音樂事業而
傾家蕩產、獨自撫養梅儂幼女的故事。全書共
20 章。正文前有作者介紹、作者照片 1 張。
1958 年天同版：內容與 1955 年婦女版同。
1963 年新文化版：（今查無藏本）。

生活的祕密

雲林：新新文藝社
1956 年 2 月，32 開，88 頁
新新文藝叢書第六種

中篇小說。本書以主人公綠迪寫給至交好友亞珂的 17 封信函，
鋪陳出其情感及婚姻的波折與磨難。全書共 17 章。

聖女

香港：友聯出版社
1956 年 5 月，32 開，153 頁

短篇小說集。全書收錄〈蠶〉、〈婚事〉、〈孤獨的訪客〉、〈壽筵
以外〉、〈新的與舊的〉、〈債〉、〈得救的人〉、〈菱苗〉、〈聖女〉
共九篇。

正中書局 1956　　中國文聯公司 1993

錯誤的抉擇

臺北：正中書局
1956 年 7 月，32 開，190 頁

北京：中國文聯出版公司
1993 年 4 月，32 開，153 頁
郭良蕙作品系列

中篇小說集。全書收錄〈錯誤的抉擇〉、〈三
人行〉、〈乳燕飛〉共三篇。
1993 年中國文聯版：內容與 1956 年正中版
同。封底新增〈郭良蕙女士小傳〉。

繁華夢

臺北：中央日報社
1957 年 11 月，50 開，39 頁
中央日報袖珍小說集・第一集

中篇小說。本書敘述嚮往都市繁華的鄉下女孩阿嬌拒絕婚事，
獨自北上謀生，由其際遇敷陳出鄉下與都市生活型態的迥別。
全書共 17 章。

一吻

香港：亞洲出版社
1958 年 1 月，32 開，236 頁

短篇小說集。全書收錄〈一吻〉、〈小女人〉、〈胸針〉、〈親恩〉、
〈喪〉、〈安排〉、〈合作〉、〈追求〉、〈網〉、〈手段〉、〈死去的靈
魂〉、〈祭品〉、〈正人君子〉、〈結婚進行曲〉、〈法外〉、〈狂人〉、
〈受難者〉、〈五十與一百〉、〈卑賤的一輩〉共 19 篇。正文前有
〈編者識〉。

大業書店 1958

新文化公司 1964

新亞出版社 1975

郭良蕙新事業公司
1980

中國文聯公司 1992

感情的債

高雄：大業書店
1958 年 10 月，32 開，286 頁
長篇小說叢刊之九

香港：新文化公司
1964 年 3 月

臺北：新亞出版社
1975 年 6 月，32 開，284 頁
新亞叢書

香港：郭良蕙新事業公司
1980 年 5 月，32 開，276 頁

北京：中國文聯出版公司
1992 年 5 月，32 開，254 頁
郭良蕙作品系列

長篇小說。本書從男性視角自敘，敘述出身
富家的費慕人為家族利益離開姨太太身分的
情人田青青，與門當戶對的朱安娜結縭，兩
人的婚姻在內外的矛盾下走向悲劇的結局。
全書共七章。正文後有郭良蕙〈後記〉。
1964 年新文化版：更名為《恨綿綿》。正文與
1958 年大業版同。正文前新增作者介紹、作
者照片 1 張、〈編者識〉，正文後刪去郭良蕙
〈後記〉。
1975 年新亞版：正文與 1958 年大業版同。正
文後刪去郭良蕙〈後記〉。
1980 年郭良蕙新事業版：內容與 1975 年新亞
版同。
1992 年中國文聯版：內容與 1975 年新亞版
同。封底新增〈郭良蕙女士小傳〉。

亞洲出版社 1959　新文化公司 1965

默戀

香港：亞洲出版社
1959 年 6 月，11×17.5 公分，124 頁

香港：新文化公司
1965 年 8 月，32 開，124 頁
新月文藝叢書 18

中篇小說。本書敘述對婚姻現狀不滿的男主
角高務本將情感寄託他方，以主角聽聞初戀
消息後的浮想聯翩，展開對其二十年間生活
的追憶，以一個上午的時光收束其心緒的波
瀾起伏。全書共四章。正文前有〈編者識〉。
1965 年新文化版：更名為《心底的秘密》。正
文與 1959 年亞洲版同。正文前刪去〈編者
識〉。

大業書店 1960　新文化公司 1964

新亞出版社 1975　郭良蕙新事業公司
1980

黑色的愛

高雄：大業書店
1960 年 4 月，32 開，213 頁
長篇小說叢刊之十五

香港：新文化公司
1964 年
新月文藝叢書 2

臺北：新亞出版社
1975 年 6 月，32 開，213 頁
新亞叢刊

香港：郭良蕙新事業公司
1980 年 12 月，32 開，213 頁

北京：中國文聯出版公司
1988 年 8 月，32 開，149 頁

深圳：海天出版社
1988 年 12 月，32 開，121 頁
港臺文叢

長篇小說。本書以玩世不恭的男主角高又煒
的視角，敘述其誘騙氣質高貴的年輕寡婦杜
雪荻，終至釀成悲劇的故事。全書共 24 章。
1964 年新文化版：正文與 1960 年大業版同。
正文前新增〈編者識〉。
1975 年新亞版：內容與 1960 年大業版同。

中國文聯公司 1988　　海天出版社 1988

1980 年郭良蕙新事業版：內容與 1960 年大業版同。

1988 年中國文聯版：內容與 1960 年大業版同。封底新增〈本書金句〉。

1988 年海天版：正文與 1960 年大業版同。正文前新增郭良蕙〈自序〉。

大業書店 1960

往事

高雄：大業書店
1960 年，32 開，109 頁
長篇小說叢刊之十八

香港：新文化公司
1964 年
新月文藝叢書 4

中篇小說。本書以編織毛衣為始末，串起女主人公吳召娣自學生時期、結婚以至離婚後三段感情的回憶。全書共五章。
1964 年新文化版：更名為《憶曲》。（今查無藏本）。

大業書店 1961

漢麟出版社 1978

春盡

高雄：大業書店
1961 年 3 月，32 開，408 頁
長篇小說叢刊之二十二

香港：新文化公司
1963 年，32 開
新月文藝叢書 1

臺北：漢麟出版社
1978 年 5 月，32 開，339 頁

北京：人民文學出版社
1991 年 7 月，32 開，351 頁

北京：華文出版社
1999 年 1 月，32 開，312 頁
都市情緣小說系列

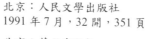

人民文學出版社
1991

華文出版社 1999

長篇小說。本書敘述女主角沈白芙為照顧姐夫的肺病而犧牲自我的悲戀故事。全書共九章。正文後有郭良蕙〈後記〉。
1963 年新文化版：（今查無藏本）。

1978 年漢麟版：內容與 1961 年大業版同。
1991 年人民文學版：正文與 1961 年大業版同。正文前新增編輯部〈內容說明〉、
郭良蕙〈自序〉，正文後刪去郭良蕙〈後記〉。封底新增〈本書金句〉。
1999 年華文版：正文與 1961 年大業版同。正文後刪去郭良蕙〈後記〉。封底新增
〈郭良蕙妙語〉。

大業書店 1961

新文化公司 1964

新亞出版社 1975

郭良蕙新事業公司
1980

花城出版社 1992

華文出版社 1999

墙裡墙外

高雄：大業書店
1961 年 8 月，32 開，322 頁
長篇小說叢刊之二十五

香港：新文化公司
1964 年 5 月
新月文藝叢書 10

臺北：新亞出版社
1975 年 6 月，32 開，288 頁
新亞叢書

香港：郭良蕙新事業公司
1980 年 12 月，32 開，288 頁

廣州：花城出版社
1992 年 2 月，32 開，242 頁

北京：華文出版社
1999 年 1 月，32 開，250 頁

長篇小說。本書敘述出身書香世家的女學生
朱碧心因家境驟變，嫁與富有的中年商人侯
聞，在責任的禁錮下，深受象徵自由的藝術
青年何為吸引，卻發現所遇非人的故事。全
書共四章。正文後有郭良蕙〈後記〉。
1964 年新文化版：更名為《牆裏的人》。正文
與 1961 年大業版同。正文前新增〈編者
識〉，正文後刪去郭良蕙〈後記〉。
1975 年新亞版：更名為《牆裡牆外》。正文與
1961 年大業版同。正文後刪去郭良蕙〈後
記〉。
1980 年郭良蕙新事業版：更名為《牆裡牆
外》。內容與 1975 年新亞版同。
1992 年花城版：更名為《墙裡佳人》。內容與
1975 年新亞版同。封底新增〈郭良蕙妙語〉。
1999 年華文版：內容與 1975 年新亞版同。

貴婦與少女

高雄：長城出版社
1962 年 2 月，32 開，277 頁

短篇小說集。全書收錄〈初戀〉、〈陽光下〉、〈夜愁〉、〈人求事〉、〈四點鐘〉、〈知而後行〉、〈貴婦與少女〉、〈私貨〉、〈友誼〉、〈殊途同歸〉、〈老吾老〉、〈禮物〉、〈太太和先生〉、〈低徊〉、〈劫數〉、〈寒夜〉共 16 篇。

第三者

高雄：長城出版社
1962 年 2 月，32 開，273 頁

短篇小說集。全書收錄〈第三者〉、〈傲慢和冷淡〉、〈深院靜〉、〈小姐和花束〉、〈十年〉、〈課堂上〉、〈歸去來兮〉、〈小夫妻〉、〈這不是戲劇〉、〈赤子心〉、〈生命的延續〉、〈生離〉、〈閒事〉、〈巧合〉、〈祝壽者〉共 15 篇。

皇冠出版社 1962　　新文化公司 1964

琲琲的故事

臺北：皇冠出版社
1962 年 6 月，32 開，171 頁

香港：新文化公司
1964 年 5 月，32 開
新月文藝叢書 11

中篇小說。本書敘述單親少女琲琲為反叛母親而離家自立，並對職場上百般照顧自己的上司漸生情愫，近而發現自身身世的故事。全書共 19 章。
1964 年新文化版：更名為《二九年華》。正文與 1962 年皇冠版同。正文前新增〈編者識〉。

女人的事

臺北：幼獅文化公司
1962 年 8 月，32 開，205 頁

高雄：大業書店
1963 年，32 開，205 頁
長篇小說叢刊之五十二

香港：新文化公司
1964 年，32 開
新月文藝叢書 14

長篇小說。本書敘述四位中學同窗的女性婚後各自的際遇。正
文前有〈作者介紹〉、〈前言〉。全書共 32 章。
1963 年大業版：（今查無藏本）。
1964 年新文化版：（今查無藏本）。

大業書店 1962

郭良蕙新事業公司
1985

臺聲出版社 1989

中國文聯公司 1992

心鎖

高雄：大業書店
1962 年 9 月，32 開，383 頁
長篇小說叢刊之三十五

香港：新文化公司
1963 年，32 開，378 頁
新月文藝叢書 3

香港：郭良蕙新事業公司
1985 年 9 月，32 開，355 頁

北京：臺聲出版社
1989 年 9 月，32 開，282 頁
郭良蕙小說系列

北京：中國文聯出版公司
1992 年 8 月，32 開，283 頁
郭良蕙作品系列

北京：華文出版社
1999 年 1 月，32 開，287 頁
都市情緣小說系列

臺北：九歌出版社
2002 年 1 月，25 開，351 頁
九歌文庫 621

臺北：九歌出版社
2006 年 9 月，25 開，368 頁
典藏小說 10

華文出版社 1999

九歌出版社 2002

九歌出版社 2006

長篇小說。本書敘述女主角丹琪為報復情人范林不忠而負氣嫁給范林的大舅夢輝，卻與范林舊情難斷，兼有擅於情場的小叔夢石不斷試探，而在情慾與道德間矛盾掙扎的故事。全書共16章。正文後有郭良蕙〈我寫《心鎖》〉。

1963年新文化版：（今查無藏本）。

1985年郭良蕙新事業版：內容與1962年大業版同。

1989年臺聲版：正文與1962年大業版同。正文前新增郭良夫〈小妹的小說——郭良蕙小說系列序〉，正文後刪去郭良蕙〈我寫《心鎖》〉。

1992年中國文聯版：正文與1962年大業版同。正文後刪去郭良蕙〈我寫《心鎖》〉。

1999年華文版：正文以1962年大業版為底本，部分性愛描寫文句略做刪修。正文後刪去郭良蕙〈我寫《心鎖》〉。

2002年九歌版：正文以1962年大業版為底本，經作者重新校訂。正文前新增編者〈二度被查禁的《心鎖》〉、郭良蕙〈誰能鎖住心——重排新版自序〉，正文後新增郭良蕙〈我寫《心鎖》——初版後記〉、葉美瑤〈開啟一把塵封多年的心鎖——訪郭良蕙女士談《心鎖》查禁事件始末〉。

2006年九歌版：正文與2002年九歌版同。正文前新增〈出版緣起：享受發現與再發現之旅〉、陳雨航〈編輯引言：穿越時空而不褪色的小說〉，正文後新增附錄〈《心鎖》相關評論索引〉。

長城出版社 1963

新亞出版社 1975
（上）

遙遠的路

高雄：大業書店
1962 年

高雄：長城出版社
1963 年 1 月，32 開，658 頁
長篇創作小說第一輯之一

香港：新文化公司
1964 年
新月文藝叢書 5

新亞出版社 1975
（下）

漢麟出版社 1979

中國文聯公司 1992

臺北：新亞出版社
1975 年 1 月，32 開，642 頁
新亞叢書

臺北：漢麟出版社
1979 年 1 月，32 開，567 頁

北京：中國文聯出版公司
1992 年 10 月，32 開，532 頁
郭良蕙作品系列 4

長篇小說。本書收錄作者於 1958 年 5 月至隔
年 8 月在《海風》連載的長篇小說〈凱蕾〉，
敘述主人公羅凱若為躲避姑姑的嚴格管教而
投奔北方的生母，卻在母親的新家備嘗冷暖
的成長故事。全書共 35 章。正文後有郭良蕙
〈〈凱蕾〉和〈遙遠的路〉〉。
1962 年大業版：（今查無藏本）。
1964 年新文化版：（今查無藏本）。
1975 年新亞版：全二冊。正文與 1963 年長城
版同。正文後刪去郭良蕙〈〈凱蕾〉和〈遙遠
的路〉〉。
1979 年漢麟版：內容與 1975 年新亞版同。
1992 年中國文聯版：內容與 1975 年新亞版
同。封底新增〈郭良蕙女士小傳〉。

他・她・牠
高雄：長城出版社
1963 年 8 月，32 開，247 頁

中、短篇小說集。全書收錄短篇小說〈他・她・牠〉、〈陌生
人〉、〈心潮〉、〈敘舊〉、〈人外人〉、〈追尋〉、〈本性〉、〈自信的
人〉、〈末路〉、〈異鄉人〉共十篇，以及中篇小說〈沙城小事〉
一篇。

長城出版社 1963　新文化公司 1964

新亞出版社 1975　郭良蕙新事業公司
　　　　　　　　　　　1980

中國文聯公司 1988

四月的旋律

高雄：長城出版社
1963 年 11 月，32 開，496 頁
長篇創作小說第二輯之一

香港：新文化公司
1964 年 2 月
新月文藝叢書 8

臺北：新亞出版社
1975 年 3 月，32 開，459 頁

香港：郭良蕙新事業公司
1980 年 12 月，32 開，460 頁

北京：中國文聯出版公司
1988 年 12 月，32 開，373 頁

長篇小說。本書敘述一對各有家室的中年男
女於臺北邂逅展開戀情，卻因現實考量選擇
回歸家庭的故事。全書共 25 章。
1964 年新文化版：正文與 1963 年長城版同。
正文前新增〈郭良蕙啟事〉。
1975 年新亞版：內容與 1963 年長城版同。
1980 年郭良蕙新事業版：內容與 1963 年長城
版同。
1988 年中國文聯版：正文與 1963 年長城版
同。正文前新增〈本書簡介〉。

臺灣聯合書局 1963　新文化公司 1964

青青草

臺北：臺灣聯合書局
1963 年，32 開，320 頁

香港：新文化公司
1964 年 1 月，32 開，322 頁
新月文藝叢書 7

臺北：漢麟出版社
1978 年 5 月，32 開，277 頁

北京：中國文聯出版公司
1993 年 7 月，32 開，248 頁
郭良蕙作品系列

漢麟出版社 1978　　中國文聯公司 1993

長篇小說。本書敘述一群初中男學生的學校及家庭生活，探索男孩成長過程中各式影響因子。全書共 17 章。正文後有郭良蕙〈寫〈青青草〉有感〉。

1964 年新文化版：正文與 1963 年臺灣聯合版同。正文前新增〈郭良蕙啟事〉。

1978 年漢麟版：更名為《青草青青》。正文與 1963 年臺灣聯合版同。正文前新增郭良蕙〈新版前言〉，正文後刪去郭良蕙〈寫〈青青草〉有感〉。

1993 年中國文聯版：更名為《青草青青》。正文與 1963 年臺灣聯合版同。正文後刪去郭良蕙〈寫青青草有感〉。封底新增〈郭良蕙女士小傳〉。

長城出版社 1964　　新文化公司 1965

樓上樓下

高雄：長城出版社
1964 年 5 月，32 開，263 頁

香港：新文化公司
1965 年 1 月，32 開，263 頁
新月文藝叢書 15

高雄：長城出版社
1966 年 7 月，32 開，263 頁
長篇創作小說第三輯之三

長城出版社 1966

長篇小說。本書描繪安樂大樓內 14 戶家庭的故事。全書共 14 章。正文前有郭良蕙〈前言〉，正文後有郭良蕙〈後話〉。

1965 年新文化版：更名為《大廈的祕密》。正文與 1964 年長城版同。正文前新增〈編者識〉。

1966 年長城版：更名為《生活的窄門》。內容與 1964 年長城版同。

小女人

高雄：長城出版社
1964 年 8 月，32 開，228 頁

短篇小說集。全書收錄〈陋巷群雛〉、〈壽筵以外〉、〈喪〉、〈十年夢幻〉、〈追求〉、〈網〉、〈再相見〉、〈蠶〉、〈小女人〉、〈債〉、〈胸針〉、〈受辱的人〉共 12 篇。

郭良蕙選集

高雄：長城出版社
1964 年 8 月，32 開，1027 頁

中、短篇小說集。全書收錄短篇小說集《小女人》、《貴婦與少女》、《第三者》及中、短篇小說集《他‧她‧牠》。

小說創作社 1965

漢麟出版社 1979

郭良蕙新事業公司 1980

百花文藝出版社 1985

金色的憂鬱

香港：新文化公司
1964 年，32 開，724 頁
新月文藝叢書 9

臺北：小說創作社
1965 年 6 月，12.6×17.9 公分，724 頁
小說創作叢書之十六

臺北：漢麟出版社
1979 年 5 月，32 開，621 頁

香港：郭良蕙新事業公司
1980 年 8 月，32 開，621 頁

天津：百花文藝出版社
1985 年，16 開，190 頁
中長篇選粹

北京：中國文聯出版公司
1993 年 10 月，32 開，562 頁

中國文聯公司 1993

長篇小說。本書以富商子弟唐大端的視角回憶其生命中的六段
戀情,充分展現新舊社會交替之際,男性對於愛情及女性的誤
解,以及苦尋不得的心路歷程。全書分六部。

1964 年新文化版:(今查無藏本)。

1979 年漢麟版:內容與 1965 年小說創作版同。

1980 年郭良蕙新事業版:內容與 1965 年小說創作版同。

1985 年百花版:(今查無藏本)。

1993 年中國文聯版:內容與 1965 年小說創作版同。封底新增
〈郭良蕙女士小傳〉。

新亞出版社 1975

漢麟出版社 1979

中國文聯公司 1992

我不再哭泣

香港:新文化公司
1965 年 1 月,32 開,473 頁

臺北:新亞出版社
1975 年 6 月,32 開,473 頁
新亞叢書

臺北:漢麟出版社
1979 年 3 月,32 開,436 頁

香港:郭良蕙新事業公司
1983 年 7 月

北京:中國文聯出版公司
1992 年 8 月,32 開,373 頁
郭良蕙作品系列

長篇小說。本書敘述心懷音樂夢的女主角安維
寧被有婦之夫陶浚吸引,由對兩人未來的嚮往
到幻滅,進而重回事業軌道的歷程。全書共
25 章。正文前有編者〈序〉。(今查無封面)

1975 年新亞版:正文與 1965 年新文化版同。
正文前刪去編者〈序〉。

1979 年漢麟版:內容與 1965 年新文化版同。

1983 年郭良蕙新事業版:(今查無藏本)。

1992 年中國文聯版:內容與 1975 年新亞版
同。封底新增〈郭良蕙女士小傳〉。

新文化公司 1965

新亞出版社 1975

臺聲出版社 1989

中國文聯公司 1993

寂寞假期

香港：新文化公司
1965 年 6 月，32 開，314 頁

臺北：新亞出版社
1975 年 6 月，32 開，314 頁
新亞叢書

北京：臺聲出版社
1989 年 4 月，32 開，256 頁
郭良蕙小說系列

北京：中國文聯出版公司
1993 年 5 月，32 開，241 頁
郭良蕙作品系列

長篇小說。本書敘述少女多蕾不滿父親即將
再婚，對來港作客的父親舊情人百般刁難，
最後不歡而散，故事由四個主要角色的觀點
切換敘述，呈現各個角色的立場與心境。全
書共 20 章。正文前有編者〈序〉。
1975 年新亞版：更名為《寂寞的假期》。正文
與 1965 年新文化版同。正文前刪去編者
〈序〉。
1989 臺聲版：更名為《寂寞的假期》。正文與
1965 年新文化版同。正文前刪去編者〈序〉，
新增郭良夫〈小妹的小說──郭良蕙小說系
列序〉。
1993 中國文聯版：更名為《寂寞的假期》。
內容與 1975 年新亞版同。

第四個女人

臺北：新亞出版社
1965 年

中篇小說。本書敘述主人公林錫恩自小夾於養母、姨母、養媳
之間，希望藉自主戀愛脫離家庭影響，卻在現實衝擊下痛悟到
愛情的不堪一擊，全書以錫恩、養女文楣在成長歷程中各階段
心境變化為軸，自然生動地勾勒出臺灣收養家庭的樣貌。全書
共 22 章。（今查無藏本）。

新文化公司 1966

新亞出版社 1975

臺聲出版社 1989

中國文聯公司 1992

我心・我心

香港：新文化公司
1966 年 4 月，32 開，297 頁
新月文藝叢書 21

臺北：新亞出版社
1975 年 6 月，32 開，297 頁

北京：臺聲出版社
1989 年 3 月，32 開，222 頁
郭良蕙小說系列

北京：中國文聯出版公司
1992 年 10 月，32 開，221 頁
郭良蕙作品系列

長篇小說。本書敘述年輕經理華來德為氣質高
雅的設計師施慕柔傾倒並不懈追求，在施決定
重啟心房時，華卻因社會的偏見而另尋對象的
故事，作者以男、女主角的視角交叉敘事，呈
現雙方面對愛情的迴異思維。全書共 14 章。
1975 年新亞版：內容與 1966 年新文化版同。
1989 年臺聲版：正文與 1966 年新文化版同。
正文前新增郭良夫〈小妹的小說——郭良蕙
小說系列序〉。
1992 年中國文聯版：內容與 1966 年新文化版
同。

中國文聯公司 1993

失落・失落・失落

臺北：新亞出版社
1966 年，32 開，261 頁

北京：中國文聯出版公司
1993 年 4 月，32 開，195 頁
郭良蕙作品系列

長篇小說。本書敘述容貌姣好的女子麗妃在三段婚姻中的追求
與失落。全書共 12 章。封底另有〈郭良蕙女士小傳〉。
1966 年新亞版：（今查無藏本）。

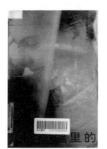

長篇小說。本書描繪一個人人稱羨的外交官家庭內部的暗潮洶湧，揭開幸福表象下的種種無奈與妥協。全書共 68 章。正文前有編者〈序〉。（今查無封面）

1975 年新亞版：內容與 1966 年新文化版同。

1980 年漢麟版：正文與 1967 年新文化版同。正文前刪去編者〈序〉。

1991 年中國文聯版：內容與 1980 年漢麟版同。

中國文聯公司 1991

記憶的深處
高雄：長城出版社
1967 年 1 月，32 開，283 頁

中、短篇小說集。全書收錄短篇小說〈悲劇的後面〉、〈尋樂者〉、〈迷惘〉、〈命運〉、〈狂歡時刻〉、〈獎〉共六篇，以及中篇小說〈午夜的困惑〉、〈記憶的深處〉共二篇。

新文化公司 1967

新亞出版社 1975

早熟
香港：新文化公司
1967 年 10 月，32 開，400 頁

臺北：新亞出版社
1975 年 6 月，32 開，400 頁

香港：郭良蕙新事業公司
1980 年 5 月，32 開，339 頁

北京：中國文聯出版公司
1989 年 6 月，32 開，341 頁

北京：華文出版社
1999 年 1 月，32 開，304 頁
都市情緣小說系列

郭良蕙新事業公司
1980

中國文聯公司 1989

長篇小說。本書敘述家庭失和的中學少女陸稚白對愛情充滿嚮往，卻因初嘗禁果而墮胎的故事。全書共 38 章。正文前有編者〈序〉。

1975 年新亞版：內容與 1967 年新文化版同。

1980 年郭良蕙新事業版：內容與 1967 年新文化版同。

華文出版社 1999

1989 年中國文聯版：正文與 1967 年新文化版同。正文前刪去編者〈序〉。

1999 年華文版：內容與 1989 年中國文聯版同。封底新增〈郭良蕙妙語〉。

新亞出版社 1968

新文化公司 1968

雨滴和淚滴

臺北：新亞出版社
1968 年 1 月，32 開，307 頁

香港：新文化公司
1968 年 9 月，32 開，307 頁
新月文藝叢書 24

長篇小說。本書依據作者旅行中對西貢印象寫成，以倒敘方式，敘述寄居姨媽家的女孩夕青與越南華僑施百侯相戀，為逃避姨媽逼婚，隨施百侯返回西貢準備結婚，卻在幸福來臨前不斷感受到厄運預警的故事。全書共 35 章。

1968 年新文化版：正文與 1968 年新亞版同。正文前新增編者〈序〉，正文後新增郭良蕙〈後記〉。

新亞出版社 1975

中國文聯公司 1987

焦點

臺北：新亞出版社
1968 年 6 月，32 開，355 頁

臺北：新亞出版社
1975 年 6 月，32 開，355 頁

北京：中國文聯出版公司
1987 年 1 月，32 開，263 頁
香港臺灣與海外華文文學叢書

北京：華文出版社
1999 年 1 月，32 開，258 頁
都市情緣小說系列

長篇小說。本書以第一人稱視角敘述在母親安排下從影的天真少女朱顏由配角到成名過程中，逐漸認識複雜社會的樣貌及自身身世。全書共 56 章。正文前有編者〈序〉。

1968 年新亞版：（今查無藏本）。

1987 年中國文聯版：正文與 1975 年新亞版同。正文前刪去編者〈序〉，新增〈郭良蕙女士小傳〉、郭良夫〈序〉。

1999 年華文版：正文與 1975 年新亞版同。正文前刪去編者〈序〉。封底新增〈郭良蕙妙語〉。

華文出版社 1999

新文化公司 1968　　漢麟出版社 1978

中國文聯公司 1991　　華文出版社 1999

心境

臺北：立志出版社
1968 年 9 月，32 開，423 頁

香港：新文化公司
1968 年 10 月，32 開，423 頁
新月文藝叢書 26

臺北：漢麟出版社
1978 年 6 月，32 開，361 頁

北京：中國文聯出版公司
1991 年 8 月，32 開，308 頁

北京：華文出版社
1999 年 1 月，32 開，301 頁
都市情緣小說系列

長篇小說。本書敘述出身寒微的貴婦顧思眉幾經波折獲致理想的生活條件後，卻感到內心空虛，重新追尋生命意義的故事。全書共 60 章。正文前有〈編者的話〉。（今查無封面）

1968 年新文化版：內容與 1968 年立志版同。

1978 年漢麟版：更名為《迷境》。正文與 1968 年立志版同。正文前刪去〈編者的話〉。

1991 年中國文聯版：更名為《何日再相逢》。正文與 1968 年立志版同。正文前刪去〈編者的話〉。

1999 年華文版：更名為《迷境》。正文與 1968 年立志版同。正文前刪去〈編者的話〉。封底新增〈郭良蕙妙語〉。

立志出版社 1969

漢麟出版社 1980

郭良蕙新事業公司
1981

花城出版社 1991

華文出版社 1999

嫁

臺北：立志出版社
1969 年 4 月，32 開，412 頁

臺北：漢麟出版社
1980 年 3 月，32 開，340 頁

香港：郭良蕙新事業公司
1981 年 1 月，32 開，340 頁

廣州：花城出版社
1991 年 7 月，32 開，294 頁

北京：華文出版社
1999 年 1 月，32 開，289 頁
都市情緣小說

長篇小說。本書從已屆適婚年齡而頻遭催婚的上班族田惘為中心，以田惘身旁女性親朋的婚姻為鑑，勾勒小市民的生活樣態及婚姻內外女性處境。全書共 66 章。
1980 年漢麟版：更名為《女大當嫁》。內容與 1969 年立志版同。
1981 年郭良蕙新事業版：更名為《女大當嫁》。內容與 1969 年立志版同。
1991 年花城版：更名為《女大當嫁》。內容與 1969 年立志版同。
1999 年華文版：更名為《女大當嫁》。內容與 1969 年立志版同。封底新增〈郭良蕙妙語〉。

立志出版社 1970

漢麟出版社 1978

他們的故事

臺北：立志出版社
1970 年 3 月，32 開，458 頁
立志文叢第○三○九輯

臺北：漢麟出版社
1978 年 4 月，32 開，395 頁

北京：中國文聯出版公司
1992 年 8 月，32 開，328 頁
郭良蕙作品系列 7

中國文聯公司 1992　　華文出版社 1999

北京：華文出版社
1999 年 1 月，32 開，314 頁
都市情緣小說系列

長篇小說。本書作者以第一人稱描述身邊三位大學友人在成家立業後各自的感情發展，帶出理想與現實的錯位及唏噓。全書分三部分，共 98 章。正文前有郭良蕙〈他們的故事〉，正文後附錄郭良蕙作詞、魯玉鵬作曲之樂譜〈笑紅了臉的花〉。

1978 年漢麟版：正文與 1970 年立志版同。正文前有郭良蕙〈他們的故事〉，正文後刪去郭良蕙作詞、魯玉鵬作曲之樂譜〈笑紅了臉的花〉。

1992 年中國文聯版：內容與 1978 年漢麟版同。封底新增〈郭良蕙女士小傳〉。

1999 年華文版：正文與 1970 年漢麟版同。正文前刪去郭良蕙〈他們的故事〉。

立志出版社 1971　　湖南文藝出版社 1988

鄰家有女

臺北：立志出版社
1971 年 1 月，32 開，327 頁

長沙：湖南文藝出版社
1988 年 4 月，32 開，227 頁
臺灣佳作選粹

長篇小說。本書以生長於威權家庭與學校的初中女生邱愛芬的遭遇，反映打罵教育對孩童的影響與危害。全書共 54 章。

1988 年湖南文藝版：內容與 1971 年立志版同。

漢麟出版社 1979　　郭良蕙新事業公司 1980

斜煙

臺北：立志出版社
1971 年 5 月，32 開，388 頁

臺北：漢麟出版社
1979 年 9 月，32 開，323 頁

香港：郭良蕙新事業公司
1980 年 5 月，32 開，323 頁

北京：人民文學出版社
1991 年 7 月，32 開，270 頁

人民文學出版社
1991

長篇小說。本書敘述原本與妻子相愛的丈夫在患病後性格丕變，雖一心為妻兒將來設想卻不得其果的悲劇故事。全書共 35 章。正文後有郭良蕙〈後記〉。（今查無封面）

1979 年漢麟版：正文與 1971 年立志版同。正文後刪去郭良蕙〈後記〉。

1980 年郭良蕙新事業版：內容與 1979 年漢麟版同。

1991 年：正文與 1971 年立志版同。正文前新增郭良蕙〈自序〉，正文後刪去郭良蕙〈後記〉。

中國文聯公司 1993

變奏

臺北：立志出版社
1971 年，32 開，223 頁

香港：郭良蕙新事業公司
1982 年，32 開，223 頁

北京：中國文聯出版公司
1993 年 5 月，32 開，155 頁
郭良蕙作品系列

長篇小說。本書作者以三個大學女生的來訪為契機，由女學生們對於各自母親的描述加以分析推想，勾勒出三個破碎家庭的故事。全書共 19 章。正文前有郭良蕙〈序曲〉。封底另有〈郭良蕙女士小傳〉。

1971 年立志版：（今查無藏本）。

1982 年郭良蕙新事業版：（今查無藏本）。

新亞出版社 1971

中國文聯公司 1993

這一大片空白

臺北：新亞出版社
1971 年，32 開，220 頁
新亞叢書第十七種

北京：中國文聯出版公司
1993 年 4 月，32 開，170 頁
郭良蕙作品系列

長篇小說。本書以 19 歲少女于殊玲致戀人的情書，描繪在父母離異的影響下，少女對教師的癡戀及對未來的幻想。全書共 47 章。

1993 年中國文聯版：內容與 1971 年新亞版同。封底新增〈郭良蕙女士小傳〉。

新亞出版社 1972　　臺聲出版社 1993

蝕

臺北：新亞出版社
1972 年，32 開，268 頁
新亞叢書 23

香港：郭良蕙新事業公司
1983 年，32 開，268 頁

北京：臺聲出版社
1993 年 4 月，32 開，214 頁
郭良蕙小說系列

北京：中國文聯出版公司
1993 年 8 月，32 開，205 頁
郭良蕙作品系列

中國文聯公司 1993

長篇小說。本書以留美碩士盛兆菁短暫回臺探親的見聞牽引出其在紐約的回憶，突顯留學生光環背後飄泊異鄉的空虛，以及女性在求學、就業、婚姻等選項間面臨的種種壓力。全書共 43 章。正文前有〈編者識〉。

1983 年郭良蕙新事業版：（今查無藏本）。

1993 年臺聲版：正文與 1972 年新亞版同。正文前刪去〈編者識〉。

1993 年中國文聯版：內容與 1972 年新亞版同。封底新增〈郭良蕙女士小傳〉。

新亞出版社 1973　　漢麟出版社 1978

加爾各答的陌生客

臺北：新亞出版社
1973 年 7 月，32 開，350 頁

臺北：漢麟出版社
1978 年 12 月，32 開，305 頁

北京：中國文聯出版公司
1993 年 8 月，32 開，225 頁
郭良蕙作品系列

中國文聯公司 1993

長篇小說。本書作者以第一人稱敘述自己的旅途遭遇，由其因豹皮而遭提告的困境為主軸，描繪被困加爾各答期間對當地風俗民情的觀察及感受。全書共 62 章。正文前有郭良蕙〈關於《加爾各答的陌生客》〉。

1978 年漢麟版：正文與 1973 年新亞版同。正文前刪去郭良蕙〈關於《加爾各答的陌生客》〉。

1993 年中國文聯版：內容與 1978 年漢麟版同。封底新增〈郭良蕙妙語〉。

新亞出版社 1973　　人民文學出版社
　　　　　　　　　1994

緣

臺北：新亞出版社
1973 年 7 月，32 開，322 頁

北京：人民文學出版社
1994 年 2 月，32 開，221 頁

長篇小說。本書描述嫁與美國華商的臺灣女子沈琴因無法忍受丈夫的無趣而獨自旅歐，在享受一人時光與美好邂逅之際，卻因顧忌家庭而愈添憂思的故事。全書共 47 章。正文前有編者〈序〉。

1994 年人民版：正文與 1973 年新亞版同。正文前刪去編者〈序〉。封底新增〈本書金句〉。

新亞出版社 1973

睡眠在那裡

臺北：新亞出版社
1973 年 7 月，32 開，192 頁

香港：郭良蕙新事業公司
1983 年 5 月，32 開，192 頁

中、短篇小說集。全書收錄短篇小說〈施恩與報恩〉、〈迷失的日子〉、〈她和她〉、〈作風〉、〈約會〉、〈薄醉〉共六篇，以及中篇小說〈睡眠在哪裏〉一篇。
1983 年郭良蕙新事業版：（今查無藏本）。

新亞出版社 1975　　郭良蕙新事業公司
　　　　　　　　　1980

團圓

臺北：新亞出版社
1975 年 4 月，32 開，338 頁
新亞叢書

香港：郭良蕙新事業公司
1980 年 12 月，32 開，337 頁

廣州：花城出版社
1990 年 4 月，32 開，272 頁

長篇小說。本書敘述黃金單身漢荊慰祖周旋於相親對象李玉蘊與已婚女子莊亦晴間的情感糾葛，以家人團聚的三場年夜飯為節點帶出數年間的人事變遷。全書共 57 章。
1980 年郭良蕙新事業版：內容與 1975 年新亞版同。

1990 年花城版：更名為《情恨》。內容與 1975 年新亞版同。

新亞出版社 1975　　人民文學出版社
　　　　　　　　　　1994

花季

臺北：新亞出版社
1975 年 4 月，32 開，320 頁

北京：人民文學出版社
1994 年 2 月，32 開，247 頁

長篇小說。本書敘述兩個互不相識的鄰居，
同為舞女出身，卻走向迥異的命運，小說以
交叉敘事手法漸次揭露書中主角情感關係中
的種種欺瞞與真相。全書共 31 章。

1994 年人民版：內容與 1975 年新亞版同。

好個秋

臺北：天下圖書公司
1976 年 8 月，32 開，397 頁
天下小說 6

長篇小說。作者以第一人稱敘述在臺北與多年舊友重新相會而
開啟新的交際圈，由日常社交場景穿引出對於金錢、感情及友
誼的體悟。

兩種以外的

臺北：漢麟出版社
1978 年，32 開，270 頁

長篇小說。本書以「湯包（Tomboy）」米楣君與已婚婦人白楚的
感情為中心，呈現女同性戀在感情、金錢與家庭等多重關係下
所遭受的壓迫。全書共 43 章。（今查無藏本）。

台北的女人

臺北：爾雅出版社
1980 年 4 月，32 開，145 頁
爾雅叢書 65

短篇小說集。全書收錄〈往日往事〉、〈週末何處去〉、〈夜談〉、〈冥冥定數〉、〈高處不勝寒〉、〈冶遊〉、〈小夫妻的娛樂節目〉、〈半個甲子〉、〈黑歲月〉、〈地緣〉共 10 篇。正文前有隱地〈一本寂寞的書——我讀郭良蕙《台北的女人》〉，正文後有郭良蕙〈寫給蓋利——代後記〉，附錄〈郭良蕙已出版的著作〉。

晚宴

香港：郭良蕙新事業公司
1982 年

短篇小說集。全書收錄〈鄉遠〉、〈野貓〉、〈方先生的假日〉、〈一個異國女友的自白〉、〈晚宴〉、〈由誤解到瞭解〉、〈靜止中的流動〉、〈失〉、〈第五大道的徬徨〉共九篇。（今查無藏本）。

女大當嫁

北京：華文出版社
2000 年 8 月，14×20.3 公分，606 頁
都市情緣小說系列

本書收錄長篇小說《女大當嫁》（1999 年華文出版社）與《他們的故事》。

焦點

北京：華文出版社
2000 年 8 月，14×20.3 公分，562 頁
都市情緣小說系列

本書收錄長篇小說《春盡》與《焦點》。

早熟

北京：華文出版社

2000 年 8 月，14×20.3 公分，596 頁

都市情緣小說系列

（今查無藏本）。

鄰家有女

北京：華文出版社

2001 年 1 月，14×20.3 公分，411 頁

都市情緣小說系列

本書收錄長篇小說《鄰家有女》與《失落‧失落‧失落》。

四月的旋律

北京：華文出版社

2001 年 1 月，14×20.3 公分，523 頁

都市情緣小說系列

本書收錄長篇小說《四月的旋律》與《變奏》。

我心‧我心

北京：華文出版社

2001 年 1 月，14×20.3 公分，394 頁

都市情緣小說系列

本書收錄長篇小說《我心‧我心》與《這一大片空白》。

【合集】

郭良蕙作品集
臺北：時報文化出版公司
1986 年 6 月～1991 年 8 月，32 開

共 20 冊。正文前有郭良蕙〈自序〉。封底另有〈本書金句〉。

青草青青
臺北：時報文化出版公司
1986 年 6 月，32 開，301 頁
郭良蕙作品集 1

本書收錄長篇小說《青草青青》（原《青青草》）。

心鎖
臺北：時報文化出版公司
1986 年 6 月，32 開，355 頁
郭良蕙作品集 2

本書收錄長篇小說《心鎖》。

黑色的愛
臺北：時報文化出版公司
1986 年 8 月，32 開，187 頁
郭良蕙作品集 3

本書收錄長篇小說《黑色的愛》。

感情的債
臺北：時報文化出版公司
1986 年 8 月，32 開，332 頁
郭良蕙作品集 4

本書收錄長篇小說《感情的債》。

鄰家有女
臺北：時報文化出版公司
1986 年 8 月，32 開，295 頁
郭良蕙作品集 5

本書收錄長篇小說《鄰家有女》。

早熟
臺北：時報文化出版公司
1987 年 6 月，32 開，385 頁
郭良蕙作品集 6

本書收錄長篇小說《早熟》。

加爾各答的陌生客
臺北：時報文化出版公司
1987 年 6 月，32 開，342 頁
郭良蕙作品集 7

本書收錄長篇小說《加爾各答的陌生客》。

第三性
臺北：時報文化出版公司
1987 年 6 月，32 開，292 頁
郭良蕙作品集 8

本書收錄長篇小說《兩種以外的》。

斜煙
臺北：時報文化出版公司
1987 年 10 月，32 開，332 頁
郭良蕙作品集 9

本書收錄長篇小說《斜煙》。

黃昏來臨時
臺北：時報文化出版公司
1987 年 10 月，32 開，377 頁
郭良蕙作品集 10

本書收錄長篇小說《黃昏來臨時》。

失落‧失落‧失落
臺北：時報文化出版公司
1987 年 10 月，32 開，249 頁
郭良蕙作品集 11

本書收錄長篇小說《失落‧失落‧失落》。

緣去緣來

臺北：時報文化出版公司
1987 年 10 月，32 開，235 頁
郭良蕙作品集 12

本書集結作者 1980 年代中後期發表於各報刊的短文，敘及遊歷
各地探尋古董之見聞及人情體悟。全書收錄〈倫敦的市場傳
奇〉、〈倫敦的人物傳奇〉、〈一〇五〇的故事〉等 20 篇。

春盡

臺北：時報文化出版公司
1988 年 6 月，32 開，377 頁
郭良蕙作品集 13

本書收錄長篇小說《春盡》。

我不再哭泣

臺北：時報文化出版公司
1988 年 6 月，32 開，433 頁
郭良蕙作品集 14

本書收錄長篇小說《我不再哭泣》。

記憶的深處

臺北：時報文化出版公司
1988 年 6 月，32 開，242 頁
郭良蕙作品集 15

中篇小說集。全書收錄〈午夜的困惑〉、〈記憶的深處〉、〈睡眠
在哪裡〉共三篇。

約會與薄醉

臺北：時報文化出版公司
1988 年 6 月，32 開，296 頁
郭良蕙作品集 16

短篇小說集。全書收錄〈鄉遠〉、〈野貓〉、〈方先生的假日〉、〈一個異國女友的告白〉、〈晚宴〉、〈由誤解到瞭解〉、〈失〉、〈第五大道的徬徨〉、〈靜止中的流動〉、〈悲劇的後面〉、〈尋樂者〉、〈迷惘〉、〈命運〉、〈狂歡時刻〉、〈獎〉、〈施恩與報恩〉、〈迷失的日子〉、〈她和她〉、〈作風〉、〈約會〉、〈薄醉〉共 21 篇。

台北一九六〇

臺北：時報文化出版公司
1991 年 8 月，32 開，277 頁
郭良蕙作品集 17

短篇小說集。本書將長篇小說《樓上樓下》之內容重新劃分、命名。全書收錄〈瑪莉袁〉、〈第五個〉、〈歲月如流〉、〈歸宿〉、〈婚姻以外〉、〈約〉、〈太太的獨白〉、〈死靈魂〉、〈雨‧雨〉、〈聚會〉、〈風暴〉、〈單身節目〉、〈樓上樓下〉共 13 篇。正文前有王寧〈迷茫中的知識‧悲愴後的光明——讀臺灣女作家郭良蕙的小說〉、董保中〈郭良蕙的臺北人世界〉、郭良蕙〈自序〉、〈前言〉，正文後有郭良蕙〈後語〉、郭良夫〈小妹的小說——郭良蕙小說系列〉、郭良蕙〈長亭更短亭（代後記）〉。

四月的旋律

臺北：時報文化出版公司
1991 年 8 月，32 開，461 頁
郭良蕙作品集 18

本書收錄長篇小說《四月的旋律》。正文前有王寧〈迷茫中的知識‧悲愴後的光明——讀臺灣女作家郭良蕙的小說〉、董保中〈郭良蕙的臺北人世界〉、郭良蕙〈自序〉，正文後有郭良夫〈小妹的小說——郭良蕙小說系列〉、郭良蕙〈長亭更短亭（代後記）〉。

他們的故事

臺北：時報文化出版公司
1991 年 8 月，32 開，398 頁
郭良蕙作品集 19

本書收錄長篇小說《他們的故事》。正文前有王寧〈迷茫中的知
識・悲愴後的光明——讀臺灣女作家郭良蕙的小說〉、董保中
〈郭良蕙的臺北人世界〉、郭良蕙〈自序〉，正文後有郭良夫〈小
妹的小說——郭良蕙小說系列〉、郭良蕙〈長亭更短亭（代後
記）〉。

遙遠的路

臺北：時報文化出版公司
1991 年 8 月，32 開，540 頁
郭良蕙作品集 20

本書收錄長篇小說《遙遠的路》。正文前有王寧〈迷茫中的知
識・悲愴後的光明——讀臺灣女作家郭良蕙的小說〉、董保中
〈郭良蕙的臺北人世界〉、郭良蕙〈自序〉，正文後有郭良夫〈小
妹的小說——郭良蕙小說系列〉、郭良蕙〈長亭更短亭（代後
記）〉。

郭良蕙文物散文集

北京：紫禁城出版社
2010 年 12 月，16 開

共三冊。正文後有馮印淙〈編後記〉。

青花青

北京：紫禁城出版社
2010 年 12 月，16 開，227 頁

本書集結作者關於陶瓷之鑑賞文章。全書分「1980～1989 年」、
「1990～1999 年」、「2000 年～」三輯，收錄〈金碗緣〉、〈沙漠
晚霞賞鈞窯〉、〈色彩繽紛蒜頭瓶〉、〈天賜宋瓷〉等 43 篇。

世間多絕色

北京：紫禁城出版社
2010 年 12 月，16 開，228 頁

本書集結作者關於陶瓷以外各類文物之鑑賞文章。全書分
「1980～1989 年」、「1990～1999 年」、「2000 年～」三輯，收錄
〈玉的王國〉、〈舊金山的舊王孫〉、〈玻璃·琉璃·料〉、〈和金
相同的銅〉、〈牙雕藝術〉等 50 篇。

寶歸何處（二冊）

北京：紫禁城出版社
2010 年 12 月，16 開，504 頁

本書集結作者遊歷世界各地尋訪文物、邂逅
故人的感懷文章。全書分「1980～1989 年」、
「1990～1999 年」、「2000 年～」三輯，收錄
〈在倫敦看拍賣〉、〈寶歸何處〉、〈物何價〉、
〈小立體和大平面〉、〈深秋倫敦〉等 81 篇。

（上）　　（下）

郭良蕙作品集典藏版

香港：郭良蕙新事業公司
2014 年 1 月～2016 年 2 月，25 開

共 64 冊。正文前有〈作者簡介〉、郭良蕙〈自序〉。封底另有〈金句〉。

銀夢

香港：郭良蕙新事業公司
2014 年 1 月，25 開，259 頁

本書收錄短篇小說集《銀夢》。正文前刪去羅家倫〈序〉、黃季
陸〈序〉，新增郭良蕙〈前言〉，正文後刪去陳紀瀅《《銀夢》讀
後記〉。

我不再哭泣

香港：郭良蕙新事業公司

2014 年 1 月，25 開，550 頁

本書收錄長篇小說《我不再哭泣》。

青草青青

香港：郭良蕙新事業公司

2014 年 1 月，25 開，364 頁

本書收錄長篇小說《青草青青》（原《青青草》）。正文前有郭良蕙〈前言〉。

過客

香港：郭良蕙新事業公司

2014 年 1 月，25 開，224 頁

本書收錄《過客》（原《格蘭道爾的早餐》）。正文前有郭良蕙〈前言——都是過客〉。

加爾各答的陌生客

香港：郭良蕙新事業公司

2014 年 1 月，25 開，396 頁

本書收錄長篇小說《加爾各答的陌生客》。

團圓

香港：郭良蕙新事業公司
2014 年 2 月，25 開，427 頁

本書收錄長篇小說《團圓》。

第三者

香港：郭良蕙新事業公司
2014 年 2 月，25 開，319 頁

本書收錄短篇小說集《第三者》。

心鎖

香港：郭良蕙新事業公司
2014 年 3 月，25 開，434 頁

本書收錄長篇小說《心鎖》。正文前有郭良蕙〈前言——我寫《心鎖》〉。

樓上樓下

香港：郭良蕙新事業公司
2014 年 3 月，25 開，296 頁

本書收錄長篇小說《樓上樓下》。正文前有郭良蕙〈前言〉，正文後有郭良蕙〈後話〉。

黃昏來臨時
香港：郭良蕙新事業公司
2014 年 3 月，25 開，470 頁

本書收錄長篇小說《黃昏來臨時》。

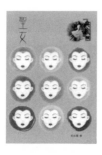

聖女
香港：郭良蕙新事業公司
2014 年 4 月，25 開，206 頁

本書收錄短篇小說集《聖女》。

女人的事
香港：郭良蕙新事業公司
2014 年 4 月，25 開，291 頁

本書收錄長篇小說《女人的事》。

早熟
香港：郭良蕙新事業公司
2014 年 5 月，25 開，457 頁

本書收錄長篇小說《早熟》。

憶曲

香港：郭良蕙新事業公司
2014 年 5 月，25 開，127 頁

本書收錄中篇小說《憶曲》（原《往事》）。正文前有郭良蕙〈作者啟事〉。

牆裡牆外

香港：郭良蕙新事業公司
2014 年 6 月，25 開，340 頁

本書收錄長篇小說《牆裡牆外》。正文前有郭良蕙〈前言〉。

花季

香港：郭良蕙新事業公司
2014 年 6 月，25 開，407 頁

本書收錄長篇小說《花季》。

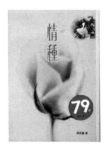

情種

香港：郭良蕙新事業公司
2014 年 7 月，25 開，173 頁

本書收錄中篇小說《情種》。

錯誤的抉擇

香港：郭良蕙新事業公司
2014 年 7 月，25 開，243 頁

本書本書收錄中篇小說集《錯誤的抉擇》。

黑色的愛

香港：郭良蕙新事業公司
2014 年 7 月，25 開，262 頁

本書收錄長篇小說《黑色的愛》。正文前有郭良蕙〈前言〉。

春盡

香港：郭良蕙新事業公司
2014 年 8 月，25 開，308 頁

本書收錄長篇小說《春盡》。

臺北的女人

香港：郭良蕙新事業公司
2014 年 8 月，25 開，195 頁

本書收錄短篇小說集《台北的女人》。

貴婦與少女
香港：郭良蕙新事業公司
2014 年 8 月，25 開，379 頁

本書收錄短篇小說集《貴婦與少女》。

兩種以外的
香港：郭良蕙新事業公司
2014 年 9 月，25 開，382 頁

本書收錄長篇小說《兩種以外的》。

我心・我心
香港：郭良蕙新事業公司
2014 年 9 月，25 開，395 頁

本書收錄長篇小說《我心・我心》。

他們的故事
香港：郭良蕙新事業公司
2014 年 10 月，25 開，616 頁

本書收錄長篇小說《他們的故事》。正文前有郭良蕙〈前言〉。

生活的秘密
香港：郭良蕙新事業公司
2014 年 10 月，25 開，185 頁

本書收錄中篇小說《生活的秘密》。

午夜的話
香港：郭良蕙新事業公司
2014 年 10 月，25 開，283 頁

本書收錄長篇小說《午夜的話》（原《泥漥的邊緣》）。

第四個女人
香港：郭良蕙新事業公司
2014 年 10 月，25 開，149 頁

本書收錄中篇小說《第四個女人》。
。

人生就是這樣
香港：郭良蕙新事業公司
2014 年 11 月，25 開，333 頁

本書收錄《人生就是這樣！》。

一吻
香港：郭良蕙新事業公司
2014 年 11 月，25 開，447 頁

本書收錄短篇小說集《一吻》。

好個秋
香港：郭良蕙新事業公司
2014 年 11 月，25 開，577 頁

本書收錄長篇小說《好個秋》。

約會與薄醉
香港，郭良蕙新事業公司
2014 年 12 月，25 開，463 頁

本書收錄短篇小說集《約會與薄醉》。

四月的旋律
香港：郭良蕙新事業公司
2014 年 12 月，25 開，686 頁

本書收錄長篇小說《四月的旋律》。

雨滴和淚滴

香港：郭良蕙新事業公司
2014 年 12 月，25 開，447 頁

本書收錄長篇小說《雨滴和淚滴》。

感情的債

香港：郭良蕙新事業公司
2015 年 1 月，25 開，479 頁

本書收錄長篇小說《感情的債》。

變奏

香港：郭良蕙新事業公司
2015 年 1 月，25 開，302 頁

本書收錄長篇小說《變奏》。

琲琲的故事

香港：郭良蕙新事業公司
2015 年 1 月，25 開，222 頁

本書收錄中篇小說《琲琲的故事》。

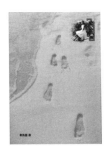

默戀
香港：郭良蕙新事業公司
2015 年 1 月，25 開，180 頁

本書收錄中篇小說《默戀》。

焦點
香港：郭良蕙新事業公司
2015 年 3 月，25 開，494 頁

本書收錄長篇小說《焦點》。

記憶的深處
香港：郭良蕙新事業公司
2015 年 3 月，25 開，367 頁

本書收錄中、短篇小說集《記憶的深處》（長城出版社）。

他・她・牠
香港：郭良蕙新事業公司
2015 年 3 月，25 開，366 頁

本書收錄中、短篇小說集《他・她・牠》。

禁果

香港：郭良蕙新事業公司

2015 年 3 月，25 開，350 頁

本書收錄短篇小說集《禁果》。

斜煙

香港：郭良蕙新事業公司

2015 年 3 月，25 開，539 頁

本書收錄長篇小說《斜煙》。正文前有郭良蕙〈作者附語〉。

寂寞假期

香港：郭良蕙新事業公司

2015 年 4 月，25 開，415 頁

本書收錄長篇小說《寂寞假期》。

女大當嫁

香港：郭良蕙新事業公司

2015 年 4 月，25 開，527 頁

本書收錄長篇小說《女大當嫁》（原《嫁》）。

晚宴

香港：郭良蕙新事業公司
2015 年 4 月，25 開，182 頁

本書收錄短篇小說集《晚宴》。

小女人

香港：郭良蕙新事業公司
2015 年 4 月，25 開，334 頁

本書收錄短篇小說集《小女人》。

鄰家有女

香港：郭良蕙新事業公司
2015 年 5 月，25 開，390 頁

本書收錄長篇小說《鄰家有女》。

緣

香港：郭良蕙新事業公司
2015 年 5 月，25 開，424 頁

本書收錄長篇小說《緣》。

繁華夢
香港：郭良蕙新事業公司
2015 年 5 月，25 開，136 頁

本書收錄中篇小說《繁華夢》。正文前有詹淑嫻〈前言——母親的話〉。

睡眠在哪裡
香港：郭良蕙新事業公司
2015 年 6 月，25 開，311 頁

本書收錄中、短篇小說集《睡眠在哪裡》。

迷境
香港：郭良蕙新事業公司
2015 年 6 月，25 開，519 頁

本書收錄長篇小說《迷境》（原《心境》）。

這一大片空白
香港：郭良蕙新事業公司
2015 年 6 月，25 開，311 頁

本書收錄長篇小說《這一大片空白》。

蝕

香港：郭良蕙新事業公司
2015 年 6 月，25 開，363 頁

本書收錄長篇小說《蝕》。

失落・失落・失落

香港：郭良蕙新事業公司
2015 年 7 月，25 開，351 頁

本書收錄長篇小說《失落・失落・失落》。

遙遠的路

香港：郭良蕙新事業公司
2015 年 7 月，25 開，871 頁

本書收錄長篇小說《遙遠的路》。

藏在幸福裡的

香港：郭良蕙新事業公司
2015 年 7 月，25 開，614 頁

本書收錄長篇小說《藏在幸福裏的》。

文物市場傳奇

香港：郭良蕙新事業公司
2015 年 8 月，25 開，448 頁

本書收錄《文物市場傳奇》。

金色的憂鬱

香港：郭良蕙新事業公司
2015 年 9 月，25 開，987 頁

本書收錄長篇小說《金色的憂鬱》。

郭良蕙看文物

香港：郭良蕙新事業公司
2015 年 10 月，25 開，623 頁

本書收錄《郭良蕙看文物》。

青花青

香港：郭良蕙新事業公司
2015 年 10 月，25 開，648 頁

本書收錄《青花青》（藝術家出版社）。

世間多絕色

香港：郭良蕙新事業公司
2015 年 10 月，25 開，551 頁

本書收錄《世間多絕色》（藝術家出版社）。

（上）

郭良蕙選集（二冊）

香港：郭良蕙新事業公司
2015 年 12 月，25 開，1424 頁

本書收錄中、短篇小說集《郭良蕙選集》。

（下）

緣去緣來

香港：郭良蕙新事業公司
2016 年 2 月，25 開，320 頁

本書收錄《緣去緣來》。

文學年表

1926 年	8 月	17 日，生於河南開封，祖籍山東鉅野。家中排行第四，上有三位兄姐：郭良玉、郭良琛、郭良夫。
1933 年	本年	進入開封師範學院（今河南大學）附屬小學就讀。
1937 年	12 月	因中日戰爭爆發，避亂西行。
1939 年	本年	隨擔任教職的兄長郭良夫進入四川江安縣立女子初級中學就讀。
1940 年	本年	因兄長郭良夫調職，轉入重慶私立南開中學初中部就讀。
1942 年	本年	隨父母遷居西安，進入西安尊德女子中學（今西安市第三中學）就讀。
		開始創作詩作，內容多抒發青春情懷。
1945 年	9 月	進入成都四川大學外國語言文學系就讀。
1946 年	秋	轉學至上海復旦大學外國語言文學系就讀。
1948 年	春	進入上海《新民晚報》校對組工作。
	夏	自復旦大學外國語言文學系畢業。
1949 年	春	與空軍飛行軍官孫吉棟結婚，不久共同赴臺。
	4 月	與丈夫孫吉棟定居嘉義。
	本年	重新執筆，開始投稿報刊，寫作生涯的初期屢遭退稿。
1951 年	2 月	短篇小說〈稚心〉以筆名「蕙」發表於《野風》第 8 期。
	6 月	翻譯〈當他有了外遇時〉，以筆名「蕙」發表於《野風》第 14 期。
	8 月	短篇小說〈太太的俘虜〉以筆名「蕙」發表於《野風》第

	18 期。
9 月	短篇小說〈轉移〉以筆名「蕙」發表於《野風》第 20 期。
10 月	短篇小說〈南下車中〉以筆名「蕙」發表於《野風》第 22 期。
	短篇小說〈愛情的創痕〉以筆名「蕙」發表於《半月文藝》第 4 卷第 1 期。

1952 年　　1 月　　短篇小說〈雞鳴早看天〉以筆名「蕙」發表於《野風》第 27 期。

　　　　　　2 月　　短篇小說〈陋巷群雛〉以筆名「蕙」發表於《野風》第 30 期。

　　　　　　3 月　　16 日，出席中國文藝協會於高雄學苑舉辦之「中國文藝協會南部分會成立大會」，並當選為理事之一。與會者有蘇雪林、尹雪曼、艾雯、王書川、郭嗣汾、墨人、王藍、郭晉秀、童真、蕭傳文、嚴友梅、陳暉、馬各等。

　　　　　　5 月　　長篇小說〈泥窪裡的奇葩〉以筆名「蕙」連載於《暢流》第 5 卷第 7 期～第 6 卷第 8 期，至 12 月止。

　　　　　　8 月　　短篇小說〈老鄉親〉發表於《中國一周》第 122 期。

　　　　　　11 月　　短篇小說〈賊〉發表於《野風》第 45 期。

　　　　　　12 月　　短篇小說〈婚變〉發表於《中國一周》第 136 期。

1953 年　　1 月　　1 日，《文藝列車》創刊。與古之虹、陳其茂共同擔任主編。
　　　　　　　　　短篇小說〈祕密〉發表於《文藝列車》第 1 卷第 1 期。
　　　　　　　　　短篇小說集《銀夢》由作者自印出版。

　　　　　　3 月　　劇本〈晝與夜〉連載於《文藝列車》第 1 卷第 3 期～第 1 卷第 6 期，至 9 月止。

　　　　　　5 月　　短篇小說〈麗人行〉以筆名「蕙」連載於《暢流》第 7 卷第 6～7 期。

　　　　　　6 月　　中篇小說〈乳燕飛〉連載於《野風》第 57～58 期，至 7 月

止。

9 月　2 日，短篇小說〈割愛〉發表於《中央日報・婦女與家庭》6 版。

短篇小說〈鄰居們〉發表於《晨光》第 1 卷第 7 期。

11 月　25 日，短篇小說〈富貴之家——女傭所見〉發表於《中央日報・婦女與家庭》6 版。

12 月　28 日，〈改行〉發表於《中央日報・副刊》4 版。

1954 年　1 月　15 日，短篇小說〈悟〉發表於《聯合報・副刊》6 版。

長篇小說《泥窪的邊緣》由臺北暢流半月刊社出版。

2 月　21 日，短篇小說〈誤〉連載於《聯合報・副刊》6 版，至 3 月 5 日止。

短篇小說〈犧牲〉發表於《軍中文藝》第 2 期。

4 月　16 日，短篇小說〈錯誤的抉擇〉連載於《自由中國》第 10 卷第 8～10 期，至 5 月 16 日止。

短篇小說〈浮沉〉發表於《幼獅文藝》第 2 期。

5 月　短篇小說集《銀夢》由嘉義青年圖書公司出版。

7 月　4 日，短篇小說〈鏡子〉發表於《民聲日報・副刊》6 版。

13 日，短篇小說〈生活線上〉發表於《聯合報・副刊》6 版。

28 日，〈年華似水〉發表於《中央日報・婦女與家庭》6 版。

8 月　短篇小說〈實境〉發表於《讀書》第 5 卷第 1 期。

中篇小說〈三人行〉連載於《晨光》第 2 卷第 6～8 期，至 10 月止。

10 月　8 日，〈南歸車上〉發表於《聯合報・副刊》6 版。

詩作〈夜梟〉發表於《藍星週刊》第 19 期。

12 月　短篇小說集《禁果》由臺北臺灣書店出版。

1955 年　1 月　短篇小說〈春蠶〉發表於《野風》第 76 期。

短篇小說〈容容的遭遇〉發表於《婦友》第 4 期。

2 月　　1 日，短篇小說〈溫情的喪失〉發表於《聯合報·副刊》6 版。

短篇小說〈父親〉發表於《幼獅文藝》第 8 期。

3 月　　短篇小說〈克羅服裝店〉發表於《幼獅文藝》第 9 期。

4 月　　短篇小說〈聖女〉發表於《自由談》第 6 卷第 4 期。

5 月　　5 日，出席臺灣省婦女寫作協會（今中國婦女寫作協會）成立大會，與會者有徐鍾珮、張明、嚴友梅、邱七七、艾雯、張雪茵、盧月化、蘇雪林、李曼瑰、劉枋等。

6 月　　短篇小說〈結婚進行曲〉發表於《幼獅文藝》第 12 期。

7 月　　短篇小說〈網〉發表於《新新文藝》第 2 卷第 2 期。

8 月　　11 日，短篇小說〈小蕙〉發表於《聯合報·副刊》6 版。

短篇小說〈金鐲〉連載於《中國學生周報·新苗》第 160～161 期。

10 月　　26 日，〈食為天〉發表於《中央日報·婦女與家庭》6 版。

短篇小說〈今昔〉發表於《幼獅文藝》第 15 期。

〈我的寫作與生活〉發表於《今日世界》第 85 期。

11 月　　9 日，〈哀語——悼青年劇作家劉垠〉發表於《中央日報·副刊》6 版。

短篇小說〈路〉發表於《婦友》第 14 期。

12 月　　短篇小說〈尹小姐的假日〉發表於《海風》第 1 卷第 1 期。

本年　　短篇小說〈胸針〉獲《亞洲畫報》第一屆普通組小說獎。

中篇小說《情種》由臺北婦女寫作協會出版。

1956 年　2 月　　8 日，參與中國青年寫作協會嘉義分會主辦的「戰鬥文藝座談會」，由熊茂生主持。講稿〈揭發黑暗的戰鬥意義〉發表於《商工日報》6 版。

9 日，短篇小說〈歲月的輪子〉發表於《聯合報·副刊》6 版。

20～23 日，參與中國青年寫作協會「農村山地訪問團」，與

林適存、王集叢、司徒衛、侯榕生、楚軍、彭歌、郭衣洞等人參訪嘉義阿里山林場及布袋港等地。

中篇小說《生活的秘密》由雲林新新文藝社出版。

3 月　短篇小說〈琳琳〉發表於《婦友》第 18 期。

短篇小說〈幻境〉連載於《中國學生周報・新苗》第 193～194 期，至 4 月止。

5 月　短篇小說集《聖女》由香港友聯出版社出版。

6 月　短篇小說〈一雙棉鞋〉連載於《中國學生周報・穗華》第 202～203 期。

短篇小說〈捨取〉發表於《晨光》第 4 卷第 4 期。

7 月　短篇小說〈手段〉發表於《海風》第 1 卷第 7 期。

中篇小說集《錯誤的抉擇》由臺北正中書局出版。

8 月　詩作〈心底的歌〉發表於《海瀾》第 10 期。

9 月　17 日，〈風和日麗念成都〉發表於《中國一周》第 334 期。

短篇小說〈人間〉、舊體詩〈啼音〉發表於《海風》第 1 卷第 9 期。

10 月　詩作〈有一天〉發表於《海風》第 1 卷第 10 期。

11 月　中篇小說〈癡種〉連載於《海瀾》第 13～16 期，至 1957 年 2 月止。

1957 年　1 月　14 日，短篇小說〈正人君子〉發表於《中國一周》第 351 期。

2 月　11 日，短篇小說〈反派角色〉發表於《中國一周》第 355 期。

3 月　短篇小說〈防空洞的故事〉發表於《海風》第 2 卷第 3 期。

4 月　詩作〈覆明珠〉、〈湖畔晨光〉以筆名「蕙」發表於《野風》第 103 期。

7 月　29 日，短篇小說〈求醫〉發表於《中國一周》第 379 期。

8 月　翻譯 John Keats 詩作〈我有一隻鴿子〉（I Had a Dove）於《海風》第 2 卷第 8 期。

9 月　9 日，短篇小說〈竹屋裡〉發表於《中國一周》第 385 期。

10 月　短篇小說〈五十與一百〉發表於《晨光》第 5 卷第 8 期。

短篇小說〈深院靜〉發表於《復興文藝》第 9 期。

短篇小說〈友誼〉發表於《幼獅文藝》第 36 期。

11 月　24 日，短篇小說〈禮物〉發表於《聯合報・副刊》6 版。

中篇小說《繁華夢》由臺北中央日報社出版。

12 月　20 日，短篇小說〈浮生〉發表於《中央日報・副刊》6 版。

短篇小說〈豔冷的聖誕夜〉發表於《自由談》第 8 卷第 12 期。

短篇小說〈晚宴〉發表於《文學雜誌》第 3 卷第 4 期。

本年　由嘉義遷居屏東。

1958 年　1 月　短篇小說集《一吻》由香港亞洲出版社出版。

4 月　〈我寫〈凱蕾〉〉發表於《海風》第 3 卷第 4 期。

5 月　長篇小說〈凱蕾〉連載於《海風》第 3 卷第 5 期～第 5 卷第 3、4 期合刊，至 1960 年 8 月止。

7 月　短篇小說〈女人和花束〉發表於《中國學生周報・穗華》第 311 期。

8 月　短篇小說〈劫數〉發表於《文學雜誌》第 4 卷第 6 期。

〈憶非烈〉發表於《野風》第 119 期。

9 月　16 日，〈一個小問題〉發表於《中央日報・國際新聞》3 版。

10 月　長篇小說《感情的債》由高雄大業書店出版。

11 月　中篇小說《情種》由屏東天同出版社出版。

1959 年　1 月　1 日，長篇小說〈春盡〉連載於《中國勞工》第 196～243 期，至隔年 12 月 16 日止。

25～26 日，〈等待追隨著你們〉連載於《正氣中華日報・副刊》3 版。

短篇小說〈履歷片〉發表於《晨光》第 6 卷第 11 期。

	2 月	23 日，〈招魂曲——悼曉燕〉發表於《中央日報・副刊》7 版。
	6 月	中篇小說《默戀》由香港亞洲出版社出版。
	11 月	16 日，短篇小說〈這不是戲劇〉發表於《自由青年》第 22 卷第 10 期。
1960 年	4 月	長篇小說《黑色的愛》由高雄大業書店出版。
	5 月	將話劇《無後為大》改編為電影劇本《君子協定》並參與演出，由黃宗迅導演，與江繡雲、王琛、曉夢共同主演。
		〈臺北居〉發表於《幼獅文藝》第 69 期。
	9 月	短篇小說〈富貴論〉發表於《作品》第 9 期。
	11 月	1 日，短篇小說〈胸針〉改編話劇《飛短流長》，於劇藝活動中心（新南陽劇場）上演，由劉維斌導演，新世紀劇藝社演出。
		長篇小說〈牆裡牆外〉連載於《星島晚報》，至 1961 年 3 月止。
	本年	中篇小說《往事》由高雄大業書店出版。
1961 年	2 月	短篇小說〈兩面人〉連載於《中國勞工》第 246～247 期。
		短篇小說〈第三者〉發表於《作品》第 14 期。
	3 月	長篇小說《春盡》由高雄大業書店出版。
	4 月	短篇小說〈低徊〉發表於《中國勞工》第 250 期。
		應邀主持電影《君子協定》首映儀式。
		短篇小說〈傲慢和冷淡〉發表於《幼獅文藝》第 78 期。
	5 月	短篇小說〈輕煙〉發表於《暢流》第 23 卷第 6 期。
	7 月	10 日，〈遠山〉發表於《中國一周》第 585 期。

短篇小說〈閒事〉發表於《自由談》第 12 卷第 7 期。

短篇小說〈最後的遺憾〉發表於《作品》第 19 期。

8 月　短篇小說〈陌生人，再見〉發表於《幼獅文藝》第 82 期。

長篇小說《墙裡墙外》由高雄大業書店出版。

9 月　長篇小說《黑色的愛》由高雄大業書店出版。

10 月　短篇小說〈夜愁〉發表於《作品》第 22 期。

12 月　〈關於新潮派小說的寫作〉發表於《文藝生活》第 5 期。

1962 年　1 月　4 日，長篇小說〈心鎖〉連載於《徵信新聞報‧人間副刊》7 版，至 6 月 19 日止。

2 月　短篇小說集《貴婦與少女》、《第三者》由高雄長城出版社出版。

6 月　20 日，〈我寫《心鎖》〉發表於《徵信新聞報‧人間副刊》7 版。

中篇小說《琲琲的故事》由臺北皇冠出版社出版。

8 月　〈寫給田湜〉發表於《野風》第 165 期。

長篇小說《女人的事》由臺北幼獅文化公司出版。

9 月　長篇小說《心鎖》由高雄大業書店出版。

11 月　短篇小說〈敘舊〉發表於《野風》第 168 期。

臺灣省婦女寫作協會及中國文藝協會向內政部檢舉《心鎖》，籲請政府「依法查禁而維正統倫理及善良風俗」。

12 月　中篇小說《往事》由高雄大業書店出版。

本年　長篇小說《遙遠的路》由高雄大業書店出版。

遭臺灣省婦女寫作協會開除會籍。

1963 年　1 月　12 日，長篇小說〈青青草〉連載於《徵信新聞報‧人間副刊》7、8 版，至 5 月 31 日止。

21 日，長篇小說《心鎖》遭臺灣省新聞處依《出版法》第 32 條第 1 項第 3 款「妨害風化罪」查禁。

長篇小說《遙遠的路》由高雄長城出版社出版。

2月　12 日，〈《心鎖》的命運〉發表於《徵信新聞報・人間副刊》7 版。

長篇小說《午夜的話》（原《泥窪的邊緣》）由高雄大業書店出版。

由屏東遷居臺北。

3月　17 日，應邀擔任臺灣電視公司「藝文學苑」節目主持人，後因《心鎖》事件遭施壓，於半年後交棒。

4月　應邀出席正聲廣播公司舉辦之新聞座談會，以「文藝寫作的路線問題」為題進行討論，與談人有后希鎧、林適存、師範、王藍。座談會紀錄後刊載於《幼獅文藝》第 104 期。

遭中國文藝協會以《心鎖》「傳播誨淫敗德之毒害，有損社會人心」為由開除會籍。

8月　中、短篇小說集《他・她・牠》由高雄長城出版社出版。

9月　17 日，〈寫〈青青草〉有感〉發表於《徵信新聞報》8 版。

11月　8 日，〈我不重視《心鎖》和文協會籍〉發表於《自立晚報》4 版。

長篇小說《四月的旋律》高雄長城出版社出版。

本年　長篇小說《青青草》由臺北臺灣聯合書局出版。

中篇小說《情種》，長篇小說《春盡》、《心鎖》由香港新文化公司出版。

長篇小說《心鎖》獲中國青年寫作協會舉辦之「全國青年最喜閱讀文藝作品測驗」選為最受歡迎作品之一。

1964 年　1月　長篇小說《青青草》由香港新文化公司出版。

2月　長篇小說《四月的旋律》香港新文化公司出版。

3月　長篇小說《恨綿綿》（原《感情的債》）由香港新文化公司出版。

4 月　6 日，長篇小說〈我不再哭泣〉連載於《徵信新聞報・人間副刊》8 版，至 11 月 12 日止。

5 月　中篇小說《二九年華》（原《珈珈的故事》），長篇小說《牆裡的人》（原《牆裡牆外》）由香港新文化公司出版。
　　　長篇小說《樓上樓下》由高雄長城出版社出版。

6 月　長篇小說《午夜的話》（原《泥窪的邊緣》）由香港新文化公司出版。

8 月　短篇小說集《小女人》，中、短篇小說集《郭良蕙選集》由高雄長城出版社出版。

9 月　短篇小說〈開〉發表於《小說創作》新 1 卷第 5 期。

11 月　17 日，長篇小說〈寂寞假期〉連載於《徵信新聞報・人間副刊》7、8 版，至隔年 5 月 12 日止。

本年　中篇小說《憶曲》（原《往事》），長篇小說《黑色的愛》、《遙遠的路》、《女人的事》、《金色的憂鬱》由香港新文化公司出版。

1965 年　1 月　長篇小說《大廈的祕密》（原《樓上樓下》）由香港新文化公司出版。
　　　　長篇小說《我不再哭泣》由臺北新亞出版社出版。
　　　　短篇小說集《第三者》由高雄長城出版社出版。

4 月　短篇小說〈敵手〉發表於《小說創作》第 12 期。

6 月　長篇小說《寂寞假期》由香港新文化公司出版。
　　　長篇小說《金色的憂鬱》由臺北小說創作社出版。

8 月　中篇小說《心底的秘密》（原《默戀》）由香港新文化公司出版。

本年　中篇小說《第四個女人》由臺北新亞出版社出版。

1966 年　1 月　短篇小說〈尋歡者〉發表於《自由談》第 17 卷第 1 期。

4 月　長篇小說《我心・我心》由香港新文化公司出版。

5 月　應邀訪問馬來西亞逾半月，期間由蕉風出版社安排，參觀吉
　　　隆坡各報社、電臺及著名大學、中學，並於蕉風出版社文藝
　　　研究班演說。

　　　24 日，於馬來西亞大學華文學會演講。6 月 7 日，講稿〈我的
　　　寫作階段與路線〉發表於《徵信新聞報・人間副刊》7 版。

6 月　〈我，和我第一篇發表的小說〉發表於《蕉風》第 164 期。

7 月　長篇小說《生活的窄門》（原《樓上樓下》）由高雄長城出版
　　　社出版。

本年　長篇小說《失落・失落・失落》由臺北新亞出版社出版。

　　　長篇小說《黃昏來臨時》由香港新文化公司出版。

1967 年　1 月　中、短篇小說集《記憶的深處》由高雄長城出版社出版。

　　　長篇小說《藏在幸福裡的》由香港新文化公司出版。

2 月　14 日，長篇小說〈早熟〉連載於《聯合報・副刊》7、9
　　　版，至 6 月 25 日止。

9 月　6 日，同名小說改編電影《遙遠的路》上映，由關志堅導
　　　演，吳君麗、張英才、林鳳、李香琴主演。

10 月　長篇小說《早熟》由香港新文化公司出版。

1968 年　1 月　長篇小說《雨滴和淚滴》由臺北新亞出版社出版。

2 月　23 日，長篇小說〈心境〉連載於《聯合報・副刊》9、12
　　　版，至 8 月 9 日止。

4 月　25 日，長篇小說《我心・我心》改編電影《儂本多情》上
　　　映，由張青導演，林璣、田明、陳菁、李芷麟主演。

6 月　長篇小說《焦點》由臺北新亞出版社出版。

9 月　長篇小說《雨滴和淚滴》由香港新文化公司出版。

　　　長篇小說《心境》由臺北立志出版社出版。

10 月　長篇小說《心境》由香港新文化公司出版。

11 月　短篇小說〈約會〉發表於《作品》（復刊）第 1 卷第 2 期。

1969 年	1 月	29 日，同名小說改編電影《感情的債》上映，由張英導演，貢敏改編，林璣、田明、陳菁主演。
	4 月	長篇小說《嫁》（原《女大當嫁》）由臺北立志出版社出版。
1970 年	3 月	長篇小說《他們的故事》由臺北立志出版社出版。
	6 月	15 日，應邀於中國廣播公司晚間節目「今夜」播講《他們的故事》。
	8 月	24 日，長篇小說〈斜煙〉連載於《中國時報・人間副刊》10 版，至隔年 2 月 2 日止。
1971 年	1 月	長篇小說《鄰家有女》由臺北立志出版社出版。
	5 月	長篇小說《斜煙》由臺北立志出版社出版。
	本年	長篇小說《變奏》由臺北立志出版社出版。
		長篇小說《這一大片空白》由臺北新亞出版社出版。
		短篇小說〈寒夜〉改編電影《雲山夢回》上映，由郭南宏導演，韓湘琴、田鵬主演。
1972 年	本年	長篇小說《蝕》由臺北新亞出版社出版。
1973 年	3 月	1 日，長篇小說〈團圓〉連載於《經濟日報・副刊》10、11 版，至 8 月 22 日止。
	7 月	中、短篇小說集《睡眠在那裡》，長篇小說《加爾各答的陌生客》、《緣》由臺北新亞出版社出版。
1974 年	3 月	19 日，同名小說改編電影《早熟》上映，由宋存壽編導，恬妞、汪禹、凌雲、金漢主演。
	4 月	5 日，〈從〈花季〉談起〉發表於《中華日報・副刊》9 版。
	10 月	長篇小說《春盡》由高雄田中出版社出版。
1975 年	1 月	長篇小說《遙遠的路》由臺北新亞出版社出版。
	3 月	長篇小說《四月的旋律》由臺北新亞出版社出版。
	4 月	長篇小說《團圓》、《花季》、《黃昏來臨時》由臺北新亞出版社出版。

	6 月	長篇小說《感情的債》、《黑色的愛》、《牆裡牆外》、《我不再哭泣》、《寂寞的假期》（原《寂寞假期》）、《我心・我心》、《藏在幸福裡的》、《早熟》、《焦點》由臺北新亞出版社出版。
	7 月	長篇小說〈好個秋〉連載於《文藝月刊》第 73～82 期，至 1976 年 4 月止。
1976 年	1 月	14 日，同名小說改編電影《四月的旋律》上映，由呂濱仲導演，程天賜、張正蘭、嘉凱主演。
	3 月	6 日，〈寫給蓋利〉發表於《聯合報・副刊》12 版。
	5 月	20 日，短篇小說〈失〉發表於《聯合報・副刊》12 版。
	6 月	15 日，短篇小說〈某次晚宴〉發表於《聯合報・副刊》12 版。
		28 日，詩作〈你的生辰〉發表於《聯合報・副刊》12 版。
	8 月	28 日，〈歌舞西班牙〉發表於《聯合報・副刊》12 版。
		長篇小說《好個秋》由臺北天下圖書公司出版。
	9 月	6 日，〈人生就在這一帶〉發表於《聯合報・副刊》12 版。
	10 月	8 日，短篇小說〈小夫妻的娛樂節目〉發表於《聯合報・副刊》12 版。
	本年	長篇小說《感情的債》改編電影《未了緣》（又名《緣盡情未了》）上映，由曾江導演，胡燕妮、凌雲、曾江、蕭芳芳主演。
1977 年	8 月	11 日，〈夏日倫敦〉發表於《聯合報・萬象》9 版。
	9 月	12 日，〈在巴黎看女裝〉發表於《聯合報・萬象》9 版。
	本年	同名小說改編電影《黑色的愛》上映，由郭清江導演，汪玲主演。
		短篇小說〈子夜〉英文版（In the Middle of the Night）刊載於 *The Chinese PEN* 第 19 期。（馬莊穆翻譯）
1978 年	1 月	26 日，短篇小說〈夜談〉發表於《聯合報・副刊》12 版。

	2 月	7 日,〈歐旅雜誌──格蘭道爾的早餐〉發表於《聯合報・副刊》3 版。
	4 月	長篇小說《他們的故事》由臺北漢麟出版社出版。
	5 月	長篇小說《春盡》、《青草青青》（原《青青草》）由臺北漢麟出版社出版。
	6 月	長篇小說《迷境》（原《心境》）由臺北漢麟出版社出版。
	12 月	長篇小說《加爾各答的陌生客》由臺北漢麟出版社出版。
	本年	長篇小說《兩種以外的》由臺北漢麟出版社出版。
		長篇小說《春盡》改編電影《此情可問天》上映，由宋存壽導演，林鳳嬌、秦漢、江明主演。
		與張壽平、張添根、陳昌蔚等人籌辦「中華文物學會」，於隔年 1 月正式成立。
1979 年	1 月	長篇小說《遙遠的路》由臺北漢麟出版社出版。
	2 月	1 日,〈國外的計程車〉發表於《聯合報・副刊》3 版。
	4 月	9 日,短篇小說〈地緣〉發表於《聯合報・副刊》12 版。
	5 月	20 日,〈作家明信片 24──工作・寫作・生活〉發表於《聯合報・副刊》12 版。
		長篇小說《金色的憂鬱》由臺北漢麟出版社出版。
	8 月	13 日,短篇小說〈半個甲子〉發表於《聯合報・副刊》8 版。
	9 月	長篇小說《黃昏來臨時》、《斜煙》由臺北漢麟出版社出版。
	10 月	24 日,〈有感而記──一份懷舊〉發表於《聯合報・副刊》8 版。
	本年	長篇小說《我不再哭泣》由臺北漢麟出版社出版。
1980 年	1 月	長篇小說《藏在幸福裡的》由臺北漢麟出版社出版。
	3 月	5 日,〈過客及其他〉發表於《聯合報・副刊》8 版。
		長篇小說《女大當嫁》（原《嫁》）由臺北漢麟出版社出版。

4 月	短篇小說集《台北的女人》由臺北爾雅出版社出版。
5 月	長篇小說《早熟》、《感情的債》、《斜煙》由香港郭良蕙新事業公司出版。
6 月	14 日,〈看唐寅——點秋香的故事與事實大有出入〉發表於《聯合報‧副刊》8 版。
7 月	《格蘭道爾的早餐》由臺北爾雅出版社出版。 長篇小說《黃昏來臨時》由香港郭良蕙新事業公司出版。
8 月	長篇小說《金色的憂鬱》由香港郭良蕙新事業公司出版。
11 月	〈念徐訏〉發表於《傳記文學》第 37 卷第 5 期。
12 月	2 日,〈趙氏孤兒在眼前〉發表於《聯合報‧副刊》8 版。 長篇小說《四月的旋律》、《黑色的愛》、《牆裡牆外》、《團圓》由香港郭良蕙新事業公司出版。
本年	子孫啟元將 1979 年創立的「藝術推廣中心」更名「郭良蕙新事業公司」。
1981 年　1 月	長篇小說《女大當嫁》(原《嫁》)由香港郭良蕙新事業公司出版。
2 月	3 日,〈自畫像——淺淡的素描〉發表於《聯合報‧副刊》8 版 。
8 月	〈古文抄公乎——再談磁州窯〉發表於《藝術家》第 75 期。
10 月	〈看定窯〉發表於《藝術家》第 77 期。
1982 年　1 月	〈濃妝淡抹的粉彩(清官窯)〉發表於《藝術家》第 80 期。
5 月	4 日,恢復中國文藝協會會籍,並出席文藝節大會。
7 月	14 日,〈人在番邦〉發表於《聯合報‧副刊》8 版 。
8 月	3 日,〈念畫家——為席德進週年忌而作〉發表於《聯合報‧副刊》8 版 。
10 月	〈外國的中國:記維多利亞與奧伯博物館〉發表於《藝術

家》第 89 期。

12 月　　14 日，應菲律賓文藝協會和新疆書店邀請，與趙淑敏、鄭羽
　　　　　書及心岱前往菲律賓「第一屆馬尼拉中文書展」演講訪問。

本年　　短篇小說集《晚宴》，長篇小說《變奏》由香港郭良蕙新事
　　　　業公司出版。

　　　　擔任中華文物學會第 4～8 屆常務理事，至 1986 年止。

1983 年　3 月　　27 日，短篇小說〈丑角〉發表於《聯合報‧副刊》8 版 。

　　　　5 月　　中、短篇小說集《睡眠在哪裡》由香港郭良蕙新事業公司出
　　　　　　　版。

　　　　6 月　　同名小說改編電視單元劇《感情的債》於中視「金獎劇
　　　　　　　場──作家選集」播出，由李美彌導演，寇世勳、沈海
　　　　　　　蓉、薛芳主演。

　　　　7 月　　長篇小說《我不再哭泣》由香港郭良蕙新事業公司出版。

　　　　8 月　　21 日，〈這是我的土地〉發表於《聯合報‧副刊》8 版 。

　　　　本年　　長篇小說《蝕》由香港郭良蕙新事業公司出版。

1984 年　4 月　　13 日，同名小說改編電視連續劇《感情的債》於中視播
　　　　　　　出，由林慧俊製作，李芷麟、龐祥麟、吳風、張晨光主演。

　　　　5 月　　11 日，〈散文三帖〉發表於《聯合報‧副刊》8 版 。

　　　　11 月　　25 日，詩作〈遠行──為李艾琛教授而作〉發表於《聯合
　　　　　　　報‧副刊》8 版 。

　　　　　　　〈唐代之女（唐女俑）〉發表於《藝術家》第 114 期。

1985 年　4 月　　1 日，〈枕的聯想〉發表於《中央日報‧副刊》11 版。

　　　　　　　5 日，〈遲開的班車〉發表於《聯合報‧副刊》8 版 。

　　　　　　　30 日，〈出版前的沈思〉發表於《中央日報‧副刊》12 版。

　　　　5 月　　14 日，〈吾愛吾師──懷念黃季陸校長〉發表於《聯合報‧
　　　　　　　副刊》8 版 。

　　　　　　　17 日，〈 都是過客〉發表於《中央日報‧副刊》12 版。

《郭良蕙看文物》由臺北藝術家出版社出版。

6 月　1 日,〈文物和市場〉發表於《中央日報‧副刊》12 版。

《過客》(原《格蘭道爾的早餐》)由臺北爾雅出版社出版。

7 月　1 日,〈紐約擂台下〉發表於《中央日報‧副刊》11 版。

31 日,〈在倫敦〉發表於《中央日報‧副刊》11 版。

8 月　31 日,〈莊嚴華麗的三千年前〉發表於《中央日報‧副刊》12 版。

9 月　14 日,〈倫敦的市場傳奇〉發表於《聯合報‧副刊》8 版。

22 日,應邀擔任臺灣蘇士比拍賣公司於臺北仁愛路舉辦之古董拍賣會講評。

30 日,〈青花青〉發表於《中央日報‧副刊》11 版。

長篇小說《心鎖》由香港郭良蕙新事業公司出版。

10 月　22 日,與李昂共同接受吳漢訪問。訪問文章〈打開心鎖照亮暗夜——郭良蕙與李昂現身談創作心境〉後刊載於《時報周刊》第 401 期。

30 日,〈倫敦的人物傳奇〉發表於《聯合報‧副刊》8 版。

11 月　1 日,〈遙遠的鳥類〉發表於《中央日報‧副刊》12 版。

23 日,〈畫非畫〉發表於《聯合報‧副刊》8 版。

30 日,〈過關‧過關〉發表於《中央日報‧副刊》12 版。

12 月　11 日,〈緣去緣來〉發表於《聯合報‧副刊》8 版。

本年　長篇小說《金色的憂鬱》由天津百花文藝出版社出版。

1986 年　1 月　31 日,〈虎年　虎人　虎〉發表於《中央日報‧副刊》11 版。

3 月　1 日,〈新春觀動向〉發表於《中央日報‧副刊》12 版。

4 月　15 日,〈相逢曾相識〉發表於《聯合報‧副刊》8 版。

6 月　29 日,〈六月拍賣在紐約〉發表於《中央日報‧副刊》12 版。

長篇小說《青草青青》、《心鎖》由臺北時報文化出版公司出版。

8 月　長篇小說《黑色的愛》、《感情的債》、《鄰家有女》由臺北時報文化出版公司出版。

12 月　〈黑使者〉發表於《中國文物世界》第 15 期。

1987 年　1 月　8 日，同名小說改編電影《心鎖》上映，由何藩導演，呂秀菱、林瑞陽主演。

〈調包記〉發表於《中國文物世界》第 16 期。

長篇小說《焦點》由北京中國文聯出版公司出版。

2 月　28 日，應邀於華視大廈演講「國外的文物市場」。

〈過程〉發表於《中國文物世界》第 17 期。

3 月　23 日，〈真假官窯〉發表於《中央日報・副刊》10 版。

〈且看道行〉發表於《中國文物世界》第 18 期。

4 月　〈真假古董〉發表於《中國文物世界》第 19 期。

5 月　〈海外文物市場〉發表於《中國文物世界》第 20 期。

6 月　〈加州之風〉發表於《中國文物世界》第 21 期。

長篇小說《早熟》、《加爾各答的陌生客》、《第三性》由臺北時報文化出版公司出版。

7 月　28 日，〈有無之間〉發表於《中央日報・副刊》10 版。

8 月　29 日，〈今晚有拍賣〉發表於《中央日報・副刊》10 版。

〈帽子和蓋子〉發表於《中國文物世界》第 23 期。

9 月　《文物市場傳奇》由香港藝術推廣中心出版。

10 月　〈機上機緣〉發表於《中國文物世界》第 25 期。

《緣去緣來》，長篇小說《斜煙》、《黃昏來臨時》、《失落・失落・失落》由臺北時報文化出版公司出版。

11 月　25 日，〈紅塵之上〉發表於《聯合報・副刊》8 版。

〈一九八二・十・廿九和青蛙──兼記李艾琛教授遠行五週年〉發表於《中國文物世界》第 26 期。

12 月　〈價值與價格〉發表於《中國文物世界》第 27 期。

本年　擔任中華文物學會第 9 屆理事。

1988 年　1 月　〈香妃・香妃？〉發表於《中國文物世界》第 28 期。

2 月　19 日，〈神龍來抓人囉！〉發表於《中央日報・副刊》3 版。

3 月　4 日，〈字畫・自話〉發表於《中央日報・副刊》18 版。

4 月　19 日，〈悲鴻和貓〉發表於《中央日報・副刊》16 版。

〈字畫的故事〉發表於《中國文物世界》第 31 期。

長篇小說《鄰家有女》由長沙湖南文藝出版社出版。

5 月　應邀於華盛頓州立大學亞洲語文學系演講。6 月 8 日，講稿〈長亭更短亭〉發表於《聯合報・副刊》21 版。

6 月　〈寸心之間〉發表於《中國文物世界》第 33 期。

短篇小說集《約會與薄醉》，中、短篇小說集《記憶的深處》，長篇小說《春盡》、《我不再哭泣》由臺北時報文化出版公司出版。

7 月　23～24 日，〈2/5 世紀休止符〉連載於《中央日報・副刊》16、6 版。

出席英國劍橋國際傳記中心於新加坡舉辦之第 15 屆世界名人大會。

《青花青》由臺北藝術家出版社出版。

8 月　〈美化人生的起步〉發表於《中國文物世界》第 35 期。

長篇小說《黑色的愛》由北京中國文聯出版公司出版。

9 月　6 日，〈東南亞之星——三訪新加坡〉發表於《中央日報・副刊》16 版。

10 月　2 日，〈時光節奏〉發表於《中央日報・副刊》6 版。

秋　赴北京探望相隔四十多年的兄姐。

12 月　1 日，〈四十年來家國——回鄉序曲〉發表於《中央日報・副刊》16 版。

長篇小說《心鎖》解禁。

長篇小說《黑色的愛》由深圳海天出版社出版。

長篇小說《四月的旋律》由北京中國文聯出版公司出版。

1989 年	1 月	6 日，〈四十年來家國——憂傷的機場〉發表於《中央日報·副刊》16 版。

30 日，〈香港元月拍賣熱〉發表於《中央日報·副刊》16 版。

2 月　〈這般光景琉璃廠〉發表於《中國文物世界》第 41 期。

3 月　18 日，〈老舍和齊白石〉發表於《中央日報·副刊》16 版。

〈迎接己巳蛇年〉發表於《中國文物世界》第 42 期。

長篇小說《我心·我心》由北京臺聲出版社出版。

4 月　〈香港拍賣多〉、〈春季拍賣匯報〉發表於《中國文物世界》第 43 期。

長篇小說《寂寞的假期》由北京臺聲出版社出版。

5 月　7 日，〈手·手·手〉發表於《中央日報·副刊》9 版。

6 月　〈畫裡乾坤〉發表於《中國文物世界》第 45 期。

長篇小說《早熟》由北京中國文聯出版公司出版。

7 月　〈官窯觀〉發表於《中國文物世界》第 47 期。

8 月　11 日，〈藝術創作的孤獨與執拗〉發表於《中央日報·副刊》16 版。

〈綠瓶緣〉發表於《中國文物世界》第 48 期。

9 月　8 日，短篇小說〈回家〉發表於《中央日報·副刊》16 版。

〈感舊金山一畫展——致畫家吳冠中〉發表於《中國文物世界》第 49 期。

長篇小說《心鎖》由北京臺聲出版社出版。

10 月　〈趕洋集〉發表於《中國文物世界》第 50 期。

11 月　〈轉瞬十二載趕早集〉發表於《中國文物世界》第 51 期。

12 月　〈北國金秋賞悲鴻〉發表於《中國文物世界》第 52 期。

1990 年　1 月　〈從華府到常府〉發表於《中國文物世界》第 53 期。

2 月　〈馬到成功——庚午話馬〉發表於《中國文物世界》第 54
　　　期。

3 月　4 日,〈倫敦近事〉發表於《中央日報・副刊》9 版。

4 月　20 日,〈世間多絕色〉發表於《中央日報・副刊》18 版。
　　　〈渡過過渡時期〉發表於《中國文物世界》第 56 期。
　　　長篇小說《情恨》(原《團圓》)由廣州花城出版社出版。

5 月　〈有緣才相聚〉發表於《中外雜誌》第 279 期。

6 月　〈光緒揚眉記〉發表於《中國文物世界》第 58 期。

7 月　8 日,〈眼鏡・萬花筒〉發表於《中央日報・副刊》9 版。

8 月　10 日,〈紐約機場〉發表於《聯合報・副刊》29 版。
　　　〈臺北六月三部曲〉發表於《中國文物世界》第 60 期。

9 月　2 日,〈再會・巴黎〉發表於《中央日報・副刊》9 版。

10 月　6 日,〈鏡〉發表於《聯合報・副刊》29 版。
　　　7 日,〈風風水水〉發表於《中央日報・副刊》9 版。
　　　〈清代輝煌產物——官窯〉發表於《中國文物世界》第 62
　　　期。

11 月　〈拾荒樂〉發表於《中國文物世界》第 63 期。

12 月　7 日,〈線團〉發表於《聯合報・副刊》25 版。
　　　〈臺北・北京・香港〉發表於《中國文物世界》第 64 期。

1991 年　1 月　〈國寶精神科〉發表於《中國文物世界》第 65 期。
　　　長篇小說《午夜的困惑》(原《泥窪的邊緣》)由廣州花城出
　　　版社出版。

2 月　〈吉祥和祥迎羊年〉發表於《中國文物世界》第 66 期。

3 月　8 日,〈世間男女〉發表於《聯合報・副刊》25 版。
　　　26 日,〈我看中國小娃〉發表於《中央日報・副刊》16 版。
　　　30 日,〈FLEA・FREE——平凡動人的市場〉發表於《民生
　　　報・西窗》26 版。

〈一色釉的金釉〉發表於《中國文物世界》第 67 期。

長篇小說《藏在幸福裡的》由北京中國文聯出版公司出版。

4 月　〈中國小娃〉發表於《中國文物世界》第 68 期。

5 月　28 日，極短篇小說〈幸與不幸〉發表於《聯合報・副刊》
25 版。

〈復古飾物──鐲〉發表於《中國文物世界》第 69 期。

6 月　3 日，〈唐代儷人多〉發表於《中央日報・副刊》16 版。

〈胖姑娘・瘦姑娘〉發表於《中國文物世界》第 70 期。

7 月　19 日，〈越過青春〉發表於《中央日報・副刊》16 版。

〈畫家與畫主〉發表於《中國文物世界》第 71 期。

長篇小說《春盡》、《斜煙》由北京人民文學出版社出版。

長篇小說《女大當嫁》（原《嫁》）由廣洲花城出版社出版。

8 月　1 日，〈找一個下雨天，向你說再見〉發表於《中央日報・
副刊》16 版。

〈六・順──中國文物世界六週年有感〉發表於《中國文物
世界》第 72 期。

短篇小說集《台北一九六〇》，長篇小說《四月的旋律》、《他
們的故事》、《遙遠的路》由臺北時報文化出版公司出版。

長篇小說《何日再相逢》（原《心境》）由北京中國文聯出版
公司出版。

9 月　〈臺北故宮的大節日〉發表於《中國文物世界》第 73 期。

10 月　19 日，〈假日玉市〉發表於《中國時報・人間副刊》27 版，
「愛臺北的方法」專欄。

〈肯特之行〉發表於《中國文物世界》第 74 期。

11 月　〈假日市場・臺北〉發表於《中國文物世界》第 75 期。

12 月　29〜30 日，〈北京三日〉連載於《中國時報・人間副刊》
27、31 版。

1992 年　1 月　〈光和影——北京青年畫家展出〉發表於《中國文物世界》第 77 期。

2 月　〈猴——侯〉發表於《中國文物世界》第 78 期。

長篇小說《牆裡佳人》（原《牆裡牆外》）由廣州花城出版社出版。

3 月　23 日，〈香港的陸橋下玉市〉發表於《中國時報·人間副刊》31 版。

〈其人其字〉發表於《中國文物世界》第 79 期。

4 月　17 日，〈看誰在說謊〉發表於《聯合報·繽紛》24 版，「不是故事」專欄。

24 日，〈前車之鑑〉發表於《聯合報·繽紛》44 版，「不是故事」專欄。

5 月　4 日，〈相看兩陌生〉發表於《聯合報·繽紛》24 版，「不是故事」專欄。

15 日，〈一而再，再而三〉發表於《聯合報·繽紛》，24 版「不是故事」專欄。

22 日，〈誰會唱歌？〉發表於《聯合報·繽紛》38 版，「不是故事」專欄。

28 日，〈花中之王話牡丹〉發表於《中央日報·副刊》16 版。

29 日，〈熟鴨滿天飛〉發表於《聯合報·繽紛》38 版，「不是故事」專欄。

〈油畫天下〉發表於《中國文物世界》第 81 期。

長篇小說《感情的債》由中國文聯出版公司出版。

6 月　5 日，〈花花世界少花香〉發表於《聯合報·繽紛》38 版，「不是故事」專欄。

12 日，〈頂樓之瘤〉發表於《聯合報·繽紛》30 版，「不是故事」專欄。

19 日,〈垃圾淹腳目〉發表於《聯合報‧繽紛》42 版,「不是故事」專欄。

26 日,〈公家的,別省〉發表於《聯合報‧繽紛》26 版,「不是故事」專欄。

長篇小說《黃昏來臨時》由北京中國文聯出版公司出版。

7 月　5 日,〈殺雞去卵〉發表於《聯合報‧繽紛》24 版,「不是故事」專欄。

24 日,〈殼的煩惱〉發表於《聯合報‧繽紛》42 版,「不是故事」專欄。

〈高雅的竹雕〉發表於《中國文物世界》第 83 期。

8 月　9 日,〈新宿咖啡座〉發表於《聯合報‧繽紛》24 版,「不是故事」專欄。

28 日,〈繡花襯衫〉發表於《聯合報‧繽紛》42 版,「不是故事」專欄。

〈藍寶藍〉發表於《中國文物世界》第 84 期。

長篇小說《心鎖》、《我不再哭泣》、《他們的故事》由北京中國文聯出版公司出版。

9 月　10 日,〈旅行組曲〉發表於《聯合報‧繽紛》24 版,「不是故事」專欄。

〈作人畫家的作品〉發表於《中國文物世界》第 85 期。

〈三彩箱的命運〉發表於《講義》第 66 期。

10 月　2 日,〈這樣的道路〉發表於《聯合報‧繽紛》42 版,「不是故事」專欄。

4 日,短篇小說〈五與一之比〉發表於《中央日報‧副刊》9 版。

〈十月大事〉發表於《中國文物世界》第 86 期。

長篇小說《遙遠的路》、《我心‧我心》由中國文聯出版公司

出版。

11 月　〈真珠・珍珠〉發表於《中國文物世界》第 87 期。

〈來函呆賬──代郵五件〉發表於《中國文物世界》第 88 期。

1993 年　1 月　10 日,〈貴賓室臉譜〉發表於《聯合報・繽紛》23 版,「不是故事」專欄。

15 日,〈大貧?小貧?〉發表於《聯合報・繽紛》26 版,「不是故事」專欄。

31 日,〈誰人不賭?〉發表於《聯合報・繽紛》26 版,「不是故事」專欄。

〈聞雞起舞〉發表於《中國文物世界》第 89 期。

2 月　18 日,〈反正社會是大家的?〉發表於《聯合報・繽紛》24 版,「不是故事」專欄。

〈且看南張、北溥、黃〉發表於《中國文物世界》第 90 期。

3 月　14 日,〈關起門打孩子〉發表於《聯合報・副刊》24 版,「不是故事」專欄。

〈石雕之美〉發表於《中國文物世界》第 91 期。

12 日,〈眼看他高樓起〉發表於《聯合報・繽紛》36 版,「不是故事」專欄。

〈犀角杯和犀角事件〉發表於《中國文物世界》第 92 期。

4 月　中篇小說集《錯誤的抉擇》,長篇小說《失落・失落・失落》、《這一大片空白》由中國文聯出版公司出版。

長篇小說《蝕》由北京臺聲出版社出版。

5 月　4 日,〈你扔,無人撿〉發表於《聯合報・繽紛》34 版,「不是故事」專欄。

〈名牌與名瓷〉發表於《中國文物世界》第 93 期。

長篇小說《寂寞的假期》、《變奏》由北京中國文聯出版公司

出版。

6 月　〈古代金銀〉發表於《中國文物世界》第 94 期。

7 月　20 日,〈史大哥的故事〉發表於《中國時報·人間副刊》39
版。

25 日,〈熱潮何處流〉發表於《聯合報·繽紛》34 版,「不
是故事」專欄。

〈倫敦無霧〉發表於《中國文物世界》第 95 期。

長篇小說《青草青青》(原《青青草》)由北京中國文聯出版
公司出版。

8 月　25 日,〈又一步接近太陽〉發表於《聯合報·副刊》35 版。

〈八·發──中國文物世界創刊八周年有感〉發表於《中國
文物世界》第 96 期。

長篇小說《加爾各答的陌生客》、《蝕》由北京中國文聯出版
社出版。

9 月　16 日,〈紐約夜客〉發表於《聯合報·繽紛》35 版。

〈感觸·感慨〉發表於《中國文物世界》第 97 期。

10 月　8 日,〈虛榮浮華,悲哀!〉發表於《聯合報·繽紛》34 版。

〈第一寶石──紅寶〉發表於《中國文物世界》第 98 期。

長篇小說《金色的憂鬱》由北京中國文聯出版公司出版。

11 月　〈舉世的焦點──香港〉發表於《中國文物世界》第 99
期。

12 月　〈一○○的回顧瞻前〉發表於《中國文物世界》第 100 期。

1994 年　1 月　〈「狗」運亨通〉發表於《中國文物世界》第 101 期。

2 月　〈看漆器〉發表於《中國文物世界》第 102 期。

長篇小說《緣》、《花季》由北京人民文學出版社出版。

3 月　〈有魚──有餘〉發表於《中國文物世界》第 103 期。

4 月　2 日,極短篇小說〈婚事〉發表於《中央日報·副刊》16 版。

〈魚餘篇——瓷器的魚〉發表於《中國文物世界》第 104 期。

5 月　12 日,〈窗景〉發表於《聯合報·副刊》37 版。

20 日,〈失蹤的粉彩瓶〉發表於《中國時報·人間副刊》39 版。

〈也是一美的銅胎琺瑯〉發表於《中國文物世界》第 105 期。

〈「古月軒」的故事〉發表於《中國文物世界》第 106 期。

7 月　〈勁松的勁松〉發表於《中國文物世界》第 107 期。

8 月　11 日,〈等待〉發表於《聯合報·副刊》39 版。

9 月　〈名人名物〉發表於《中國文物世界》第 109 期。

10 月　〈十月又來臨——念李艾琛教授遠行十二週年〉發表於《中國文物世界》第 110 期。

11 月　〈物歸何處〉發表於《中國文物世界》第 111 期。

12 月　〈東方和西方——漢亭頓公園半日遊〉發表於《中國文物世界》第 112 期。

1995 年　1 月　〈九五·乙亥〉發表於《中國文物世界》第 113 期。

3 月　〈角·牙·知多少〉發表於《中國文物世界》第 115 期。

4 月　〈終、鍾、衷——記鴻禧美術館始創人張添根氏〉發表於《中國文物世界》第 116 期。

6 月　〈倫敦六月展示多〉發表於《中國文物世界》第 118 期。

8 月　〈回顧瞻前慶十年〉發表於《中國文物世界》第 120 期。

9 月　19 日,〈這就是人生〉發表於《聯合報·副刊》36 版,「現代人的大夢」專欄。

1996 年　6 月　〈沉默也有聲音〉發表於《中國文物世界》第 130 期。

10 月　18 日,〈巴黎舊情〉發表於《聯合報·副刊》37 版。

31 日,〈倫敦故人〉發表於《中央日報·副刊》18 版。

〈漫步曼哈頓〉發表於《藝術家》第 257 期。

| | 11 月 | 26 日,〈巴黎玫瑰〉發表於《中華日報·副刊》14 版。 |

1997 年　1 月　《世間多絕色》由臺北藝術家出版社出版。

　　　　2 月　〈《世間多絕色》自序〉發表於《藝術家》第 261 期。

　　　　4 月　17 日,〈小女生·老女生〉發表於《中華日報·副刊》16 版。

　　　　6 月　9 日,〈孫啟元和《蠻荒非洲》〉發表於《中華日報·書香文化》15 版。

　　　　7 月　〈香港·平安〉發表於《中國文物世界》第 143 期。

　　　　8 月　12 日,〈遷移〉發表於《中華日報·副刊》16 版。

　　　　9 月　1 日,〈「吃掉了」——陶瓷專家陳昌蔚〉發表於《中央日報·副刊》18 版。

　　　　　　18 日,〈有女初長成〉發表於《中華日報·副刊》16 版。

　　　11 月　1 日,〈人在紐約〉發表於《中華日報·副刊》16 版。

　　　　　　接受馮季眉訪問。訪問文章〈對美及藝術的永恆追求——專訪郭良蕙女士〉後刊載於《文訊》第 140 期。

1998 年　本年　接受葉美瑤訪問。訪問文章〈開啟一把塵封 35 年的心鎖——訪郭良蕙女士談《心鎖》禁書事件始末〉後刊載於《聯合文學》第 166 期。

　　　　6 月　1 日,〈候機室的景觀〉發表於《中華日報·副刊》16 版。

　　　　　　7 日,〈你當廢物 我當寶〉發表於《聯合報·繽紛》36 版。

　　　　　　13 日,〈新車舊車·舊夢新夢〉發表於《中華日報·副刊》16 版。

　　　　7 月　8 日,〈作家生日感言〉發表於《聯合報·副刊》37 版。

　　　　8 月　16 日,〈作客倫敦〉發表於《聯合報·繽紛》36 版,「大城市小故事」專欄。

　　　　　　〈我沒有哭〉發表於《聯合文學》第 166 期。

	10 月	25 日,〈蒼白的後面〉發表於《中華日報・假日小說》5 版。
	12 月	12 日,短篇小說〈手段〉發表於《中央日報・副刊》22 版。
1999 年	1 月	長篇小說《春盡》、《心鎖》、《牆裡牆外》、《早熟》、《焦點》、《迷境》、《女大當嫁》(原《嫁》)、《他們的故事》由北京華文出版社出版。

5 月　13 日,〈尋寶沙漠有綠州〉發表於《中華日報・副刊》16 版。

14 日,〈捲鋪蓋的歲月〉發表於《聯合報・繽紛》36 版,「大城市小故事」專欄。

6 月　〈閃耀奪目看鑽石〉發表於《中國文物世界》第 166 期。

7 月　〈乾隆官窯的推思〉發表於《中國文物世界》第 167 期。

〈不同際遇的同根生〉發表於《藝術家》第 290 期。

8 月　17 日,極短篇小說〈她〉發表於《聯合報・副刊》37 版。

〈看臺灣藍寶〉發表於《中國文物世界》第 168 期;〈臺灣藍寶的藍〉於《藝術家》第 291 期。

〈道具〉發表於《聯合文學》第 178 期。

9 月　〈天涯咫尺迎禧年〉發表於《中國文物世界》第 169 期。

〈芳草處處〉發表於《藝術家》第 292 期。

10 月　〈珊瑚美色〉發表於《中國文物世界》第 170 期;〈美色珊瑚〉於《藝術家》第 293 期。

11 月　〈倫敦的人・景・物〉、〈故宮藏明仿宋汝、官、哥窯瓷器〉發表於《中國文物世界》第 171 期;〈人物・景物・器物〉於《藝術家》第 294 期。

12 月　〈畫家席德進和畫像〉發表於《中國文物世界》第 172 期;〈席德進和他的作品〉於《藝術家》第 295 期。

2000 年　1 月　〈千禧迎新賞磁州〉發表於《中國文物世界》第 173 期。

2 月　〈二〇〇〇年庚辰〉發表於《中國文物世界》第 174 期;〈二〇〇十庚辰〉於《藝術家》第 297 期。

3 月　〈玫瑰三願〉發表於《中國文物世界》第 175 期。

4 月　〈創造春天再出發〉發表於《中國文物世界》第 176 期；
〈再造春天〉於《藝術家》第 299 期。

5 月　〈寥寥宋官窯〉發表於《中國文物世界》第 177 期；〈寥寥
可數的宋官窯〉於《藝術家》第 300 期。

6 月　〈傳統與現代〉發表於《中國文物世界》第 178 期；〈歸向
傳統——記文物老將莊榮昌氏〉於《藝術家》第 301 期。。

7 月　〈兩北之間〉發表於《中國文物世界》第 179 期；〈兩地之
間‧臺北——北京〉於《藝術家》第 302 期。

8 月　〈文物價值觀〉發表於《中國文物世界》第 180 期；〈各享
其樂〉於《藝術家》第 303 期。。

長篇小說集《女大當嫁》、《焦點》、《早熟》由北京華文出版
社出版。

9 月　〈帕沙底那的王府式建築——太平洋亞洲博物館〉發表於
《藝術家》第 304 期。

10 月　19 日，〈中國寶居的女主人〉發表於《中央日報‧副刊》20
版。

〈興衰話法華〉發表於《中國文物世界》第 182 期；〈法華
的興衰〉於《藝術家》第 305 期。

11 月　〈清末明初貿易多〉發表於《中國文物世界》第 183 期；
〈過渡時期出口瓷〉於《藝術家》第 306 期。。

12 月　〈耳之美〉發表於《中國文物世界》第 184 期；〈器物的耳
朵〉於《藝術家》第 307 期。

2001 年　1 月　〈揮別 20 迎 21〉發表於《中國文物世界》第 185 期；〈平
安邁進廿一〉於《藝術家》第 308 期。。

長篇小說集《四月的旋律》、《我心‧我心》、《鄰家有女》由
北京華文出版社出版。

2 月		〈玩石情趣〉發表於《中國文物世界》第 186 期。
3 月		〈惹眼的耳飾〉發表於《中國文物世界》第 187 期；〈美麗枷鎖──耳環〉於《藝術家》310 期。
4 月		〈傳說中的寶物〉發表於《中國文物世界》第 188 期；〈夜明珠與夜光杯〉於《藝術家》第 311 期。。
5 月		〈高古不高〉發表於《中國文物世界》第 189 期；〈重新定位〉於《藝術家》第 312 期。。
6 月		〈美女與小孩〉發表於《中國文物世界》第 190 期；〈美之意境〉於《藝術家》第 313 期。。
7 月		〈各有造化〉發表於《中國文物世界》第 191 期；〈同根生的際遇〉於《藝術家》第 314 期。。
8 月		〈收放自如的意境〉發表於《中國文物世界》第 192 期。 〈物屬誰人〉發表於《藝術家》第 315 期。 〈大笨雄和小可愛〉發表於《藝術家》第 316 期。
10 月		〈尋寶二鏡〉發表於《藝術家》第 317 期。
11 月		〈動物藝術──熊〉發表於《中國文物世界》第 193 期。 〈藝術收藏兩岸相同多〉發表於《藝術家》第 318 期。
12 月		10 日，〈心，誰能鎖住？〉發表於《中國時報‧人間副刊》39 版。 〈變化萬千的絞胎〉發表於《藝術家》第 319 期。
2002 年	1 月	19 日，〈意境和心情〉發表於《中華日報‧副刊》19 版。 〈放大鏡和攝影鏡〉發表於《中國文物世界》第 194 期。 〈從灰黯到光亮〉發表於《藝術家》第 320 期。 《人生就是這樣！》由臺北九歌出版社出版。 長篇小說《心鎖》由臺北九歌出版社出版。
	2 月	〈一馬當先〉發表於《藝術家》第 321 期。
	3 月	〈由鎏金蠶思想起〉發表於《藝術家》第 322 期。

4 月　11 日，〈三劍客〉發表於《中國時報・人間副刊》39 版。

〈跟著愛好走〉發表於《藝術家》第 323 期。

5 月　〈純藝術的絞胎〉、〈同文同種・多相同〉發表於《中國文物世界》第 195 期。

〈康熙彩瓷〉發表於《藝術家》第 324 期。

6 月　〈失落的器物〉發表於《藝術家》第 325 期。

7 月　7 日，〈大地震搖〉發表於《中華日報・副刊》19 版。

〈欣賞爐鈞窯〉發表於《藝術家》第 326 期。

8 月　〈再出發〉發表於《藝術家》第 327 期。

《人生就是這樣》由北京新世界出版社出版。

9 月　〈緙絲縱橫談〉發表於《藝術家》第 328 期。

10 月　〈廿年的憶舊追思〉發表於《藝術家》第 329 期。

11 月　29 日，〈雜麵饅頭似絞胎〉發表於《中華日報・副刊》19 版。

〈兩幅畫作・兩種心情〉、〈峰廻路轉壬午年〉發表於《中國文物世界》第 196 期。

〈同好的銅好〉發表於《藝術家》第 330 期。

12 月　〈一葉未秋〉發表於《藝術家》第 331 期。

2003 年　1 月　〈絲絲入扣看緙絲〉、〈短流行・真愛好〉、〈吉州極品〉發表於《中國文物世界》第 197 期。

〈新年看舊燈〉發表於《藝術家》第 332 期。

2 月　〈又是新春〉發表於《藝術家》第 333 期。

3 月　23 日，極短篇小說〈玫瑰・玫瑰〉發表於《聯合報・副刊》39 版。

〈就柿論事〉發表於《藝術家》第 334 期。

4 月　〈流失的扇〉發表於《藝術家》第 335 期。

5 月　24 日，極短篇小說〈夜訪〉發表於《聯合報・副刊》E7 版。

〈石魯在黃土高原〉發表於《藝術家》第 336 期。

	6 月	〈胸針巧思〉發表於《藝術家》第 337 期。
	7 月	〈新瓷‧懷念〉發表於《藝術家》第 338 期。
	8 月	〈倫敦張蒨英〉發表於《藝術家》第 339 期。
	9 月	〈畫裡文章〉發表於《藝術家》第 340 期。
	10 月	〈耕耘默默——記白鶴山人唐啟均氏〉發表於《藝術家》第 341 期。
	11 月	〈蘇三,這個小女人〉發表於《藝術家》第 342 期。
	12 月	〈珠寶中的萬花筒〉發表於《藝術家》第 343 期。
2004 年	1 月	〈明朗悅目的色彩〉發表於《藝術家》第 344 期。
	2 月	〈漫步迎春賞古董〉發表於《藝術家》第 345 期。
	3 月	〈葫蘆和葫蘆瓶〉發表於《藝術家》第 346 期。
	4 月	〈藝術收藏——魚趣〉發表於《藝術家》第 347 期。
	5 月	〈大無畏〉發表於《文訊》第 223 期。
		〈北京‧古玩城〉發表於《藝術家》第 348 期。
	6 月	〈滬港春行〉發表於《藝術家》第 349 期。
2005 年	10 月	〈親子圖〉發表於《文訊》第 240 期。
2006 年	2 月	〈藝術收藏——紅帽女郎〉發表於《藝術家》第 369 期。
	4 月	〈藝術收藏——半傻瓜立功〉發表於《藝術家》第 371 期。
	8 月	〈都市的隱者〉發表於《藝術家》第 375 期。
	9 月	長篇小說《心鎖》由臺北九歌出版社出版。
	12 月	〈景物和人物〉發表於《藝術家》第 379 期。
2007 年	3 月	6 日,極短篇小說〈環〉發表於《聯合報‧副刊》E7 版。
		〈一片葉〉發表於《藝術家》第 382 期。
	5 月	5 日,極短篇小說〈生日快樂〉發表於《聯合報‧副刊》E3 版。
	7 月	〈何處無芳草〉發表於《藝術家》第 386 期。
	8 月	23 日,極短篇小說〈機遇〉發表於《聯合報‧副刊》E7 版。

	11 月	12 日，極短篇小說〈問題〉發表於《聯合報・副刊》E7 版。
2008 年	1 月	20 日，極短篇小說〈兀鷹〉發表於《聯合報・副刊》E7 版。
	4 月	13 日，極短篇小說〈重逢〉發表於《聯合報・副刊》E3 版。
	6 月	27 日，極短篇小說〈反響〉發表於《聯合報・副刊》E3 版。
	9 月	〈白玉白〉發表於《藝術家》第 400 期。
	10 月	6 日，極短篇小說〈季節〉發表於《聯合報・副刊》E3 版。
	12 月	3 日，極短篇小說〈外務・內務〉發表於《聯合報・副刊》E3 版。
2009 年	4 月	15 日，極短篇小說〈遊戲規則〉發表於《聯合報・副刊》E3 版。
		〈有感〉發表於《文訊》282 期。
	6 月	〈小小鳥〉發表於《藝術家》第 409 期。
2010 年	12 月	《青花青》、《世間多絕色》、《寶歸何處》由北京紫禁城出版社出版。
2013 年	6 月	19 日，因腦溢血於臺北辭世，享年 87 歲。
	7 月	3 日，安息告別禮拜於第二殯儀館景仰廳舉行。
	12 月	6 日，長子孫啟元於紀州庵文學森林舉辦「《遊子心：我的母親郭良蕙》新書發表會暨座談會」，由平路主持，與談人為司馬中原、師範、隱地、蔡登山。
2014 年	1 月	6 日，孫啟元於松山文創園區舉辦「遊子心攝影展——我的母親郭良蕙」，由呂秀蓮、司馬中原、朱岱英、明仁主持開幕儀式。
		11 日，孫啟元於松山文創園區演講「我的母親郭良蕙」。
		《過客》、短篇小說集《銀夢》，長篇小說《我不再哭泣》、《青草青青》、《加爾各答的陌生客》由香港郭良蕙新事業公司出版。
	2 月	8～23 日，孫啟元於香港臺北經濟文化辦事處海華服務基金

會舉辦「郭良蕙生平攝影展」。

短篇小說集《第三者》，長篇小說《團圓》由香港郭良蕙新事業公司出版。

3月 長篇小說《心鎖》、《樓上樓下》、《黃昏來臨時》由香港郭良蕙新事業公司出版。

4月 短篇小說集《聖女》，長篇小說《女人的事》由香港郭良蕙新事業公司出版。

5月 長篇小說《早熟》，中篇小說《憶曲》由香港郭良蕙新事業公司出版。

6月 長篇小說《牆裡牆外》、《花季》由香港郭良蕙新事業公司出版。

7月 中篇小說集《錯誤的抉擇》，中篇小說《情種》，長篇小說《黑色的愛》由香港郭良蕙新事業公司出版。

8月 短篇小說集《台北的女人》、《貴婦與少女》，長篇小說《春盡》由香港郭良蕙新事業公司出版。

9月 長篇小說《我心‧我心》、《兩種以外的》由香港郭良蕙新事業公司出版。

10月 中篇小說《生活的秘密》、《第四個女人》，長篇小說《午夜的話》、《他們的故事》由香港郭良蕙新事業公司出版。

11月 《人生就是這樣》、短篇小說集《一吻》，長篇小說《好個秋》由香港郭良蕙新事業公司出版。

12月 短篇小說集《約會與薄醉》，長篇小說《四月的旋律》、《雨滴和淚滴》由香港郭良蕙新事業公司出版。

2015年 1月 中篇小說《琲琲的故事》、《默戀》，長篇小說《感情的債》、《變奏》由香港郭良蕙新事業公司出版。

3月 短篇小說集《禁果》，中、短篇小說集《記憶的深處》、《他‧她‧牠》，長篇小說《焦點》、《斜煙》由香港郭良蕙

新事業公司出版。

4 月　短篇小說集《晚宴》、《小女人》，長篇小說《寂寞假期》、
　　　《女大當嫁》由香港郭良蕙新事業公司出版。

5 月　中篇小說《繁華夢》，長篇小說《鄰家有女》、《緣》由香港
　　　郭良蕙新事業公司出版。

6 月　中、短篇小說集《睡眠在哪裡》，長篇小說《迷境》、《這一
　　　大片空白》、《蝕》由香港郭良蕙新事業公司出版。

7 月　長篇小說《失落‧失落‧失落》、《遙遠的路》、《藏在幸福裡
　　　的》由香港郭良蕙新事業公司出版。

8 月　《文物市場傳奇》由香港郭良蕙新事業公司出版。

9 月　《金色的憂鬱》由香港郭良蕙新事業公司出版。

10 月　《郭良蕙看文物》、《青花青》、《世間多絕色》由香港郭良蕙
　　　新事業公司出版。

12 月　中、短篇小說集《郭良蕙選集》（上）、《郭良蕙選集》（下）
　　　由香港郭良蕙新事業公司出版。

2016 年　2 月　《緣去緣來》由香港郭良蕙新事業公司出版。

參考資料：

‧文訊雜誌社編，《光復後臺灣地區文壇大事紀要》，臺北：行政院文化建設委員會，
1995 年 6 月。

‧蔡淑芬，〈解嚴前後臺灣女性作家的吶喊和救贖——以郭良蕙、聶華苓、李昂、平路
作品為例〉，成功大學歷史學系碩士論文，2003 年 6 月。

‧應鳳凰，〈郭良蕙年表〉，《文學風華：戰後初期 13 著名女作家》，臺北：秀威資訊科
技公司，2007 年 5 月 ，頁 98～100。

‧王鈺婷，〈五〇年代臺港跨文化語境——以郭良蕙及其香港發表現象為例〉，《臺灣文
學學報》第 26 期，2015 年 6 月，頁 113～152。

輯三◎
研究綜述

隱蔽的光景
窺探郭良蕙的文學版圖

◎王鈺婷

一、多彩郭良蕙

　　畢業於上海復旦大學外文系的郭良蕙，1949 年 4 月來臺。郭良蕙正式寫作生涯，始自來臺初期，臺灣是郭良蕙馳騁創作才華的舞臺。郭良蕙為戰後臺灣文壇第一代女作家中最具代表性的作家之一，戰後臺灣文壇第一代女作家，包括：蘇雪林、謝冰瑩、林海音、潘人木、艾雯、張秀亞、張漱菡、鍾梅音、郭良蕙、琦君、孟瑤、童真等人，她們在中國大陸接受過高等教育，身受五四新文化運動與女性解放思潮的洗禮，這群女作家的創作在臺灣文壇展現出與日據時期臺灣女性文學全然不同的風貌，並開闢出廣闊的女性書寫空間，此一時期也是臺灣文壇首次湧現眾多女性長期耕耘寫作的高峰期。

　　郭良蕙在 1950、1960 年代臺灣女作家群中享有一席之地，也是活躍於當時臺灣文壇的風雲人物。曾被譽為「最美麗的女作家」的郭良蕙，才貌雙全且風姿綽約，為當時文壇注目的「嬌點」。極具韌性的郭良蕙筆耕不輟、作品連翩而出，1953 年自印出版第一本短篇小說集《銀夢》，陸續推出《禁果》（臺北：臺灣書店，1954 年）、《情種》（臺北：婦女寫作協會，1955 年）等作品，並經常為《野風》、《自由中國》、《幼獅文藝》、《暢流》等著名雜誌撰稿，逐漸成為文壇上頗負盛名的青年作家，其多產創作在 1950、1960 年代臺灣文學中占有頗大的分量，並受到眾多讀者之喜愛。郭良蕙受到歡迎的程度，從其囊奪作家票選活動與跨足電影編劇中可見一般：1963 年郭良蕙

與郭嗣汾、南郭名列救國團舉辦的「全國青年最喜愛的作家」之列[1]，1960
年並跨足電影劇本的創作，為天工電影公司之喜劇電影《君子協定》編劇，
表現亮眼。同一時期，美新處資助香港右翼文化機構，郭良蕙也與香港文壇
產生具體聯繫，1955 年獲得《亞洲畫報》徵文比賽第一屆普通獎而進入香港
文壇，並在《中國學生周報》、《大學生活》、《祖國周刊》上發表作品，也於
1956 年出版小說集《聖女》（香港：友聯出版社），並陸續推出《一吻》（香
港：亞洲出版社，1958 年）、《默戀》（香港：亞洲出版社，1959 年）等作
品，呈現出臺灣女作家與香港文壇之交織互動。

　　1962 年郭良蕙於《徵信新聞報‧人間副刊》上連載以女性婚後情欲出
軌為題材的《心鎖》，在文壇掀起風暴，1963 年內政部下令查禁《心鎖》，
郭良蕙並被「婦協」與「文協」註銷會籍，遭受到官方論述與文壇的雙重
壓力。《心鎖》事件後，對於作品明顯展現性別主體意識，不懼憚在文壇中
爭取發言位置的郭良蕙來說留下難以抹平的創痛，其後郭良蕙出版《青青
草》（1963 年）、《早熟》（1967 年）分別碰觸了少年之愛與高中生墮胎的禁
忌主題，但郭良蕙曾自言經歷過《心鎖》事件後她「自動裹了小腳」[2]，可
見《心鎖》事件使得郭良蕙面臨到四面楚歌的情境，並觸動原本以創作自
由為信念的作家之敏感的神經。1978 年郭良蕙出版《兩種以外的》，以女
同性戀為書寫題材，觸及多元的性別議題，並為臺灣往後的同志書寫揭開
序幕。而後郭良蕙轉向散文創作，並浸淫於古董文物的研究，展現她對於
藝術品評的獨到眼光，出版《郭良蕙看文物》（臺北：藝術家出版社，1985
年）、《文物市場傳奇》（香港：藝術推廣中心，1987 年）、《世間多絕色》
（臺北：藝術家出版社，1997 年）等書。

　　對於郭良蕙創作生涯的自述，值得關注的包括〈我的寫作與生活〉[3]、

---

[1]沈恬聿，〈和郭良蕙談寫作與生活〉，《文壇》第 253 期（1981 年 7 月），頁 81。
[2]郭良蕙，〈長亭更短亭（代後記）〉，《四月的旋律》（臺北：時報文化出版公司，1991 年），頁
459。
[3]郭良蕙，〈我的寫作生活〉，《今日世界》第 85 期（1955 年 10 月），頁 8～9。

〈我沒有哭〉[4]、〈心，誰能鎖住？〉[5]等篇。〈我的寫作與生活〉可視為郭良蕙在創作初期探討建構自身創作主體的文章，記載在忙亂婚姻生活與育兒過程中以創作填補時間蹉跎的遺憾，並再現創作初期自我摸索寫作技巧的過程。由此可以看到郭良蕙在創作初期對於寫作經驗累積的自剖，與對於寫作類型的試探。此外，〈我的寫作與生活〉也應證了郭良蕙在寧靜小城受到樸實風氣的感染，對於繁華生活不再希求，並將寫作視為人生事業之追求，使其人生臻於完整與圓滿的過程。

〈我沒有哭〉、〈心，誰能鎖住？〉此兩篇為郭良蕙針對《心鎖》事件所寫下的自述，前者為《心鎖》事件事發當時，郭良蕙針對文壇前輩謝冰瑩對其之指控所寫的公開信，此信當時未公開發表，於 35 年後葉美瑤採訪郭良蕙才在《聯合文學》上予以披露，葉美瑤的採訪稿，對於郭良蕙而言，有其過往傷痕見證的意義，也真實呈現郭良蕙走過《心鎖》事件後對於創作形式與人生底蘊的看法[6]；〈心，誰能鎖住？〉則是 2001 年相隔《心鎖》風波近 40 年後，郭良蕙述及這些年間來轉折的心情，頗有可觀之處。〈我沒有哭〉是郭良蕙在《心鎖》事件事發瀰漫層雲密霧時，其閱讀謝冰瑩公開發表〈給郭良蕙女士的一封公開信〉後的回覆。信中，郭良蕙從在西安中學時期對於謝冰瑩的景仰談起，並直指謝冰瑩從作家風度與引人注意的指責過於泛道德化，繼而對於《心鎖》所道出違乎倫常的矛盾與痛楚所獲致曲解的遺憾，以及文壇沒有建立公正批評風氣的籲求，都可以看出郭良蕙對於捍衛自己發言權展現了不退讓、據理力爭的決心與勇氣。

〈心，誰能鎖住？〉則是在《心鎖》事件風波 40 年後，郭良蕙回首書寫《心鎖》此一熱情澎拜的階段，由於不諳世故，加上《心鎖》的暢銷與盛名，而引起同行人加添諸多罪名，郭良蕙在遭受批鬥後，持續在寫作之路上奮進，並將筆耕的跑道轉換為對於文物的愛好，以散文抒發心緒，並

---

[4]郭良蕙，〈我沒有哭〉，《聯合文學》第 166 期（1998 年 8 月），頁 65～69。
[5]郭良蕙，〈心，誰能鎖住？〉，《中國時報・人間副刊》，2001 年 12 月 10 日，39 版。
[6]葉美瑤，〈開啟一把塵封 35 年的心鎖——訪郭良蕙女士談《心鎖》禁書事件始末〉，《聯合文學》第 166 期（1998 年 8 月），頁 60～64。

由此蓄積看淡一切、不計名利的修為，郭良蕙在此發抒對於前塵往事已然
雲淡風輕的開闊之語：「面對千古藝術的深邃遼闊，更顯出相妒相殘的狹隘
可悲。再看當年打擊別人的人，逐漸凋零杳跡，自己只有感恩的份，怎敢
再存怨尤於心。」[7]此一文章，對於後《心鎖》時期，郭良蕙對於《心鎖》
事件作出個人的回應，有其重大的意義。

關於郭良蕙創作歷程，包括作家朋友的追述文章，夏祖麗〈郭良蕙對婚
姻和人生的看法〉[8]、林海音〈從新潮到古董〉[9]、劉枋〈看那一片綠——記
郭良蕙〉[10]、吳崇蘭〈美麗，美麗，郭良蕙〉[11]、師範〈郭良蕙：嚮往文學的
心鎖得住嗎？〉[12]、隱地〈關於郭良蕙二章〉[13]等篇章。《她們的世界》為夏
祖麗採訪臺灣女作家的集錄，呈現出女作家內心的世界。〈郭良蕙對婚姻和
人生的看法〉中，夏祖麗以「西洋的美」、「相當現代的摩登女性」來刻畫郭
良蕙，夏祖麗頗具慧眼地從「少數幾個一直在寫的人」來探討郭良蕙沒有停
筆的原因，包括寫作成為她生活的習慣，以及寫作內化為堅強的生命力，於
她而言為手握別人打不倒的靶，以此自立。此外，夏祖麗也刻畫出以婚姻與
愛情為主要書寫題材的郭良蕙，對於婚姻與愛情的看法：「在真實的生活
裡，我一直認為愛情與婚姻是兩回事。愛情是單純的，婚姻卻是複雜的。戀
愛時波濤越多，有時越是甜蜜，婚姻卻要像流水，平靜才好，波濤只是一種
理想」[14]，頗有郭良蕙式突破浪漫愛，冷靜又嘲諷的人生哲理。

林海音、劉枋與吳崇蘭是為郭良蕙同時代的作家，三人近距離地書寫
郭良蕙，呈現出郭良蕙真實的性格。林海音的〈從新潮到古董〉，一則刻畫
出郭良蕙「古董」的面向，林海音提及其為郭良蕙書寫老古董文章的忠實

---

[7]郭良蕙，〈心，誰能鎖住？〉，《中國時報・人間副刊》，2001年12月10日，39版。
[8]夏祖麗，〈郭良蕙對婚姻和人生的看法〉，《她們的世界》（臺北：純文學出版社，1973年），頁135～141。
[9]林海音，〈從新潮到古董〉，《聯合報》，1983年7月15日，8版。
[10]劉枋，〈看那一片綠——記郭良蕙〉，《非花之花》（臺北：采風出版社，1985年），頁69～74。
[11]吳崇蘭，〈美麗，美麗，郭良蕙〉，《中央日報》，1989年10月15日，9版。
[12]師範，〈郭良蕙：嚮往文學的心鎖得住嗎？〉，《文訊》第268期（2008年2月），頁60～64。
[13]隱地，〈關於郭良蕙二章〉，《文訊》第334期（2013年8月），頁35～37。
[14]夏祖麗，〈郭良蕙對婚姻和人生的看法〉，《她們的世界》，頁137。

讀者，林海音認為這些文章反映了郭良蕙「上下縱橫談」的視野，以及對於人生透澈的領悟；一則刻畫出郭良蕙「新潮」的面向，和年輕漂亮的張漱菡同時深受文壇矚目的情形。劉枋的〈看那一片綠——記郭良蕙〉，從回眸的視野中，從鍾愛身著綠衣、身姿曼妙的郭良蕙形象，來追憶與郭良蕙相識的過程，復活昔日郭良蕙的風華歲月，行文追記郭良蕙掙脫《心鎖》事件與感情雙重膠著之後轉換跑道，以旅行為生活常態，文末並透露劉枋渴望與浪跡天涯的郭良蕙再聚首之心願。〈美麗，美麗，郭良蕙〉中，吳崇蘭追憶 1950、1960 年代時髦的郭良蕙如何在許多場合風靡眾人的眼光，並對於世人對於郭良蕙的不公允評價發出不平之鳴，提出郭良蕙的美麗幹練不僅開時代風氣之先，而能一路堅持筆耕，實屬難得，文末並從兩次相隔二十年的華府相聚，來刻畫出郭良蕙的脫俗與坦誠心性。

師範〈郭良蕙：嚮往文學的心鎖得住嗎？〉、隱地〈關於郭良蕙二章〉等篇章也頗有可觀之處。師範與郭良蕙交情深厚，師範與郭良蕙的交誼始於《野風》雜誌。1950 年代師範與臺糖同仁合作一起創辦《野風》並曾擔任主編，以「創造新文藝，發掘新作家」為宗旨的《野風》，受到愛好文藝青年的喜愛，《野風》與當時反共文藝的路線大相逕庭，為當時文壇吹起一陣清新的文藝之風。[15]在師範的追憶中，1951 年初郭良蕙以〈稚心〉一文獲得編輯審查通過，郭良蕙在《野風》刊登〈太太的俘虜〉、〈轉移〉、〈南下車中〉、〈雞鳴早看天〉、〈陋巷群雛〉等膾炙人口的名篇，這些小說都開展了女性小說不同的格局，對文壇影響深遠的《野風》，也是孕育郭良蕙成為成名作家的創作搖籃，1953 年郭良蕙出版首部小說《銀夢》，絕大部分作品也在《野風》上發表過。此外，師範也追述《心鎖》事件的始末，並以此後郭良蕙文名更盛，嚮往文學之心，鎖得住嗎？為《心鎖》事件留下註腳。隱地〈關於郭良蕙二章〉則是提出年輕時為焦點人物的郭良蕙，晚

[15]陳建忠、沈芳序，〈臺灣新文學雜誌年表初編（1925～2003）〉，《文訊》第 213 期（2003 年 7 月），頁 119～137。李麗玲，〈創造新文藝‧發掘新作家——初探五〇年代初期的野風〉，《文學臺灣》第 14 期（1995 年 4 月），頁 182～193。

年刻意與文壇保持距離，成為悄然之人，而 2013 年郭良蕙以 87 歲高齡離
世時，近百家電視臺與報紙卻都沒有刊載此一消息，隱地為郭良蕙的悄然
離世，以郭良蕙曾為「過客」作解[16]，並為已然飄然於雲端的郭良蕙祝禱。

　　然而，隱地所提及郭良蕙晚年在文壇成為悄然之人，也指向另一層重要
議題，特別是郭良蕙與臺灣文學史書寫的面向，呈現出臺灣文學史書寫和郭
良蕙所表徵的女性文學創作類型之間頗為令人深思的議題，以下進行概述。

二、郭良蕙與臺灣文學史的書寫

　　在葉石濤於解嚴同一年推出，具有劃時代意義的《臺灣文學史綱》
中，提出「五○年代是女作家輩出的時代」[17]，葉石濤也觀察到「社會性觀
點稀少，以家庭、男女關係、倫理為主題的女作家的作品大行其道」[18]的現
象，葉石濤提出具有代表性的女作家群，包括：潘人木、蘇雪林、謝冰
瑩、林海音、郭良蕙、童真、張秀亞、張漱菡、繁露、嚴友梅、劉枋、艾
雯、孟瑤等作家[19]。葉石濤將郭良蕙列為 1950 年代具有代表性的作家之
一，可見郭良蕙在 1950 年代這一批以報紙、雜誌為據點的女作家群中頗值
得關注，而葉石濤也將《心鎖》事件所引發的爭波歸咎為社會風氣未開此
一客觀的評價。

　　林芳玫 1994 年所推出的《解讀瓊瑤愛情王國》中，探討 1960 年代至
1980 年代瓊瑤小說的愛情公式與臺灣社會型態、文化生產之間密切的關係，
林芳玫觀察到 1960 年代社會結構的改變直接影響了嚴肅文學與通俗文學的
區隔，並促成臺灣文學史正典接受與排除的機制。林芳玫根據尹雪曼、古繼

---

[16]隱地文中提到郭良蕙為「過客」作解，深具智慧，郭良蕙所言：「過，左邊從走，右與禍相同，
可見凡走過的，都包括一半禍端；至於『客』，寶字頭，下面各，表示各有各的寶物。作一名過
客，不論對整個人生，還是在某個地域，難免陰雲滿布，也有豔陽當空的時刻。苦難，默默承
受。美好，暢暢享受。把握住自己的旅程，珍惜，更要珍重。」〈關於郭良蕙二章〉，《文訊》第
334 期，頁 37
[17]葉石濤，《臺灣文學史綱》（高雄：春暉出版社，1987 年），頁 96。
[18]葉石濤，《臺灣文學史綱》，頁 96。
[19]葉石濤，《臺灣文學史綱》，頁 97。

堂、齊邦媛、葉石濤等人的文學史著作，列出 1960 年代最具聲望的小說家
與最多產的小說家，而郭良蕙在 1960 年代多產的小說家中產量名列第一，
與繁露、孟瑤、瓊瑤、張漱菡、童真等作家並列，林芳玫進一步分析這群外
省女作家雖然多產，作品常被搬上銀幕，卻甚少受到批評家注意：「女性作
家有不少成為次傑出作家，但未能進入正典，因為她們不像鄉土派或現代派
那樣成為文學運動者，既無明顯地感時憂國或批判抗議的民族主義情懷，也
沒有引領文學風潮去從事文學語言的實驗與創新。」[20]林芳玫的觀察，使我
們可以從深層的結構觀點來探討郭良蕙此類作家在文學社群所占有結構性的
位置，特別是以愛情婚姻為創作題材的女作家，無法符合臺灣文學史所要求
的感時憂國或民族情懷，此一偉大的文學傳統也促使 1960 年代郭良蕙身處
於邊緣性的位置。林芳玫的研究，引領我們進一步從深層結構觀點解讀身為
女性暢銷作家的郭良蕙所面臨到作家間所興起的象徵性權力鬥爭，於此所促
成郭良蕙在文學史上的結構性位置之影響，值得關注。

　　邱貴芬於 2001 年所編撰的《日據以來臺灣女作家小說選讀》（上）、
（下）兩冊，勾勒出日據以來臺灣女作家創作的軌跡，也呈現出臺灣女性
小說的整體發展脈絡。邱貴芬對於《日據以來臺灣女作家小說選讀》中
《心鎖》並未收錄[21]所造成「一頁空白」的現象，認為其衍生多重向度，不
僅使得本書在編纂上帶出歷史敘述當中「不連貫」、「斷裂」的概念，也指
涉臺灣文學經典中被遺忘的女性創作。[22]郭良蕙的《心鎖》此一曾被遺忘的
作品，特別觸及邱貴芬所提出女性創作與文學史頁空白的關聯性，並用以
關照文學史書寫中典律的議題：「《心鎖》出版時所引起的風波來探討臺灣
創作出版與官檢（censorship）之間複雜的關係，並引以探討 1960 年代女

---

[20]林芳玫，〈第一章：作家類型與影響文學聲譽的因素〉，《解讀瓊瑤愛情王國》（臺北：臺灣商務印書館，2006 年），頁 46。

[21]《日據以來臺灣女作家小說選讀》（上）、（下）選錄自日據以來 20 位臺灣女作家小說，並邀集 20 位學者針對作品撰寫導讀文章。因郭良蕙在閱讀《心鎖》導讀後拒絕授權，最後成書以附錄方式收錄《心鎖》導讀，並未收錄《心鎖》。詳參邱貴芬，〈《日據以來臺灣女作家小說選讀》導論〉，《日據以來臺灣女作家小說選讀》（上）（臺北：女書文化公司，2001 年），頁 4。

[22]邱貴芬，〈《日據以來臺灣女作家小說選讀》導論〉，《日據以來臺灣女作家小說選讀》（上），頁 7。

作家創作的情欲面向、當時的文壇環境等等問題。」[23]邱貴芬提醒我們關注
《心鎖》所牽涉到女性通俗小說所面臨到女性主義文學批評中文學位階
（literary hierarchy）與文學史敘述的重大議題，並應從幾個座標來討論
《心鎖》事件，包括當時文壇生態、作品本身的價值等。

　　范銘如於 2002 年所出版的《眾裡尋她：臺灣女性小說縱論》，檢視
1950 年代以迄世紀末臺灣女性文學的嬗遞，是具有代表性的臺灣女性小說
研究專著。范銘如於〈「我」行我素──六〇年代臺灣文學的「小」女
聲〉，首先對話的是當時文學史中對於 1950、1960 年代除戰鬥文藝或鄉愁
文學外，無其他詮釋框架的歷史敘述模式，范銘如透過郭良蕙、徐薏藍、
康芸薇、王令嫻小說中對於女性身分地位的探求，來探討女作家在家國／
男性意識邊緣外，以尋覓女性主體位置所蓄含的一波性別戰鬥文藝。[24]范銘
如所揭示的是正是郭良蕙所屬的「異議女聲」，如何在反共懷鄉文學「大
我」之外持續呈現出「小我」的離心力：「郭良蕙的作品雖然不斷探觸性別
政治，但是她側重女性主體性的質詢、對霸權論述的解構，運用多重、分
裂而不穩定的女性身分來突顯主流意識形態的專斷絕對。」[25]從范銘如的分
析，釐清 1950、1960 年代以官方論述為主導的文學史敘述中，郭良蕙此一
個案所開啟的女性文學鬆動或挑戰當權論述的面向。

　　2011 年陳芳明的《臺灣新文學史》，從後殖民的史觀及視野，全方面評
論日據以來臺灣文學各階段的發展特色，為了彌補過往文學史論述的不足，
綜觀臺灣女性文學發展的軌跡，也是《臺灣新文學史》後殖民評論立場的實
踐。陳芳明於〈1950 年臺灣文學局限與突破〉，將鍾理和與《文友通訊》的
臺籍作家、林海音與 1950 年代臺灣文壇並列，突顯反共文藝政策下被排除
在主流與不完全契合主流的臺籍作家與女作家，陳芳明著重強調同一時期女

---

[23]邱貴芬，〈《日據以來臺灣女作家小說選讀》導論〉，《日據以來臺灣女作家小說選讀》（上），頁9。
[24]范銘如，〈「我」行我素──六〇年代臺灣文學的「小」女聲〉，《眾裡尋她：臺灣女性小說縱論》
　　（臺北：麥田出版公司，2002 年），頁61。
[25]范銘如，〈「我」行我素──六〇年代臺灣文學的「小」女聲〉，《眾裡尋她：臺灣女性小說縱
　　論》，頁61。

作家在呼應官方文藝的要求下，以鮮明的空間感取代男作家的時間意識，他以郭良蕙在《婦女創作集》第二輯中的〈死去的靈魂〉一篇為例，說明：「反共時期的女性作家，並不配合國策去寫共黨的邪惡，而是開始注意到臺灣社會裡男人的邪惡。這種時空的轉換，議題的轉換，相當耐人尋味。當國族問題被性別議題取代時，反共文學的精神無形中就被稀釋了。」[26]陳芳明特別提醒我們此一時期女作家在主流文學之外所具備另類的性別意識，在反共復國的政治大傘下女作家如何建構具備女性特質的文學。

　　承上，陳芳明的〈《殺夫》事件與女性書寫──女性身體書寫的壓抑史〉則是另一篇關注家國意識之外女性身分衝突的文學史撰述。陳芳明從「一部女性身體書寫的壓抑史」的角度探討臺灣文學史，獨具慧眼地標舉出十年為一斷代的女性身體書寫壓抑史的里程碑，包括 1963 年郭良蕙的《心鎖》、1973 年的歐陽子的《秋葉》、1983 年李昂的《殺夫》，分別代表 1960 年代、1970 年代、1980 年代的女作家，對於父權支配力量的試探：「1963 年郭良蕙的《心鎖》，受到當時執行反共政策的臺灣省婦女寫作協會的一致攻擊。1973 年歐陽子的《秋葉》，則是受到標榜中華民族主義的《文季》之強烈譴責。而 1983 年李昂的《殺夫》，更是得到以本土立場自命媒體的特別待遇。」[27]陳芳明特別分析郭良蕙的《心鎖》之所以受到批判是為「觸犯男性的威權體制」[28]，在維護政權的合法性之同時，《心鎖》無可避免地成為代罪羔羊。

　　所以我們如果拉開臺灣文學史女性書寫的卷軸，不安於傳統機制中性別位置，並企圖與「復興中華文化傳統」主導論述拮抗，觸碰禁忌的郭良蕙，也可能是「早到的李昂」。郭良蕙是否為「早到的李昂」呢？郭良蕙與李昂有其相似之處，也有更大的殊異，其中可見解昆樺的〈「早到的李昂」

---

[26]陳芳明，〈1950 年臺灣文學局限與突破〉，《臺灣新文學史》（上）（臺北：聯經出版公司，2011 年），頁 212。

[27]陳芳明，〈《殺夫》事件與女性書寫〉，《現代主義及其不滿》（臺北：聯經出版公司，2013 年），頁 232。

[28]陳芳明，〈《殺夫》事件與女性書寫〉，《現代主義及其不滿》，頁 235。

郭良蕙〉[29]，以及吳漢所撰的〈打開心鎖‧照亮暗夜──郭良蕙與李昂現身談創作心境〉。解昆樺的〈「早到的李昂」郭良蕙〉特別挑戰郭良蕙為臺灣文學史上「早到的李昂」之說法，他提出郭良蕙作品不僅只有以情欲撩撥國族書寫的《心鎖》，還包括 1970 年代初的《第三性》以及《台北一九六〇》，前者大膽書寫湯包（TB），後者則突顯臺北現代場景的紛亂情欲，可以看到郭良蕙作品的多元性。吳漢所撰的〈打開心鎖‧照亮暗夜──郭良蕙與李昂現身談創作心境〉，兩位女作家分別針對她們創作的動機、創作素材的選取，以及應對抨擊的反應，一一回應，突顯「性」的議題在 1960 年代諱莫如深，直至 1980 年代社會依然存在保守的道德觀。[30]

在樊洛平的《當代臺灣女性小說史論》第一編〈1950 年代：人生流寓過程中的女性書寫〉，特別從「女性情感境遇中的世態炎涼」來定位郭良蕙的作品。樊洛平提出郭良蕙的文學地位耐人尋味，在於郭良蕙的創作在純文學與通俗文學之間所架設起的橋樑，見證 1950、1960 年代及臺灣女性寫作某種通俗化的傾向；以及郭良蕙對於「邊緣性」創作題材的偏好所帶給文壇的難題。[31]樊洛平認為郭良蕙之創作包括兩大向度，一是圍繞女性的情感境遇與婚姻命運，一是在婚外戀題材中，大膽觸及女性情欲和畸形戀愛的問題，其中捕捉到婚戀男女的矛盾心理，折射出轉型期臺灣社會婚姻觀和倫理觀的變化，並揭示出「世態人情的冷暖炎涼」。[32]

以上所述，關於郭良蕙與臺灣文學史書寫的議題，衍生多重向度的議題，包括臺灣文學史書寫中對於感時憂國與民族主義的強調，而使得女作家作品經常被排除在政治掛帥的文學史敘述之外，此外主流意識形態和文化霸權的宰制也影響到對於女性作品所涉及的性別政治面向的忽略，包括

---

[29]解昆樺，〈「早到的李昂」郭良蕙〉，《聯合文學》第 252 期（2005 年 10 月），頁 35。

[30]吳漢，〈打開心鎖‧照亮暗夜──郭良蕙與李昂現身談創作心境〉，《時報週刊》第 401 期（1985 年 11 月 3 日），頁 28～31。

[31]樊洛平，〈1950 年代：人生流寓過程中的女性書寫〉，《當代臺灣女性小說史論》（臺北：臺灣商務印書館，2006 年），頁 88。

[32]樊洛平，〈1950 年代：人生流寓過程中的女性書寫〉，《當代臺灣女性小說史論》，頁 90～95。

身體書寫的突破性、空間意識的強調、女性對於情感生活與婚姻命運的書寫，而使得女性「小我」被國族家園「大我」意識所消解，這些因素都使得女性文學流於被符合政令的國族論述和文化論述收編之危險。此外，郭良蕙與臺灣文學史書寫的議題，另一個較為關鍵的議題，則是文學正典化過程中，通俗與精英主義文學之間對立的議題，在臺灣文學史書寫要如何擺放具有通俗文學面向的女性文學之位置，並且予以公允的評價，也頗值得探討。[33]

三、《心鎖》及其外──郭良蕙研究面向之探討

目前在臺灣學界郭良蕙研究的專論主要鎖定在《心鎖》一書，關於《心鎖》查禁的合法性、《心鎖》內容與屬性的問題，論戰往來的數十篇文章，可參見《《心鎖》之論戰》[34]一書。本卷所選錄包括張國興、孫旗發表於《亞洲畫報》的文章，以及應鳳凰、張淑麗、廖淑儀之學術論述。1963年《心鎖》受到查禁與郭良蕙遭受臺灣省婦女寫作協會與中國文藝協會註銷會籍，由香港右傾文化機構所支持的《亞洲畫報》分別於 122 期及 124期以專題的方式廣邀各界評論《心鎖》查禁事件，《亞洲畫報》以擁護創作自由為立場，對於《心鎖》提出聲援。張國興、孫旗的文章，主要與兩位在《心鎖》事件中傾全力攻擊郭良蕙的女作家蘇雪林和謝冰瑩進行對話。[35]張國興所發表〈我對《心鎖》事件的意見〉，提出法律的時效原則、作家組織應保障作家權益、性的描寫對於妨害風化之相關性、《心鎖》與寫作自由此四項，認為《心鎖》查禁事件，牽涉到自由中國文藝界的風氣，牽涉到

---

[33] 此一思考面向受到邱貴芬論述女性主義文學批評中棘手文學位階（literary hierarchy）的議題之啟發，見邱貴芬，〈《日據以來臺灣女作家小說選讀》導論〉，《日據以來臺灣女作家小說選讀》，頁 9～10。

[34] 余之良，《《心鎖》之論戰》（臺北：五洲出版社，1963 年）。

[35] 其中包括蘇雪林，〈評兩本黃色小說──《江山美人》與《心鎖》〉，《文苑》第 2 卷第 4 期（1963年 3 月），頁 4～6。蘇雪林，〈致《自由青年》雜誌的一封信〉，《自由青年》第 29 卷第 7 期（1963 年 4 月 1 日），頁 68～69。謝冰瑩，〈給郭良蕙女士的一封公開信〉，《自由青年》第 29 卷第 9 期（1963 年 5 月 1 日），頁 17。

寫作自由，因此呼籲內政部撤消禁令。[36]孫旗的〈由《心鎖》事件析論臺灣
文藝界的風氣〉，則是針對臺灣文藝界朋友針對《心鎖》所發表之言論，所
呈現出臺灣文藝界風氣的典型提出商榷，並指出《心鎖》所接受的圍剿有
攻擊者「酸葡萄」的成分。[37]《亞洲畫報》聲援《心鎖》事件的文章，反應
1950、1960 年代冷戰氣氛下，香港在當時兩岸三地所具有「公共空間」的
特質[38]，也反映當時香港文化空間的開放與包容。

　　探討《心鎖》一書之學術論述，本卷所選錄包括應鳳凰、張淑麗、廖淑
儀之論述。應鳳凰的〈解讀 1962 年臺灣文壇禁書事件──從《心鎖》探討
文學史敘事模式〉，展現應鳳凰對於文學場域生態研究的學術長才，她具體
勾勒 1960 年代《心鎖》事件的緣由與背景、「禁書事件」本身後續的影響，
以及《心鎖》事件的內容，提出《心鎖》事件涉及到作家創作自由、黨國機
器、作家組織與市場機制種種面向，應鳳凰繼而討論《心鎖》事件與 1960
年代「臺灣文學史書寫」的議題，釐清作品背後的關係網絡與文學體制之間
的關係，檢視《心鎖》挑戰文學史敘事的分期與文學史串連的課題，以及文
學史敘述的「時間差」，以對文學史書寫之論述產生參照比對，突顯出文學
史書寫所處的繁複網絡。[39]外文系背景出身的張淑麗在〈《心鎖》導讀〉中，
則著眼於《心鎖》所具有通俗小說文類的特質，並爬梳《心鎖》的寫實通俗
所引發的張力，張淑麗特別提及《心鎖》的情欲書寫具有寫實風格的一面，
將引發讀者對於小說和真實生活疊合的閱讀視域，張淑麗特別指出《心鎖》
的寫實通俗之藝術風格為其引發傷風敗俗的「黃色小說」之名，使得攻擊者
圍繞「道德」議題大加發揮，並期待讀者能從政治化面向之外對《心鎖》予
以解讀。[40]廖淑儀的〈把《心鎖》徹底看完〉，則是從性與權力的關係去探討

---

[36]張國興，〈我對《心鎖》事件的意見〉，《亞洲畫報》第 122 期（1963 年 6 月），頁 18。
[37]孫旗，〈由《心鎖》事件析論臺灣文藝界的風氣〉，《亞洲畫報》第 122 期，頁 18～20。
[38]鄭樹森，〈遺忘的歷史，歷史的遺忘──1950、1960 年代的香港文學〉，《幼獅文藝》第 511 期
　（1996 年 7 月），頁 58～63。
[39]應鳳凰，〈解讀 1962 年臺灣文壇禁書事件──從《心鎖》探討文學史敘事模式〉，《文史臺灣學
　報》第 2 期（2010 年 12 月），頁 45～63。
[40]張淑麗，〈《心鎖》導讀〉，《日據以來臺灣女作家小說選讀》（上），頁 327～331。

當時文壇如何從「性」之角度進行《心鎖》的相關輿論，並從女性主義的角度，回歸到對《心鎖》文本意義的真實探求。[41]此外，楊明〈情色與亂倫的禁忌——論郭良蕙《心鎖》的遭禁〉則是討論《心鎖》兩度遭到查禁的原因與影響，並探討禁書制度對於出版的效應。[42]

　　郭良蕙的研究所開展的面向，也包括從都市文學與臺北書寫的角度來對郭良蕙的作品予以探勘，其中具有代表性的研究，包括董保中、羅秀美、高鈺昌之學術論述。在美國學界任教的董保中，有數篇深入探討郭良蕙作品的論述[43]，在〈郭良蕙的臺北人世界〉，董保中將郭良蕙臺北系列書寫與白先勇的《臺北人》並比，認為郭良蕙的小說是真正代表臺北人的小說，並呈現臺北大都市文學的特徵，其中包括：資產階級世界、以中年人為書寫人物、刻畫現實利益關係中的愛情[44]，董保中的研究開啟從都市文學與臺北書寫討論郭良蕙作品的先聲。羅秀美的《文明‧廢墟‧後現代——臺灣都市文學簡史》則是勾勒出從清領末葉直至戰後經濟起飛，伴隨臺灣資本主義型態發展的都市文學，深入挖掘出因應社會、文化結構性巨變中牽引出的都市文學敘事形式與內容變革。在〈1980 年代後現代風格的都市文學——荒謬、異化的廢墟都市〉，羅秀美認為郭良蕙在 1980 年代至 1990 年代初期兩部「臺北人」短篇小說集，呈現出郭良蕙對於臺北的觀察，以《台北的女人》刻畫寂寞的臺北女人，並將《台北一九六〇》視為女版《臺北人》[45]。此外，甫獲 2018 國立臺灣文學館傑出博士論文獎肯定的高鈺昌，其博論〈「聽—見」城市：戰後臺灣小說中的臺北聲音景觀〉，以城市社會學與音樂社會學中「聲

[41]廖淑儀，〈把《心鎖》徹底看完〉，《被強暴的文本——論「《心鎖》事件」中父權對女／性的侵害》，靜宜大學中國文學系碩士論文，2003 年 7 月，頁 104～122。

[42]楊明，《情色與亂倫的禁忌——論郭良蕙《心鎖》的遭禁》（佛光人文社會學院文學研究所碩士論文，2003 年）。

[43]包括董保中，〈郭良蕙的《心鎖》〉，《中外文學》第 4 卷第 7 期（1975 年 12 月），頁 40～47。董保中，〈愛情！愛情！！愛情？評郭良蕙的《他們的故事》‧兼論小說的一個結論問題〉（上）、（下），《中華日報》，1979 年 11 月 19～20 日，10 版。

[44]董保中，〈郭良蕙的臺北人世界〉，《中央日報》1988 年 10 月 16 日，6 版。

[45]羅秀美，〈1980 年代後現代風格的都市文學——荒謬、異化的廢墟都市〉，《文明‧廢墟‧後現代——臺灣都市文學簡史》（臺南：國立臺灣文學館，2013 年），頁 148～150。

音景觀」此一嶄新研究路徑，綜觀戰後小說變奏與多音聲音景觀的軌跡。在
「室外音：樂音與噪音的兩種生產趨向——新公寓・舊部落：郭良蕙、張大
春」，高鈺昌指出郭良蕙的臺北聲音景觀書寫，以《台北一九六〇》1960 年
代公寓噪音為初始，到了 1980 年代《台北的女人》又將聆聽中心位置進入
臺北社會音景之中，形成相互穿透的多重聽覺空間。[46]

　　郭良蕙的研究另一個值得關注的面向，來自於郭良蕙的作品對於同志
議題的關注，其中最令人矚目的研究為紀大偉的《同志文學史：臺灣的發
明》。《同志文學史：臺灣的發明》全方面探討臺灣同志文學史的發展脈
絡，細緻討論從美國主導冷戰結構的 1950 年代，直至後冷戰的 21 世紀初
期臺灣各類型的同志文學，將「同志文學史」與「臺灣的發明」權衡定
位，並提供給新世紀臺灣文學史撰述新的發展方向。在《同志文學史：臺
灣的發明》，〈白先勇的「前輩」與「同輩」——從 20 世紀初到 1960 年
代〉及〈愛錢來作伙——1970 年代女女關係〉中，紀大偉分別探討郭良蕙
作品和同志議題相關之處，前者探討郭良蕙 1963 年出版長篇小說《青青
草》中以初中生為同志主體的面向，和姜貴的《重陽》與白先勇小說早期
小說享有「共時性」，標舉出 1960 年代男男情欲文本中郭良蕙的貢獻[47]；後
者則是顛覆一般以白先勇的《孽子》為臺灣文學史第一部同性戀長篇小說
的說法，認為玄小佛的《圓之外》與郭良蕙的《兩種以外的》都為以女同
性戀為主人翁、為主題的 1970 年代長篇小說，認為此兩部作品想像與慾望
非主流、非婚、中產女性的瀟灑與不羈。[48]

　　而郭良蕙的作品將引領 1950、1960 年代臺灣女性文學研究走向何種版
圖呢？近年來跨足臺港文化交流研究的王鈺婷，從臺港跨文化語境來探討
郭良蕙的香港發表時期之創作，以 1950、1960 年代臺港特殊的冷戰和美援

---

[46]高鈺昌，「室外音：樂音與噪音的兩種生產趨向——新公寓・舊部落：郭良蕙、張大春」，〈「聽—見」城市：戰後臺灣小說中的臺北聲音景觀〉（成功大學臺灣文學系博士論文，2017 年）。

[47]紀大偉，〈白先勇的「前輩」與「同輩」——從 20 世紀初到 1960 年代〉，《同志文學史：臺灣的發明》（臺北：聯經出版公司，2017 年），頁 194～204。

[48]紀大偉，〈愛錢來作伙——1970 年代女女關係〉，《同志文學史：臺灣的發明》，頁 194～204。

文化格局來開闢出郭良蕙作品中更廣泛思辨的空間。在〈五〇年代臺港跨文化語境——以郭良蕙及其香港發表現象為例〉，王鈺婷指出摩登女郎郭良蕙於 1950 年代在香港發表的作品具有跨文化交流意義，其一在於郭良蕙具有臺港兩地南來文人共通的「離散華人」特質，其二在於郭良蕙作品中所具有的現代性與都市化特質，尤其是在婚戀議題的創作主軸上，透露其性別政治的態度。本文著重分析郭良蕙 1950 年代於香港所發表的「文化中國美學鄉愁」作品與婚戀小說，在當時「中國性」和「現代性」對話的脈絡之中，進行其臺港跨界／跨文化交流的嶄新面向。[49]

　　值臺灣文學研究的新紀元，郭良蕙研究資料彙編的出版，是對於過往蒙受遮蔽的郭良蕙文學進行再發掘，在《心鎖》事件後持續在臺灣文壇發聲的郭良蕙其書寫的複雜面貌和獨立價值值得珍視，特別是在文化觀漸趨開放的今日，更能體會郭良蕙作品觸及的多元且迥異的議題，從文學史書寫傳統、通俗文類位階之定位、情欲書寫、都市文學、同志議題到跨文化流動的主題，牽涉到當代臺灣女性文學性別與國族的互動，指引出女性主體與家國論述、性別論述、跨區域交流交織糾葛的脈絡。走過人生幽谷，經歷峰迴路轉，懷抱著堅毅的書寫信念與宗教信仰，終究尋覓到女性主體位置與心靈遼闊空間的郭良蕙，留下六十餘本著作，是以悄然告別人世的郭良蕙留給臺灣文學最重要的贈禮，也期待臺灣文學下一世代的研究者能接續郭良蕙以生命譜成的贈禮，以多彩多姿豐富的創作力，證成郭良蕙的文學作品，開闢臺灣文學疆域與女性書寫多元版圖。

---

[49] 王鈺婷，〈五〇年代臺港跨文化語境——以郭良蕙及其香港發表現象為例〉，《臺灣文學學報》第 26 期（2015 年 6 月），頁 113～151。

輯四◎
重要評論文章選刊

我的寫作與生活

◎郭良蕙

成功不是偶然的，必須靠著不斷地努力。

經常我都這樣鼓勵著自己，自從我選擇了寫作的道路。

當然，我現在所在的階段，距離成功，還有無比的遙遠！很可能，終生我都達不到成功的目的，然而我並不氣餒，也不會止步；因為我已經得到足夠的安慰了：寫作產生了充實生活的功效。

「悄悄地生來，又悄悄地死去。」這句話，好像被不少作家用於描寫人生的小角色。世界上，平凡的人太多了，儘管每一個人都想創造非凡的命運；直到最後，他的生與死對世界仍然沒有任何影響。至多，像殞星一樣，在生命的過程中發出暫短的光芒。

過去，誰曾想到過自己是如此平凡呢？在少女時代，我所懷著的是作太陽的驕傲心理，占據住我的思想的，全是多彩的幻夢。

少女時代，最容易傾向虛榮；感覺中：自己猶如公主般的高貴，女王般的尊嚴。上帝允許我愛好的事物太多了，我時常：調調畫板；寫寫詩句；練練琴譜；唱唱名曲；演演話劇；玩玩球類；但我始終不曾安下心去專門學習過什麼。原因是大部分時間，我都遨遊於幻夢中，以及犧牲於遊樂上。那時我並不是沒有想到過：抓住一個正確的目標去努力。然而我卻不能強迫自己去實踐。在我的幼稚的感覺裡：將青春消耗在學術的研究上，未免太可惜。

意志被浮盪的心情操縱著，自然我不願用功。在學校，我學的是外國文學，但我一心懷著無冕皇后的願望；當我真正地得到了記者的經驗，卻

又發現這項工作並不合乎我真正的理想，就在這時我結識了一個青年飛行軍官，由愛情引導著，我走進廚房裡。

一個軍人的思想和現實脫不了節。婚後，丈夫的正確觀念影響了我對人生的看法；一方面也是家庭的油鹽柴米把我拉入真實的生活中。

由多彩的幻夢清醒過來以後，我才發覺到自己的平庸。你甘願作一個平庸的人嗎？當然不，那麼你便應該充實自己。

何況，一個軍人的時間是由國家支配的，我的丈夫平日任務繁忙，經常整週整週地不能返家，為了避免寂寞的侵襲，空白的時間需要自己設法填補。對一切的愛好，我都已放棄，惟有利用閱讀來排遣日子。

於是我成為小城裡那家租書店每日必到的顧客，很快地那幾排書籍都被我搜羅過了，上至文學名著，下至武俠小說，我無不吞嚼；最後租書店對我已不再有光顧的價值。從讀，我才想到寫。

一開始，我不知從何寫起，固然在學校時，在國文老師誇獎過的可造之材裡，我也算是一個；然而對於筆耕的工作，到底荒疏已久。在乏人指導下，我決定向每天報紙的副刊所載的文章看齊，由「我家的貓」，我想起「狗」的故事；由「阿張」，我想起「老李」的人物描寫。憑著一時的情緒，我匆匆地將文稿完成，然後懷著滿腔熱望投入郵筒。緊張中打發走了幾個難熬的晝夜，所期待到的乃是不幸的判決！一次又一次的退稿。至於退稿的心緒，我不用再在這裡多費筆墨了，如果你有過投稿的經驗，不難揣摸到我所遭受的打擊；如果你從來沒有過投稿的經驗，即令我寫出來，你也不會體味得出其中的苦味的。

接連地寫，接連地退；坦然地說：那時我也曾責怨過不是知音的編者，我也曾輕蔑過那些被刊用的文章。時間能夠給予一切正確的考驗，如今再翻出幾年前的舊作，會令我自愧又自憐，我真奇怪那些當日認為滿意的舊作，竟無一是處，不用談什麼寫作的技巧，連最起碼的標點常識都沒有弄清楚，文字的運用也大有問題。

曾經有一個短時期，我停下了筆，那是為了將要作母親而忙亂著。第

一個孩子出世以後，終日獨守在搖籃邊；任時間這樣蹉跎，我惋惜起來，寫作的意念於是重新活躍於我的心裡。在面前，我攤開了紙張，對著空白的紙張，我竟播不下一粒種子。

這不是悲觀的事，能夠運用思想就表明我有了進步，因為我已懂得考慮到結構、分段、剪裁等技巧上面，否則像處理兒童故事般平鋪直敘，還不簡單？

屢次地，我攤開了紙張，屢次地，我又將它收進抽屜裡。幾乎化費了一個多月的時間，才完成了三兩千字的短文；從郵寄出去開始，一顆懸慮的心從來沒有安寧過，一向在我的印象裡是和藹可親的綠衣者，如今卻一變而為我最厭畏的人；我時時刻刻恐懼著他會停留在門前，投入不幸的消息。「信哪！」、「信哪！」綠衣者匆匆地扔下一封封的退稿後便離開了，他只顧去盡他的職責，哪裡會將注意力集中在：我這張已壓制不住內心痛苦的臉上？

退稿的煩惱能迫我退步嗎？不能！我已經下了最大的決心，走向寫作的路程；路程即令再崎嶇，不斷地使我跌倒，我依然會默默地爬起來，再邁開腳步。我發現了：沒有一個人的成功是偶然的，天才在其次，最重要的是必須具備著恆心與毅力，永遠努力下去。

收穫屬於耕耘的人。我不能忘去起初自己的文稿出現在報刊上的情緒，快慰和興奮把一顆心充塞得幾乎要爆炸，可能在夢裡我也露出了笑容。自己的文稿能被採用，對於一個作者，這是最大的鼓勵，自然我更加努力起來。

像摸索於黑暗裡的夜行者，忍耐到最後，終於期望到黎明的曙光；漸漸地，退稿比以前減少了。經驗會使人進步的，加上從我開始寫作以後，在閱讀方面比過去認真得多；隨時我都在留意名著裡的用筆技巧，人物動態以及心理描寫。讀好作品猶如吸收營養的食物一樣，後者能保健你的體力，前者能充實你的思想。身為一個作者，尤其應該把閱讀當為與寫作並重的工作，由別人的作品，不難反省到自己的；並且好的作品可以開導思

源，增加智力。但讀壞的作品，我認為對一個從事寫作的人也並非絕無利益，除了你不願浪費時間，否則對壞作品的批評正是對自己的警惕。

經驗加強了寫作的速度，三年之中，從我的筆下製造出不算太少的產品，我發覺自己：對散文，興趣很淡；對長篇的處理，我是失敗的；惟有短篇小說的方向，才比較容易發展。

民國 42 年，我搜集了過去的短篇小說一部分，形成《銀夢》的出版。在寫作的基礎沒有穩固以前，自信心到底是薄弱的，《銀夢》出版時，我的心境確如後記裡所寫的一樣：興奮又惶恐，一方面我擔心自己的作品經過批評的天秤而失敗，一方面我懼怕今後不再有創作的能力；所幸的是讀者都放寬了衡量的尺度，朋友都給予我很多鼓勵，足使我加緊督促自己。兩年以後，臺灣書店發行了我的第二冊短篇小說集《禁果》，繼續有另外兩冊出世的計畫，也正待實現。

在前面我已說過：對於長篇的處理，我是失敗的；也許在進行長篇時，我未具備更大的恆毅，也許我根本缺乏創造長篇的才能；多少朋友對我說過：「你的長篇不及短篇。」還有更坦白的忠言：「以後不要再寫長篇。」對於別人的指導，固然我是衷心感謝的，不過我認為現在尚未到該灰心的時候，只要我還有力量練習，我不會將寫長篇的雄心放棄去。除去已經出版的《泥窪的邊緣》，以及正在連載的〈相見歡〉和〈生活的祕密〉以外，目前，我正計畫著再寫新的。

以五年的成績堆聚起來，拿「量」來說，比起那些產量豐富作家，我是應當慚愧的；能夠被我用在寫作的時間有限，我只能把寫作當作業餘的志趣，而我的職業是家庭管理。固然寫作對我是必要的工作，但永遠不會超過對家庭的重視。我不贊成一個主婦把所有的家務都交託給傭人，你想：這是你的家，連你都要逃避責任，何況一個目的在乎賺得工資的傭人？

因此，對於家庭工作，我時時刻刻都在盡力；丈夫的安適、孩子的健康及養育，家園的布置，我從不疏懈。每天早晨冒著風雨或驕陽到菜場採買，已成為我的必修課，不要以為這是一項沒有價值的瑣事，我規定這是

每天戶外活動的時間，還有更大的收穫呢：在菜場，我曾經不止一次地搜集到滿意的寫作材料。

每天從下午到晚間，多半我會得到空閒；已經成了慣例，在家人午睡以後，我開始將思想表達在稿紙上。除非是職業作家，才能在動筆的時候，將自己關在房裡；而我，受擾的機會太多了，遇到孩子吵鬧，朋友來訪之類的情形，我不得不中斷下來，即令是筆下已發展到最高潮。近兩年，我接納了自己的體力的建議，不再為寫作而熬夜了；健康是可貴的，我的丈夫也常常用比喻勸慰我別忘了休息：「留得青山在，哪怕沒柴燒？」

寫作是一項寧靜的工作，它的收穫必須要靠時間的儲蓄，永遠不可像中獎一樣的不勞而獲。直到懂得運用的時候，我才發現光陰的珍貴；結婚初期那種日子難以排遣的感覺早已沒有了，相反的，我總在嘆怨無法挽留住這如飛的歲月。我時常這樣想：每天為什麼不能再增加 24 小時？讓我任意來支配。

生活的忙碌削減去娛樂及交遊的機會，除了維持著不少以文字建立的友誼以外，平日很少有社交的應酬。在寧靜的小城居住了幾年，已經接受了樸實風氣的感染，「知足者常樂」，對於生活享受方面，也不再希求什麼。

別以為我的生活程序平凡，在平凡裡所得到的樂趣可能會更多；每當我寫就一篇文稿，丈夫完成一次重大的飛行任務，大的孩子多認識了幾個字，小的孩子又學會發出幾個音，這些都是值得喜悅與安慰的事。很久以來，我已經忘去了煩惱是什麼，因為生活裡包括的幾乎全是安寧的快樂；除了偶而心頭擔上了孩子生病的焦慮。有時也難免收聽到幾句外人對自己蓄意散布的惡語和流言；「樹大招風」，丈夫勸我把度量放寬，而我呢，確實能依照著自己認為正確的做人方針生活下去。

如果一個人除了職業以外，還有事業，我要說：理家是我的職業，寫作是我的事業。我的五歲的大孩子已經認清了我所選擇的道路是值得仿效的；別看他年紀還小，卻已經有了計畫前途的意識了。有一天，他忽然提

出了一個非常使我感動的問題，他說：

「媽媽，我將來長大作什麼？是像爸爸開飛機呢？還是像媽媽寫稿子呢？」

——選自《今日世界》第 85 期，1955 年 10 月

我沒有哭

◎郭良蕙

謝老前輩：

　　最近有人問我：「你的生活怎麼樣？」我說忙；又問我：「你的情緒怎麼樣？」我說如常；接著再問：「別人這樣打擊你，你一定很傷心，哭了沒有？」我說我沒有哭。

　　我確實沒有哭，哭的是弱者，我很堅強。堅強的人，越受打擊，站得越直。

　　不了解我的，也許會誤會我的性格，而實際上，自幼我生長在古老的家庭裡，所接受的完全是舊道德和倫理觀念。雖然我的年紀比某些打擊我的人輕，但是我的容忍力卻比他們高，我一向遵守著「忠恕」之道。我不會做人，因為我從來不做；我認為真誠比什麼都重要。選擇了寫作這條道路，我一直埋頭苦苦耕耘，除了陸續推出作品以證實自己的努力以外，從來不與人爭。即使發生了《心鎖》事件，先後曾有不少人指責我，我都保持著沉默，並不是我沒有反駁的能力和抗議的理由；我只覺得別人的作為對我等於一面鏡子，我越覺得別人的作為可笑，我越警惕自己不可以牙還牙。

　　我常聽到藝術界的朋友談起這一界的馬槽，不論美術、音樂、舞蹈、文藝，鬧多少糾紛，有多少派別，彼此輕蔑，彼此攻訐。不過美術、音樂以及舞蹈都比文藝界來得單純，因為他們只在口頭上議論一番罷了，不像文藝界的朋友，每人有枝筆，隨著個人的喜怒，言所欲言。所以，謝老前輩，您別忘了，我也有枝筆。在十年中間經過數百萬字的磨練，我自信我

這枝筆也算得了鋒利；不過我只用這枝筆開拓理想的創作境界，我絕不以它作為傷人的武器，也不願意以它來直接還擊。您或許覺得我的話矛盾：「既然如此，你為什麼要寫這封信給我呢？」提筆以前，我也經過千思萬慮，如果我不這樣做，在禮貌上實無法交代，有負您的厚愛。因為我已拜讀了您在某刊物發表的一篇：〈給郭良蕙女士的一封公開信〉。

由於日常繁忙，我曾經使多少給我寫信的讀者朋友們失望。老實說，我是最怕寫信的一個。以平均每天寫稿兩千字而論，加上我仍然保持著先打底稿再謄清的習慣，每天要寫四千字，日久天長，右手的中指已打了老繭。因此難免忙中偷懶，在「賬多不愁」的情緒下，幾乎所有的來信都未能作覆。而現在，我卻專程回覆了您這封。第一，您是文壇的老前輩，我對您一直非常敬佩；其次我雖然抱著打左臉給右臉的態度，不願以自己的筆作為傷人或者還擊的武器，但必要時，我也有護衛自己的權利。

非常遺憾的，不少人對我有著「自大驕矜」的錯覺，也許這種錯覺，應該由我自己負一部分責任。最主要的我是一個四百度的近視眼，對人常視若無睹，另一個原因我過於率真，不諳做人之道。實際上我則是一個極重情感而且極虛心的人，對於善意的批評，我總會懷著感激的心情接受的；對於惡意的攻訐，我盡量訓練自己放寬度量，沉默處之。

自從去年《心鎖》還在報紙連載，便聽到傳說，說您只要有機會便在各處公開指責我。數日前，將我除名的文協監理事會議上，也以您主張最力。這些都不足減去我對您的敬佩之意，即使我拜讀到某刊物那封您給我的公開的信，我對您的敬佩仍舊如昔。

我猜想，必定有更多的讀者像我一樣敬佩您，您的言語是有力量的，這種力量足以左右一般人的思想。由此，我聯想起曾參殺人的故事，有時分明是白的東西，一而再被人說是黑的，大家也就會產生了疑惑，甚至會誤認為它可能真是黑的了。因為著是非曲直，萬不得已，我才不得不出面護衛自己。

我知道您的記憶力很強，也許和您的身體欠佳有關，何況在您閱人無

數的生平中，像我這樣一個後輩，可以說是微不足道的，因此您的記憶和事實難免有些偏差。算起來，由西安到現在已足有二十年，那時我確實是一名中學生，而您已是中學生羨慕的作家了。您主編的《黃河》，也是西安一本稀有的文藝刊物，受戰爭的影響，《黃河》的紙張和印刷都很差，但是我們都很喜愛閱讀。第一次，我見到您時，是學校邀請您來演講，記得在冬天的午後，大家穿著黑制服站在操場靜靜的聽，您則站在升旗臺上侃侃的談，談起您在日本的事蹟，也談起一位日本女作家如何遭受退稿的打擊，為了這件事，後來我還特別去買了本《放浪記》。當時您給我的印象是親切、誠懇，想不到二十年後的今天，我竟被您指摘得體無完膚，同時我相信您也想不到二十年前一個不足掛齒的小女孩，今天竟被您視為大敵。

關於您在信上對於往事的記載，有兩點我不能不加以更正的。一點是您說我曾經被兩位老師帶去拜望您，如果確有其事的話，我應該記憶猶新，可惜我沒有得到這份光榮，那也就是說，我除了做過您的數百位學生聽眾之一以外，再沒有見到過您，因為在中學裡，我的國文成績並不算好。但有一件事我還沒有忘記，那便是當趙梅伯先生從淪陷區來到西安時，居住在蓮湖公園，我們的音樂老師曾帶著我請趙先生指教過，當年我作一個聲樂家的夢想超過對其他一切的愛好。

第二次和您見面，我相信您的記憶仍然不如我，那次在中山堂光復廳開罷文協年會後，由張明大姐請幾個人在樓下餐廳喝咖啡，我坐在您旁邊，把您當作師長一樣尊敬，而您忽然不滿起我的長髮，您的信上這樣寫著：一來「怕你不方便，」再者「也太不像一個作家的風度了。」我不知道您所謂的作家風度是什麼？是不是非穿藍布大褂、手染墨水不可？我覺得一個作家決定於他的作品，並非決定於他的風度，即使再具備著「作家的風度」，設若作品貧乏，在讀者的眼光裡也並非一個作家。十數年來，我的髮型一直以不變應萬變，這足以證明我的執拗。幸而今天法令只能禁售我的《心鎖》，如果連髮型也包括在內，我只怕有人又要呼籲剪我的長髮了。

髮型是我附帶討論的小事，主要的是我要更正您下面的話，您說：「坐

了沒有幾分鐘，你就離了座位，跑到前面去搔首弄姿地擦口紅去了，幾百個人的目光都集中在你身上。」在學校，我的外國文學雖然沒有唸通，但是西洋社交禮貌我還學到一些皮毛，當眾擦口紅是有失儀態的事，我再也不會知過犯過，貽笑於人。接著您又說：「我很奇怪，為什麼你要特別引人注意呢？」您應該知道，一個能夠吸引人注意的人，出現在任何場合裡，其本身就是顯著的目標，用不著再去「搔首弄姿地塗口紅」了。您年輕的時候，必常得到過這種經驗，可惜歲月無情，這種情形已被後一輩人代替了！

　　如果讓一個不知您大名的讀者來看您給我的那封信，一定會誤認您是十足的道德家，並且認為您的觀念和行為像白紙一樣潔淨。但是，我曾經拜讀過您的《女兵自傳》以及其他的大作，我已久仰您在年輕的時候，如何被視為叛逆的女性。我想上一代女人拋開裹腳布時所受的壓迫，您必然曾受過；您走在時代尖端，也曾是個口誅筆伐的人物，您也曾感到阻礙您的人都是老頑固。時光真是可怕的東西：足夠使走在前面的，逐漸落在後面，落在後面的恐懼使他們不得不阻礙年輕的一輩向前，於是把上一代怎樣對待他們的手法，原原本本施給下一代。謝老前輩，我之所以在對您前輩的尊稱上又加一個老字，也就是這種意思。

　　人的實際年齡，除了知識年齡以外，在我認為還有兩種：生理年齡和心理年齡之和。歲月不居，我們沒有辦法維持生理的年輕，但只要我們的觀念隨著時代往新的境界發展，則永遠是年輕的。我最欣賞張岳軍先生那句「七十歲是人生的開始。」表明他多麼樂觀！多麼豁達！而且我曾幸運地在某個場合裡瞥見過岳軍先生，看起來他還若五十幾許的人，可見心理年齡可以影響生理年齡。像您，謝老前輩，您的心理年齡比七十高齡的還衰老，難怪在生理方面常常「頭痛，血壓高」了。

　　自古以來，任何事物都有反正兩面的見解，每一個政黨都有其政敵，每一個宗教都有人反對去信仰。何況藝術方面的爭辯，更永無止休，撇開西洋作品不談，只以《紅樓夢》來說，到現在還有人立志非打倒它不可。由此我的《心鎖》遭人誤解，更可想而知。

　　一個外行誤解我，我沒有話說，至於您，一個文壇老前輩對我說：「你為什麼要寫這些亂倫故事呢？怎麼可以拿來寫在小說裡面作主題宣傳呢？」就太令我失望了！由以上的問題證明：不是您無意的誤解，便是您有意的歪曲。大家都知道文藝是反映人生的，在自由的地域，作者有權選擇寫作的素材，有權寫出社會上任何角落的任何事物，既可以宣揚善的一面，也可以揭發人性的弱點。作者像醫生一樣，尋找病人的病源，對於這些弱點，懷著同情的心，加以研究，診斷，開導。您怎能一口咬定作者惟恐天下不亂？您怎能因為社會上有這類事情而怪罪作者？這種種的現象原已發生，既不是作者製造的，也不是作者教導的，作者沒有義務負責，更沒有道理接受指責。一個作者並不在於他描寫什麼，而是在於他描寫的動機。只要看過《心鎖》的人，如果未抱著偏見或陳腐的觀念，絕不可能認為作者「拿亂倫當作主題宣傳」。相反的，作者已由夏丹琪的感受道出違乎倫常的矛盾和痛苦。罪惡有時雖然是多采多姿的，但犯罪所得的暫短歡樂抵不消悔恨的纏繞。作者的動機不但和您所加上的「為亂倫宣傳」的大帽子無關，反而告訴世人，亂倫不當，應該裹足。這種真正的含義已被少數的「文壇先進」所曲解，實在是最大的遺憾！

　　並非我偏愛我的小說中的夏丹琪，而是我同情每一個犯了過失的人物，只要他們知道悔恨，就表示他們的善性未泯。連上帝還給人懺悔的機會呢！我奇怪您，在我的印象中一向是極慈愛的前輩，竟然咒罵：「夏丹琪一定要死的，證明這一群心身骯髒、充滿罪惡的狗男女，罪有應得，沒有好結果。」希望一個罪犯萬劫不復，這種心地未免太殘忍了吧？法律判一個人的死刑，學校開除一個學生，都是萬不得已的下策，本意絕非以懲罰為快。平時，我之不敢批評別人，就為了常聽人家信口批評某人為何為何，而不知自我反省。聖經上記載的有以石擲婦人的故事，我們咒罵別人之前，先要檢討自身；在指責別人汙濁之前，先看看自身是否潔淨。社會上，有多少人在咒罵別人，而自己的行為比別人惡劣更甚。尤其女人，受到男尊女卑的傳統影響，先天便不能完全平等，而女人本身還相互輕蔑，

結果攻擊女人最厲害的、嫉妒女人最厲害的、打擊女人最厲害的，是女人。有關在婦女寫作協會會議上，有些什麼人除了給我扣黃帽子以外，又拿了紅帽子硬往我頭上扣的事，您知道得很清楚，這都應該怎樣解釋呢？難道是同性相斥？

如果您不承認同性相斥，那麼就請對夏丹琪減少一點懷恨，給她一個自新的機會，因為您也是從年輕的階段過來的，您必定最了解女孩子的心情。感情是難以把握住的，每一個人都希望一生只愛一個人，不過有時受到種種影響，不可能。我相信，凡是懂得愛，愛過以及被愛過的姐妹們，看過《心鎖》，她們的同情都會多於憤恨。

自然，指責《心鎖》的並不僅限於同性，誓死打倒《心鎖》及《心鎖》作者的某男先進，就把社會風氣之壞、道德之沉淪的全部罪惡推到《心鎖》的作者身上，甚至他個人的家庭糾紛也變成《心鎖》作者應負的責任。作者雖然有心仿效耶穌給左臉打右臉的精神，卻無力仿效耶穌揹起這樣沉重的十字架。社會風氣以及道德問題，應該由司法、憲警、教育等部門來研究，來設法改進；個人的家庭糾紛，更應該由個人來檢討自身，若將責任推給一本書的作者，即使處作者於死地，又於事何濟？

我常常覺得，我們的作家，收入不要說和美國的作家相比，和日本的作家也相去千里。萬萬想不到，謝老前輩，您竟然以為我「發了財」！使我不能不感嘆您的發財標準訂得太低了！在國內，筆耕生涯已夠悽慘的了！十年來物價在漲，而稿費並沒有怎樣提高，一個作者每天不間斷地寫作，不過僅能換來勉可維持的生活費而已。《心鎖》的銷路遠不如您想像的那樣「好」，被禁時，只銷了三版。如果您認為我寫《心鎖》為了迎合讀者，則又錯了，讀者更欣賞我的《感情的債》，該書共售八版，論銷路，您早該說我「發了財」了。

您又說我賺來的錢是「骯髒」的，我既未貪汙，又非奸商，我的收入是靠彎腰駝背、手指起繭而來的，我覺得坦然、光明。您既是文壇老前輩，更應了解寫作的辛苦，一部作品，化費去多少時間，耗了多少心血，

您都非常清楚。一個女人，就憑您所說的「幾百個人的目光都集中在你身上」這種條件，若想賺錢，可以說有得是捷徑，如果不是志趣的驅使，她絕不會選擇這條和財富絕緣的寫作道路。

每個人都有權選擇生活的方式，每個作者也有權得到寫作的自由；只要他不違反國策，只要他不損害別人。而您，謝老前輩，您甘願用種種教條限制您的寫作，那也是您的自由，但是請您不要再剝奪我的自由。憑您說我的《心鎖》：「犧牲了無數青年的前途」這句話，一方面涉嫌毀謗，一方面您又太恭維我，把我視為極有威力的魔鬼。究竟有多少青年因為看了《心鎖》才墜入慾海不能自拔的？我倒很想做一個統計，只怕這個統計的結果會令您失望。性，是人的本能，性的感覺與知識是與生俱來而逐漸明瞭的，聖賢也需要傳宗接代，而他們的傳宗接代方法豈又是從「誨淫」的書本學習來的？

謝謝您對我如此厚愛，置《心鎖》於死地之後，您還不肯罷休，更進一步要消滅我的《青草青青》，毀詆《青草青青》誨盜。中國共有六大奇書，《紅樓夢》誨淫，《水滸傳》誨盜。只有您才同時給我這兩種光榮。您更賜我為「小偷，搶劫，說謊，逃學，研究武俠小說、愛情小說」的創始人，舉凡一切不良少年都尊我為鼻祖。可惜《青草青青》裡只是一群孩童的故事，如果描寫的有成年人，我會獲得更多的頭銜，青紅幫的首領，黑社會的罪魁。

我們的文壇最可悲的是沒有建立公正的批評風氣，更談不到批評的標準尺度。連老前輩如您者，尚領先斷章取義，任加罪名，真令人寒心！要知道一本書沒有看完最後一章，最後一句，是不能妄下評語的。而您，僅看了一半連載，尚不知結局如何，便又為《青草青青》加上「誨盜」之罪，我倒要請教您是否有欠公正？

不但如此，您還要斬盡殺絕，連我最近要出版的短篇小說集《他‧她‧牠》，也被您扣上一頂「黃」帽子，來混淆眾人的聽視。您這樣對待一個後輩，希望把我的文字（不敢對您稱為作品，因為您認為我寫的是「誨

淫誨盜的文字，絕對不能稱為作品！」）一網打盡，我領教了您愛護後輩的另一種表達方法。

寄語您以及某些和您同策合力要把我的「文字」一網打盡的人士，自己的寫作前途是樂還是悲，完全在於自己如何處理，絕不因為別人暢銷，而減少您的大作銷路，更不會因別人無「文字」，而增加您的大作銷路。讀者有自由、有眼光去選擇自己喜愛的作家，自己是否被讀者喜愛，不決定在打倒別人的「文字」，而在自己的作品能否站得起來。

至於您最後那些「懸崖勒馬、回頭是岸，從此洗心革面，改變作風」這些警語，現在我雙手璧還給您，因為我不是一個需要「懸崖勒馬、回頭是岸，從此洗心革面，改變作風」的罪人，我的《心鎖》也沒有罪，雖然《心鎖》受到法令禁售，但是我相信這只是一時的誤會，絕不是永久的事情，只要我的讀者朋友們不捨棄我，認為我是無辜的，我已足夠安慰了。

藉於上述的理由，我像往常一樣在有規律地生活著。我被文協除名，書遭法令禁售，對我都毫無影響，我要全力迎接我的未來。我的思想裡有新的「文字」，我的周圍有我的讀者，我不孤獨。雖然我受到種種打擊，而我沒有哭。

我只怕一些老前輩會哭吧？哭阻礙不住別人的而自己卻已走盡的創作道路。

寫到此處，拜讀到另一本刊物上載有蘇老前輩的嘶聲疾喊，主張一：貫徹《心鎖》的禁令。二：對故意撰寫黃色文藝之作者必須猛烈抨擊，不必姑息。我深知蘇老前輩對我的厚愛不亞於您，年高如二位者，必很清楚「就事論事」的態度，在「猛烈抨擊作者」以前，請多加注意，免得涉及人身。我已聘請了法律顧問。自然這也是保障人權萬不得已的下策。

今後恕不再覆。

——選自《聯合文學》第 166 期，1998 年 8 月

心，誰能鎖住？

◎郭良蕙

　　《心鎖》既不是我的最初作品，也不是最後作品，只是數十部中間的一部；卻不料捲入重重驚濤駭浪中，被認為我的代表作，甚至有人誤認是我唯一之作。自 1960 年代始已邁入新世紀 E 世代，歷經五分之二世紀強，物是人非，物非人是，進而物非人非；但《心鎖》在眾人心目中並沒有褪色。

　　1963 年被法令上「鎖」，1988 年才開「鎖」，其間坎坷崎嶇，一言難盡；而「心」仍然是昔日的心；雖然遭鬥受批，查封智慧財產，但是阻力越大，張力越強，持續在寫作道路上奮勇直前。作者不斷警惕自己：沒有人能打倒你，除非你自己倒下來。而且作者深深悟到「日頭照好人也照歹人，降雨給義人，也給不義的人」。不必為歹人仍然橫行各處且逍遙自在，而心覺不滿不平。何況天無絕人之路，門被關上，還有窗。世界仍然寬大，人生仍然可以創造。

　　四十年漫長過程，多少翻版侵占作者應有的權益，讓它去！改編成影片不得使用原著者姓名，讓它去！看淡所有，不計名利，繼續學習忍耐和包容。

　　時代變遷，冤獄一一平反，包括還《心鎖》以自由。同時多少人申訴「國家賠償」，政府一一照付不誤；而作者卻默然不顧，並未爭取該得的補償。因為作者已然雲淡風輕，自甘放棄一爭短長。

　　尤其作者緣起於文物愛好而將筆耕的小說跑道，轉換為散文，藉以抒發感受和感情。面對千古藝術的深邃遼闊，更顯出相妒相殘的狹隘可悲。

再看當年打擊別人的人，逐漸凋零杳跡，自己只有感恩的份，怎敢再存怨尤於心。

熱情就是動力。藝術創作即來自奔放的熱情。寫《心鎖》也正是熱情澎湃的階段，埋頭衝刺，突破，主觀特強，漠視一切。而且生性純真，不諳世故，有欠人和，《心鎖》創下銷路奇蹟，更引起同行加添諸多罪名，且有人開會時揚言「要打就打死」！1963 年慘遭清算鬥爭亂棒，一如 1966 年大陸的文化大革命。

「忍耐到底的，必然得救。」得救即得勝。如今，大陸早已脫離當年的陰影，致力國富民強。而作者，早已心靜如水，安於現狀。重讀舊作，恩恩怨怨，前塵渺渺，僅有的感覺是：現在已寫不出《心鎖》，也不可能寫《心鎖》這樣的小說。

世事更變，沖淡道德觀念。道德甚至已被眼前的聲色和金錢代替：一切都在遊戲人間，人間遊戲，舞臺上下混為一體，演員即觀眾，觀眾即演員，隨心所欲，罪惡意識全然麻痺。以現今尺度衡量書中的夏丹琪，只是自尋煩惱，自製矛盾而已。現今世界不過擴大和氾濫范林和江夢石的言行，徒不知何謂道德，同樣也不知何謂罪惡。

但是不論人怎樣作惡，順理成章得好像日出日落一般，卻無法逃避遲早會出現注定的局面，「照各人的行為報應各人」，也像日出日落一般自然和必然。

寫《心鎖》時，還是既未受洗也不上教堂的基督徒，經過大量歲月堆積，1987 年已懷著「舊事已過，都變成新的了」的重生之人念領洗。研讀聖經，有關夏丹琪的善惡衝突，更在偉大使徒保羅的《羅馬書》內詮釋得很清楚：「立志行善由得我，只是行出來的由不得我。故此，我所願行的善，我反不做，我所不願做的惡，我倒去做。若我去做我所不願做的，就不是我做的，乃是住在我裡頭的罪做的。」如此透徹表白出人的軟弱！

重讀舊作，對當年種種毀謗和攻擊，更覺坦坦然泰泰然。長久以來，耶穌基督被釘十字架時所說的「父啊，赦免他們，因為他們所做的，他們

不曉得」，一直深深感動且影響我。

我也是需要赦免，且有幸蒙得赦免的一個。

——選自《中國時報》2001 年 12 月 10 日，39 版

郭良蕙對婚姻和人生的看法

◎夏祖麗*

她說：

「愛情是積極的，婚姻是消極的，

如果把愛情和婚姻混為一談，

那一定會失望的。」

曾看過一張郭良蕙在十幾年前照的照片，她披著長髮、側著臉，穿著當時最流行的大圓裙，充滿了媚力。她那高高的身材、深深的輪廓，有一種西洋的美。她並不刻意打扮，但從她的外型和氣質上看來，她是一個相當現代的摩登女性。十幾年前是如此，十幾年後的今天，她的孩子都唸大學了，她給人的印象還是這樣。

十幾年前，郭良蕙是屬於少壯派的作家。那時臺灣的女作家很多，她們的作品在質和量上都遠超過男作家，是女作家們在文壇上最活躍的時期。但是最近幾年，她們中有的人年紀漸漸大了，對寫作不再那麼熱情了；有的人被忙碌的生活絆住了；有的人放下寫作做別的事去了。

郭良蕙卻是少數幾個一直在寫的人。

她悵然地說：「有許多和我同時起步的人現在都停筆不寫了，這些年來，我一直是自己跟自己打仗，沒有人和我競爭，也沒有掌聲，我是越寫越寂寞了。」

她說，她一直沒有停筆沒有什麼特別的原因，這就好像每個人的生活

*作家。發表文章時為《婦女雜誌》編輯。

中都有許多習慣，比如飲食的習慣、起居的習慣。寫作就是她生活習慣之一，已經成為她生活起居的一部分了。

這些年來，她一直在寫，和讀者的聯繫也沒有斷過，有的讀者會不留姓名和住址把自己的私人日記寄給她，希望她能寫入她的小說裡；有的人去找她，一定要把自己的故事說給她聽，做她的小說的題材。每個人都認為自己的故事是最有小說價值的。

她覺得這個世界上有許多事情是相同的，也許這些事情中的某一點能觸發作者的心靈，但卻不是每一個人的故事都能成為小說的題材。

郭良蕙大都是寫小說，很少寫散文，這也是她的習慣。她覺得散文是表現人生的片段，小說是表現人生的整體；散文常常是有感而發的，而小說是要有適度的誇張的。像她曾寫過一本小說《斜煙》，是描寫一對恩愛的夫妻，男的不幸得了絕症，他太愛他的妻子了，不忍讓她忍受死別的悲傷，就在病中故意虐待她折磨她，想使她不再愛他，而離開他。這本小說的主題就是表現這份崇高的感情。但也有人懷疑真會有這麼偉大無私的愛情嗎？

她說，這就是小說的誇大處，誇大一件美好的事情。也許世界上不一定會有這種人、這種事，她卻盼望有這麼美的事情。

她說：「在真實生活裡，我一直認為愛情和婚姻是兩回事。愛情是單純的，婚姻卻是複雜的。戀愛時波濤越多，有時越是甜蜜，婚姻卻要像流水，平靜才好，波濤只是一種理想。在婚姻裡，最大的東西是生活，生活是脫離不了現實的，而現實常會把美麗冲為平淡。所以愛情是積極的，婚姻卻是消極的。如果把愛情和婚姻混為一談，用積極的思想去要求婚姻，那一定會失望的。」

她打開了菸盒，很熟練地燃起一根菸，抽了一口又繼續說：「男人的事業心較重，他們要在社會上競爭，他們也比較外向，家庭只是他的生活的一部分；而女人天生比較內向，家庭是她們的生活的大部或全部，她要求的是丈夫的全部感情，男女的需求不同，日子久了，自然容易有磨擦，所

以彼此都要容忍。如果夫妻不容忍，任何原本美滿的婚姻都容易破裂；容忍的話，任何婚姻都不容易破裂。」

十年前，郭良蕙寫了一本小說《心鎖》，被文化界認為破壞倫理道德而被禁了，當時社會上對她的批評很多。談起這件不愉快的往事，她並不避諱，但也不願意多談。她說：

「我覺得我自己是比較善於描寫心理狀態，不善於寫景緻的，《心鎖》就是描寫人性比較多的一本書。這本小說的故事性比較濃，題材比較容易使人接受，但我寫這本書並不是為了討好讀者。」

「坦白地說，你自己喜不喜歡這本書呢？」我問。「在我寫的二十多本小說裡，我並沒有特別偏愛這本。」她接著又淡淡地說：「也許，當年的《心鎖》如不是我郭良蕙寫的，也就不會發生這種事了！」

輕描淡寫的幾句話，卻道出了她的心聲。

談到這件事，也看得出她在壓抑著自己的情緒。她略帶激動地說：「如果一個人自己不倒下去，別人是打不倒他的。」

《心鎖》事件已經過去好些年了，郭良蕙並沒有因為這件事而氣餒得放下筆，這是有目共睹的事實。

室內的氣氛因為談到這件事而有點僵住了。她沒有再說話，眼睛直直地望著窗外小院裡飄動的柳樹，似乎在回憶，又好像在沉思。這時，客廳裡很靜，偶爾從很遠的大街上傳來幾聲汽車的喇叭聲。

現在她的兩個兒子都在外面唸大學，只有週末和假日才回來，平時只有她一個人在家。清靜的環境倒是有利於她寫作，但是孩子不在也使家裡冷清了不少。她略帶感觸的說：

「時間過得真快啊！前幾天，我忽然想起我在小時候唱的一首歌！回憶起小孩時在家鄉的情景！現在一轉眼，我的孩子都大了。現在，我的兒子在說話時口中常會帶過『媽！你們那一代的人……我們這一代的人……』，有時我聽了會大吃一驚，沒想到我已經成為上一代的人了。但在我的心裡上我倒不覺得我和孩子是兩代人，這也許是現在的人在思想上、觀念上都和年輕

人比較接近了。」

　　她很遺憾現在有許多年輕人把愛情看得很隨便，愛與性的界限很模糊，常把這兩件事情混為一談，男女兩人好就在一起，不好就隨時分手，一點也不珍惜感情。她覺得他們在某些方面的想法是很叛逆的。

　　她想了想，又笑了說：「記得我從前想學音樂，家人很反對。在他們的眼裡，一個女孩子跑出去學音樂是很叛逆的。現在我卻覺得這一代的年輕人在某些方面是很叛逆的。我從這一點發覺人有一種變的本能，每一個時代的人都認為他們的想法是最對的，都要很積極地反抗過去，反抗傳統。」

　　她不太約束她的兩個孩子，尤其是這兩年，孩子們大了，她總是盡量隨他們自己發展。有一次，她的小兒子就說：「媽，你以前很兇，現在慈祥得多了。」她當時聽了覺得很好笑。她說：「孩子大了，有他們自己的想法，如果他們有不對的地方，只能用理來說服，不能罵他們，傷害他們的自尊心。如果做父母的罵了，子女不聽，那不是也損害了自己的尊嚴嗎？」

　　她的兩個男孩子，會照顧自己，出門晚回來了，她倒不太擔心。但是隨著他們年紀漸漸大了，她開始操心他們的學業和前途。她常告訴他們要做一個有責任感的男人。

　　開車是她的消遣之一。當她初學開車時，她的一個朋友就告訴她：「這架機器是要靠你來駕御才會發動的，沒有什麼好怕的。」這樣，她對自己有了信心，終於學會了。她認為一個人的信心是很重要的，信心可以培養能力，但信心卻不能超過自己的能力。

　　她說，別人的車子也許是辦事、上下班的工具，她的車子卻是玩具。開車是平淡生活中的一種起伏，等於多了一件事做。

　　她覺得人到了中年以後，生活環境固定了，不再像年輕時那麼有鬥志、充滿了希望了。這時，如果兒女又都離開身邊了，很容易消沉下來，所以一定要找些事情做。像有許多人等了許多年，好不容易熬出了養兒育

女的圈子，回頭來卻又把自己的孫兒或親戚朋友的小孩帶回家養，這就是表示人是不堪寂寞的。

「有時，我走在西門町，常看見幾個中年女人一起逛街、吃飯或看電影，我心裡就會想：她們一定是孩子都大了，也許有的孩子已結了婚，有的出了國，平時沒事幹，就約好一起出來找找樂子，玩一玩。一個人太閒了是會病的，最好能使自己忙點，這樣也可以使自己快活點。」

「打麻將也是打發時間的方法之一，我是不打麻將的，但我常聽打牌的朋友說，每一副麻將都有不同的樂趣。我想這也就是為什麼許多人都那麼熱衷麻將的原因之一，從變化中求得新鮮感。」

「我一直覺得一個人如果能很巧妙地安排自己的生活，把職業、事業和興趣分開，那他會快樂些的。」

這些年來，郭良蕙在寫作上和生活上都受到了一些打擊，但她都能很輕易地處理過去，這是性格軟弱、感情脆弱的人辦不到的。從這些地方可以看出她是堅強的。

她說：「我覺得有許多人並不是不堅強，只是慣於向人訴苦，渴望得到別人的同情，來安撫自己的身心。我卻是不習慣向人訴苦的。遇到不如意的事情，我總是咬緊牙根，一個人把苦吞下去。我是不輕於表現出我的脆弱的。」

——選自夏祖麗《她們的世界》

臺北：純文學出版社，1973 年 1 月

從新潮到古董

◎林海音*

　　每次這本藝術雜誌一來到，我先找郭良蕙的作品看。她不是寫小說的嗎？但是近三、四年來，她因為對古物有了濃厚的興趣，便放下新潮小說，專寫老古董了。她寫的小說，我並非篇篇看，如今倒是她老古董文章的忠實讀者了。

　　最近她寫了〈天球瓶的故事〉，仍然是她寫古董文章的風格：除了把那件或那類古物描述一番，更在文章中對目前的古董市場、行情、人心等等都有談及，即使你不是對古董有興趣的人，也會欣賞她的文章。我就是如此。由天球瓶的故事，她談到她的古董界朋友李教授之死，我看了也不免悵然。我沒見過李教授，他北平人，長年住英國，在古董界中頗有名氣，良蕙喜愛古董，又經過他的指點、教導，得益匪淺。而良蕙有一枝活潑的筆，再把古董心得寫出來，給我們一般人看，這樣，間接的我們也算是得益於李教授了。

　　談古董來歷是屬於縱的，談古董市場是屬於橫的，良蕙寫一篇古董文章，就得上下古今縱橫談，這樣的體驗，使得良蕙對人生也領悟更多——友誼的得失、人心的貪婪、日出日落悲歡離合，……她看得更多更清楚。良蕙的良友遽然離去，似乎使她變得更理性了。

　　一個近六百年生命的天球瓶，良蕙曾眼見它在古董市場上的興衰，以及歸屬李教授的經過，她在文章的後段曾說，「超然而論，所有的物主都是

---

*林海音（1918～2001），本名林含英，苗栗頭份人。散文家、小說家。發表文章時為純文學出版社發行人兼主編。

暫時保管者。曾經由李氏取得的青花天球瓶，雖然只有短暫幾年歷史，卻也表現出李氏對中國文物，確實貢獻過珍惜的力量。」可見她對李教授的敬重。

　　郭良蕙在女作家群中名氣很大，那是因為她寫作不但多、早、久，而且勤寫不斷。早在民國 40 年，她就是當時惟一一份文藝雜誌《野風》的作者，那時給《野風》寫稿的作家，除了良蕙，還有劉非烈、師範、田湜、王鼎鈞等人，這些名字大家也都熟悉吧！她最初的名著是〈泥窪裡的奇葩〉，連載於《暢流》雜誌。張漱菡那時也在《暢流》寫〈意難忘〉，兩位都是年輕漂亮的女作家，很受文壇矚目。我和她們也相識於那時。掐指算算也三十多年啦！

　　我和良蕙是不常見面的好朋友，我們生活不同，作業時間也不同（中午 12 點以前，休想打通電話給她），一年難得見幾次面，但是很談得來。早年她住南部的時候，常常寄照片來；這是一張民國 42 年寫著「日月潭山胞所製標本之照寄贈海音姐」的，整整三十年了。良蕙會保養，今日看她，仍是那個 165 公分高小腰身，見了人笑嘻嘻的，銀鈴似的說話聲，很朗爽。這張照片如果說是近照也有人相信吧！

　　良蕙鋒頭最健是在民國 51 年出版《心鎖》長篇小說的時候，不久這本小說被禁了（結果地下盜印本賣得更兇），文協也煞有介事的開除郭良蕙的會籍（文協還開除人哪，算了吧！），去年文協又煞有介事的恢復她的會籍。無論是被禁或解禁，開除或恢復，良蕙表現的風度都很好，什麼話也沒說。

　　不知李教授過世後，良蕙今後是繼續往返香港、倫敦，獨遊於蘇富比拍賣場呢，還是回過頭來再寫小說？

——選自《聯合報》，1983 年 7 月 15 日，8 版

看那一片綠

記郭良蕙

◎劉枋*

　　不願意往臉上貼金，自詡為郭良蕙的好友，因為近些年來，她的知名度越來越大，經濟狀況越來越好，而我，「措大」依然；一年之中，難得和她見個一面半面，說上一言半語。可是，我們中間夾著一個共同知己，她的小學同班同學，又曾經同樣做過空軍眷屬的郭晉秀，所以，談到郭良蕙，在心境上，我仍覺得不是外人。

　　第一次看見郭良蕙，是民國 38 年的秋初還是 39 年的春末，已無法確記，但，那天是個晴朗而熱的日子，中午時分，我正憑窗下望，忽然看見延平南路上由南向北搖晃著一片耀眼的綠，是一個雪白短衫，綠色長裙的女郎，款步而行，她腳下的三寸高跟鞋是綠的，腕上的皮包是綠的。女人看同性，多半是只看穿著打扮而少注意面容的，等她走過去了，再入目的是披下來的一頭及腰的長髮。

　　在今天的街市上，這樣衣著引人的女郎，隨時可見，無啥稀奇，而在三十年前，臺北街頭，行人可數，木屐踢拖的「歐巴桑」還占了大半的時代，那綠裙女的倩影，怎不令人入目難忘！好像沒有過兩三天，和當時《暢流》雜誌的編輯人王琰如大姐相識，談起來她們刊物上連載的〈泥窪裡的奇葩〉的作者，到社裡去作禮貌上的拜候，她的打扮是如何「新潮」，印證起來，我那天所見的那一片綠，原來就是她——郭良蕙。

　　好像一、兩年後在五四中國文藝協會年會上，也許是在陳紀瀅先生的

*劉枋（1919～2007），山東濟寧人。散文家、小說家。發表文章時為金甌高商國文教師。

府上，才正式的經過介紹，和她認識交談。我們的祖籍同是那聖賢之鄉——山東，口中同說著很像樣的京片子，而當時各人的朋友又不多，相談甚歡是想當然耳。

記得有一次陳紀瀅先生告訴我：「郭良蕙給我的信裡提到你，她說她很愛劉枋。」我看見陳先生桌上擺著那用綠墨水寫的函件，但為了表示自己很有教養，並未高興的要求：「拿來看看」。而那時，一些舞文弄墨的女性們，只要見過面的，還沒聽誰說：「劉枋好討厭喲！」對此，我並未受寵若驚。可是，當前兩年和她談起這段往事，她堅決的否認，她說：「我從來不說愛字，我絕沒說過我愛你。」我笑了：「幸而我不是自作多情的男人，愛與不愛，都沒關係。」也許陳先生說錯了字眼兒，可能她用的是喜歡，而陳先生說成了愛。陳先生的河北省國語，很多是專有詞彙，如同把「願意」說做「樂意」等等。不論怎樣吧，我不「討厭」她是真的。當時，太多的「癩蛤蟆」，或「伊甸園中的狐狸」，都表示對她十分反感哩！

我欣賞她的文，更過於欣賞她的人。

自她來臺後的第一個長篇〈泥窪裡的奇葩〉出版改名《泥窪的邊緣》，到最近的《台北的女人》，我是無所不讀。有人說她的小說「淺」，我卻感到實在是「深入淺出」，有人說她的小說「非文」，我卻覺得她的好處正在於此，不像有的人太重視文句的雕琢，讀來失真。

很多年前她的《心鎖》事件，在文壇上激起了狂飆，幾位以「衛道者」自居的作家們，促使中國文藝協會註銷她的會員資格，我在臺灣省婦女寫作協會的會議表示過：「她這一本書只是多了些不必要的描寫，絕對不到誨淫誨盜程度。政府禁的是這本書，並未褫奪她作人的公權。是不是某團體的會員，在她沒什麼重要，在團體方面，似乎也不必動不動就開除那個。」所以，直到今天，她婦女寫作協會會員的身分仍在，只是她不願參加活動而已。

不知如今《心鎖》是否已開禁，不知目前的青年們有多少人讀過她這本書，如有人看過，當知這本書不是她的代表作，在故事內容，情節結構

各方面，都比她在那之後所寫的差得很遠，她寫小說的技巧，真的一年比一年進步。她不是「稿匠」，她是作家，我由衷的如此認為。

　　當年她是飛將軍之妻，住過嘉義，後遷屏東。我去過嘉義她家，門楣上有小小的木牌：「綠園」，室雅不需大，布置真的以綠色為主。那天，她穿的是綠色緊身長褲，綠色套頭毛衣。我們同往的有南郭、晉秀等四五人，坐在她的綠沙發上，喝她用綠杯子倒給我們的咖啡。當時我說：「該喝龍井」。別人問故，我說「咖啡不綠」。

　　她來臺北後，屏東的房子由郭晉秀接著住，因晉秀的丈夫也是位飛將軍，我去時，庭園中仍保持著那好大好大一片油綠的草坪。草坪中一片光潔的水泥地，據說是她當年開小型派對用的，晉秀夫婦不喜跳舞，仍任它荒在那裡。

　　良蕙之夫外號「狗熊」，其子乃名小熊。那年嘉義看見他們，真如兩頭肥壯的小熊，如今，聽說一在香港，事業頗有成就，一在臺北，已結婚成家。而「老熊」也早已另結姻緣。她離婚後頗有感情生活，這屬於個人隱私，朋友們都知道，但沒有用文字向所有的人公開的必要，何況如今她這一段情，又已割斷有年。只因揮劍的不是她，薄倖人借另一個女人的手來揮舞無情劍——不是慧劍，受創者是更令人同情的。

　　前不久蘭陵劇坊演出《荷珠新配》的那天晚上，在國立藝術館，曾和她相遇，她一身蘋果綠的輕紗衣裙，仍然是那麼耀眼。劇終時，她走過來問：「你們是那個方向，我可以送你們一程。」我說：「君向瀟湘我向秦，搭不成你的便車的。」我知道她去年才換一輛新車，醜醜的橘紅色。當另一個朋友臥病中心診所時，由七樓病房臨街的窗中，我不只一次看見對面愛群大廈樓下停車的這車，心中曾想，郭良蕙該買輛綠車的呀。

　　因手邊沒有她的近影，主編鍾小姐表示去訪她拍一張，我回答說：「她可能不在國內」，因前次相見時，彷彿聽說她最近即將遠行。可是，覺得不該不證實一下。撥了個電話，接的是她。我說：「很冒昧，打擾你午睡。」她說：「怎客氣起來了？有何貴幹？」我說：「只是想知道你是走了還是在

臺北。」她說：「真巧，我明天走。」我說：「英國？」她說：「先到香港。」

當然她手邊有很多待理之事，她很忙，但，她絕沒意思掛斷電話。從和誰和誰常見面與否，談到找誰不找誰是習慣，而不是真友情，譬如她和我，平常難得往來，並不是說就沒有交情。談到我為弄孫而忙，她說是因果報應，因為也許當年我並沒好好的愛兒子，所以如今把孫女兒當作了命根子。她又說：「不是迷信，我認為，做好事未必一定有好報，但做一點不好的事，絕對會有相當的報應的，所以我不敢做壞事。」我說：「我相信，尤其是感情方面，不能說是壞事，但如對誰在良心上有了虧欠，一定也遭到某些人來對自己虧欠。」由這兒又談到我認為她是需要感情生活的人，因她沒任何不良嗜好。她自認為「不會娛樂」。又談起過去她近視而不肯戴眼鏡，所以看不見別人是否在看她，而她也不太能用眼看清別人的面貌，所以寫小說很少描別人的長相，只能寫她用心中慧眼發覺的一些別人的內心情況。近些年，為了時常出國旅遊，旅遊如看不清風光景色豈不有虛此行，而開車如看不清路況豈不大禍臨頭，不得已戴上眼鏡，才發現，很多人的嘴臉是如此的……

話說起來竟難結束，還是我說：「等你回來，我請你吃飯，你是我烹調技術的知音。」她說：「也該再吃你一次了，距離上次你做菜，有三年了吧？」

「豈止！那次還有徐訏。」

想到徐訏已大去，忽感人生苦短，我激動的說：「郭良蕙，你回來我一定請客，我還能有幾個三年？」

——選自劉枋《非花之花》

臺北：采風出版社，1985 年 9 月

美麗，美麗，郭良蕙

◎吳崇蘭[*]

　　郭良蕙，鍥而不捨寫了四十多年，在 1950 年代被譽為最美麗的女作家，與世推進，於今著作等身，名至實歸，依舊芳姿綽約。

　　那時候，報紙的副刊，只有四開那麼大一小方塊，有名有實的雜誌，也只有四、五種，郭良蕙的名字，已經是讀者所熟知的了。

　　那時候，我們都住在嘉義。雖然我們都在筆耕，彼此並不相識。只是關於郭良蕙的許多傳聞，聽得很多。有人說：她在復旦大學讀書的時候，鋒頭就很健。許多男同學一早就到女生宿舍門前報到，為的是瞻仰她出現在寢室窗口梳她披肩長髮的芳姿。在嘉義，她和作家丹扉（鄭錦先）是至交好友。常常一起出遊，或看電影，或上餐館。良蕙穿著時髦，丹扉則一頭清湯掛麵的短髮，一身學生的打扮。但兩個人都長得清麗脫俗，走在街上，人人注目，個個貪看。

　　我第一次見到郭良蕙，是在一個空軍同樂晚會上。晚會的情形，我已經記不大清楚了。但郭良蕙進場時那一閃亮眼的光，至今仍顯耀在我的心裡。她穿著一身紅色的緊身蓬裙洋裝，披一件黑絲絨的斗篷，一頭長長的秀髮，有似一匹黑色錦鍛。兩隻長長的耳環，套在一起，戴在右耳朵上，有若古裝美人的金步搖，一步一盪。她一進場，全場的眼光，都被她吸引住了。當她脫下斗篷，應邀跳舞時，那婀娜多姿，更是把我迷住了。我在驚艷中沉醉，以致無暇旁顧其他了。

*吳崇蘭（1924～2018），江蘇宜興人。小說家、散文家。曾任省立嘉義中學、臺北縣士林初級中學教師，後隨夫赴美，曾在美國語文學院教書，並為《中央日報》國際版、《中華聯訊通訊》撰寫通訊及專欄多年。

　　和郭良蕙正式相識，是臺北的文友結團到南部來遊阿里山，嘉義救國團支部請我們接待。我們在一起有好幾天。她的美麗，健談，文筆淋漓快爽，使一向自卑木訥的我，羨慕又心折。從前我聽到有人批評郭良蕙潑辣風騷，和她相識以後，我覺得她風、辣有之，潑、騷則未免對她太不公平了。

　　在記憶裡，我和良蕙很少來往，也沒有機會長談，分別之後也從不通信，但是我們相交很誠懇。縱然遠隔重洋，彼此都有相護的心。她的《心鎖》被圍剿的時候，我很為她不平。覺得用衛道的心態，將一個作者的思想圈起來，甚至不惜扼殺，是不智，也是不該。不過我相信這次的風暴稍後一定會平息，而《心鎖》這本書，也將像法國的福樓拜底《包法利夫人》一樣，成為她的名著。我靜靜的等待，我全心的祝福，一切果然如我所預期：《心鎖》這本書成了洛陽紙貴。

　　在今天，我們看到許多美麗的女孩子，既能幹，又有才華，一個個都是個女強人。美麗的女孩子出人頭地，比比皆是。四十多年前，男女平權，戀愛自由，還是啟蒙時期。大部分的女孩子，還是把結婚當作長期飯票。長得醜的女孩子，因為自身條件差，反而更懂得努力求發展。美麗的女孩子，很容易便找到一張舒適的長期飯票，一個豪華的家，往往她的出色才華就在舒適與豪華中逐漸消失沉淪。像良蕙這樣美麗的鋒頭女孩，能夠堅持她的筆耕崗位，始終努力不懈，使她寫作的層次，與時俱進，一次比一次出色，一年比一年深入，實在是非常難得的。

　　二十年前，良蕙來華府，我們曾經有短暫的相聚。她送我的八匹駿馬，其中一隻的腳被我的孫子弄斷了。可它們仍然是我的至寶。她回去後，又托人帶給我一隻別緻的臺灣玉戒指。我每次戴上它，就想起良蕙的美麗，良蕙的脫俗，和良蕙坦誠的心性。

　　今歲七月，良蕙又再度來華府。我們在張天心的宴會上聚了一次，又在我家聚了一次。二十年不見，她的風貌依舊，身材不變，爽朗如昔。提起當年的《心鎖》風波，她仍有餘憾。談到往昔共同認識的文友，各有不同遭遇。光陰似箭，日月如梭，我們都已甲子、古稀，後浪澎湃洶湧，前

浪逐漸消逝。縱然沙灘上有我們走過的痕跡，浪濤中也有我們的心血，我們終將成為浪淘盡的人物。只是我們仍有餘勇，珍惜手邊的日子，寶愛殘餘的年華。我們會唏噓嘆惜，但那不是驚嘆號，也不是問號，更不是休止符。它只是一個段落。新的腳步，接續著舊的腳步，一步步，腳踏實地的向前，再向前，直到那無可奈何的一天。良蕙，良蕙，你說不是麼？

像一個吉卜賽女郎，良蕙到處旅遊飄蕩。在見多識多中，她構思，她創作。她永遠有新的故事，新的技巧，新的章法！而且才思敏捷。即在餐桌上，在閒談中，她能立刻用她的豐富想像力，利用閒談中的一句話，勾勒出一個有血有肉的動人故事。這種快速，不是一般人能及的。

好幾次，良蕙邀我回臺灣玩，勸我到處走動走動。是的，我也一心一意的想回臺灣，去大陸。回臺灣看看國內的進步繁榮。見見比姐妹兄弟更親的老朋友。去大陸，也想了個四十多年來的會見親人的宿願。卻是舉步維艱。良蕙說：她會再來華府。再來華府，隔多少時候呢？我不敢期望那再隔十年、二十年的渺茫再見。只能在相聚的時刻傾情相歡。把握今朝，把握那一刻。

我畢生喜歡美麗的人和物。不論是外表的，內涵的。或者奇特的，怪異的。而良蕙，是屬於那種內、外兼具的美麗的人。謹在此贈良蕙詩一首，略表心意：

一別二十年，再會鬢已霜。
相聚歡笑多，奈何太匆忙。
舊話說不盡，新事多感傷。
君蹤如飄萍，我行寸步艱。
一觴復一觴，別如參與商。
紙上美人影，依然是朱顏。
生年難得百，萬里毋相忘。
人事兩無常，但願身健康。

富貴如浮雲，情義有芬芳。

遙遙祝遠方，如意又吉祥。

──選自《中央日報》，1989 年 10 月 15 日，9 版

郭良蕙：嚮往文學的心鎖得住嗎？

◎師範[*]

　　1951 年年初，我們收到一位作者署名「蕙」的來稿，一篇題目「稚心」的短篇創作。這篇小說不足五千字，寫的是一個為國陣亡軍人的遺孀：帶著一個三歲半孩子的少婦，給一個富貴人家幫傭，從那個不懂事孩子的眼裡所看到的富家大戶的情形，以及孩子的媽媽處處小心，以免孩子的不懂事得罪了僱主，以求溫飽的故事。

　　那時的一切跟今天的社會很不一樣。知足。認命。

　　這篇小說被我們以四顆星的肯定選用。但那一票不是否定，而是金文太忙了，沒看。他的理由是，有五分之三的多數就通過，現在已有四人認可，他樂得在刊出後再看清晰整齊的鉛印文章。這篇小說就在 1951 年 2 月 16 日出版的《野風》第 8 期刊出。

　　不久，我們又收到她的一篇投給《野風》「婦女與家庭」欄的〈當他有了外遇時〉的譯作，並且附來了刊載於 1950 年 5 月號 *Your Life* 第 65 頁的原文。因為我們的稿約上有這樣的規定：「譯作請附原文，並註明出處。」譯者遵守規定，並且在稿末註明出處。

　　「婦女與家庭」欄由黃揚負責，但所有稿件還是仍按規定須經大家看過，並以多數通過選刊。黃揚先看後簽註「可用。譯筆信、達、雅兼備，文意又佳，屬上好譯作。」黃揚說的沒錯。與原文對照之下，信、達不必

---

[*]師範（1927～2016），本名施魯生，江蘇南通人。小說家、散文家。曾任臺灣糖業公司管理工程師、《野風》半月刊主編。

說了，在雅上面，譯者真有點功夫，特別是在一個接一個形容詞或名詞片語與介繫詞後動名詞間連接運用時的譯筆，真的要有點能耐才能。這時我突然想起，我們曾刊出過她的小說啊！然後我很快的從第八期上找到她的小說：這個人有多方面的才華，中英文都好，能寫小說，也能譯述，她還會什麼？後來熟識了，才知道她是川大外文系出身的高材生。

這篇譯作在 1951 年 6 月 16 日的《野風》第 14 期上刊出。

從此以後，我們陸續刊出了她一篇接一篇的小說，包括〈太太的俘虜〉、〈轉移〉、〈南下車中〉、〈雞鳴早看天〉及〈陋巷群雛〉等各種面向、各種主題的短篇小說，其中〈陋巷群雛〉以五顆星入選。她的署名一直是「蕙」。

終於有緣識荊。1951 年 9 月，《野風》以文會友，在臺北市中華路的蓮園（現在是國軍文藝活動中心）舉行文友聯誼會。凡是已登記，辦完文友手續的《野風》文友——包括作者與讀者——都被邀請。到發出通知時為止，參加《野風》以文會友的有 419 人。當然，其中約有半數以上，都不住在臺北市，所以我們準備了兩百個座位以為足夠了，結果仍然超出我們的估計而高朋滿座，後來的人只好站在後面。在我們報告了《野風》編務與文會籌備的情形後，司儀請來賓與文友們講話時，沒有一個人上來。我就拿著他們進場時的簽名單，去尋找曾被《野風》刊出他們作品的人。我發現有「蕙」的簽名，就請司儀請「蕙」跟大家說幾句話，與文友認識一下。這時座中一位身材高挑的漂亮小姐站了起來，在大家的鼓掌聲中上臺致詞。很不湊巧的這時麥克風突然失靈，她只好在臺上以清脆的聲音介紹自己後就在大家的掌聲中謙虛下臺。

她就是「蕙」。郭良蕙。一個才貌雙全，如日初升的年輕女作家。

在這以前，她不斷的為《野風》寫稿，此後也是。在我們主持的前 40 期《野風》裡，她的每一篇小說裡的主題、人物、用筆方法都不同：什麼樣的題材，用什麼樣的筆觸。例如那篇五顆星的〈陋巷群雛〉，顧名思義，完全不是一個年輕女性最熟悉的男女感情等等主題與場景的文章，而是一

群「野孩子」們的「陋巷風雲」，但她以小說必須的觀察、體驗、想像等方法，予以顯著的呈現。

這說明了她寫作取材的廣泛，觀察的入微，以及表達各種主題中心思想的能力。《野風》有機會提供了園地，給像她一樣的有文學天才的人在這裡發揮，而讓眾多愛好文學的人們，很快就認識，並且喜歡這位不談政治，專攻人性的年輕女作家，以及其他同樣具有文學天才的作家們，是我們的心願，《野風》的宗旨：「創造新文藝，發掘新作家。」我們引以為慰、為榮：因為一顆新星已經誕生。

1952 年 7 月，《野風》在 41 期起交棒給田湜主持後，也像我們一樣，不斷的刊出她的作品。到了 10 月，她來信說，她要出版一本小說集，希望我給她介紹印刷廠，以及幫忙校對的工作。我告訴她我會盡力而為，但是有關印刷條件與費用，希望她能來臺北一次，親自跟印刷廠談好。大原則決定了，其他的我去做。她說這些問題她都不懂，是否可由我代為洽定後告訴她就好，初校寄給她，然後她連同設計的封面都寄給我全權處理。在信件多次來往仍無法推辭以後，我只好照她的原則去做。到了當年年底，終於一切辦妥，並在 1953 年 1 月正式出版。

新書出版了，我把印刷廠的帳單寄給她，並且檢附清單，包括排版、印刷、紙張數量等等在內，請她查核。如有錯誤，並請指出，以便向印刷廠提出，並核付餘款。她來了回信。

> 我這次出這本書，全是你在幫忙，也不知如何言謝，所以就不客套了。只有一件事不能不說。你這樣鉅細靡遺的列出這份帳目清單，我可是服了你。一分一毫，一板一眼，清清楚楚有稜有角。你不像一個寫小說的人，你應該學理工。

我回了她一封信。

受人之託，即使不忠人之事，也要裝得像樣一點。我這樣一張有模有樣的清單拿出來，這樣你就是被詐了，也只好啞巴吃黃蓮。——學理工的人不見得會做假帳，你要知道，我是讀什麼的？比讀理工的人要危險多了——至少，我不會給你墊付。

這本書就是《銀夢》，她的第一本短篇小說集，在 1953 年元旦出版。其中包括 14 個短篇小說，每篇的人物、身分、主題與處理的方法都不同，絕大部分是在《野風》發表過的作品。她也更受到大家的喜愛，聲譽日隆。

有一天快下班時，突然樓下大門口傳達室裡的人打電話上來說有人找我。我請他上來。不一會兒，她就跟一位英俊的空軍軍官一起走進我的辦公室。大家起身相迎，招呼他們坐下。她給我們介紹：「這是我的先生孫吉棟。」孫吉棟在聽完她介紹我們後，就站起來說：「對不起，我不坐了。——因為臨時有任務，請你們幫忙接待這位不速之客——她想看《聖女貞德》，麻煩你們哪一位陪她去看，看完請在十點半以前送她到勵志社招待所。謝謝。對不起，車子在下面等，我先告辭。」說完不等我們回答，他向大家舉手行了一個軍禮就走了。我們也在匆忙間擺了擺手，由黃揚與我陪她去看《聖女貞德》。

有一段時間，我的工作地點在中部西螺大橋附近。離嘉義很近，但是不知道為什麼就是很少去附近走走。有一天潘壘來信說要來我鄉下的「花園辦公室」看看。「來啊，我們一起去看郭良蕙，她就在附近，我還沒去看過她。」於是聯絡好了以後，我們在一個禮拜天去找她。在火車站噴水池旁的一家餐館吃過飯，她邀請我們去她家喝茶。那時都是榻榻米式的日式住家，客廳與臥室間以活動紙門間隔。我們東談西扯，不知怎麼談到她的另一半。她突然從籐椅裡站起來，拉開隔間的紙門，指著她臥床下放著的一只皮箱說：

「你們看我那只皮箱。」她說：「這是我來臺灣時從上海一路帶來的。

這裡面有很多寶物。包括以前男朋友給我的信。我每次出門，即使是去買菜，也一定把它鎖上，並且做了一個記號。回來就去查看有沒有動過。每次都沒發現有被動過的跡象。這很反常。」她笑著說：「後來有一次我索性把鎖虛套在上面，故意把鎖把扭轉一點，但是我在箱子裡做了暗號：有人動過了，我就會知道。那天我外出回來，仔細查看，發現裡裡外外都沒有人動過。他下班回來，我就問他，為什麼不偷看我的祕密？你知道他怎麼說？」我們笑著，看著她，她說：「吉棟說：『我幹嘛要自尋煩惱？』——你們說氣人不氣人？」

我們三個人都笑了。後來潘壘與我也都結婚了，才發現這不是郭良蕙另一半的專利，也是我們這些朋友們跟另一半共同的專利。

我們大家就維持著這樣持久的友誼。以後她的作品有如泉湧。一顆新星不但已經誕生，而且日益耀眼。

1962 年深秋，郭良蕙打電話來。糟糕！她送我的《心鎖》我還沒謝她。她恭維我在《皇冠》上發表的那篇小說，我則謝謝她送書，而抱歉沒馬上謝她。

「我正為這事找你。」她說：「有人找我麻煩。」然後她告訴我，《心鎖》被當道大肆撻伐。說王藍代表文協，要跟她在電臺公開「辯論」。她無法拒絕，但希望「辯論」中有一個第三者說話。她說王藍同意，並且同意由她推薦。

「我想到的唯一人選就是你，」她說：「如果你不願意，我就不要這個第三者了。——因為大家都信任你。」

這是太抬舉我了。我打電話給王藍溝通，他不同意取消這個「辯論」，反而說：「她找你很好，我完全贊成，大家知道你的人品。」

不溝通則已，反而來了兩頂高帽子，我只好出席。

王藍首先提出，大家都知道郭良蕙是文壇知名的女作家，大家都敬佩她的才華與作品。可是《心鎖》使她陷入泥淖，希望她能向國家社會致歉。以她的才華，一定會更上層樓。「被告」則說，小說是虛構，目的在暴

露這個醜惡的社會現象，使社會大眾知所警惕，遷過為善。而且國內外也有很多名著，其中描敘有過之而無不及，這是社會問題的反映，不能戴有色眼鏡去看。

我說我對這件事的發展感到痛心。簡單的說，說這本書會造成對國家社會的重大影響，恐怕是太抬舉它了。每人寫作的風格用筆都不一樣，讀者是否接受更是另一個層面。因此，任何一本書的存在價值，是由廣大的讀者去認定，而決定它是否會被接受，而不用擔心讀者的判斷力。

顯而易見的，這樣的「辯論」只是一道必要的程序。《心鎖》在第二年（1963）年初被禁，郭良蕙的文協會籍不久也被註銷。諷刺的是，有人因此在雜誌上公開宣布退出文協，間接聲援她，墨人就是一例。雖然他沒公開他的理由，但是私下告訴我他對這種粗糙的做法表達了一個真正文學作家的不滿。更反諷的是，救國團選出了最受青年歡迎的女作家卻正是郭良蕙。郭嗣汾告訴我，救國團蔣主任召見嘉勉，她送給主任的正是那本被禁的《心鎖》。郭良蕙說：「他說沒事。」原來「多少罪行，假汝之名而行！」其實，也不只這件事。《野風》也經歷過。

此後郭良蕙的書卻越出越多，文名更甚。嚮往文學的心，鎖得住嗎？前年潘壘自港返臺，我拉著他一起參加《文訊》一年一度的重陽文友餐聚，談起此事，他說：「那次我當面把王藍罵慘了，莫名其妙！」

這些都已經是「老太太的棉被」（蓋有年矣！）我們這群人與郭良蕙也一直保持著交往。但是，無可否認的，隨著工作與年齡的增加，彼此見面的機會少了。有一次受人之託，有人要在上海出一本「世界華文女作家極短篇小說選集」，要我代為徵求包括郭良蕙、張曉風等幾位女作家的同意，看在我老臉的份上，她們都破格同意，而在電話中談了些時間。郭良蕙說照片要去她海外的寓所去找，然後她從加州給我寄了過來，一如往日，信守承諾。她說過幾天《文訊》的重陽文會她可能會在臺，問我要不要去，我們約了在餐聚的現場見面。

我去得很晚，正在找請早去的人代留的位子的時候，有一位穿著黑色

套裝的女士迎面走了過來，向我伸出手來。

　　我不認識她。因為那是一位容光煥發的高挑年輕女生。我不認識這樣年輕的女作家。但是我也不得不很快的、禮貌的伸出手來，雖然我不好意思說我不認識你。

　　約莫有幾秒鐘，我尷尬的楞在那裡，端詳著──難道是？

　　「怎麼，不認識我啦？」她笑著說。

　　沒等她說完，我完全從猶疑中認出了她。因為她講話的聲音、語氣告訴了我。我立刻把伸出的手緊緊地握住她。

　　「郭良蕙！」我幾乎叫了起來。「我只能從你的聲音裡來辨認你是誰。」我笑著而又笑著：「因為──」

　　「因為你把多年的老朋友都忘了，」她笑著說：「師範，我們一個禮拜以前還通過電話，你真令人寒心。」她故意在「寒心」兩字上加重了語態。

　　「我真的──哎，」我認真的說：「我在電話裡聽到的是我熟悉的郭良蕙。但是，在我面前的這個人，這樣年輕，我不敢亂認。因為我不認識這樣年輕的女生。」

──選自《文訊》第 268 期，2008 年 2 月

關於郭良蕙二章

◎隱地[*]

漏網新聞

6 月 27 日的《中國時報》，報頭下有一則訃聞，醒目的紅色十字架右側有一行字：「我們最親愛的母親大人郭良蕙女士……蒙主恩召，享年八十七歲……」

次日醒來，第一件事就是想看看《中國時報》如何報導評介一位寫過六十本長短篇小說、散文等文學作品，且在世時曾經名噪一時的著名作家，令人吃驚使人意外的是，翻遍近十五大張（包括廣告）報紙，關於郭良蕙過世的消息，一個字也沒有。

這真是無法想像，現在隨便一個咖藝人過世，電視上轉過來轉過去，都會有三天三夜的報導，一個堂堂影響一代人的作家，數十家電視臺不報導也就算了，而同樣以筆寫字的報紙，居然也默默無片紙隻字，實在有點說不過去，何況，為人子者選擇一家報紙發訃聞，就等於是發新聞給堂堂《中國時報》，當年報紙發行人余紀忠老先生關心作家作品，重視文學副刊和藝文消息報導，他要是發現自己創辦的報紙竟然連像郭良蕙這樣的大作家過世，竟無一字消息，想必會從黃泉躍起，直問總編輯或藝文版主編：「為何連這麼大的新聞也漏了？」

東尋西找，翻遍全臺灣的報紙，僅《聯合報》在文化版邊欄刊出陳宛茜撰寫的一則約七百字的新聞，並附郭良蕙站在畫家席德進當年為她繪製

[*]作家、爾雅出版社發行人。

的肖像前的照片一幀，標題還算醒目，「最美麗作家郭良蕙辭世，筆，永遠停了」。

一朝天子一朝臣，《中國時報》若非換了老東家，老臣紛紛離去，沒有老臣的「年輕人當家」的報紙，可能真的已不知「郭良蕙是誰？」

如果有老臣坐鎮，至少，一旦發現自己的報紙漏了重要新聞，第二天鐵定會補寫新聞一則，但次日翻閱《中國時報》，仍無關於郭良蕙的任何一字，正在此時，作家林文義傳來詩一首，顯然此詩寫的正是郭良蕙的「悄然」離世，郭良蕙 19 日腦溢血過世，要不是家屬 27 日刊出訃聞，臺灣藝文界完全無人知曉。

林文義的這首詩，顯然寫出了許多文學人的共同心聲——

　　作家告別竟是客氣的悄然

　　新聞版面大則

　　一張明信片　　小則

　　郵票等寬同高

　　作家，不會介意吧？

　　野草般自生自滅

　　猶如燐火微亮的

　　一首最美的詩⋯⋯

　　作家，悄然怕驚動什麼

　　猶如夏夜的螢火一閃

　　人間呵，愛恨情仇啊

　　悄悄地，不必在乎

——林文義，〈悄然〉

過客郭良蕙

郭良蕙，籍貫山東鉅野，1926 年生於河南開封，1949 年來臺，住在嘉

義，先生為空軍飛行員。

畢業於復旦大學外文系的郭良蕙專攻小說，結集之長短篇小說約六十部，第一部小說《銀夢》，民國 42 年（1953 年）出版於嘉義，雖掛著青年圖書公司印行，卻是自費出書。

之後，《禁果》、《聖女》、《一吻》、《感情的債》、《心鎖》、《遙遠的路》、《青草青青》、《早熟》到《台北的女人》，其中《心鎖》因大膽刻畫男女情慾，在 1960 年代的保守臺灣引起軒然大波，被警總查禁，也因此遭中國文藝協會、婦女寫作協會和青年寫作協會開除會籍，自此郭良蕙幾乎和文壇斷絕一切關係，不過郭良蕙天生具有不服輸的性格，《心鎖》事件之後，她告訴自己「更要作一番努力衝刺」（見爾雅版《過客》再版前言）。

晚年她轉而投入文物鑑賞並四處旅行，在女作家中，她和鍾梅音，可能是最常出國的兩位女作家。

除了分散在各處出版的近六十種長短篇小說，時報出版公司從 1986 年 6 月至 1991 年 8 月，以五年多的時間，先後為郭良蕙出版 20 種「郭良蕙作品集」，可謂是一項大工程，也是一種大投資，足證郭良蕙小說在市場上歷久不衰，也受到出版同業的重視。

年輕時候的郭良蕙走到哪裡都是焦點人物，她自己並不高調，她也不需高調，自有人為她安排高調的能見度。晚年的郭良蕙刻意和文壇保持距離，成為悄然之人。她可能想不到的是，當她離開這個世界，真的沒有人記得她了，近百家電視臺沒有一家播報也就算了，連當年副刊上天天掛著她名字連載她長篇小說的報紙也不提一字，這就有些讓人匪夷所思。或許正如古人所言「夫天地者，萬物之逆旅，光陰者，百代之過客」，既是「過客」，被人遺忘，也就是自然常情，對「過客」兩字，郭良蕙自己另有解釋：「過，左邊從走，右和禍相同，可見凡走過的，都包括一半禍端；至於『客』，寶字頭，下面各，表示各有各的寶物。作一名過客，不論對整個人生，還是在某個地域，難免陰雲滿布，也有艷陽當空的時刻。

苦難，默默承受。美好，暢暢享受。把握住自己的旅程，珍惜，更要

珍重。」

　　這就是郭良蕙，走過 87 個旅程，不必說再見，她已飄然在雲端。

——選自《文訊》第 334 期，2013 年 8 月

「我」行我素
1960 年代臺灣文學的「小」女聲

　　遷臺後二十年間的臺灣文學一直被視為是政治掛帥的文學。在反共復國的最高指導原則下，文學作品不是緬懷故土故人的「鄉愁文學」，就是挑戰共黨暴政的「戰鬥文藝」。[1]彷彿全島一心一德，凝聚共識，呼應執政者口號及其意識形態。

　　人固然難脫政治屬性，政治畢竟不是個人的全部。追隨國民政府渡海多士，雖然身受政治衝擊，而可能產生對家國的高度關注，但是跨海而來面臨到的跨文化與族群身分的衝突與適應，豈是政治層面所足以涵蓋？這一波新移民中，女性知識分子的身分定位尤其複雜。這一代的女性知識分子，是在五四新文學和新文化的教育中成長，接受大陸婦女解放運動以來的新觀念，對性別意識自不同以往。[2]然而遷移到臺灣這個殘存著日治極度父權文化的新環境，感受著執政黨打著「復興傳統文化」的旗幟下緊縮的婦女政策[3]，她們必須同時面對種種切身問題的矛盾與調適：身為外省移民在政治文化上的強勢而在生活習俗上的弱勢；身為知識分子在階級上的優

---

[*]發表文章時為淡江大學中國文學系副教授，現為政治大學臺灣文學研究所特聘教授。
[1]有關 1950 年代文學研究，參見司徒衛，《五十年文學評論》（臺北：成文出版社，1979 年）；張素貞，〈五〇年代臺灣新文學運動〉，《中外文學》第 14 卷第 1 期（1985 年 6 月），頁 139～146；王德威，〈五〇年代反共小說新論〉，《四十年來中國文學》（臺北：聯經出版公司，1994 年）。
[2]陳東原，《中國婦女生活史》（臺北：商務印書館，1994 年），頁 383～417；鮑家麟，〈民初的婦女思想〉，收於鮑家麟編，《中國婦女史論集續集》（臺北：稻鄉出版社，1991 年），頁 305～336；參見古棟，〈婦女界之覺醒〉，收於李又寧、張玉法編，《中國婦女史論文集》第一輯（臺北：商務印書館，1992 年），頁 277～318；潘毅，〈主體的呼喚與失落——五四時期的婦女解放〉，《性別學與婦女研究》（香港：香港中文大學出版社，1994 年），頁 245～265。
[3]顧燕翎，〈女性意識與婦女運動的發展〉，收於《女性知識分子與臺灣發展》（臺北：聯經出版公司，1989 年），頁 106～107。

勢而身為女性在性別上的劣勢。她們的身分是曖昧的：是主流還是邊緣？是我類還是他者？是殖民者還是被殖民者？現實中多重身分的對立難道真能在反共復國這把政治大傘下一次解決？國族家園的「大我」意識豈能消解「小我」的困惑？

　　本文的目的即在調低「大我」的誤導靡音，在反共懷鄉的文學主流外，搜尋文學史中忽略的「另類」聲波。藉由遷臺二十年間女性小說中對女性身分地位的探索、對政治性別論述的質疑，重探早期文藝與性別政策的理論與實踐。本篇將先回顧 1950、1960 年代的文化政策，如何建構臺灣女性特質與女性文學，再由郭良蕙、徐薏藍、康芸薇、王令嫻的小說文本中，揭示女作家們持續呈現出的「離心力」。在家國／男性意識邊緣，潛藏著兩股暗流：一股在女性身分地理中游移尋覓女性主體性的位置，一股由女性本位上蓄含一波性別戰鬥文藝。這些早期異議的女聲，由隱微的鬆動終至正面挑戰當權論述。

一、文本／性別政策

　　活躍於 1950 年至 1970 年臺灣文壇的女作家大部分是隨同國民政府遷臺的新移民。不但是早期大陸女性文學過渡成當代本土女性文學的橋梁，擔負承先啟後的關鍵，更是臺灣女性用白話中文創作的開始，在臺灣女性中文小說中列為「第一代」。[4]

　　齊邦媛盛讚這一代的女性文學，有實力而無閨怨。[5]同為女性批評家，張誦聖雖然也稱賞她們的文學造詣和對女性的關懷，卻對她們保守的政治態度不無微詞。認為她們為了維護國民黨政權的穩定性，只敢在文本中對女性個人處境表露同情，而迴避由整個社會制度面來探討父權對女性的宰制。[6]

---

[4]Sung-Sheng Yvonne Chang, "Three Generations of Taiwan's Contemporary Women Writers: A Critical Introduction" in *Bamboo Shoots After the Rain: Contemporary Stories by Women Writers of Taiwan*, ed. Ann C. Carver and Sung-Sheng Yvonne Chang (New York: The Feminist Press at the City University of New York, 1990), pp.15-25.

[5]齊邦媛，〈閨怨之外〉，《千年之淚》（臺北：爾雅出版社，1990 年），頁 109～147。

[6]Sung-Sheng Yvonne Chang, "Three Generations of Taiwan's Contemporary Women Writers: A Critical

　　為求更公允地評價早期女性文學，我們不妨先回溯一下遷臺後的文藝政策。根據鄭明娳的研究，國民黨自在臺灣執政以來，即非常重視文化的動向與箝控。1953 年頒布〈民生主義育樂兩篇〉，具體指示「表揚民族文化」的純真優美，是新文藝的發展方向；1955 年再以「戰鬥文藝」號召文化界人士，而藝文界亦聞風響應，紛紛發起文化整肅運動，整年間瀰漫著嚴峻的政治氣壓。[7]

　　在這種高壓政策下成立的第一個女作家組織——臺灣省婦女寫作協會，恐怕是難有什麼「顛覆的」、「激進的」企圖與作為。事實上，臺灣省婦女寫作協會以及組織稍後（1969 年）的中國婦女寫作協會的成立宗旨都是「結合全國愛好文藝寫作的婦女，從事戰鬥的、健康的文藝作品的創作」。[8]臺灣省婦女寫作協會常務理事許素玉於協會成立次年，出版的《婦女創作集》編輯序中明言：協會的宗旨是「鼓勵婦女寫作及研究婦女問題以實踐三民主義，增強反共抗俄力量」。

　　選錄集中的 46 位知名或新秀女作家的散文和短篇小說堪稱範本，許素玉讚賞，每一篇章皆是作者心血：

> 她們從實際生活經驗中認清了時代的真實意義，再通過真正的情感，與理智的蘊藉，而技巧地表達出來，其間充滿對國家民族與家庭的熱度，流露著人性的尊嚴與偉大，更抒發了人生的真諦和自由的可貴，它所涵詠的革命熱情與戰鬥氣氛，對共匪在大陸摧毀家庭蔑視人性的極權奴役暴政，展開無情而有力的一擊。[9]

Introduction" in *Bamboo Shoots After the Rain: Contemporary Stories by Women Writers of Taiwan*, ed. Ann C. Carver and Sung-Sheng Yvonne Chang, pp.15-25.

[7]鄭明娳，〈當代臺灣文藝政策的發展、影響與檢討〉，收於鄭明娳編，《當代臺灣政治文學論》（臺北：時報文化出版公司，1994 年），頁 13～68。

[8]錢劍秋，〈三十年來的婦女運動〉，《臺灣光復三十年》（臺中：臺灣省政府新聞處，1975 年），頁 4-11-1～4-11-12。

[9]臺灣省婦女寫作協會主編，《婦女創作集》第一集（臺北：臺灣省婦女寫作協會，1956 年），頁 1。

換言之，唯有充滿對國家民族與家庭大愛的文學，才是「健康的」、「戰鬥的」，具有撥亂反正的能量。

然而什麼樣的文學才是充滿對家國的熱愛呢？對照入選的文本，也許可以更清楚一些。我們先挑出最為人熟悉的重量級小說家林海音的入選作〈升學〉為例。這篇小說大意敘述女主角秀珍獨自帶領兒子小培來臺。為了謀生，她擔任某富家女的家庭教師。為求表現，她專注督促學生功課，終於使她考上女中，而自己也因不再被需要而失業。拖著沉重的腳步回家，卻又發現兒子因她平時疏於照顧而落榜。秀珍的工作熱忱竟帶給她兩頭落空的悲劇。[10]

另外一個家庭悲劇發生在郭良蕙的〈胸針〉一篇。文中敘述主角的妻子，誤會鄰居陳太太偷她的胸針，導致陳家夫妻失和，陳太太羞憤自盡。不久發現原來只是同一款式，妻在儲藏櫃中發現了舊胸針。妻的猜忌造成了一條人命和一個家庭的破碎。[11]

再選另一位知名作家艾雯的家庭喜劇〈捐〉做對比。這篇小說描敘女主角羅明，在結婚後放棄對歌唱藝術的學習，但是熱愛不減，所以始終若有所失。有一天巧遇昔日指導教授，重燃歌唱壯志，再度拜回門下，積極練習並安排表演事宜。就在一切如期展開時，羅明發現懷有身孕。心中幾番交戰，羅明決定以發展自我為重，瞞著丈夫去進行墮胎手術。當她躺在手術臺上，母性突然油然而生，讓她留下小孩。新生命誕生後，雖然她心中為著放棄歌唱事業而抑鬱，但是她決定把精力用在栽培女兒身上，期望女兒能為她完成演唱心願。[12]

這三個故事篇幅雖短，且是三位作者早期作品，然而布局結構頗為嚴謹，已窺名家手筆。但是文學技巧恐怕不是選輯唯一考慮，而是三篇中明顯的道德寓意。林海音的〈升學〉敘述職業婦女為工作疏忽家庭教育，結

---

[10] 《婦女創作集》，頁 189～198。
[11] 《婦女創作集》，頁 340～353。
[12] 《婦女創作集》，頁 146～157。

果可能得不償失；郭良蕙的〈胸針〉中的家庭主婦雖照顧好自己的家庭，但由於對人性的不信任，冤枉了好人，造成別人家庭的悲劇。讀後令人戰慄，自然誘使讀者敦親睦鄰、團結信任。相較前兩篇的負面教訓，艾雯的〈捐〉安排了大團圓的家庭喜劇，轉折點在於女主角選擇為培育下一代而捐棄自我理想。明確地鼓勵婦女以家庭為重，為教養兒童而努力，儘管壓抑自我，但是保全了家庭的完整。總言之，這三篇之所以能符合選集「健康的」、「戰鬥的」標準，即在於它們都呼應傳統中國文化對婦德的觀點——警戒女人的猜忌、宏揚母性光輝以鼓勵女性自我犧牲。最重要的，暗示家庭完整的維護大於個人幸福的追求。五四文學以來，對傳統家庭觀念與結構壓榨個人——尤其是女性——的抨擊浪潮在此稍息，全體向「後」看齊。[13]

　　問題是，由清末開始鼓吹的女性自覺思潮真能防堵於海峽彼岸嗎？渡海而來的女性精英們能不將她們早已被培養出的女性意識挾帶進臺灣文壇嗎？瑞秋‧杜帕西斯（Rachel Blau DuPlessis）在她深具影響力的著作《超越結局》（*Writing beyond the Ending*）中指出，女作家常運用不同的敘述策略來擾亂文學傳統與對女性的定見，所以在看似尋常的情節形式下，往往蘊藏顛覆的因子。[14]艾雯的〈捐〉，雖然表面上符合官方說法，安排女主角走回家庭，當母親而非當女人，但是其中一些心理描寫的片段卻耐人尋味，尤其是產後給友人的信：

> 想想看，幾千年來，做女人的多少雄心，多少壯志，多少天才和理想，就這樣默默地犧牲了，埋葬了，誰知道這犧牲，這捐獻，還將延續多少世紀；男士們擁有事業的光輝，仍舊也享有愛情的溫馨，可是女人，女人若獻身於愛，便只能無盡期的服役，無限止的捐獻，我這一輩子大概

[13]有關五四文學對傳統家庭的批判，參見 Chow Tse-Tsung, *The May Fourth Movement: Intellectual Revolution in Modern China* (Cambridge: Harvard University Press, 1964)。

[14]Rachel Blau DuPlessis, *Writing beyond the Ending: Narrative Strategies of Twentieth-Century Women Writers* (Bloomington: Indiana University Press, 1995).

就算捐了，在整個青春進行曲中，我只成了一個休止符。但那是我沒有
出息，我不想上進嗎？……[15]

這段對性別差異的不平和對兩性平等的渴望，絕不是「家庭團圓」這
個老套結局所能掩蓋的。信末提出的問題尤其聳動：因為它其實已經把女
性問題由個人層面轉移至更廣泛、根本的癥結——父權體制。如果連《婦
女創作集》這本在肅殺年代的官方出版品中，女性意識都在不安地騷動
著，那麼日後的浮現，甚至湧現，幾乎是指日可待之事。

二、身分地理的遊民

文學是文化表徵系統的一部分，更是維護阿圖塞（Louis Althusser）所
言的〈意識形態與意識形態國家機器〉運轉的重要機制。[16]透過被宰制的文
學文本，國家機器誘使、強化個體想像個體是國家主體而聯繫自己成為國
族敘述之一，從而確定自身的國家身分和主體性。

不容忽視的是，國族論述一直就是性別論述，不能在性別外了解其運
作過程。透過次團體，個體更能明確徹底地與國家論述發生認同及合謀。
在國族論述中，經由確定女性「他者」的身分來指認並物質化她們在國家
內的權利與義務，男性的主體性也因此可以確立和鞏固。男有分女有歸，
對貫徹優勢意識形態和國族論述既是絕對而必要，藉由文學宣傳建構女性
特質自是文藝政策之一。遷臺後的執政黨致力推動的「由上而下」的國族
論述即是簡化了的中國「固有」文化[17]，是以「堯舜禹湯文武周公孔子」到
孫中山、蔣中正的父權象徵體系；亦即將女性主體性屈從於父、夫、子的
權威論述，將女性身分鑲嵌於孝女、賢妻與良母的家庭位置。

---

[15]《婦女創作集》，頁 156。

[16]Louis Althusser, "Ideology and Ideological State Apparatuses," in *Lenin and Philosophy and Other Essays* (London: New Left Books, 1971), pp. 123-172. 中文可參見泰瑞・伊果頓（Terry Eagleton）著；吳新發譯，《文學理論導讀》（臺北：書林出版公司，1994 年），頁 214～217。

[17]參見李元貞，〈臺灣現代女詩人作品中的國家論述〉，《女性詩學》（臺北：女書文化公司，2000 年），頁 54。

　　然而，文化不是靜止的本質，不是一種純粹或甚至可被條列分明地定義的實體，或是超越時代的不變現象。中國文化絕不能化約為儒家文化，儒家文化也不能化約為「堯舜—蔣中正」的象徵體系。誠如蘇珊‧弗瑞蒙（Susan Stanford Friedman）辯證的：

> 文化是歷史性產品，變動地、而總是反應式和合成式地相對其他文化形成。任何文化，換言之，早已經是互文化和融和式的。……文化總斷定有一種意識形態上的同質純一，甚至是本質，來混淆實際上是異質性而永遠在進行文化重組和改變。更有甚者，文化傾向於在自己與別種文化間豎立界線，藉由宣稱與別種的差異捍衛自己的身分認同。[18]

正如社會型態是多種文化的產品，任何一個社會個體也是多重文化的交疊。個體的身分「都植基於多種而持續性妥協的認定關係、階級、性向、宗教、性別、種族、年齡等等」。[19]

　　弗瑞蒙指出，身分不是純粹、單一的，而是各種「異」的混合。不但是多元的、多變的、暫時性的，而且常是相互衝突和矛盾的，她將這種身分交會稱為「身分地理」（Geography of Identity），是一種歷史性的位置、多重知識的交集點，是一種辯證的地域，存乎內在／外在、中心／邊緣，是一種活動性的對抗空間，接融區、中介帶、邊境、前線。[20]

　　弗瑞蒙的「身分地理」概念，對我們了解臺灣文學，尤其是女性文學，有相當的助益。因為它可幫助我們打破島上長期二分的僵局，如本省／外省、本土／外來，使得身分研究更具有活力和彈性。身分地理是一種

---

[18]Susan Stanford Friedman, "Telling Contacts: Intercultural Encounters and Narrative Poetics in the Borderlands between Literary Studies and Anthropology," in *Mappings: Feminism and the Cultural Geographies of Encounter* (Princeton: Princeton University Press, 1998), pp. 134-135.

[19]Susan Stanford Friedman, "Telling Contacts: Intercultural Encounters and Narrative Poetics in the Borderlands between Literary Studies and Anthropology," in *Mappings: Feminism and the Cultural Geographies of Encounter*, pp. 134-135.

[20]Susan Stanford Friedman, " 'Beyond' Gender: The New Geography of Identity and the Future of Feminist Criticism," in *Mappings: Feminism and the Cultural Geographies of Encounter*, pp. 18-20.

空間，提供不同的身分論述交會、交戰。它可以是一種確實存在的地理位置，如臺灣，自古以來即提供亞洲（中日）、歐洲（西班牙、葡萄牙）與美洲文化的交流折衝；也可以是一想像空間，如文本，提供不同意識形態對話對立；身體，當然也是另一種空間，是各種身分論述角力的兵家必爭疆域。

在安穩的時代與環境中，身分地理上的各種論述也許比較容易獲得妥協，或臣服於一種優勢論述下，但是在動亂的時空下，各種身分的張力、衝突會比較明顯活躍，個體對自己各種身分的對立和認同也會充滿焦慮。臺灣既然一直就是衝突強烈的身分地理，而大陸遷臺的女性更遭逢性別、族群、階級等身分調整，她們的身分地理上充斥著不同論述的對抗，猶如分裂混戰的五代十國。強制規範女性安於「固有的」、「統一的」女性位置，而罔顧其他身分論述的爭戰，正如罔顧國土分裂一般困難。

郭良蕙在 1962 年出版的《心鎖》，暴露出女性身分地理中的各種矛盾張力，挑戰執政權威所企圖建構的「統一」女性主體性。[21] 1963 年《心鎖》的查禁與郭良蕙被婦協及文藝協會註銷會籍，象徵主流的反撲，宣示官方論述滲透和操縱文學的權力與決心。在進一步解釋這一樁藝文公案背後牽涉到的性別、文學與政治間的互涉關係前，我們必須簡單地敘述一下這部長篇小說的情節與內容。

丹琪和范林是一對相貌出眾的情侶，兩人俱是大學生，家境也都在遷臺後蕭條，勉強維持小康局面。范林為丹琪好友夢萍的家世財富吸引，逐漸冷落丹琪。丹琪不知所以，遂答應與范林發生性行為來挽回。丹琪不久發現范林即將與夢萍訂婚，憤怒傷痛之餘，答應夢萍憨直的醫生大哥的求婚。婚後與先生「相敬如賓」，創傷無法平復，禁不起范林的勾引舊情重燃。但是丹琪逐漸看清范林只是故技重施，不可能為了她放棄已到手的老婆的財勢，又經篤信基督的母親勸阻，終於對范林死心。然而無法在婚姻

---

[21]郭良蕙，《心鎖》（臺北：時報文化出版公司，1986 年）。

中獲得幸福與滿足的她，在花花公子般的小叔一再挑逗下，發生亂倫關係。某日丹琪與小叔在北投飯店幽會出來，巧遇范林。二男爭風吃醋之餘，飛車競馳而車禍雙亡。丹琪僥倖存活，狼狽逃離現場。最後跑進母親所屬的教堂，祈求心靈的平靜和神的寬容。

　　《心鎖》因為「亂倫」情節和描寫女性情欲引發爭議，攻訐者與同情者大都繞著「道德」這個議題發揮[22]，忽略了道德的政治意涵以及文中暴露出來的女性困境。其實在《心鎖》之前，郭良蕙的作品就一再探觸女性對主體的焦慮與思索，只不過故事最後總能「迷途知返」。在《心鎖》之後，雖然不敢再跨越「地雷區」，創作路線還是大致維持原有的方向。[23]她的小說大部分以臺北為背景，藉由不同身分的女性，描述女性在此間遭逢的種種問題。而這些文本中的女性，並沒有什麼憂國意識，也不眷戀過去和故土；有的只是對「此時」、「此地」上，切身定位的不確定和探求。

　　《心鎖》之所以成為郭良蕙小說中最惹人注目的一本，正在於它集合性別、情欲、階級、西方宗教與中國倫理論述間的衝突矛盾於一身，揭露身分地理的分裂狀態。一開始，女主角身分是介於中產／無產階級的年輕女性、單純保守合乎典範。但是夢萍資產階級的身分輕易擊敗了她，范林願意用自己的「性」來換取階級身分。認知自己階級上的弱勢，丹琪學習范林，以合法「性」交換階級性，嫁給醫師大哥。晉身於同階級，丹琪並不能贏過夢萍與范林，所以丹琪必須再利用性吸引范林，卻發現范林也只是利用她證明自己性的優越，並且一再炫耀在性文化上男性的絕對支配權。對范林死心之後，丹琪企圖安於家室，當母親聽話的乖女兒，扮演社會上人人稱羨的醫師娘身分。但是這種中國傳統論述下的孝女、賢妻地位，並不能使她快樂，困惑的她於是重返校園、重拾學生身分，只是學術

---

[22] 攻訐意見可以穆中南〈一個反常的現象〉為代表，見《文壇》第 40 期（1963 年 10 月），頁 6～7。同情論點可參見董保中，〈郭良蕙的《心鎖》〉，《中外文學》第 4 卷第 7 期（1975 年 12 月），頁 40～47。

[23] 郭良蕙，〈長亭更短亭（代後記）〉，《四月的旋律》（臺北：時報文化出版公司，1991 年），頁 458～459。

殿堂傳授的規範論述注定不能解除她的身分定位問題。於是她背叛倫理，服從自己的性需求，與小叔通姦，她的性欲需求也第一次得到滿足與確定。她的已婚／長嫂的雙重身分卻不允許她自我認定性身分，因此使她更陷入恐懼的混亂之中。在叛離了中國傳統論述下所有的女性身分和美德戒律後，倉皇失措的她逃入教堂，在西方宗教論述中尋找庇護和認可。

丹琪的整個歷程就是身分地理上的不斷遷移。每當行走到兩種身分交會對抗的邊境（例如美貌的她在婚姻市場上敗給上流社會的夢萍）她會特別感到困惑與矛盾，然後選擇越界、再越界。猶如尤里西斯，期望回到身心安頓的歸宿。但是在身分地理上，並沒有「最初」和「最後」的定點，有的只是吉普賽人的遊歷。丹琪最大的痛苦在於，在傳統與現代交會的臺灣、在西方和中國的論述中，找不到可以暫且偷安的位置。就算她勇於在身分疆域中遊走突圍，在這些男性論述所建構出的領土上，沒有女性主體性的標誌。

同為女性，郭良蕙對她筆下的女主角充滿著寬容與同情，對這個傳統敘述下的「淫婦」網開一面：不但沒安排她接受「報應」──不管是道德輿論或法律制裁──反而讓她由兩個惡男的橫死中脫逃，獲得重生。郭良蕙顯然清楚她這麼「仁慈」可能干犯眾怒，所以文本中常常援引基督教的寬恕論，更讓故事終結在女主角走入教堂時，牧師朗誦的經文上：「父啊！赦免他們，因為他們所做的，他們不曉得」，企圖由西方論述為背叛中國傳統身分論述找出口。

郭良蕙忽略了，不管是西方宗教的寬恕或中國倫理道德的仁道，都不包括對女性主體性的容忍；不管是天上地下的父，都不會赦免對父權的乖離。郭良蕙可以寬待她筆下世界的女性，可是在真實世界的她並得不到相同的對待。郭良蕙的被婦協、文協開除會籍與《心鎖》的被查禁不在於道德，而在於她挑戰女性／作家這個符號在 1950 年代的法定意指，不製造「健康的」、「戰鬥的」、「發揚民族文化」的文藝，反而暴露出身分的多元性。在 1960 年代書寫場域中，容不下分裂、矛盾的非統一身分認同，就如

同一統的政治口號必須掩蓋過秋海棠皸裂的現實。

　　《心鎖》風波之後，郭良蕙自云，她「自動裹了小腳」，不再碰觸聳動的場面。[24]即使如此，1967 年出版的《早熟》描寫高中少女初嘗禁果而後墮胎的故事，性別意識更甚《心鎖》[25]，而 1978 年出版的《兩種以外的》，更以客觀的筆觸描寫女同性戀的心情與處境，比白先勇五年後出版的《孽子》更接近無「悲情」情結的當代酷兒。[26]

　　郭良蕙的作品雖然不斷探觸性別政治，但是她側重女性主體性的質詢、對霸權論述的解構，運用多重、分裂而不穩定的女性身分來突顯主流意識形態的專斷絕對。然而她對兩性的權力拔河並非特別強調，因此小說中總不缺乏善良男性，減少火藥味。與她同時，或出道稍晚的其他女作家，卻已悄悄調整矛頭，對性別差異展開批評，形成另一種戰鬥文藝——性別戰鬥文藝。

三、性別戰鬥文藝

　　1962 年出版的《心鎖》，象徵個人與女性意識對國族論述的反動。官方的立即懲治，雖然查禁得了一、兩本書，可是累積潛伏已久的性別意識一旦浮動，卻難以再壓制下去。女作家們除了著墨於自我的定位與追尋之外，逐漸地探討男女差異與權力分配等癥結。當遷臺初期雷厲的全島「一體」口號稍稍鬆動時，敵對意識也出現在「我方」陣營。男女之「別」取代了原本的國共之爭，在 1960 年代的女性小說若隱若現。儘管這些具有強烈性別對抗意識的作品，只是零零星星出現，也並沒有引起太大的爭議或注意，但是它們對當權的批判性與顛覆潛能卻不容忽視。本節藉著三位不常受批評家青睞的女作家的本文，呈現 1960 年代文學中已然成形的性別批判，並由此證明，遷臺初期企圖復辟的絕對父權論述已露疲態，難禁悠悠

---

[24]郭良蕙，〈長亭更短亭（代後記）〉，《四月的旋律》，頁 458。
[25]郭良蕙，《早熟》（臺北：新文化公司，1967 年），1987 年時報文化出版公司再版。
[26]郭良蕙，《兩種以外的》（臺北：漢麟出版社，1978 年），後改書名為《第三性》（臺北：時報文化出版公司，1987 年）。

眾口。

徐薏藍，於 1958 年發表第一本長篇小說《綠園夢痕》以來，出版超過三十本小說，1970 年代則偏向散文創作，多部小說改編成電視連續劇及電影。[27]根據林芳玫的歸類，徐薏藍應該屬於商業或通俗作家，但比瓊瑤更保守。徐薏藍的作品淺顯，有明顯道德教誨的意味，「她提倡女性的美德：純潔、天真、謙虛、重視貞操。有德行的女子就會受到好男人的尊敬、愛慕與追求。男女權力的差距不是問題，重點是如何潔身自好並因而得到好男人的愛慕。」[28]

林芳玫對徐薏藍愛情王國的解讀頗為中肯精闢。但是細讀徐薏藍早期創作，卻可以發現並不如中、後期那般保守，一如瓊瑤文風的轉變。例如1963 年發表的長篇小說《流雲》，類似《心鎖》，描寫家庭內的婚外情。敘述一名少女北上求職，居住在表姨表兄家，與已婚的表哥發生戀情。在表嫂自殺獲救後與表哥分手，並決定返鄉。以今天的觀點看來，這一段戀情「不及於亂」，結局又重落道德窠臼，不免顯得保守迂腐。但是作者並不曾宣揚女性「固有美德」：如犧牲、謙讓，來壓抑女主角的情欲渴求，反而藉這一趟情欲與理智的掙扎抉擇，確定自己想要和不想要的，似乎已具有女性成長獨立的故事雛型。

創作於 1961 至 1966 年間的短篇小說集《碎影》，就有一些饒富性別意識的篇章，同名短篇〈碎影〉尤其值得注意。敘述者是一個年輕富有、受過高等教育的上班族，因各方條件不錯，廣交女友，卻沒有任何一個真正吸引他，直到後來認識了同事的妹妹，17 歲，因腳傷不良於行並且休學在家。她善良純真、寡言內向，愛好繪畫哲學。男主角因為同情而親近她，情愫暗生，在她的依賴信任和崇拜下，男主角也慢慢改變自己，不再約會冶遊，將時間投注在閱讀進修上。他的上進獲得公司肯定，派遣他出國進

---

[27]有關徐薏藍生平及創作歷程，可參考吳月蕙，《筆耕心耘見良田》（臺北：中國生產力中心，1995年），頁 143～159。
[28]林芳玫，《解讀瓊瑤愛情王國》（臺北：時報文化出版公司，1994 年），頁 126。

修一年。女子也在他的鼓舞下赴美就醫。出國前約定，為免增添彼此壓力，返國前不再聯絡。異鄉中，男子沉澱出對她的真情，思慕之心與日俱增，時時期盼與癡情等候的她重逢。再相見，她腳傷已癒，不再需要輪椅，即使行走仍有不便，也拒絕他攙扶；不再作畫、談哲學，她貼明星海報、談流行服飾；她不愛散步，要爬山跳舞。她努力拋棄過去的她，男主角卻面對著現在的她感到失落。故事的結尾，失望至極的男主角不願再正視陌生的她，他避開她的明眸，轉而凝視河心停佇的流雲。「河水有什麼好看的？」女主角說完，旋即擲出一塊小石頭到河裡。

　　白雲的倒影碎了，我彷彿看見它碎成了片，沉入河底。
　　我心中那幅美好的影像也碎成片片，沉入心湖深處。[29]

　　維吉尼亞・吳爾芙（Virginia Woolf）在《自己的房間》（A Room of One's Own）裡指出，女人是男人的鏡子，提供男人做自戀的反射，讓男人在反射中看到自己實際形體的二倍。[30]自從這個理論問世，鏡子一再成為女性主義反諷男性的象徵利器。伊里加拉（Luce Irigaray）的《反射鏡》（Speculum of the Other Woman）更稱此中翹楚，痛批男性思想家們利用女性提供的沉默位置，架構自戀式陽具中心思想。批判男性將本身仿製品的欲望投射到女性身上，用父權式論述將女性定位於男性的「他者」，只能以次／類男性的身分呈現。[31]男性由陰性化／矮化女性的過程中，相信自身的優勢、強化男性特質，從而確認父權意識形態。

　　這個古典的鏡像理論相當有助於我們解析〈碎影〉這個文本。敘述一開始，男主角就處於一個絕對優勢的位置：年長及都市、工作經驗都使他

---

[29]徐慧藍，《碎影》（臺北：皇冠出版社，1993 年），頁 42。
[30]Virginia Woolf, A Room of One's Own (New York: A Harvest/HBJ Book, 1989), pp. 35-37，此書最初發表年代為 1929 年。
[31]參考托里・莫伊（Toril Moi）著；陳潔詩譯，《性別／文本政治：女性主義文學理論》（臺北：駱駝出版社，1995 年），頁 119～141。

閱歷豐富，健康足以支持他外向樂觀；反之，女主角則絕對弱勢：年幼、休學和僻處鄉野，使她見識有限，殘疾更使她內心憂鬱。為了更貼近值得信賴的形象，他努力改進自己成為他認同的身分——成熟穩重的保護者。諷刺的是，敘述的發展揭露出，小女生根本是因為客觀條件限制，不得已才處在那個劣勢的位置。她根本不是，也不願意符合男主角對「弱女子」的期望，當她由「不良於行」中脫困，可以腳踏實地行走時，她與男子原先的陰陽特質及強弱位置隨即逆轉過來：她變成外向樂觀，他變成內向憂鬱；小女生不再接受大男生的照顧／支配，她們的位置也由絕對的主從，轉為獨立、旗鼓相當的對手。原先男主角以為尋獲到的「傳統」中國女性形象，終告幻滅。

　　兩人關係的置換，揭示了標幟著「傳統」女性特質的溫柔婉約，內向嫻雅並非女性的「本質」，而是「位置」。當立足的物質條件更動、位置更動，女性的欲望不再是根據男性自我仿製的欲望呈現，而是不可知、不可定義的，也因此是男性的威脅。當女性主體性不再是男性可想像固定時，男性的主體性也跟著動搖。最後當男主角還「凝視」著河水，因看不出實體而失落時，女主角反而發聲質問他對「看」的耽溺，隨後的投石破水更點明女性主體原是流動、分裂的存在，男主角的鏡像應聲無情地破碎。他的臨水自憐只是水仙花現形，照映出陽性中心遭挫的難堪。

　　康芸薇和王令嫻是 1960 年代中非常值得注意的女性小說家，兩人創作量都不算豐富，但是文學造詣相當可觀。兩人都偏好創作以女性為中心敘述的短篇小說，短短篇幅中，蘊含深具爆破力的性別意識，對男女差異及權力差距有深刻的批判。性別的戰鬥在兩人的文本中，占著很明顯的地位，可惜除了水晶曾為文推薦過康芸薇之外，她們的作品似乎沒有引起學院派批評家太多的注意。

　　康芸薇 1960 年開始發表創作，1966 年由文星出版第一本短篇小說集《這樣好的星期天》。兩年後出版另一本短篇小說集之後，寫作幾乎中斷，

二十年後才再有小說創作出版。[32]水晶在讀過康芸薇的第一本小說時,即讚賞她的文采,可與簡‧奧斯汀(Jane Austin)相比。水晶指出,康芸薇最擅長處理的「便是現代男女(其中以女性為主)所遭遇的種種糾葛和挫折」,精準地捕捉男女之間那點稍縱即逝的錯綜糾纏。[33]

以康芸薇在 1960 年代出版的兩本小說集而言,她的初試啼聲即一鳴驚人並非偶然。在《這樣好的星期天》裡,雖然還不脫剛剛創作時的青澀,很多作品明顯流露自傳成分,不注意結構完整,也常夾帶強說愁和教誨的口吻,但是最好的作品已經成形,對於女性心理有細膩的描寫,對兩性關係的剖析十分深刻。例如〈凡人〉一篇,描寫兩個女性由相識、相知到絕交的過程,與大多數以少女成長為主題的小說風格迥異,呈現苦澀晦暗的基調。[34]文中兩名女子——一個保守懦弱、一個激進叛逆。前者在不愉快的婚姻中苟且,後者忠於自己的感受而歷經離婚、再婚又再離婚。兩位少婦在妻職和母職身分上都不快樂滿足,她們都沒什麼偉大的母愛「天性」,只有被小孩拖累的怨懟。尤其是激進的女子,在婚姻路上幾番進出,勇於探索並承受生命中的選擇,只跌撞出一身疲憊。更痛苦的是,她不但倔強高傲,而且冷冽清明地分析自己以及周遭千瘡百孔的人事,終至徹骨地嫉俗憤世。孤高決絕的姿態猶似蘇偉貞筆下女子的前身。

類似〈凡人〉的女性成長,〈十八歲的愚昧〉更偏重於性別戰爭。〈十八歲的愚昧〉處理一個類似《窗外》的故事,所不同的是當仰慕國文老師的高中女生被老師強吻之後,並沒有浪漫的情緒,反而「在木然中感到憤怒,卻又好笑地想著接吻是這樣令人受驚、悲哀的事嗎?」而男老師的反應更令她難堪,他默然點起一根菸,「灰濛的煙一縷一縷游過我面前,他在這樣顯示著他的不耐煩,我感到剛剛發生的事真是令人噁心呀!」[35]

---

[32] 吳月蕙,《筆耕心耘見良田》,頁 161～175。
[33] 水晶,〈這樣好的一本小書〉,收於康芸薇《良夜星光》(臺北:爾雅出版社,1994 年),頁 197～212。
[34] 康芸薇,〈凡人〉,收於《這樣好的星期天》(臺北:大地出版社,1986 年),頁 136～176。
[35] 康芸薇,〈十八歲的愚昧〉,收於《良夜星光》,頁 148～149。

　　她勇敢地寫了信向老師抗議，卻不敢把性騷擾事件告訴好友們。原來無憂的少女逐漸有了性別意識。文本中並沒細談對少女的影響，只知道在好友們結婚生子多年後，她仍保持單身。然而在宣揚「固有倫理道德」的1960 年代，文本中對師道的淡淡批判，不啻是主流論述的反調。少女從小希望有個正義而權威的人來照顧她，而文本最後卻揭示，再權威的人也只是個男人，都可能對女性造成威脅。

　　在〈這樣好的星期天〉一篇中，康芸薇將性別戰鬥移入家庭——女人的「幸福堡壘」，清楚標明出兩性的一級戰區。故事敘述一個家庭主婦在某個星期假日裡，想要跟丈夫聊天溝通卻被丈夫斥為囉唆。對她期望的情感關懷，丈夫一概視為無理取鬧。在被冷落和嘲諷的難堪中，她不斷回想到婚姻生活中碎心的片段，一再使她感到對婚姻的幻滅。例如她想到在產房與痛苦搏鬥之時，她以為乍現的丈夫會深情地握緊她的手，給她力量。而她的丈夫「並沒有想到」，只是泰然地看著她，並且對她之後的耿耿於懷深感不解：「每天有那麼多女人要生孩子，如果像你說的有那麼危險，大家就用不著再擔心人口膨脹。」[36]

　　可悲的是，儘管被漠視和嘲弄的憤怒衝擊著她，儘管她希望在屋外遼闊的天空下找樂趣，她只會慣性地亦步亦趨跟在丈夫的身後，「我無理的自我虐待，回到陰冷的房裡，在那個陰冷的男人面前捕捉自己的價值」（頁123）。她的「忠誠」，並沒有獲得丈夫的賞識，反而嫌她礙眼聒噪。假借鼓勵她調劑生活之名，「賞」她兩百元，打發她去西門町看電影。依賴成性的她並不習慣一個人外出，磨菇了許久，先生一語道破她的處境：「你知道林肯解放黑奴以後，那些黑奴怎麼樣了嗎？」他得意洋洋地自我解答：「黑奴不肯離開主人家裡，因為他們不知道如果離開了主人應該怎麼樣去謀生。」（頁126）

　　先生的話點破他們夫妻的關係正如主僕，被奴役的一方儘管被解放，

---

[36]康芸薇，〈這樣好的星期天〉，收於《這樣好的星期天》，頁123。

也因被豢養太久喪失獨立求生的能力。更可悲的是，女主角還沒面對到「謀生」一事，她連獨自逛街的能力都已喪失。在先生的刺激下，她去了西門町，發現自己已經完全不熟悉流行文化，驚異於滿街的車輛人潮。她不敢穿越馬路、不敢走進商店，一聽售貨員問「買什麼」卻拿不定主意。她只好混在人群中，漫無目的地在街上遊蕩。即使如此，這也是她反抗和維護自尊的最後方式。至少，她不必回家接受再一次的羞辱——「我不願意像黑奴，林肯也不會來解放我」（頁 127）。

發表於《心鎖》之後兩、三年的這篇〈這樣好的星期天〉，對性別政治的批判更形尖銳。尤其是結尾的心聲，更說穿在父權下的家庭結構，夫妻關係猶如主僕，妻子／女性是相對於丈夫／男性的另一種族群，另一種階級。更具嘲諷意義的是，在這個以出產「民族的救星、世界的偉人」而聞名的自由民主基地上，一向溫吞自抑的女主角居然說出不相信有解放領袖這種大逆不道的話。不啻揭穿了反共領袖自居婦女解放領袖的騙局，暗示著反共與性別戰鬥的不同質性，女性解放只有靠女性自覺自救——即使只能消極地在公領域中遊蕩，也勝過被家庭制度收編。

康芸薇這篇小說，短短五千多字觸及許多深層複雜的面向，暴露家庭主婦的種種情結。一方面面臨對婚姻期許的落空，一方面又因長期封閉在私領域中產生對外界的恐懼，造成她們對丈夫的羞辱只能隱忍壓抑，不敢反抗。長久幽禁在私領域中，導致女性行動能力喪失、心靈上自我禁足，異形為攀附著男性的「植物人」。康芸薇對女性的依賴性和戰鬥力的低落有令人心酸的揭露，對女性離家的未來，絕非易卜生（Henrik Ibsen）對娜拉出走的樂觀，卻因此更顯得真實而沉重。

王令嫻是另一位在 1960 年代嶄露頭角，隨即為照顧家庭生活而停止小說創作的女作家。[37]發表三本短篇小說和一本中篇小說，作品不算豐盛。她的小說以簡潔的布局取勝，將時間空間濃縮在單一場景之中，所以擅長運

---

[37]有關王令嫻生平及創作簡介，參見吳月蕙，《筆耕心耘見良田》，頁107～220。

用意識流和心理刻畫涵蓋事件的來龍去脈。如前述幾位女作家，王令嫻的文本中不見「大我」意識、不見國仇家恨。她大都以女性為敘述中心，探討都市中男女的關係：有腳踏兩條船的懷春少女（〈單車上的時光〉），有遭強暴的養女歷盡沉淪、救贖獨立過程的〈好一個秋〉，有婚後仍冀望從舊情人處重溫浪漫情懷卻自取其辱的〈重逢〉，也有道盡如滾球般忙碌於工作與家庭的職業婦女心聲的〈球〉：渴望化身為遠颺的高爾夫球，而終只能是為柴米油鹽燃燒的廉價煤球。[38]

　　王令嫻的小說，一如她同期女作家的作品，並沒有張揚女性解放或爭取兩性平等等「當代」女性主義議題。然而她的小說卻不遺餘力地挪揄「男性特質」為自私自大又不負責任，對愛情與婚姻能帶給女性的「幸福承諾」有強烈的質疑。最能代表她小說特色的是篇幅最短的一篇〈他不在家，真好〉。

　　發表於 1968 年的〈他不在家，真好〉約兩千字。時間設定在某一天，描寫由丈夫午前離家赴不明「約會」到晚上返家之間，妻子獨自在家的心情與活動。與傳統中，丈夫不在家的怨婦文學相反，小說一破題就點明：「他不在家，真好」，因為女主角重獲自由，擁有屬於自己的空間。

　　她可以不必為伺候他吃飯，而趕去擁擠齷齪的市場買菜——「真遺憾，那屬於女人常去的地方，有點像朵朵鮮花插在堆堆牛屎上。」[39]吃完簡單午飯後，她突然想學習他的行為，看看能否學到他的心思。她點上了菸、喝了高粱酒，沒有了解到他為什麼花錢在這些「灰」和「火漿」上面，卻因著自己的心酸而醉倒。當丈夫回家看到因模仿自己而醉得「不像話」的妻子，當然也沒能聯想到自己平常「衣冠不整、左抱一個、右摟一個、貪婪的親著野花香」的醜態。而她在昏睡中，兀自呢喃著：「他不在家，真好。」（頁 58）

　　女主角在客廳中抽著丈夫的菸，試圖透過行為的模仿感受丈夫的心態

---

[38]皆收於王令嫻，《單車上的時光》（臺北：爾雅出版社，1986 年）。
[39]收於《單車上的時光》，頁 55。

那一幕，讓人不禁聯想到張愛玲的〈紅玫瑰與白玫瑰〉中，紅玫瑰披著男主角振保的外套、點他吸殘的半截香菸的經典幕。振保被偷窺到的這一幕打動，因為「嬰孩的頭腦與成熟的婦人的美是最具誘惑性的聯合」。[40]師法男性行為和欲望的女人，如伊里加拉在《反射鏡》中指稱，是最容易被男人固定、掌握，成為男性建構主體的鏡像。這也解釋了為什麼紅玫瑰這個沙場慣將一度栽在振保手裡。

　　然而王令嫻在此描繪的女主角，才進入蕭瓦特（Elaine Showalter）觀察的女性發展的第一階段——女性化（Feminine，模仿男性傳統），就跳脫過第二階段——女性主義者（Feminist，反抗男性標準及價值），接近了第三階段——女性（Female，自我發現，尋找新身分）。[41]因為當她透過抽菸、喝酒來模仿丈夫的行為時，她發現自己並不能因此而喜歡這些行為，更休提因此認同這些行為背後的男性價值標準。然而女性的夢和空間又在哪裡呢？女性自我發現、尋找的身分又是什麼呢？短短篇幅中，作者並沒有給我們清楚的線索，只讓女主角在睡夢中，回到潛意識狀態，吐露出沒有男性的空間，真好。

　　在遷臺不到二十年，大我意識霸占文化論述的臺灣，女作家的文本中持續發出了干擾的音波。由徐薏藍、康芸薇到王令嫻，家國的重建都比不上性別身分的重新建構。徐薏藍的〈碎影〉利用角色互換質疑性別特質的「本質性」，嘲諷男性的自戀耽溺。而在康芸薇和王令嫻的文本中，性別之爭明顯地取代了匪我之分。男性的形象不再是復興基地上保護女同胞的英雄，如父權論述希望女性相信一般，而是與女性禍福利益相抗衡的「另一半」。

　　從 1960 年代的女性小說看來，性別意識早已悄然開戰。在反共文學和戰鬥文藝之外，性別戰鬥文藝挑戰官方的敵我二分法。對生活在臺灣土地上的男女而言，反共民主的立場相同（Sameness），中共是相對於我們

---

[40]張愛玲，〈紅玫瑰與白玫瑰〉，《傾城之戀》（臺北：皇冠出版社，1994 年），頁 71。
[41]Elaine Showalter, *A Literature of Their Own* (Princeton: Princeton University Press, 1977), pp. 12-16。亦可參考《性別／文本政治：女性主義文學理論》，頁 50～51。

（Ours）的他們（Others）；然而在「我們」相同的這一邊，性別的立場「迥異」（Difference），男性是相對於「我們」（Ours）女性的「他者」（Others）。換言之，即使大敵當前，可是在我們復興島上的同胞，並非完全同一陣線，性別政治始終在我們之間。對於臺灣女性的身分，1960 年代的女作家已點出了同中有異，異中有同的超越「二分」的觀點。

四、結論

論者常以為，在高壓文藝政策的控制下，1950、1960 年代的臺灣小說只是國家機器的傳聲筒，宣揚合乎政令的國族論述、文化論述和性別論述。這種簡化文學史的書寫，不但忽略了文學活動的多樣性和顛覆性，更有流於被 1950、1960 年代以降的官方論述收編之危險。

本文藉由 1960 年代女作家的兩種書寫方式，來突破對遷臺二十年間文學的單一描述。郭良蕙的《心鎖》，呈現出女性在身分地理上的不確定及一再越界遷移，表達女性無法被僵化主流論述規範的多重身分。徐薏藍、康芸薇、王令嫻的多篇小說更將批判的焦點對準性別差異，宣示性別問題不能靠反共戰鬥畢其功於一役。臺灣女性的威脅，除了政治意識形態上的敵人之外，還有「親密戰友」──男性。在家庭單位，這個執政當局假借傳統文化的羊頭建構的女性幸福堡壘中，同住著掌控女性的男性。「與敵人共枕」，不只是當代女性的驚慄。如果非我族類，其心必異，那麼，性別戰鬥文藝正好補充：雖我族類，其心未必同。

1960 年代的女性小說，在大我的國族意識下，呈現出另類的逆向操作，企圖對小我的身分進行探勘、定位。這些文學史中隱沒的「小」女聲，適足以呼喚評論者對 1950、1960 年代臺灣文學進行全面而深入的再思考。

──選自范銘如《眾裡尋她：臺灣女性小說縱論》

臺北：麥田出版公司，2002 年 3 月

《殺夫》事件與女性書寫
女性身體書寫的壓抑史（節錄）

◎陳芳明[*]

　　郭良蕙在 1962 年發表《心鎖》時，正是反共論述臻於高峰之際。為了配合這樣的論述，當時的文藝政策強調的是權威崇拜、民族主義與儒家思想。[1]這三個思想支柱，構成了父權文化的核心，同時也在維護當時政權的統治基礎。事實上，文藝政策所表現出來的語言，原本就充滿男性的價值觀念。從威權崇拜與民族主義延伸出來的美學，自然也就在於宣揚傳統的宗法體系與家庭倫理。以這樣的男性建立起來的社會秩序，無疑是必須以壓抑女性的身體為必要手段。《心鎖》於 1962 年在《徵信新聞報》連載時，並未聞有官方查禁之議。全文結集成書後，一時暢銷風行，遂成為當時臺灣婦女寫作協會撻伐的對象。[2]

　　在圍剿《心鎖》的行動中，主要的焦點集中在小說中所觸及的亂倫議題，以及女性情欲的問題。在波濤洶湧的文字裡，郭良蕙的作品不僅被形容為「黃色小說」（蘇雪林語），作者本人甚至被影射為「高級妓女」（劉心皇語）。這些指控與汙名化，全然偏離文學的討論，已經淪為思想檢查的延

---

[*]作家、評論家。現為政治大學講座教授。

[1]1950 年代文藝政策的討論，已逐漸蔚為風氣。尤其是張道藩的文字，開始受到閱讀與再閱讀，他所寫的〈三民主義文藝論〉，已收入道藩文藝中心主編，《張道藩先生文集》（臺北：九歌出版社，1999 年）。有關這方面的專論可參閱鄭明娳，〈當代臺灣文藝政策的發展、影響與檢討〉，收入鄭明娳主編《當代臺灣政治文學論》（臺北：時報文化出版公司，1994 年），頁 11～71。以及鄭明娳，〈當代臺灣文藝政策現象〉，《現代散文現象論》（臺北：大安出版社，1992 年），頁 185～220。這兩篇論文有重疊之處，合而觀之，當可理解 1950 年代的文化權力結構。

[2]《心鎖》的批判文字，大部分收入余之良編《《心鎖》之論戰》（臺北：五洲出版社，1963 年）。有關這場論戰的再檢討，參閱廖淑儀，〈被強暴的文本——論「《心鎖》事件」中父權對女／性的侵害〉（靜宜大學中國文學系碩士論文，2003 年）。

伸。事實上，在每篇批判文字的背後都隱含高度的政治權力支配，其精神
與內容已無關文學與藝術。蘇雪林要求有識之士必須「負起文藝路線調整
的責任」[3]，言下之意在於暗示官方應該採取行動。《文壇》雜誌的發行人
穆中南，則引述陶希聖在文化清潔運動中所講的話：「當共匪滲透那個地區
時，先用黃色、黑色或灰色的作品來爛那個地區的社會。」[4]這些言論，無
非在於維護政權的合法性。因此，郭良蕙終於遭到中國文藝協會與臺灣婦
女寫作協會的開除會籍，同時《心鎖》也終於無法躲過被官方查禁的命
運。

　　女性的身體書寫必須符合男性審美的要求；而其審美的基礎並非是道
德規範而已，更重要的是威權的尊崇。女性情欲的釋放等於是在直接挑戰
男性文化的秩序，郭良蕙未能遵守當時威權體制的文藝政策，自然就受到
嗜血的道德裁判。

——選自陳芳明《現代主義及其不滿》

臺北：聯經出版公司，2013 年 9 月

---

[3] 蘇雪林，〈評兩本黃色小說——《江山美人》與《心鎖》〉，收入余之良編，《《心鎖》之論戰》，頁
17。
[4] 穆中南，〈一個反常現象——《心鎖》事件〉，收入余之良編，《《心鎖》之論戰》，頁 75。

「早到的李昂」郭良蕙

◎解昆樺*

　　談到郭良蕙，就不能不提到《心鎖》查禁事件，這幾乎成為某種慣性。儘管郭良蕙自己以「同行相陷」為此事件定調，淡化其中國家機器的文藝管制問題。但如今我們通看郭良蕙《心鎖》所以落人口實之處，以及「那些同行」的抨擊言論，卻不能否認郭良蕙如此以慾犯禁，的確是 1960 年代國族大論述的不容侵犯之最佳洵證。

　　絕對的大論述只是暫時封鎖了潛意識中的真情原慾，郭良蕙既然撩撥國族心鎖，國族自當報以枷桎，她的犧牲代表了……論者云云如斯，筆者在此不願重蹈覆轍。倒是想說，如果論者談郭良蕙就僅止於《心鎖》，那麼在戰後臺灣文學史中，郭良蕙可能只不過是個「早到的李昂」。

　　平心而論，郭良蕙以僵硬的人物呈演種種荒唐行徑的《心鎖》，就小說技藝上來看，的確並不是一個好小說。但其探索人內在的畸慾迷情，與外在社會關係的企圖，卻是精神可嘉。《心鎖》只是郭良蕙初入行時的小說，責之以技巧粗糙未免太苛，但在探索人我間的畸慾迷情，郭良蕙是有她的恆心的。

　　特別是《心鎖》事件之後，郭良蕙企圖不變，文字卻「收斂」不少。這些忌諱倒使《心鎖》那可視為郭式小說中復仇魔女原型人物的江夢萍，在後來各種情感背叛、慾念橫生的故事中，以更細緻又其實的面貌成長。

　　例如寫於 1970 年代初的《第三性》，大膽書寫了湯包（Tomboy 的臺式戲稱，原意為像男生的女生）米楣君，如何被企需證明自己依舊充滿誘惑

---

*發表文章時為中正大學中國文學研究所碩士，現為中興大學中國文學系副教授。

力的熟女白楚不斷地剝削玩弄。最後在（女）同志之愛不得，老母久病不癒等挫敗中，窮苦無依的米楣君終於發狂。《台北一九六〇》則為窩居在安樂大樓各樓層的人們各具短篇，在他的地板、我的天花板間，這些囚禁在各個短篇的人物們，彷彿隱然相關卻又疏離異常，突顯了 1960 年代現代場景中，臺北人的冷漠卻又紛亂的情欲問題。

　　《心鎖》中的范林有句話這樣說道：「沒有什麼不同，所不同的只是別人把問題藏在心裡，我說出來就是了。」這個爛男人難得的一句名言，竟恰恰指出郭良蕙小說的精神所在──對光明之下的黑暗，擁有直揭無隱的熱衷。

──選自《聯合文學》第 252 期，2005 年 10 月

郭良蕙：女性情感境遇中的世態炎涼

◎樊洛平[*]

　　郭良蕙是臺灣文壇上引人矚目的女作家之一，但她的文學地位卻耐人尋味。一方面，作為一個立足文壇也面向大眾的高產作家，她始終活躍在社會讀者的期待視野之中。執著於婚姻愛情領域的創作耕耘，郭良蕙以她六十餘部作品集的文學成就，擁有了廣泛的讀者群。其創作在純文學與通俗文學之間架起的橋樑，也見證了 1950、1960 年代臺灣女性寫作的某種通俗化傾向。另一方面，作為一個文學生涯頗帶戲劇性、曾被驅逐至「邊緣」的作家，郭良蕙的創作又給文壇不斷地出「難題」。1960 年代初，因為長篇小說《心鎖》引發的禁書風波，她受到來自官方和文壇的雙重擠壓；後來又因《早熟》、《兩種以外的》、《黑色的愛》、《鄰家有女》等作品的出版，或觸及高中少女偷嘗禁果而墮胎的社會問題，或描寫了女同性戀的心情與境遇，或表現了婚外戀、「第三者」的故事，皆因對敏感題材的碰撞和對道德倫理的挑戰，讓她招致種種非議和冷遇，長期以邊緣存在的姿態寂寞前行。近年來，當臺灣學者重新發掘被歷史遺忘的女性創作現象，要將《心鎖》收入《日據以來臺灣女作家小說選讀》[1]一書的時候，郭良蕙則以拒絕進入的態度，使得臺灣女性文學的敘述出現了意味深長的「空白之頁」。從 1953 年自行刊印第一本短篇小說集《銀夢》至今，在文學道路上跋涉了半個世紀的郭良蕙，無論經歷了怎樣的曲折坎坷，正像作家隱地

---

[*]發表文章時為鄭州大學文學院教授、客家文化與華文文學研究所所長、社會性別研究中心副主任。現為鄭州大學文學院教授、黃河科技學院臺灣文化研究中心主任。

[1]邱貴芬主編，《日據以來臺灣女作家小說選讀》（臺北：女書文化公司，2001 年 7 月）。

所說的那樣，這麼多年來，她永遠還在寫作，冷漠和世態炎涼並未使她氣餒，在寫作的道路上，她始終直立不搖。[2]

從 1953 年出版短篇小說集《銀夢》開始，郭良蕙一發而不可收拾地創作了六十餘部作品集。1950、1960 年代是其創作鼎盛期。她以勃發的文學生命力引人注目，在當時文壇有「最美麗的女作家」之稱。郭良蕙一生以小說創作為主，比較有代表性的作品有：短篇小說集《銀夢》、《聖女》、《貴婦與少女》、《第三者》、《台北的女人》等；中篇小說有《情種》、《錯誤的抉擇》、《生活的秘密》、《往事》、《繁華夢》等；長篇小說有《午夜的話》、《黑色的愛》、《女人的事》、《心鎖》、《遙遠的路》、《四月的旋律》、《金色的憂鬱》、《我心‧我心》、《焦點》、《鄰家有女》、《變奏》、《斜煙》、《蝕》、《花季》等等。

郭良蕙自幼熱愛文學和藝術，20 世紀 50 年代初走上文學道路的時候，最初只是為了一種自我價值的證明。如同作者自道：「寫作之初，我並未對這條路懷有什麼美夢幻想，只因受困於當年的狹小生活圈子裡，必須找一件事做，用來證實自己真正存在，其價值的存在。」而一旦真正意識到「寫作是藝術表現的方式之一，足以反映人生、刻畫人性」[3]，郭良蕙就與文學生涯結下了不解之緣，創作不僅成為她的生活習慣之一，也見證著她的生命存在方式。郭良蕙雖然較少公開發表自己對女性問題的見解，但她的創作卻貫穿了某種女性意識的觀照視角和思索力度；她對 1950、1960 年代臺灣文壇上題材禁區的碰撞，往往以新的文學敘述，挑戰了官方文學話語的權力場域；她雖然遊走於嚴肅文學與通俗文學的中間地帶，但並沒有因此媚俗大眾，降低創作品味。

郭良蕙的小說創作，內容從傳統的男性社會橫跨到現代社會，並致力於變遷社會中的愛情婚姻描寫。她筆下的主人公多為都市裡經濟條件較好

---

[2]隱地，〈一本寂寞的書──我讀郭良蕙《台北的女人》〉，《台北的女人》（臺北：爾雅出版社，1980 年）。

[3]郭良蕙，〈自序〉，《黑色的愛》（深圳：海天出版社，1988 年），頁 1。

的中產階級男女，作品帶有一定的貴族氣息。其創作敏銳地捕捉到婚戀男女的矛盾心理，並能透過個人的情感糾葛和婚姻矛盾，折射轉型期臺灣社會婚姻觀和倫理觀的變化，表現複雜的人性變異與衝突，道出人生命運的感傷淒楚，世態人情的冷暖炎涼。具體而言，郭良蕙的創作追求可以從兩個向度來體現。

首先，圍繞女性的情感境遇與婚姻命運，郭良蕙通過形形色色的婚戀故事，呈現了各種不同的女性人生狀態，並在其中傳達了她對愛情與婚姻問題的深層思考。

愛情，對於女性而言，往往具有竭盡生命追求的重要意義。郭良蕙以她對美好愛情生活的希冀，對那種為愛情而奉獻而痛苦的女性人生，給予了讚美和同情。在長篇小說《春盡》裡，性格好強而沉鬱的少女沈白芙，不幸身患肺病。當姐姐與情夫私奔後，她卻漸漸地愛上了姐夫萬光宇，並毅然與缺乏愛情基礎的未婚夫陳雲程解除婚約。然而，正當沈白芙不顧一切地奉獻自己感情的時候，萬光宇卻不接受她的愛而另娶。沈白芙在失戀與疾病的雙重打擊下自殺，葬身大自然以求生命的永恆。沈白芙的生命毀滅，也道出了在男權中心話語與世俗偏見的力量作用下，女性為追求愛情所付出的巨大代價。另一部作品《斜煙》，寫的也是痴情奉獻的女性悲劇故事。袁克川和俞玫汾原是婚姻生活美滿和諧的一對夫婦，後來袁克川患病而導致下身癱瘓，在自卑感的作祟下自慚形穢，變得意志消沉，冷漠暴戾，驅使妻子斷情而另找歸宿。俞玫汾被迫離婚，但仍堅貞守節，不願他嫁。作者說，她寫這類小說，並不是故弄玄虛，而是希望世間真有為愛奉獻和犧牲，並且無怨無悔的純情。[4]

隨著作者生活閱歷的增加，人生觀察的深入，郭良蕙對愛情有了新的理解。她認為愛情雖然存在，但不能迷信；諸多的生活事實告訴她，愛情與婚姻的錯位，造就了矛盾而不幸的女性人生。以現實的態度來面對女性

---

[4]郭良蕙，〈長亭更短亭（代後記）〉，《他們的故事》（臺北：時報文化出版公司，1991年）。

情感境遇的現實，郭良蕙進一步意識到：

> 在真實生活裡，我一直認為愛情和婚姻是兩回事。愛情是單純的，婚姻
> 卻是複雜的。戀愛時波濤越多，有時越甜蜜，婚姻卻要像流水，平靜才
> 好，波濤只是一種理想。在婚姻裡，最大的東西是生活，生活是脫離不
> 了現實的，而現實常會把美麗沖為平淡。所以愛情是積極的，婚姻卻是
> 消極的。如果把愛情和婚姻混為一談，用積極的思想去要求婚姻，那一
> 定會失望的。[5]

　　這種帶有冷峻色彩的理智判斷背後，蘊含的則是女性理想的無奈和人
生的滄桑感。於是，在郭良蕙的筆下，我們開始看到了諸多家庭圍城裡的
女性生存真相。她們真實的情感際遇，常常被五光十色的生活外表所掩
飾。郭良蕙則以冷靜的敘述，不動聲色地剝落了生活表面的金粉。

　　〈高處不勝寒〉中的女主角佳靈，住著陽明山上令人稱羨的豪宅，擁
有著暴發戶丈夫德天帶來的富裕生活，但她卻再也感受不到人生的快樂。
婚後的現實生活扼殺了她曾經有過的青春幻想，使得「人越活下去越變得
俗氣」。丈夫天天出入於紅塵世界，卻置她於豪宅深院而不顧；能夠給出的
只有鈔票，不能共享的是夫妻感情，這種早已變質的婚姻，令佳靈深感人
生的「高處不勝寒」。

　　《藏在幸福裡的》所寫到的佳立與大岳，多年來一直被人稱為模範夫
妻，其家庭也正是大家津津樂道的幸福家庭，丈夫能夠仕途亨通，官及司
長，佳立有著不可泯滅的輔佐功勞。但只有佳立知道，公開場合中那個文
雅、智慧、機警的張大岳，私下裡卻是一個懶散、遲鈍、冷漠的男人；年
輕時那個神氣十足的戀人，結婚後早已變成了性格平凡、庸俗、僵硬的丈
夫。這使佳立常常感到一種被冷落的窒悶與哀怨，事實上，「佳立不但憐憫

---

[5]〈郭良蕙對婚姻和人生的看法〉，轉引自夏祖麗，《她們的世界》（臺北：純文學出版社，1973
年），頁 136～137。

大岳，並且憐憫自己，她對他不再有吸引力，而且不再是興奮劑」。[6]

《四月的旋律》中寫到律師之妻石玢尼，作為一個受過高等教育的女性，她美貌、坦誠、童心未泯，但在一切以自我為中心、剛愎自用又公務繁忙的丈夫面前，有時難免使她感到如同寄人籬下的難堪。經過了結婚十年的漫漫長路，玢尼性格的銳角逐漸在削弱，一切美好的理想，還有那逸出家庭的愛情追求，最終都被現實所粉碎，玢尼只有把希望寄託於兒女身上。

《他們的故事》這部長篇小說中，那個放棄了新聞記者理想而結婚的蕭曉倩，與她做工程師的丈夫劉西寧之間，時常產生夫妻之間難以溝通的悲哀；而為了愛情，她不顧一切追求的那份婚外戀，最終卻隨著時光的流逝，日常生活的磨損，在理想與現實的錯位中黯然失色。

上述處於中產階層的都市女性，她們都曾經為愛情而結婚，為結婚而放棄了自己有過的理想，成為家中相夫教子的輔佐角色；然而婚後的生活，雖然衣食無憂，家庭小康，卻逐漸失卻了戀愛時的相知與激情，生命的美麗和熱力，讓人生出幾多茫然和遺憾。「也許這就是真正的人生吧？追逐到的事物便日漸耗損原有的可貴性。」[7]郭良蕙以她對這類女性真實情感境遇的審視，觸及了愛情與婚姻相分離的矛盾現象，也觸及家庭環境中男權傳統至上與物質化生存背景所造成的愛情和人性的變異。

自 1960 年代開始，臺灣逐漸進入了工商業化的轉型時期，社會風氣日趨開放。由於政治因素、文化背景、價值觀念、生存狀態與行為方式的變化，人們的婚姻觀與倫理觀也在發生變化，傳統的情感格局開始呈現出複雜的面貌。處於開放人生的時代，一方面是男女相遇的機會更加增多；轟轟烈烈的戀愛不斷產生，越出常規的感情也時有出現，這一切彷彿應該結出更多愛情碩果，但事實上愛情卻難以進行到底。郭良蕙在《台北的女人》這部短篇小說集裡，描寫的全是當代都市女人失卻愛情後的寂寞，包括未婚、已婚、棄婦、寡婦的寂寞，所以作者說這是一本「幽怨」的書。

---

[6]郭良蕙，《藏在幸福裡的》（北京：中國文聯出版公司，1991 年 3 月），頁 29。
[7]郭良蕙，《他們的故事》（北京：中國文聯出版公司，1992 年），頁 108。

在《團圓》、《他們的故事》、《藏在幸福裡的》、《四月的旋律》、《心鎖》、《金色的憂鬱》等長篇小說裡,郭良蕙還多次涉及婚外戀的描寫。《四月的旋律》寫一對各有家室的中年男女,在邂逅相遇中,重新燃起美麗的戀情。風流瀟灑、才貌出眾的商界經理羅伯強,與老同學陸子達的妻子石玢尼一見鍾情,沉湎於遲到的愛情漩渦。但最終在家庭、兒女和社會的嚴酷現實面前,他們選擇了分手,痛苦告別。作者既肯定這種感情的真誠,又讓人物在生活的教示下,最終回歸原來的人生軌道,由此表現出作者的道德立場和愛情價值觀:再合理的愛情,如果缺少了合法的基石,也是難以圓滿的。

從另一方面看,千百年來男權傳統所構造的強勢話語,並沒有因為進入當代社會就完全消失,婚姻戀愛過程中出現的男女不平等現象,世俗偏見對於男女兩性的頑固制約作用,加之資本主義工商業社會的權勢、物欲、功利對人類情感的侵蝕,真誠而純潔的愛情追求仍然不易實現。郭良蕙透過現代男女的婚戀故事,看到了太多的女性悲劇,她集中揭示了女人在情感境遇中的現實性苦難。當雪虹與早有妻室兒女的湯終結了五年來的相處歲月,可以平靜地回眸往事的時候,她才深覺一切都是被動的犧牲(〈黑歲月〉)。氣質高貴的年輕寡婦杜雪荻,受到玩世不恭的工商界新貴高又煒的誘惑和欺騙,獻出了自己的愛情。但事實終於讓她明白,男人愛女人,可以同時愛幾個,可是女人在同一時間心裡只能容納一個男人。懷著深深的失望,她帶著身孕投潭自殺(《黑色的愛》)。氣質高雅、儀態萬芳的香港小姐施慕柔身為服裝設計師,充滿了事業女性的自強自尊。年輕的新加坡經理華來德為她所傾倒,不斷發動愛情攻勢。當她決意接受這份感情的時候,被上流社會的世俗偏見和偽善倫理所左右的華來德卻始亂終棄,離她而去(《我心‧我心》)。郭良蕙以她的創作提示人們:父系文化傳統的強大,現代社會裡不斷氾濫的人欲,過去與現在都在製造著女人的痛苦與不幸。

其次,從性文化角度切入,郭良蕙在婚外戀題材的描寫中,大膽觸及

女性情欲和畸形戀愛的問題。基於對生活的觀察，郭良蕙發現，「大多人生活在悲苦中，外在和內在，除了與生俱來的問題，還有自己製造的種種矛盾衝突。除去天真無邪的童年以及歸於平淡的老年，性，一直不停在生命中作祟作梗，產生足以破壞和毀滅的力量。但是相反地，也可以稱為生命的原動力，人類之所以不斷創造、興旺、繁衍，也就是來自性的激勵和鼓舞」。[8] 透過性愛力量的雙重效應來發掘婚戀故事中的人性變異悲劇，這使郭良蕙在 1950、1960 年代的臺灣文壇上，具有突破創作禁區的意義。

1962 年問世的長篇小說《心鎖》，作為郭良蕙最引人矚目的作品，因為「亂倫」情節和女性情欲的大膽描寫而引發軒然大波，被臺灣文壇查禁多年。甚至於 1986 年一度由時報文化公司重新出版時，又二度遭禁，直到 1988 年臺灣新聞部門才頒發解禁令。經過漫長的 40 年時光，該書在 2002 年由九歌出版社重新出版。《心鎖》最初的發表，是在 1962 年 1 月 4 日至 6 月 19 日的臺灣《徵信新聞報》（《中國時報》的前身）「人間」副刊上連載。1962 年由高雄大業書店出版，且銷售奇佳，到年底已印至第三版。

由於《心鎖》題材的特別和作家創作鋒芒的顯露[9]，很快引起了 1960 年代初「何謂黃色小說」的論戰風波。1963 年 1 月 1 日，臺灣省新聞處在《心鎖》的連載和出版廣為流傳之後，依據臺灣省婦女寫作協會少數理事的要求，首先查禁了《心鎖》。1963 年 3 月，蘇雪林在〈評兩本黃色小說——《江山美人》與《心鎖》〉一文中，抓住了《心鎖》的個別描寫場面大做文章：「多少蕩婦淫娃看了這本《心鎖》女主角的榜樣，更將放膽胡為下去了……當前社會風氣不是已經夠糜爛嗎？像《心鎖》這類小說等於一大桶腐蝕劑，傾瀉下來，人心將更腐蝕殆盡，結果整個社會將為之解體，這影響實在太大，我們對於《心鎖》這本書又怎能不抨擊！」[10] 另一位資深

---

[8] 郭良蕙，〈自序〉，《黑色的愛》（臺北：時報文化出版公司，1986 年），頁 2。

[9] 有關《心鎖》的論戰風波，作家張放和郭良蕙本人都認為，《心鎖》的題材並非這個風波的主要原因，「她太出風頭才是真正造成她打壓的原因」。參見楊明，〈郭良蕙的《心鎖》——六〇年代初的「色情小說」？〉，《文訊》第 146 期（1997 年 12 月）。

[10] 蘇雪林，〈評兩本黃色小說——《江山美人》與《心鎖》〉，原載《文苑》第 16 期（1963 年 3

作家謝冰瑩在〈給郭良蕙女士的一封公開信〉[11]中，也對《心鎖》的「黃色描寫」嚴厲指責。接著，臺灣省婦女寫作協會乾脆開除了郭良蕙的會籍，並向「內政部」提出檢舉書。鑒於這種形勢，在 1963 年的「五四文藝節」前夕，中國文藝協會的常理監事們運用「一審終結」的手法，通過了註銷女作家郭良蕙會籍的決定。

《心鎖》風波發生後，郭良蕙本人曾委請律師提出行政訴願，一些文藝界人士和社會讀者，如南登、明秋水、高陽（化名龍夫）等人紛紛為郭良蕙打抱不平。但具有官方色彩的文藝人士趙友培、穆中南、劉心皇以及「中國文藝協會」也發表聲明[12]，一曰處分郭良蕙，是為了推行蔣介石發起的「文化清潔運動」，「以消除赤色黑色黃色的毒害」[13]；二曰《心鎖》的題材「有傷民心士氣」，「不利反攻復國」[14]；三曰《心鎖》確屬「淫書」，不該為它辯護。[15]

在這樁文壇公案背後，真正涉及的是女作家的性別身分述說、文壇主流話語以及官方政治之間的互涉關係。有關《心鎖》的風波，實際上是面對臺灣開始由農業社會向資本主義工商業社會轉型，西方文化思潮開始湧進，道德倫理價值和文學風尚有所變化的時代，官方企圖繼續以 1950 年代的「戰鬥文藝」話語霸權與官檢系統的統攝力量來控制文壇創作的政治回應，同時也是傳統的文學觀與價值觀對生活之變的一種抗衡。

從《心鎖》的情節內容來看，丹琪和范林是一對相貌出眾的戀人，兩人皆為大學生，彼此的家境也在遷臺之後走向蕭條。用情不專的范林背著丹琪與富家小姐江夢萍訂了婚，首先背叛了愛情。已經被范林誘惑失身的丹琪在憤怒傷痛之中，負氣嫁給了夢萍的大哥江夢輝──一個擁有財富和

月）。另見余之良編，《〈心鎖〉之論戰》（臺北：五洲出版社，1963 年 12 月）。

[11]謝冰瑩，〈給郭良蕙女士的一封公開信〉，《自由青年》第 29 卷第 9 期（1963 年 5 月 1 日）。

[12]參見古遠清，《臺灣當代文藝理論批評史》（湖北：武漢出版社，1994 年 8 月），頁 129。

[13]〈中國文藝協會的聲明〉，《中央日報》，1963 年 11 月 5 日。

[14]穆中南，〈一個反常的現象──《心鎖》事件〉，《文壇》第 40 期（1963 年 10 月）。

[15]劉心皇，〈關於《心鎖》的六問題〉《文壇》第 41 期（1963 年 11 月）。

名望但性情憨直古板的醫生。因為夫妻性格不合，缺乏愛情生活，生命狀態處於壓抑和空虛之中的丹琪，禁不住范林的勾引舊情重燃。隨後逐漸認清范林既功利又輕浮的真面目，但仍然無法在婚姻生活中獲得幸福與滿足。最終在花花公子般的小叔江夢石的一再挑逗下，丹琪終於敗陣在情欲場上，與之發生亂倫關係。某日，丹琪與江夢石在北投飯店幽會出來，恰遇范林，二男爭風吃醋，飛車競馳導致車禍雙亡。丹琪僥倖存活，逃往教堂，祈求心靈的平靜和神的寬容。

　　《心鎖》觸及的三個描寫層面，性愛的敘述、女性情欲的探討、家庭倫理道德的挑戰，都碰撞了當時社會與文壇的敏感區域，它「集合性別、情欲、階級、西方宗教與中國倫理論述間的衝突矛盾於一身，揭露身分地理的分裂狀態」。[16]在江家富有的階級身分面前，范林與丹琪窘迫的家庭背景很快敗下陣來，他們先後以婚姻與性愛的方式，自覺或不自覺地改換階級身分，投靠新的經濟背景，於是，范林娶了富家女江夢萍，丹琪嫁給江家大哥，兩人晉升為同一階層。在這種婚姻格局的變化背後，提示著新的社會背景登場：隨國民黨政府遷往臺灣的大陸人或許有過的政治背景，在臺灣社會轉型過程中出現的富有階層日益強大的經濟背景面前，開始顯示出它的無奈；在急功近利、氾濫欲望、看重人生消費的資本主義工商社會的價值觀面前，傳統的愛情觀和生活原則面臨著巨大的挑戰和誘惑，並且正在產生裂變。無論是范林背叛愛情的「致富夢」，還是丹琪帶有報復情緒的「高攀夢」，都是以傳統愛情觀的破裂為前提，通過婚姻的媒介和「賭注」，或從主觀上或在客觀上實現了換取人生最大經濟效益的捷徑。但是這種階級身分和婚姻角色的改變，並沒有使他們的性別身分得以滿足，范林故技重演，勾引丹琪，並一再炫耀男性在性文化中的絕對支配權；丹琪的情欲需求和報復心理雖一度實現，但對中國傳統道德倫理的觸犯又讓她困惑自責。在江家的那種已婚／長嫂的雙重身份，不允許丹琪有自我身份的

---

[16]范銘如，《眾裡尋她：臺灣女性小說縱論》（臺北：麥田出版公司，2002年），頁59。

認定，這使得與小叔子發生亂倫關係後的丹琪陷入更大的恐懼與混亂，內心充滿了矛盾和掙扎。在背棄了中國傳統論述下所有「孝女」、「賢妻」的道德倫理規範之後，丹琪最終只有狼狽地逃往教堂，尋求西方宗教的庇護。

事實上，在「戰鬥文藝」口號餘音未消的 1960 年代初，官方權威還在企圖構建「統一」的女性主體性，以便將女性創作納入可由官方滲透與操縱的主流軌道上來。然而，《心鎖》的出版，以其離經叛道的形象，宣告了作家個人與女性意識對官方論述的反動。她預示著，在逐漸走出 1950 年代臺灣「戰鬥文藝」的一統天下之後，有關男女之「別」的性別意識已經開始碰撞國共之爭的政治意識，並在臺灣文壇上形成新的文學裂隙和論述空間。換一種角度看，在中西文化碰撞、傳統價值觀念開始變遷的 1960 年代初期的臺灣，正是敏銳地感應到這種現實變化，《心鎖》捕捉到部分青年在婚戀生活中，由於傳統婚戀觀裂變而帶來的迷惘與沉淪，由於工商業社會急速興起而引發的功利原則和欲望消費，由於人性扭曲變異、縱情貪欲而導致的情感悲劇。所以，小說不僅揭開了臺灣資產階級家庭溫情脈脈的面紗，筆鋒直指道德、倫理、信仰和人性的深層內容；也讓這個矛盾迷失、倫理混亂的家庭，成為臺灣社會轉型初始階段的世態人情與現實癥結的某種縮影。同時，作品還從人性層面切入，揭示了被扭曲、被壓抑的愛情心理的反叛，並特別透視了情欲在變異狀態下，對人格乃至人生所產生的破壞性力量。

在藝術表現方面，作為一個具有嚴肅立意的作家，郭良蕙並不排斥通俗文學常用的藝術手法，而且有意讓自己的作品處於「純」與「俗」之間，以創造一種雅俗共賞的藝術效果。

以波瀾起伏、環環相扣的動態小說結構，引申出人生的荒謬性，這種藝術特點所見證的，是郭良蕙把握生活和駕馭長篇小說的力度。具體來看，郭良蕙小說的敘述模式，往往是從正劇或喜劇開始，借悲劇或鬧劇將其推向高潮，再以喜劇或帶有譏諷、象徵意義的正劇收束。例如《心鎖》

的開篇，范林之於丹琪和夢萍這種「一男二女」的愛情角逐，是在一種喜劇般的氛圍中展開的；而把全書推向高潮的情節，諸如范林和江夢石共同面對丹琪的這種「二男一女」的競爭場面，是在「二虎競技」的飛車鬧劇中實現的；小說的結尾則以悲劇告終，面對范林和夢石雙雙死亡的可怕現實，丹琪只好逃到宗教中尋求出路，以安妥自己迷狂、破碎的心靈。整部小說，情節相對單純，卻在動態結構的推進中，連綴起複雜的人物關係，揭示出或悲劇或荒誕的生活真相來。

　　從長篇小說《焦點》，也可看出郭良蕙在藝術構思和情節鋪展上的功力。作品以拍攝電影《焦點》為情節依托，多層次反映出「焦點中的焦點」——關於女演員朱顏的生父問題。作者布設層層疑陣，讓人們的猜測的眼光一步步掠過朱顏的養父朱雨勤，朱顏的「乾爸」顏爾淳，最後才停留在那個「假冒偽善、披著嚴肅的外衣做出可怕的事跡，以院長的地位去欺負小護士」的顏濟慈身上。當年，朱顏的生母周雅珊在舊時的南京濟慈醫院當護士，單純可愛的她同時受到顏家兩代人的糾纏騷擾，後來不得不嫁給自己所不愛的男人，心靈的創傷使她變得自我放任、圓滑世故起來。但在男性傳統的社會裡，「女人的責任比男人大，特別是錯誤的責任，社會總要讓女人負」，作品對這種世道不公給予了深刻揭示。隨著一波三折的情節鋪展，朱顏身世之謎懸念的最終被揭開，也是生活中荒誕一面的亮相之時。

　　郭良蕙小說的突出特點，還表現在她對人物心理活動的準確把握與刻畫上。她筆下的人物，不論各色男女，都能恰如其分地表現出符合他們性格特徵的心理性質。作者自道：「我覺得我自己是比較善於描寫心理狀態，不善於寫景緻的，《心鎖》就是描寫人性比較多的一本書。」[17]《心鎖》對主人公丹琪在種種不同情態下的心理活動刻畫，達到了細緻入微的地步。丹琪最初抗拒范林和夢石勾引時的堅守心理，被情欲誘惑時的迷亂心理，欲望實現時的沉醉心理，以及放任自我後的愧疚心理，都在作者筆下得以

---

[17] 〈郭良蕙對婚姻和人生的看法〉，轉引自夏祖麗，《她們的世界》，頁137。

真實生動的展現。在另一篇小說〈往日往事〉中，女主人公與男友「麥」的戀愛與分手，她與「留美博士」的訂婚與準備出國，全部的故事情節都在人物的心理活動與情緒流動中進行，當主人公深感「麥」對於她具有無可取代的生命位置的時候，所有的失卻和遺憾都已終成定局。

　　當然，我們也應該看到，郭良蕙的小說在強化人物情感鏈的時候，對動態社會特徵的透視還不夠充分，這使得人物與情節的描述帶有過多的偶然性和戲劇性。同時，在作品主題力度的表現上，郭良蕙的創作還缺少幾分將人生更有價值的東西，掀開給人們看的勇氣。

──選自樊洛平《當代臺灣女性小説史論》

鄭州：河南人民出版社，2005 年 2 月

我對《心鎖》事件的意見

◎張國興*

　　最近自由中國的文藝界，發生了一件很值得我們注意的事情，那就是郭良蕙女士所著的《心鎖》，因為「妨害風化罪」被禁。隨著，婦女寫作協會與中國文藝協會，因為這本禁書的關係，相繼開除了郭女士的會籍。

　　小說因妨害風化罪被禁，是常有的事，每一個國家都有過。但與《心鎖》事件有三點不同的地方：

1. 《心鎖》是在報紙上連載完畢之後，出單行本時才被禁。
2. 內政部查禁《心鎖》，是根據婦女寫作協會的要求而做的。
3. 《心鎖》被內政部查禁後，婦女寫作協會與中國文藝協會，同時開除了郭良蕙女士的會籍。

法律的時效原則

　　必須指出：一本小說在連載時不被禁，等到出版單行本時才被禁，這是史無前例的。因為，依照法理，出版品記載犯法，應該是初版（First publication）犯法；假如初版不認為犯法，那麼，再版是不應該有所處分的。毀謗的法律也適合這個原則，毀謗文字第一次登出來，受害人不告發，以後再登出來時告發便很難成立了。

　　內政部查禁《心鎖》，雖然根據《出版法》明文規定有此權利，但法理原則上這種處分是不合理與不公平的。

---

*張國興（1916～2006），海南島人。傳播學者、製片家。曾任亞洲出版社創辦人、香港浸會學院傳理學系主任、美國俄亥俄州立大學 E.W. Scripps 新聞學系副教授。

在執行法律時初版跟再版的分別，就是所講的時效原則。《出版法》第29條規定：新聞紙和雜誌如有犯法記載，在三個月以內不處分，政府就不能處分了。此一條款是根據時效原則來制定的。政府應該根據時效原則，來重新考慮關於《心鎖》的處分。

作家組織應保障作家權益

作家自己的組織，要求政府禁書；禁書以後，又開除該書作者的會籍，在民主自由國家，是從來沒有過的。《查泰萊夫人的情人》、《北回歸線》與《娜麗達》三書，雖曾一度被禁；但三書作者，並沒有從任何一個文藝團體裡面被開除。也沒有任何作家組織要求政府查禁這三本書，這種事情，只有共產黨國家才有。比如巴斯特納克因《齊伐哥醫生》這部小說而獲得諾貝爾文學獎，但被蘇俄作家協會開除了會籍。在中共，曾得史達林文學獎的女作家丁玲，因為寫作出了政治問題，被中共文藝協會開除了會籍。

這次在自由中國發生了這種類似共產黨的事情，實深遺憾。

性的描寫妨害風化嗎？

談到《心鎖》本身，是否其記載構成妨害風化罪，這是個解釋問題。但是我們可以說的，《心鎖》裡面對性的描寫遠不如《查泰萊夫人的情人》等上述三書大膽，是比較含蓄的。有人批評《心鎖》最不好的地方是記載亂倫的事情。我們知道小說家是根據靈感與想像來寫小說；而靈感與想像是不受控制的。這樣一來，免不了有「亂」的現象發生。世界上有許多名著都是因為「亂」而成名。如不是「亂倫」就是別的「亂」，「亂」可以解釋為不正常。《娜麗達》之成名，就是因為它描寫不正常的愛。

小說是靈感與想像的產物。但小說家的小說是否為社會所接受，那是社會的問題。上述三書在英美被禁若干年，是因為當時英美的社會，不能接受這種樣子的小說。現在潮流已變了，道德觀念也變了。性的描寫已被

公認為正常的事情。因此，差不多每一本著名的外國的小說，都有性的描寫，上述三書的禁令也隨著撤銷。我們政府查禁《心鎖》可以說是反潮流的。反潮流就是保守、落後。保守和落後可以限制進步和創作自由。在文藝方面，我們不應該保守與落後，應該跟上潮流，盡量鼓勵作家、藝術家發揮他的自由意志和創作自由。

除了上面所說的，《心鎖》事件還有一個很特殊的情形。書被禁，作者被開除會籍之後，還有人在奔走活動，要把《心鎖》作者在社會上根本封鎖起來。譬如，郭良蕙的另一本小說，正在中國廣播公司廣播；郭女士在電視廣播中主持的文藝節目，都有人提出要求，予以停止。這樣一來，不但限制了郭女士的寫作自由，還要限制她的職業和工作自由。

平常，自由乃政府與人民間爭執之事。政府要限制自由而私人要保障自由，就《心鎖》一事來說，是私人要求政府限制郭女士的自由。我希望政府不要向私人壓力低頭。

《心鎖》與寫作自由

《心鎖》不但牽涉到寫作自由，而且也牽涉到自由中國文藝界的作風與風氣。牽涉到寫作自由時，作家起來打作家，在民主自由國家來說，這算是第一次，此一事件的重要性，可以由此兩點上明顯地看出來。

我們《亞洲畫報》為使海內外讀者明瞭此一事件的詳情，特別以三頁巨大篇幅來討論此一事件。除了名作家南宮搏、名書評家孫旗、和香港某大報總編輯微之先生的文章外，我們還轉載了臺北《自立晚報》的一篇社論，和《星島日報》一篇論《北回歸線》的文章，以饗讀者。《自立晚報》社論可以代表臺灣報界對《心鎖》事件一般的看法，由論《北回歸線》這篇文章，可以看出另外一本名著的遭遇。

本來，我還想轉載兩篇反面文章，即謝冰瑩女士在《自由青年》上發表的〈給郭良蕙女士的一封公開信〉，和蘇雪林女士的〈評兩本黃色小說——《江山美人》與《心鎖》〉。但是，我看了這兩篇文章後，我覺得它們違反

了許多寫作道德。所以不予轉載。謝女士評《心鎖》的文章對作家人身攻擊，好像有故意中傷，文字中含有毀謗的成分，這種文章我不能轉載。蘇女士評《江山美人》與《心鎖》，二書作者蘇女士都知道，但在文內一直用「某作家」，這不獨違反了寫作道德，而且對作家的禮貌也不夠，因此我也不能轉載。

　　（採自《亞洲畫報》第 122 期）

—選自余之良編《《心鎖》之論戰》
臺北：五洲出版社，1963 年 12 月

由《心鎖》事件析論臺灣文藝界的風氣

◎孫旗[*]

　　自從郭良蕙的小說《心鎖》在臺北《徵信新聞報》連載時開始，文藝界少數人即醞釀打擊，半年多來，經過內政部下令禁止《心鎖》，「婦女寫作協會」、「中國文藝協會」開除郭良蕙的會籍。現在此一攻擊指向，由對事轉而對人，可以說進入高潮階段：企圖打擊她在臺灣電視公司的職務。本來此一事件，只限於文化界人士予以注意，社會一般人根本不注意，而現在社會意識轉向，同情郭良蕙的人，越來越多，許多非文化界文藝界人士也表示不平。我們願就這一連串的攻擊行為所暴露的臺灣文藝界的風氣，稍微發抒一點意見。

文藝「官話」的商榷

　　有幾位文藝界朋友在對付《心鎖》時所發表的言論，可以作為臺灣文藝風氣的典型，我們認為大有商榷的必要。提起蘇雪林女士，是我們所尊敬的作家，當她去年因悼念胡適一文所引起的圍剿，我們曾函劉心皇先生等，勸他們作罷。蘇雪林女士給她表外甥公孫嬿十年前寫的一本小說《海的十年祭》，寫過〈序〉（曾在《中央日報・副刊》發表），許多朋友告訴我這是一本黃色小說，而蘇序卻說是藝術價值很高，現在她對《心鎖》攻擊不遺餘力，至少蘇女士是疏不間親，有失公道。一個作家，尤其在批評文

*孫旗（1924～1997），江蘇淮陰人。散文家、文學評論家。曾任《文藝評論》主編、政治作戰學校藝術系教授、紐約《華美日報》主筆。

藝作品時，以與作者的親疏為褒貶的決斷，很不能令人苟同。尤其一位文壇享盛名數十年的老作家如此風度，實不無令人扼腕長嘆之處！

　　蘇女士寫過一篇〈評兩本黃色小說──《江山美人》與《心鎖》〉，現在分題討論：一、蘇女士認為《江山美人》的作者（按：南宮搏）寫《玄武門》將唐太宗寫成「而且還是個好色貪淫、悖倫亂紀的惡棍。……我們對太宗實不應苛責，『某作家』（指南宮搏）竟將一代英主糟蹋得不成話說，實在叫我們痛心，而且也不知他的命意何在？」中國數千年封建王朝的宮內，都有「三宮六院，七十二妃」，如果皇帝不「好色貪淫」，要這麼多妾妃何用？千古以來的歷史都在捧皇帝，英主也只是說處理政治事務的英明而已，難道「食色」都不需要？英主究竟不是「不食人間煙火」的神仙，也不是「修士」，《江山美人》的作者，只是剝去歷史彩衣，還歷史以本來面目。英主既然是人，也不一定絕對沒有「悖倫亂紀」的醜事。二、蘇女士說「某作家」把正德帝后夏氏寫得太不堪了，皇后為了享受不到妻子應享的利權，和皇帝吵鬧，皇后應有「母儀天下」的風範，不能這麼地不要臉面？不顧體統？「並且皇后之於皇帝，名雖夫婦，義則君臣，見面要行跪禮，應對自稱臣妾，又豈敢這麼地撒潑和胡鬧，某作家連君主時代宮闈禮節都半點不知，還寫什麼歷史小說！」我願意說，皇后是女人，不是神仙，如果皇后與皇帝之私，也那麼階級分明，請蘇女士查看希臘神話，底比斯城（Thebes）的留斯王（Laius）被其子伊底帕斯（Oedipus）所殺，朱凱斯塔后（Jocasta）與子伊底帕斯結婚；佛洛伊德稱為「愛的帕絲叢」（或稱「戀母情結（Oedipus Complex）」）；皇后的「母儀天下」，見皇帝行跪禮，應對稱臣妾，這是公開場合的情形，但是閨房之私，是否也應如此？蘇女士即使進過宮廷，知道宮闈禮節，至少皇帝與皇后閨房之私，是一點也不知道的。如果在閨房之私場合，皇帝與皇后以君臣之義，她必有被強姦的感覺，精神上才是亂倫！三、蘇女士說自由中國正在鼓吹恢復舊道德，提倡孝道，這種悖亂的寫法，對無知青年影響又有多大？以及提到《心鎖》時說：「自從世界潮流湧入我國，舊禮教的堤防破壞，首當其衝

者，便是男女關係完全改變了一個局面……哪裡再禁得起文藝作品之推波助瀾呢？年來本省姦淫案件日多一日，而每一姦淫案件常伴隨著凶殺，實在太可怕了。多少蕩婦淫娃，看了本書《心鎖》女主角的榜樣，更將放膽胡為下去了，……當前社會風氣不是已經夠糜爛嗎？像《心鎖》這類小說等於一大桶腐爛劑，傾瀉下來，人人心更將腐蝕以盡，結果整個社會將為解體，這影響實在太大，我們對於《心鎖》這本書又怎能不抨擊！」這樣說來，《江山美人》、《心鎖》是該被抨擊了？南宮搏和郭良蕙負有影響青年，使社會解體的罪過了？

文藝的社會責任

　　根據蘇女士的說法，或者出諸臆斷，個人主觀意志的投射。她說政府在鼓吹恢復舊道德，但是還忽略提倡新精神，因為道德是基於某一時代從人群生活訂立共同遵守的規範，補救法律不及之處。但是，當社會人群意識改變，生活方式改變，原有的道德便多多少少失卻規範人群的生活的作用，政府提倡恢復舊道德，如果沒有新精神，恐怕是沒有什麼效用。依蘇女士的說法，舊道德似乎可以維護青年的生活規範？我們的看法並不如此，英國二次大戰後文學的憤怒青年派，根本就是反對舊有的道德守則，而我們今日的青年接受新知識，報紙上許多現象，已經足以抵消他們對舊道德的看法；至於文藝小說，是反映社會生活，換句話說，提供道德調整的資料，如果小說是以恢復舊道德為主旨，流於說教，那麼這種小說也就沒有人看。蘇女士既然承認目前舊禮教被破壞，男女關係完全改變了一個局面，又責備郭良蕙在《心鎖》中的反映，難道郭良蕙應該反映舊道德嗎？我們以為文藝的社會責任，不是如此，而是改變反道德者的人生，其效用則是符合道德的要求。至於蘇女士認為《心鎖》足以使整個社會解體，恐怕是蘇女士寫文章時的方便，出諸個人的臆斷，「當前社會風氣已夠糜爛」，是遠在《心鎖》發表之前，如何可以論斷《心鎖》將使整個社會解體；因為蘇女士假如不是出諸個人的臆斷，她應該研究社會風氣「已經夠

糜爛」的因素，絕不能完全罪在《心鎖》或其他文藝作品。社會風氣之糜
爛，恐怕貪官汙吏的行徑。執行法律不能與道德要求配合，都是重要因
素；而蘇女士獨見不及此犖犖大端，這是我們在研究文藝的社會責任時。
所不能忽略的重點。

　　蘇女士說：「我國人本來最富於物質思想，蔑視精神生活。自從西洋的
唯物史觀傳入我國，更與我國固有的物質思想沆瀣一氣，融成一體。在政
治上已造成大陸沉淪的大悲劇，在社會上也釀成了無數罪惡。」這一段無
非是由於個人的方便，企圖加罪於《心鎖》，我國文化哲學向來是玄想型，
中國人本來富於物質思想，蔑視精神生活的嗎？研究中國文化的學者，從
無此說，我們只能說這是蘇女士最突出而驚人的學術了。

　　《心鎖》，蘇女士說是教人亂倫。這是她的臆斷，個人意志的投射。
《心鎖》有沒有用淫詞與鄙詞來描寫性生活的場景，據我們的檢證，作者
沒有描寫「做愛」的場景，也沒有用淫詞與鄙詞來描寫；作者是描寫「性
心理」，而且描寫「性心理」的部份很少，自然也不具備黃色小說的要件；
「性心理」描寫的小說，當然也包含讀者能夠讀得懂為一要件，既然能夠
讀得懂「性心理」描寫的小說者，必然是受過相當教育，受過相當教育的
人也必然心性有所修養，能夠以理智來克服性衝動（假如有性衝動的話），
否則在蘊藉的美中，必然有經過想像的過程。所以《心鎖》缺乏黃色小說
的要件，它不是一本黃色小說！

　　至於蘇雪林所謂的「亂倫」與「洩慾」也必須加以研究，蘇女士認為
第一是夏丹琪與小姑之夫范林繼續私通是亂倫，第二是小叔江夢石發生關
係也是亂倫。「當然，性問題不是完全不能寫，卻要看作者的態度如何？」
蘇女士這一說法是正確的，「假如當著病態來處理，像左拉之寫《盧貢・馬
戈的家族》，福樓拜之寫《包法利夫人》，莫泊桑之寫《如死一般強》、《女
人的一生》亦未嘗不可。」蘇女士強迫現代小說家像古小說家一樣的寫
法，實在並不很正確，因為文藝所要反映的現實，古今有異。至於《心
鎖》處理夏丹琪的「亂倫」，范林與江夢石的「洩慾」，也未必可以說絕不

是作「病態處理」，作者描寫的夏丹琪是現實中就有不少的少女遭遇，她無時不在痛苦與憤恨的情境之中，作者最後處理是：當她發現自己害死范林與江夢石之後，被作者送進教堂，向上帝懺悔，洗心革面；這種處理。正是向目前類似夏丹琪的少女提出警誡，勸她們勿掉以輕心而陷於此等人生不幸遭遇。至於范林與江夢石在北投附近撞車送命，表示作者否定這兩個類型的人物及其人生，「況且文藝究竟離不開當前的人生」，《心鎖》中所寫的不是正符合蘇女士此一論旨嗎？說夏丹琪的「亂倫」是對的，但是不能以此一事實來決定是否有當，文藝作品重在其效果；如果真如蘇女士所說「《心鎖》是教人亂倫」的，《心鎖》從連載到現在一年多以來，有因為讀《心鎖》而亂倫的人嗎？在作者處理夏丹琪、范林、江夢石的亂倫與洩慾中，作者的態度是否定的而不是肯定的，如何可以說是「教人亂倫」呢？至於「叔嫂通姦」，莎士比亞的《哈姆雷特》就有，蘇女士又何嘗不尊其為名者，是否因為懾於莎士比亞的名氣之大，《哈》劇受人重視之深廣而不敢攻擊？蘇女士如此出諸臆斷的個人意志投射，實在有問題。

文藝應該復古嗎？

除了蘇女士要文藝作家像左拉、福樓拜、莫泊桑等古作家處理性問題，蘇女士又說「更希望有識之士負起文藝路線調整的責任。使文藝回復十數年前臺灣新文壇初建立時的純潔、光明！」中國許多文人士夫，當其年輕時斥老一輩人復古觀點為落伍，而一到垂老之年又讓年輕人斥之為落伍，這實在是中國文人士夫的一點悲哀。蘇女士說「有識之士調整文藝路綫」，現在對郭良蕙的《心鎖》大張撻伐，連蘇女士也是有識之士了，如此打擊郭良蕙也可以說是蘇女士心目中「調整文藝路線」的一端了；不過，十數年前的臺灣沒有新文藝，而且有些左傾的文藝氣息及作者，這久已在反共鬥爭中肅清了，蘇女士能認為那一時期文藝風氣是「純潔、光明」的嗎？

對《心鎖》的公道話

　　5 月 11 日臺北《民族晚報・藝與文副刊》，發表一篇南登的〈對《心鎖》事件的幾點商榷〉，指出「文協」開除郭良蕙的會籍是「落井下石」，文壇老作家以公開信（謝冰瑩在本月初《自由青年》發表〈給郭良蕙女士的一封公開信〉）的方式，對郭良蕙大張撻伐，作者不能贊同。「真正好的文藝作品就是社會現實的反映，可是反映現實是不是罪惡呢？我們打開每天報紙的社會新聞來看一下，像《心鎖》中描寫的人物和故事真是比比皆是，那麼我們為什麼要逃避現實呢？」如果說今日的文藝是寫實主義的話，南登所問的問題，打擊郭良蕙的《心鎖》的人，應該給以解答。至於《心鎖》的內容問題，南登說：「我們再從《心鎖》的內容來分析作者的動機，她（郭良蕙）把夏丹琪的父親從罪惡的邊緣拉回來，最後的結局又將夏丹琪送進教堂去懺悔，這正是作者勸人為善和普渡眾生的目的，也正反映作者個人善良和仁慈的天性。為什麼一些人非要認為夏丹琪之沒有上斷頭臺是作者的罪過呢？作者對夏丹琪感情的複雜與脆弱是煞費苦心的，這並不能說作者在製造罪惡，如果《心鎖》果然是製造了罪惡的話，那末，在今天自由中國無論報章、雜誌類似這樣的新聞和文藝作品，真是汗牛充棟，而為什麼卻單單拿《心鎖》來開刀？這是不公平的。」關於夏丹琪的處理，如果是一般讀者認為她應上斷頭臺，應該是情有可原的；如果是出諸攻擊郭良蕙的作家之口，其無理之至，實難令人饒恕的。

　　至於謝冰瑩女士〈給郭良蕙女士的一封公開信〉，南登認為「批評對象應只限於作品的本身，卻不應該對作者大肆攻擊，更不應該以公開信的方式，來對作者指責、漫罵。什麼叫做「搔首弄姿」？這種幾乎逼近對「人身」的攻擊，難道也是文藝批評家、前輩作家「對後進的愛護和提拔」麼？尤其謝冰瑩也是女作家，說郭良蕙「搔首弄姿」，不無妒忌郭良蕙的美的意思，這大概是女人的「小家氣」？謝冰瑩在這封公開信中也說郭良蕙「發了財」！不無妒忌郭良蕙的走紅，抵消她作品的出路之意！我們也不

得不懷疑攻擊郭良蕙的男女作家們，恐怕多多少少有點「酸葡萄」，儘可以拿出作品來自由而公開競爭，到處發動攻擊來圍剿郭良蕙，個人的指責、漫罵，實在不夠光明正大！

給文藝以自由的呼籲

　　據說圍剿郭良蕙的《心鎖》的作家們，在《心鎖》被禁，郭良蕙被「婦協」、「文協」開除會籍之後，還不甘心，尚在利用政府與黨來解除郭良蕙在電視公司的職務。我們認為文藝作家的反共，是反對中共的政治干涉文藝，利用文藝為宣傳工具，大陸地區文藝已經死亡，我們為陷身大陸的作家悲哀；所以，我們希望政府與黨不必多管《心鎖》事件。第一、政府與黨如果對文藝沒有精深的研究，稍一不慎，容易形成政治干涉文藝的缺點；當然，要干涉的話，也得公平，臺北某報副刊編輯發表一首詩〈故事〉被解職，而作者風遲已被逮捕，屬於中共統戰分子，這位副刊編輯不無「幫助」之嫌，我們對於中共統戰分子不能讓步，更不可饒恕，而對於「幫助」他「統戰」的人，似乎也應該予以干涉，即使郭良蕙是一位自由作家，對於反共也不是絕對不需要；所以貴為眾人所擁戴的政府與黨，應該公平，卻不能厚此薄彼。第二、《心鎖》事件，是文人相輕的一個例子，這種事本是自古皆然，於今為烈。假如政府與黨干涉《心鎖》事件，不無厚於眾薄於一的可能，也難謂公平。南登所謂今日自由中國的文藝作品，就質與量來說，都貧乏得可憐。其原因：就是寫作的環境太被局限了，在不妨害民族國家安危和利害的大前題下，應當鼓勵文藝作家大膽地寫、自由地寫和盡情地寫。政府與黨應該如此，先進作家對後進尤應如此，只有這樣才能產生有血有肉的優良作品，也只有這樣才能使中國的文壇繁榮茁壯起來。

　　因此，我們認為在這一原則下，多給文藝創作以自由是一個要件。那些圍剿郭良蕙的作家，不為已甚，凡事適可而止，不必走極端。「寄語那些正在努力奔走，『禁』別人的書的作家：與其心勞日拙，精疲力竭，倒遠不

如休養生息，自己埋頭創作。」（顧獻樑語）追求民主自由的作家，實在應該以作品在自由市場作民主式的競爭！

（採自《亞洲畫報》第 122 期）

——選自余之良編《《心鎖》之論戰》

臺北：五洲出版社，1963 年 12 月

開啟一把塵封 35 年的心鎖
訪郭良蕙女士談《心鎖》禁書事件始末

◎葉美瑤採訪整理[*]

前言

　　作家郭良蕙女士原籍山東，生於開封，在四川念大學，主修外文系。但是在她的作品裡幾乎看不見大陸經驗。她自己說她對都市的人極有興趣，她的作品所描寫的多半是變遷社會裡都會男女情感。

　　最早郭良蕙以〈泥窪裡的奇葩〉一文投稿，登在當年鐵路局發行的《暢流》雜誌，開始了她的寫作歲月。之後陸續完成了短篇《台北的女人》等 12 部，中篇《第四個女人》等八部，長篇《心鎖》等 35 部，創作量極高。

　　民國 51 年 1 月 4 日到 6 月 19 日，郭良蕙的長篇〈心鎖〉在《徵信新聞報》(《中國時報》前身) 上連載，雖受讀者喜愛，但也遭到許多批評，認為該文內容描寫情欲、亂倫，不是好作品，應予查禁。民國 52 年 1 月，《心鎖》印製成書未幾，即遭查禁。這部小說雖然只是臺灣早期多不勝數的禁書中的一本，然而卻不同於其它涉及作者政治態度的禁書，甚至有人認為當年郭女士號稱「最美麗的女作家」，文筆作風處處惹眼，招致其它人的不悅，這才是本書被禁的主要原因。

　　採訪當事人回顧 35 年前的《心鎖》事件，對現在專心文物研究又是虔誠基督徒的郭女士而言確實是一種打擾，正如她自己所憂慮的——「那麼多

---

[*]發表文章時為《聯合文學》編輯，現為新經典文化出版社發行人兼總編輯。

年不說，現在說適當嗎？」但是，一個創作力正值盛年的熱情寫作者突然被似是而非的強大外力打壓，總也會在心裡留下難以弭平的創痛；「把這段經歷說出來」的意義於是有了遠非一般人所能想像的重要性。郭女士並將 35 年前所寫的一篇〈我沒有哭〉交付本刊發表，這是事發當時她應對文壇耆宿謝冰瑩女士的一篇攻擊文字所寫的公開信，此信當年因種種因素未經發表，本刊特予披露，以旁證作家面對強勢之坎坷與頑強。

當年年紀輕，按宗教說法就是比較敗壞，所看見的也是敗壞的事情

「《心鎖》是我三十多年前的作品，那時候我少不更事，不懂人際關係、也不理解社會人事的重要，我住在南部多年，一直就是打拚著寫，埋頭往前衝，以為摔倒了爬起來就好，根本不明白人跟人關係的重要。當初寫作參加了南部的中國文協，有時候一年聚個會，一起到北部吃頓飯就各自回去了。我在嘉義住了八年、屏東住了六年，《心鎖》就是民國 51 年在屏東寫的，那時就聽到批評，說我不該自誇，要等人家來誇。我的寫作就像跑馬拉松，就知道一直跑，並不覺得自己有誇炫之處，但現在回想起來，一起出門時朋友間的確曾經告訴我『奇怪，大家為什麼老在看妳！』我是個大近視眼，三尺之外就看不見人了，這樣才想起或許是因為自己比較引人注意，一些事情別人做來或許不怎樣，我做起來就特別教人不順眼。」

「寫《心鎖》前我已經寫了十來年，出過十多本書了，所以就想找一些新材料寫，我寫東西之前，會先問為什麼找這個題目，暫不問故事，我先設定主題 plot，然後才安排人物。那為什麼寫《心鎖》呢？當年年紀輕，按宗教說法就是比較敗壞，所看見的也是敗壞的事情，像是人的軟弱這種部分，我當時就是覺得舊式的家庭與學校教育要我們向善、往正確的地方去，但是一方面我又看到這個社會有很多陰暗面，很誘惑人，撒旦控制的領域表面上是那麼美麗，讓人不知不覺就掉進陷阱、犯了罪。而且這善惡之間並不像我們原以為的相距遙遠、涇渭分明，事實上善惡幾乎是不

分地併存在人身邊，隨時一個半步就越矩。現今的人貪財為惡，那個年代人能犯的罪就是性，當時人際的流動性不大，上流社會的人表面上道貌岸然，罪惡卻就在自己家裡滋生，就像莎士比亞描寫的《哈姆雷特》，宮廷裡的邪惡就是在一小撮人中，我當年就想描寫這一點。」

《心鎖》是臺灣的文化小革命

「《心鎖》寫的是一個少女在感情上受了騙，為了掙口氣嫁給不愛的男人，但是又受不了誘惑與先前的男友、丈夫的弟弟有曖昧關係，內心十分掙扎痛苦，書裡的結局是范林跟夢石出車禍死了，有人就說這個結局是惡有惡報，還有人批評我前面胡寫一通，後面讓壞人死掉替自己贖罪，其實這樣的結局並非脫罪的安排，我在做不同的嘗試，無奈有人卻當它是譁眾取寵，堅稱這本書以寫汙穢為能。中國文藝協會、青年寫作協會、婦女寫作協會三個單位連名主張一定要禁掉《心鎖》；大陸有文化大革命，臺灣呢？我的《心鎖》事件就是個文化小革命。」

「當初也有出來聲援的文章，還出了部《《心鎖》之論戰》，有兩、三本書。那時候《文星》曾經說要替我發表聲援的文章，後來沒有發表，不知道什麼原因，我交給他們的十幾篇文章都不見了，那個時候沒有影印，沒有留底稿這回事，所以丟了就全沒了。」

「六八年有人跟我談說想拍《心鎖》，為了通過檢查，要把故事中亂倫的部分刪掉，把角色關係改成遠房堂兄妹去送審也沒成功。現在社會的民主自由讓人很難想像以前的情形，這種問題大家當年連碰都不敢碰的，倒不是政府對這本書緊盯不放，主要是有一些人一直給機關單位強烈反應。」

《心鎖》被禁後，您還寫嗎？

「事情發生後我就堅持要一直寫，後來陸續出版了三、四十本小說。這條寫作的路對我並不順，有國外的教授評我的小說時，說我的東西沒有得到應有的重視，我對人家給我的排名不好、給我的版面差一點、甚至不

予介紹，我已經無所謂，心裡不覺要去爭這些了。因為神很恩愛我了，這方面失去那方面得到，我看看以前的照片跟我同時代的人，而今安在哉？後來我研究中國文物，原因就是我的寫作有了瓶頸，我不跟別人競爭也要跟自己競爭，我常常想化筆名去寫作，因為不能突破就想找另一條路，文物世界讓我覺得好玩，寫作對我而言很苦，就像個工作，以前我寫東西像上班一樣，一天一定寫個五、六個小時，不停的；現在不想寫，而且人生歷練多了，什麼事看起來都不覺有熱情去寫它了。」

可惜我們那時候沒有好的批評制度

《心鎖》被當時人批評為色情小說，您自己認為呢？

「作品是藝術或是色情，應該是可以辨別出來的，一部作品是想暴露還是想解剖呢？是只想描寫兇殺還是作報導？這之間都是可以區辨的。比方看畫好了，雖然說藝術色情的分野是很直覺的，但有些裸體畫就是可以給觀者崇敬感。我們創作者不可能要求每一個人都了解，所以這個社會的批評家是很重要的，可惜我們那時候沒有好的批評制度。」

「我寫《心鎖》同年，孟瑤寫了一本《浮雲白日》，那裡頭也有性的描寫，但是她得了獎，我的書卻被禁。有人說我的內容不健康，這個健不健康是以什麼為準呢？當然孟瑤女士是德高望重，我有個感覺德高望重可能真的很有用，就像過海關一樣，讓人不順眼，行李可能就要被人翻得一塌糊塗。所以當時我想自己給文藝界的朋友們的印象是有偏差的，所以別人就無法就事論事。」

整個事件之於我就像只是被放進冰庫裡，一旦拿出來翻看，冰一融，一切感覺又都回來

「任何國家的寫作者都在爭取寫作自由，作家寫什麼不能規定他，偏偏我們的作家卻要拿掉其它作家的自由，就是這個問題。」

「《心鎖》在 35 年前被禁，風波過後幾年我也曾問過一位官員『我的

《心鎖》是不是也該解禁了？』他告訴我『這麼多年，不是也平安的嗎？就算了吧！』就這樣一直拖到 1988 年省府新聞處才頒發解禁令。後來我見到幾位當年作協的成員，他們會告訴我『跟我沒關係啊！我還幫你說話了呢！』我能找誰算帳呢？就像大陸文革後帳不知該算誰頭上，只好不談了，當年禁我書的機構人員都換了，我也沒辦法。」

「整個事件之於我就像只是被放進冰庫裡，一旦拿出來翻看，冰一融，一切感覺又都回來。不過一件事情再負面都有它正面之處，人生任何事的發生都不是最壞的，至少讓我自己把一些事看清楚了。當然我這樣說來說去好像都怪別人，應該我也要自我檢討的，人在某個階段確實是比較軟弱敗壞的。」

寫作《心鎖》那樣的題材，是不是表示您在寫作表現上有所企圖？

「我只是寫自己想寫的，或許是因為年輕，那個時候我老往人生汙黑的那一面去探。那些年都是反共抗俄的文章，大家寫的東西也都是些家國情懷，我很少寫這種東西。《春盡》是我少數的一篇提到『反共抗俄』的作品，以臺灣為背景，寫做玩具生意的人夢想將來反攻大陸。」

「早年我還寫過一個短篇〈梯〉，故事是說兩個女同學，求學時代情同姐妹，後來分別嫁作人婦，因為先生不同，際遇也不一樣，其中一個當了官夫人，另一位則只是個小職員的太太。一天小職員的妻子約好去探訪這位官夫人，拎個禮包在官邸門口久候，卻不見夫人出來相迎，一直要到夫人送其它貴婦們出門，也沒正眼瞧見這位當年的膩友。這篇小說登出來後我就被約談，認為這文章裡有『政治問題』，後來不了了之。」

「坦白說，我對自己的作品並不重視，也多記不得了，寫過的詩還記得住，偶爾回頭看自己寫的小說，常驚訝當年居然可以寫出這樣的東西，還不壞嘛！我覺得一個作家，應該看得比別人透澈、比別人洞悉、比別人冷靜些，對我而言這些就像是作家的天職。」

事隔多年再談這整個事件，您有沒有新的理解？

「我現在只追尋平凡安靜的生活，所以今天心裡是有個衝突，我該不

該把三十多年前的事翻出來談，甚至把三十多年前寫的文章拿出來發表。當時文協的老前輩打擊我可以說不遺餘力，有幾位前輩還公開寫文章罵我，當時我寫了一篇文章〈我沒有哭〉要回應的，有家雜誌也預定要登在頭篇，後來有人勸我不說話是最好的，他們認為我最好保持沉默，所以人家已經排了版，我硬把文章抽回來，也得罪了那刊物的朋友。而今事過三十年拿出來到底對不對？」

「現在我的熱情不比當年了，寫作跟其它藝術一樣都要靠熱情，為什麼作家到老年會沒有作品？甚或像海明威、三毛選擇那樣的方式去了結一切，我想就是年輕時經過大開大闔，經歷那樣的燦爛，後來就寫不出來。我自己如今也只是個文壇運動場的旁觀者了，只看不跑了。」

後話

採訪在郭女士的家中進行，過程中客廳裡一直播放著教會音樂，郭女士告訴我這麼多年來她倘若覺得心裡煩悶就聽聖樂，我問她寫《心鎖》時就是教徒了嗎？她自承當年是個叛逆的女兒，母親信教，她跟著十幾歲就受洗，但是行為上卻不是個教徒：「寫《心鎖》那時我正在追尋自我，太過自我的結果就把自我當作一個宗教，我不敢說自己是教徒，因為那時我還沒有得到重生，何況是教徒就不能寫《心鎖》了。」我望著客廳裡一幅郭良蕙畫像，是已故畫家席德進的作品，掌握了畫中人年輕無畏的美麗，我忽然覺得《心鎖》一書之所以觸犯禁忌與那種美麗是相當一致的：它們侵犯了那個時代藉以自苦自重的價值；而一部作品或一個年輕的寫作者即使再強悍恐怕也難抵擋這由時代氛圍豢養的輿論禁鎖，今天，拋開荒謬的舊鎖於我們看似輕易，但是於郭女士呢？

——選自《聯合文學》第 166 期，1998 年 8 月

從郭良蕙《心鎖》事件探討
文學史敘事模式

◎應鳳凰[*]

一、緣由與背景

　　1962 年 1 月 4 日起，臺北《徵信新聞報》（《中國時報》前身）「人間」副刊逐日刊登女作家郭良蕙長篇小說〈心鎖〉。依當時文藝副刊慣例，除了每天刊登各地投來的短篇作品，通常也有「長篇小說連載」的欄目：每天登載一小段，約六百到八百字之間。五個半月後，即 6 月 19 日，小說全文刊畢，同年 9 月《心鎖》出版單行本，由高雄「大業書店」印行。出版社找美術家廖未林專為此書設計封面。郭良蕙是 1949 年從大陸到臺灣的軍人眷屬，早期隨夫婿住南部，已在大業出過好幾本書。《心鎖》上市一個月後即再版，1962 年年底三版，出書三個月有此成績，顯見銷路不錯。

　　《心鎖》是一部以「寫作當時」的 1960 年代臺灣社會為背景，題材圍繞著男女戀情與婚姻糾葛的長篇小說。第一女主角夏丹琪是一位大學生，原有同樣在學的年輕戀人，卻為了報復情人對她不忠，負氣而嫁給一位家世富裕，性情忠厚的醫生。沒想到結婚之後，舊情人成了妹婿，而丈夫的弟弟更是情場老手，對她百般勾引，使得女主角婚後情不自禁地，經常翻滾於慾海與道德懺悔之中。主角既有人妻身分，每每在難以控制的情欲交歡之後，陷入自我譴責的悔恨當中，如此糾纏反覆，掉在不同男人的情網與慾望之間無法自拔。

---

[*]發表文章時為臺北教育大學臺灣文化研究所副教授，現已退休。

　　臺灣文壇自 1960 年代以降，尤其瓊瑤小說在市場大受歡迎之後，類似《心鎖》的內容題材，很容易被後來的研究者歸類為「文藝愛情小說」或「言情小說」，將其列入通俗或大眾文學的範疇。[1]但就當時讀書市場及文壇生態而言，並沒有「通俗」或「嚴肅」文學的明顯區分。郭良蕙小說連載於主流副刊將近半年，在文藝圈裡，這意味著作品獲得報刊主編肯定，是作家擁有足夠知名度與讀者群的表徵。資深作家鍾肇政在解嚴後發表的「文學回憶錄」裡，曾提到他長篇小說《魯冰花》創作之初（1960 年）被《聯合報》副刊主編接受時的驚喜與興奮，說明了當時能在「副刊連載小說」，對一個寫作者而言，除了作品受肯定，更是取得「作家身分」的有力證明──名字時常在文學副刊出現方具備「作家」的正當性。

　　郭良蕙此時在臺灣文學場域的位階，自然遠遠高過處在邊緣位置的鍾肇政等省籍作家。她握有豐厚文化資本：來自上海，擁有高學歷及高創作量，是占據著主流位置的大陸來臺作家。已出版 20 部小說的她，活動力也很強：既是電視藝文節目主持人，也寫電影劇本，擔任電影女主角，被封為「最美麗的女作家」。郭良蕙原籍山東，1926 年出生於開封，11 歲因中日戰爭隨家人避亂西安，在那裡完成中學學業。以後進四川大學，1946 年轉入復旦大學外文系，畢業後在上海當過幾個月記者。1949 年與空軍飛行官結婚，因國共內戰而隨丈夫飛到臺灣。剛來臺住南部空軍眷村，因熱愛文藝又有稿費收入而投身寫作。外文系背景的她本想從翻譯入手，也譯過小說，但感到翻譯不能抒發己見，於是執筆創作。1950 年代寫了大量作品向文藝報刊投稿，作品普遍受編輯肯定而陸續出版，同時結交不少文友而成為幾個作家協會會員。

　　她外表亮麗，打扮入時，常接受媒體訪問。寫《心鎖》的 1960 年代初期，適逢她創作力、活動力最旺盛的階段，是文壇一顆閃亮的明星。或許光芒太耀眼引人側目，受作家同行嫉妒。《心鎖》發表不久，即引來一篇篇

---

[1]2001 年由女書店出版，邱貴芬主編的《日據以來臺灣女作家小說選讀》（上）（臺北：女書文化公司，2001 年），關於《心鎖》解讀部分即為顯例。

「敗德」、「情色」的指控與批評。批評她的人，不乏資深作家而且是文壇占有權力地位的老一輩作家。由於批評者的知名度與權力地位，也由於老作家透過文藝團體向官方檢舉，於是書被政府查禁，作者也被幾個「作家協會」先後開除。之後也有不同陣營的作家媒體為她辯護，互相論爭，事件越滾越大而形成一場文壇論戰。這場「禁書三部曲」——從批評、查禁、開除，到論戰，範圍一次比一次擴大，使得《心鎖》成了 1960 年代爭議最多的一部小說。

二、從一部小說到一場論戰

　　1963 年 3 月，身兼國民黨各「作家協會」核心成員，成功大學中文系教授蘇雪林，先在《文苑》，後在《自由青年》等半官方雜誌上，針對此書發表文章。作者直接判定作品是「黃色小說」，並用「亂倫」，這一儒家社會裡代表深重罪孽的字眼，指責它「傷風敗俗」，且認定作者目的在賣書以圖個人利益：

　　《心鎖》最令人可惡的是教人亂倫。夏丹琪嫁後與小姑之夫范林繼續私通，是亂倫第一例，和小叔夢石發生關係是亂倫第二例。這樣以傷風敗俗，陷溺青年為代價來滿足私人的利益，居心是極要不得的！[2]

　　文章發表之前，《心鎖》已遭查禁，此文是訴諸輿論的後續動作。蘇雪林另一篇文章則以「公開信」的形式刊出：

　　近年文壇作風大變，黃色文藝盛極一時，考其原因，無非為了臺灣太小，能寫作的人又太多，作品沒有什麼暢銷，遂想利用刺激性較強的黃色文藝，來撩撥讀者好奇心。……我尚有四點針對此事的建議：（一）貫

---

[2]蘇雪林，〈評兩本黃色小說——《江山美人》與《心鎖》〉，《文苑》第 16 期（1963 年 3 月），頁 4～6。

徹《心鎖》的禁令；（二）對故意撰寫黃色文學之作家不妨激烈抨擊，不必姑息；（三）禁止廣播公司為黃色文藝作義務宣傳；（四）再掀起數年前道德文學的討論，⋯⋯[3]

文章題目雖為「致⋯⋯雜誌的一封信」，字裡行間卻像是長輩對小輩或上級對下級的口吻。同樣的，另一位在大陸舊國民黨時期即已成名，寫過《女兵自傳》的著名作家謝冰瑩，也發表〈給郭良蕙女士的一封公開信〉，刊在 5 月份同一刊物。她直接以問罪的語氣，質問郭良蕙：

⋯⋯為什麼你要寫這些亂倫的故事？⋯⋯你要革命、反抗、反傳統、反封建，⋯⋯於是你提倡「亂倫」，說出人類都是和禽獸一樣需要性生活，整個的《心鎖》，描寫性行為，所以你發了財！這本書的銷路越好，你製造的罪惡越大，你忍心用這種骯髒的，犧牲無數青年男女的前途換來的金錢嗎？[4]

蘇雪林與謝冰瑩兩人除了是「臺灣婦女寫作協會」核心會員，也是其他作家團體如「中國文藝協會」、「中國青年寫作協會」重要成員。1962 年 11 月「婦協」向國民黨政府內政部檢舉，以《心鎖》內容亂倫、誨淫，要求政府查禁此書。內政部遂於 1963 年 1 月 10 日發出公文給全臺灣各警政及新聞單位，說明：「⋯⋯《心鎖》一書違反出版法，依法⋯⋯予以禁止出售及散布，並得予以扣押處分。」

謝冰瑩另在全臺會員更多，組織更大的「中國文藝協會」提案，要求開除郭的會籍。提案人認為：「郭良蕙長得漂亮，服裝款式新穎，既跳舞又

---

[3] 蘇雪林，〈致《自由青年》雜誌的一封信〉，《自由青年》第 29 卷第 7 期（1963 年 4 月 1 日），頁 11。按《自由青年》創刊於 1950 年，最早為旬刊，第 11 卷起改為半月刊，42 卷起又改為月刊，共發行 742 期。

[4] 謝冰瑩，〈給郭良蕙女士的一封公開信〉，《自由青年》第 29 卷第 9 期（1963 年 5 月 1 日），頁 17。

演電影，在社交圈內活躍，引起流言蜚語。當時社會淳樸，她以這樣一個形象，寫出這樣一本小說，社會觀感很壞，人人戴上有色眼鏡看男女作家，嚴重妨害文協的聲譽，應該把她排除到會外。」1963 年 5 月，「文協」於一年一度紀念「五四文藝節」會員大會上，對外發布新聞：一是註銷會員「黃色小說作家」郭良蕙的會籍，二是發表一項「嚴正聲明」，提出「當前文藝工作與我們的主張」，說明郭良蕙因觸犯協會公約第三條「誨淫敗德」，所以被開除會籍。[5]

「文協」成員遍布臺灣文壇，幾乎各大副刊、雜誌及出版社主編，無不是文協會員。該會成立以來，很少如此大動作開除一個作家的會籍，而且是女性作家，可以想見在一個男性多數的文人社會裡，造成多大的輿論壓力。郭良蕙為澄清個人名譽，11 月曾召開記者會為自己申辯，也委託律師向省政府新聞處提出訴願。然而不只沒有結果，在一片撻伐聲中，電臺原正播放她一部長篇小說即刻停播；原在電視臺主持一個「藝文學苑」的節目也同樣遭到停播的命運。

「禁書事件」本身的後續影響有二：其一，禁書的正當性以及《心鎖》屬性問題，例如內容是否為「黃色小說」，引起作家紛紛發表文章公開討論，且正反意見都有而形成熱門話題。你來我往數十篇文章，最後由余之良編輯成一本文集，以《《心鎖》之論戰》的書名出版。其二，大批論戰文章，引起大眾好奇心，刺激讀者紛紛買小說來讀。換句話說，談論越多越是炒熱書的銷路。地下書商發現有利可圖而大量翻印，書雖查禁卻隨處可買。真是不禁則已，查禁《心鎖》反而使它更加暢銷。

三、《心鎖》事件內容與文本

對於蘇、謝等老一輩作家的抨擊，郭良蕙出書之前似有預感，已作心理準備。從來出書很少寫前序後記的她，這次破例在初版加「後記」一

---

[5] 王集叢，〈郭良蕙底《心鎖》問題與文協年會聲明〉，《政治評論》第 10 卷第 6 期（1963 年 5 月），頁 17～18。

篇，題為〈我寫《心鎖》〉，先在人間副刊發表。作者表明：她寫這部小說偏重人物的感受以及心理變化，並再三重申，她沒有「語不驚人死不休的野心」，只是「為藝術而藝術，即使進展到兩性關係的描寫，我的寫作態度也是嚴肅的」。她已準備好接受打擊，文中說：

> 沒有人能夠做到打左臉，給右臉，但是做到不輕易還手並不太難。《心鎖》的單行本出版以前，我正在靜靜培養大量的勇氣以及容忍力。

文末記錄她寫此文的時間：1962 年 6 月。它預示著，即使作者被謾罵攻擊，也會盡力容忍不做反擊。她預想不到的是，書被查禁，緊接著 1963 一整年，文壇出現各式各樣評論《心鎖》的文章，正反面都有，不只前述如蘇、謝等「衛道者」姿態，還有更多其他面向的討論，從藝術技巧到宗教、社會、文藝政策、創作自由等，文壇的熱烈討論效應，自與官方查禁動作密切相關。

以反共小說得獎成名的軍中作家郭嗣汾認為：《心鎖》的故事是牽強的，主題是模糊的，雖然作者「設法求新，試著走新路，……人物也是鮮明的」。[6]他肯定郭良蕙付出的心力，但認為小說藝術上並不成功。另一位筆名「金女」的評論家，認為《心鎖》作者基本上是採取了「落後的自然主義創作方法」。她以為自然主義在當代文學各種流派裡，並不是最好的東西，它很容易產生因作者的冷漠人生態度而暴露出弊病：

> 整部作品所表現出來的精神是：理智絕對地被邪念戰勝，道德絕對地被肉慾戰勝。並把這種精神的顛倒的責任歸究在生理的本能上。[7]

金女認為《心鎖》作者的錯誤不在於進行了性的大膽描寫，也不在於

[6]郭嗣汾，〈從創作觀點看「新」與《心鎖》〉，《作品》第 4 卷第 8 期（1963 年 8 月），頁 15～18。
[7]金女，〈我對《心鎖》的意見〉，《自由青年》第 30 卷第 8 期（1963 年 10 月 16 日），頁 11～14。

塑造了一個淫婦形象的本身，而在於未能把這種責任引向社會方面。

社會角度之外，也有人從宗教觀點給予正面評價。董保中認為這部作品：「含有嚴肅的人生及道德意義，……主題可以說是女主角夏丹琪的『沉淪與得救』。郭良蕙是把宗教拉到地面上來解決人生問題，而不是把人類提升到天堂。」

1950、1960 年代臺灣文壇與香港文化界關係密切，現成的例子是香港出版的《亞洲畫報》在 122 與 124 兩期以專輯方式，大篇幅討論《心鎖》事件，內容集中於 「寫作自由」與「政府查禁」書籍諸問題，並在結論上傾向於支持郭良蕙的創作意志。

上述各種論點，不過是當時一系列評論內容的部分抽樣。無論如何，《心鎖》事件絕非「一個人一本書被查禁」的單一現象。從文學史的角度來看，它牽涉國家文藝政策，呈現臺灣文學生態。不但當時參與討論的人數眾多，討論的面向也很廣。值得注意的是，整個事件雖留下豐富「文本」，當代文學史書寫卻極少取用。例如被禁 26 年，在國民黨解嚴之後終於解禁的《心鎖》，在臺灣文學史裡卻很少被提及。關於這本書的「批評、查禁、論戰」等來自四面八方的意見與文件，更是《心鎖》事件「集體文本」──大半收在《《心鎖》之論戰》一書，小部分還留在各雜誌副刊，也同樣乏人問津。《心鎖》事件若是 1960 年代「臺灣文學史書寫」不可忽略的一環，它怎樣被書寫與忽略的前因後果，便是本文後半部探討的重心。

四、《心鎖》事件與兩岸文學史敘事

臺灣文壇 1960 年代前期爆發的《心鎖》事件，既源自文藝作品被政府查禁，又有許多作家參與論爭，就呈現某一時地「文學生態」而言，牽涉作家選材與創作自由、官方作家組織、作家社群與道德符碼、市場機制與政府文藝政策等等。按說參與的文人眾多，留下的第一手資料豐富，應是文學史書寫不能也不願遺漏的對象。事實卻不然，審視海峽兩岸印行的各種文學史，不論是頁數少的「簡史」或多人合寫的大部頭文學史，1950、

1960 年代相關章節，大多看不到《心鎖》蹤影，更別說相關論戰，彷彿文壇從未發生過這件事。探索此一「文學史現象」的緣由，或與文學史固有的「敘事模式」有關。各版臺灣文學史多以作家作品為中心，先歸納出一個「文學時期」，再以此特徵加以演繹敘述。此一書寫模式形成《心鎖》事件或其他非主流作品都難有呈現的空間。

　　臺灣出版最早，知名度也最高的文學史，是葉石濤完成於 1987 年的《臺灣文學史綱》。凡事起頭難，葉著出版得早，儘管「撰史」非其本業，只是寫小說與教小學之外的產品。但「史綱」筆路藍縷，從無到有，具有無可取代的開拓性意義，其敘事模式，更大大影響以後臺灣和大陸的文學史書寫。

　　黎湘萍一篇文章論及「兩岸文學史敘事」，便將此一模式及歷程說得很清楚：

> 大致而言，「臺灣文學史」的敘事都經歷了這樣一個類似的過程：首先是對作家作品的介紹、評論，其次又從介紹或評論文章形成各種「概觀」性的論著，如「史綱」、「簡述」、「概要」等類著作進化為「文學史」。葉石濤的「史綱」經歷了這樣一個轉化的過程。在大陸出版的臺灣文學史著作，也同樣經歷了這樣的過程。[8]

　　這個先「作家作品」，而後「概觀」，最後「文學史」的模式，放進葉著文學史「戰後章節」的實例來看，便是由幾部主流小說：如姜貴的《旋風》、張愛玲的《秧歌》等，歸納出：1950 年代是「官方文學思潮」當道的「反共文學時期」。而 1960 年代主流是「橫的移植」，是「無根與放逐」的「現代主義文學時期」——這種以「十年為一段」的分期模式，自史綱出版之後二十多年來不斷被各史書所沿用，包括各類歷史論述，文學教

---

[8] 黎湘萍，〈時間的重軛——略談臺灣文學之性格及其歷史成因〉，『中国文化研究』第 24 號（2008 年 3 月），頁 125～147。

材，幾乎已成文學史定論。讓人好奇的是，何以戰後必須這樣分「段」，戰前的日據時期或更早的文學史敘事都不用「十年」的分段模式。

1950 年代臺灣文壇當然不會只有一種反共文學，1960 年代生產的也不全都是「無根與放逐」。例如暢銷的《心鎖》，既不是反共題材，寫作形式也不「現代派」。而小說發表的時間點落在 1962 年，正好夾在「兩段時期」中間——其題材乃當代家庭倫理，自不屬前段「反共懷鄉文學」，更無法納入 1960 年代現代主義文學。這裡並不是說《心鎖》有多麼重要，非納入哪一個時期不可，而是想透過實例，檢視既有的文學史敘事及相關問題。

例如，在衡量《心鎖》歸屬的同時，我們發現：幾成定論的「五〇——反共」、「六〇——現代」之「分期模式」，其實並不在同一個標準上作劃分——前者是「文學題材」，而後者是「文學形式」或一種「藝術手法」，如此未依相同標準，顯然不是理想的分期原則。《心鎖》兩邊都不屬只是小小個例；若有其他作品「以反共為題材，以現代主義為技巧」，則兩個時期都可以納入，顯現這個分期模式的矛盾與漏洞。

延續此一分期模式，另一個歷史敘事問題是：「文學史」必定是「由一部一部作品串連起來的歷史」嗎？敘事過程必須先由「評論、介紹作家作品」，而後形成某一時期的特色嗎？以兩岸既有的文學史敘事方式，答案似乎是肯定的。而撰史者在選擇重要作家或歸納作品屬性的時候，採取的標準常常是很隨興的。哪些作品更能代表一個文學時期的主流特徵於是因人而異。有人選擇藝術技巧高讀者卻極少的精英作品，有人選擇大眾感興趣因而廣泛流傳的作品。精英與通俗，哪一個更能呈現一個時期的「文學歷史」？

五、文學體制的概念

現成文學史著作很多例子足以說明，用「作家作品」來「概觀」的敘事模式，先天上帶著不少矛盾。舉 1991 年廈門出版的《臺灣新文學概觀》[9]為

---

[9]黃重添、莊明萱、闕豐齡合著，《臺灣新文學概觀（上）》（廈門：鷺江出版社，1991 年）。

例，書中第三章〈五〇年代小說創作〉分成四節，第一節〈戰鬥文藝的氾濫〉，第二、三、四節則一節一位作家，分別介紹林海音、鍾理和、鍾肇政。第一節類似「全章綜述」，短短篇幅列出幾位軍中作家作品的名字，以後各節則雙倍以上篇幅，詳細介紹單一作家作品。

第四章〈現代派小說〉採相同模式。第一節簡述「現代文學的流行」，從第二節到第五節，每節一家，介紹聶華苓、於梨華、白先勇、陳若曦共四家作品。此一文學史敘事模式明顯的矛盾是：既然「五〇年代」被概觀為「戰鬥文藝」，卻介紹了三位，且僅有三位，全然與「戰鬥文藝」無關的作家。三位作家之中除鍾理和（1960 年去世）之外，林海音與鍾肇政的重要作品在 1950 年代都還未出版。「六〇年代」一章呈現同樣矛盾。現代主義小說家如歐陽子、王文興、七等生、王禎和等並無單節詳加介紹，前述列舉的陳若曦等四位作家，相對而言反而是比較沒有現代主義色彩的。以上漏洞皆可從前面討論的「文學史分期」問題找到來源。例如於梨華小說手法雖非「現代派」，然而她以「留學生文學」知名。換句話說，撰史者以「題材」來分期——前面是反共文學，後面是留學生文學。這裡明顯的矛盾是，「留學生題材」並不就是「現代派小說」，於梨華不應歸入現代派作家。

關於「臺灣六〇年代現代派」文學研究，1990 年代中後期已逐漸完備而深入。尤其在美國執教的學者張誦聖一系列論文，對此一流派的來龍去脈有十分細緻的探討。除了評論作家與作品，更重要的是，她借助西方理論，將「文學場域」、「文學體制」等概念運用於臺灣文學歷史敘事，在方法論與歷史書寫上開展出新的視野。舉例來說，她借用德國學者 Peter Bürger 文藝社會學的概念，將廣義的「文學」視為一個「現代社會體制」。這個概念分兩個層面，一個是比較具體的，如出版社、文學社團、作家協會等關係到文學生產與傳播的硬體機構或組織。另一個層面是比較抽象的，軟體的概念，如寫作成規、美學傳統；如分辨什麼是好的文學，什麼不是的「評價標準」，流行的「審美意識」等，是經由各種「體制性力量」的傳播，取得文學正當性的種種論述與觀念。總之，「文學」也是一種「社

會體制」，不僅是個人創作想像力的結晶，更是社會上多股力量交叉、集體經營的產物。借用「文學體制」一詞的理由是，希望能看清一些「傳統研究裡不常正視的力量，及其結構性運作」。[10]

她也帶入法國學者布迪厄「文化生產場域」（The Field of Cultural Production）的概念。所謂「文學場域」，雖然與政治場域或經濟場域多有重疊，但任何場域都具有自主性和獨特的運作規則。同樣的，她也運用「場域」的概念，來扭轉兩岸文學史書寫以作家、作品為中心的實性思維，並強調「以整體文學場域裡的結構關係」的思考面向。「文學體制」、「場域」等觀念對文學史敘事最大貢獻是，將文學研究從「實質性思考」（substantial thinking）轉向「關係性思考」（relational thinking）。她批評兩岸文學史家多偏向實性思考，採用「靜態的、分離式的文學史觀」，以作家作品為構築文學史的基石，而忽略了文學創作存在於一個龐大而繁複的動力網絡中的事實。

以她的研究成果，1993 年在美國出版的《臺灣當代現代主義小說》[11]為例。書中就朱西甯、林海音等四位作家作品，歸納出 1950 年代臺灣在「主導文化」框架中，發展出來的文學屬性有下列幾項：（1）經過轉化的中國傳統審美價值；（2）保守自限的世故妥協心態；（3）受都市新興媒體影響的中產階級品味。她同時指出，1950、1960 年代臺灣的主流文學不能以慣常的反共軍中題材與鄉愁文學泛泛而論，必須注意到一種更為隱蔽的「美學框架」：融合古典抒情與五四浪漫遺緒的「軟性寫實文學」形式，是這樣的美學框架設定了作家處理題材的方式。

此處無意深入張誦聖的研究成果，而是舉例說明文學史敘事的另一種面向。文學史不單是作家作品串連起來的歷史，還應該包括產生作品背後那個「文學場域」與文學生態。引張教授一段話，有助於打開另一種思考途徑：

---

[10]張誦聖，〈「文學體制」、「場域觀」、「文學生態」：臺灣文學史書寫的幾個新觀念架構〉，《現代中文文學學報》第 6 卷第 2 期（2005 年 6 月）。
[11]Sung-sheng Yvonne Chang, *Modernism and the Nativist Resistance: Contemporary Chinese Fiction from Taiwan* (Durham: Duke University Press, 1993).

如果我們接受後結構主義理論的啟示，而認識到所有的意義單位，包括
作品和個人的主體意識，實際上都是由文化社會中各種意義系統交會組
構而成，那麼我們文學研究的最重要的對象，便應該是各種意義系統交
匯時的動態關係。[12]

六、文學場域與時間差

從思考「作品及其社會背景的動態關係」出發，審視 1960 年代前半的
《心鎖》事件，當會從文學作品的實性思維，轉向「文學體制」或「文學
場域」的關係性概念，關注當時文學生態的整體樣貌，注意到文壇上不同
位置作家群的互動關係。國民黨政府於 1949 年末，方從中國內戰失敗撤退
臺灣。倉皇逃亡的政權為了把統治機器在臺灣島上盡快安裝起來，不到半
年，即 1950 年 5 月便動員核心黨員於文壇成立「中國文藝協會」。包括葉
氏史綱在內的各版文學史，都不忘在 1950 年代章節，敘述這個實際由官方
運作的作家團體的成立。然而各史書卻少有機會揭示其運作內容，更未及
於這個龐大網絡對文壇的影響力，尤其它與文學生產、傳播等具體而密切
的關係。

布迪厄的場域理論提醒文學研究者：外在環境裡政治、經濟或科技的
變革（即重疊在「文學場域」之上的各種「權力場域」），對文學的影響並
非直接反映在作品裡，而是通過加諸於文化場域的結構、場域內部規則的
根本性影響，產生一種 「折射」的效應。將這樣的折射關係與影響，應用
到《心鎖》事件的查禁與開除：一般文藝團體或作家組織，無不以維護自
己會員權益，即作家的出版自由為目標，這本來也是做為「協會」的宗旨
與天職。臺灣的「作家協會」竟反其道而行，由文藝組織向政府告發自己
會員，請求查禁其作品，就民主社會而言是極不可思議的行為。

換句話說，文學史書寫或敘事方式無法不面對一個時期的文化政治。

---

[12]張誦聖，〈現代主義、臺灣文學和全球化趨勢對文學體制的衝擊〉，《中外文學》第 35 卷第 4 期
（2006 年 9 月）。

《心鎖》事件提供一個極好的實例，說明撰史者所面對的不僅是一部部作品，還要加上產生這些作品背後的關係網絡或文學體制。同樣的邏輯，不單是「文學創作」如小說、新詩、散文等才是文學史敘事的對象或「文本」，各種宣言、雜誌發刊詞、文學獎徵稿規則等，無不是文本而折射著各種位置之間的關係。文學史敘述者，文學史家們必須耐心蒐集與閱讀這些「文本」，才能將文學作品所以產生，所以是如此「題材樣貌」的背景與關係網絡呈現出來。正如圍繞著《心鎖》事件的論爭文章，查禁文件，指責其為色情、不道德背後的各種「文學正當性」論述，美學原則等等，無不是文學史敘事不能遺漏的，構成整個文學網絡或體制的重要文本。

　　以「闡明臺灣文學在歷史的流動中如何發展」[13]為宗旨的葉著《臺灣文學史綱》，自始便有意將文學作品放在更大的歷史背景上考查。它也是兩岸各版中少數提到《心鎖》的文學史，雖然敘述只有短短兩行：

> 郭良蕙為山東人。她的代表作　《心鎖》出版於 1962 年，由於社會風氣未開，頗引起一些爭議。1950 年代有《禁果》、《銀夢》等小說出版。
>
> ——頁 97

　　　　最後一句表明葉著是把郭良蕙歸在「五〇年代作家」的章節，雖然《心鎖》事件實際發生在 1960 年代。或許撰史者隱約感到那「未開」的「社會風氣」，其實是充斥在 1950 年代文壇。傾向實性思考的文學史敘事常常出現「時間差」的問題，例如前述《臺灣新文學概觀》認定林海音是「五〇年代作家」，其《城南舊事》屬於這時的「反共與懷鄉」作品。實際上《城》書出版於 1960 年代，且 1980 年代因電影方為彼岸所熟知。去世於 1960 年的鍾理和，也因 1970 年代作品方出土，常被歸入「鄉土文學」

---

[13]此句摘自葉石濤《臺灣文學史綱》前〈序〉，完整的句子是：「我發願寫臺灣文學史的主要輪廓，其目的在闡明臺灣文學在歷史的流動中如何地發展了它強烈的自主意願，且鑄造了它獨異的臺灣性格。」葉石濤，《臺灣文學史綱》（高雄：春暉出版社，1987 年），頁 2。

作家。王文興一直被納入「六〇年代現代派」小說家，實際上著名的《家變》初版於 1973 年。

　　同樣的，《心鎖》事件發生時間在 1960 年代，礙於繫年與紀事的單線「文學史敘事」，既有的文學史書寫都呈現這樣的「時間差」——只能記錄「中國文藝協會」成立於 1950 年，而無法敘述十年間這龐大的文學機構如何在文壇運作，並發揮其可觀的影響力。正是張誦聖所批評「靜態的、分離式的文學史觀」，礙於實性思考所造成的結果。將文學視為一個「現代社會體制」的概念，文學創作存在於一個「龐大而繁複的動力網絡」的認識，並以此思考文學史敘事新面向，可解決前述「時間差」的問題。《心鎖》事件做為一份被文學史書寫所忽略的文本，其動態性與複雜性，正好提供了一個思考文學史書寫的具體實例。

——選自應鳳凰《文學史敘事與文學生態：戒嚴時期臺灣作家的文學位置》

臺北：前衛出版社，2012 年 11 月

郭良蕙《心鎖》導讀

◎張淑麗*

　　郭良蕙的《心鎖》於 1963 年在臺灣被禁，也因而引發了「何謂黃色小說」的論戰，因此在解讀《心鎖》時，就不能不回應「情色」與「色情」的辯證；而《心鎖》既然將情欲入書，則讀者又須考慮到文字的介入所造成的情欲流動與轉換，嚴肅思考情色書寫是如何以敘述與修辭而騷動讀者驛動的心。再者，《心鎖》在當年所受到種種「傷風敗俗」的指摘，也值得今日讀者深思文學與社會、美學與政治、（女性）情欲與道德風俗之間的相互關聯性。最後，在解讀《心鎖》之餘，讀者也不妨試想為何這本在當年造成論述風暴的小說卻消失匿跡於今日主流的臺灣文學史中？文學史的集體失憶是否具有更深層的性別歧視的意義？也需要我們細細思索。

　　表面上，《心鎖》屬於 1970 年代初的文藝愛情寫實小說。「文藝」，因為書中的主要人物都屬於憤世嫉俗的知識分子，透過他們的口中，作者得以組構出 1970 年代各種思潮的對話與交鋒；「愛情」，因為書中不斷翻炒愛情小說公式化的情節、刻板的人物、誇張濫情的修辭；寫實，則因為作者採用了第三人稱全知的觀點，直線鋪陳女主角夏丹琪與她生命中的三個男人之間的情愛糾纏（丈夫、妹夫、小叔），似乎藉此以交織出女性成長經驗的某些真實面向。但讀者在讀完了《心鎖》之後，卻會發現《心鎖》寫實的風格與故事中對文藝與愛情的浪漫堅持似乎有些格格不入，因為寫實所堅持的時空遞變與愛情婚姻所要求的永恆不變，成為夏丹琪的情欲掙扎的主要環節。郭良蕙採用寫實的手法，藉著時間的必然演變，揭露愛情虛假

*發表文章時為中山大學外國語文學系副教授，現為成功大學外國語文學系教授。

短暫的一面，在浪漫濫情的情節中，摻雜入寫實的雜音。當然，在拆解愛情的同時，作者必須另行建構寫實的情愛觀，於是當夏丹琪終於了解愛情不過是表演而已時，她也發現真實的兩性關係也必須建構在性愛的激情之上。但是郭良蕙不僅拆解愛情與婚姻，她也質疑外遇的激情，於是陷溺在性愛漩渦的夏丹琪在目睹兩個男人為她賠上生命之後，領悟到她對婚姻或外遇的認知都是錯誤的，因為無論愛情或性愛都不足以賦予生命真實的意義，不足以讓她超越社會體制與道德制約而認識到真實的自我。顯而易見，郭良蕙是個打著紅旗反紅旗的反諷作家，細心的讀者在讀完《心鎖》之後，必然要自問：何謂愛情？何謂性愛？何處是女人心靈的歸屬？何謂真實的人生？何謂真實的自我？郭良蕙在拆解愛情、質疑性愛之後，是否提供了更明確的答案呢？當夏丹琪目睹慘劇之後，她不由自主地朝著教堂走去，但就算她能藉著宗教的力量獲得眼前的平靜，她還要面對明天、後天。雖然過去的悲劇在牧師讀經聲中得到某種程度的合理解讀（「父啊，赦免他們，因為他們所做的，他們不曉得」[1]）。但是《心鎖》所突顯出的諸多重大議題與嚴肅的思考，卻都懸而未決（「誰能料定將來的轉變呢？」[2]），而夏丹琪的情欲困境也未得到解脫。這種反諷的寫法，在突顯又解構女人的兩種情欲腳本（體制內與體制外）之後，當然也可能落入解構的模稜兩可中，而造成讀者相當激烈的兩極反應（同情或唾棄夏丹琪）。但是如果我們細讀《心鎖》的結局，應該可以發現郭良蕙對於女人過分自戀的情欲表現抱持相當質疑的態度，而在現實世界無法提供女人情欲其他出路，《心鎖》卻又堅持寫實的格局以呈現女性心理的自我設限與相互矛盾下，郭良蕙只能以懸而未決草草為《心鎖》畫上句點，似乎作者在暗示在現實架構內女性只能在有限的軌跡內表現其情欲。

　　在 1970 年代，《心鎖》與黃色小說幾乎成為同義詞。讓《心鎖》在讀者想像中染上黃色色彩之原因甚多。蘇雪林指責《心鎖》中「關於性問題

---

[1]郭良蕙，《心鎖》（香港：郭良蕙新事業公司，1985 年），頁 355。
[2]郭良蕙，《心鎖》，頁 354。

的描寫」只能以「不堪」二字形容之，女主角夏丹琪則「無非是個不顧廉恥，不知禮義一味貪淫的少婦，比潘金蓮也好不了多少」。而《心鎖》最受人非議之處，在於夏丹琪與她所交往的三位男士之間的姻親關係，使得夏丹琪的情欲探險碰觸到社會道德的禁忌之處；也就是說，對蘇雪林而言，黃色小說的定義有三個層面，「性」的敘述，女性情欲的探討，家庭倫理道德的挑戰。在寫實主義的信念下，任何性的敘述、情欲的探討都可以直接挑逗讀者的情欲，使得文本成為真實生活的腳本，進而動搖社會體制的根本。在寫實的直線邏輯思考下，黃色小說承載了傷風敗俗的負擔，作者成為敗壞風俗的始作俑者，讀者成為搬演作者概念的演員。但如果讀者能拒絕寫實的思考邏輯，積極參與文本意義的建構，則文本中肢體的交纏並不見得就會造成文本外的肢體交纏；而騷動讀者心靈、甚至造成慾念流竄的文字，卻未必需要仰仗於感官的描寫。或許讀者可以由這種逆向思考的角度，重新思考《心鎖》的定位，不僅將黃色小說的定義多元化，也進而將黃色小說「去政治化」，不再僅因為主題而將單一作品定罪，但卻積極地從文本中發掘出書寫／閱讀／表演「性」的各種矛盾。與其爭論《心鎖》是否為黃色小說，讀者不如嘗試解讀《心鎖》的文本中所進行的各種思潮辯證與對話，也分析《心鎖》所引發的論戰所暗示的多重解讀策略與其意識型態，甚至體會進行另類解讀的趣味。

　　郭良蕙的《心鎖》雖然曾掀起輿論界軒然大波，但是事過境遷，卻未曾在臺灣文學史上留下些許痕跡。難道在臺灣的文學史上，1970 年代除了鄉土寫實與現代文學論戰之外，就沒有其他的書寫風格印證 1970 年代各種思潮的相互對話、另類的寫實風格、另類的意識流心理探索？難道《心鎖》所造成的論述風暴，不正反映出 1970 年代整體社會對於女／性意識崛起的集體恐慌、焦慮與言論制裁？凡此種種，無不值得讀者深思。

——選自《文學臺灣》第 37 期，2001 年 1 月

把《心鎖》徹底看完

◎廖淑儀[*]

現在的社會是個色情世界，男人只喜歡看大腿酥胸。[1]

　　這句從《心鎖》中節錄出來的一句話，正是反映男性眼光中那個「扭曲的世界」。因此為了不再跌入所謂「性高潮」的漩渦中，必須先拋開在《心鎖》論戰中的種種看法，包括對於故事大綱的旁白、主要情節的描述（誰和誰通姦、亂倫），通通必須一併丟棄，並試著從一個女性主義者的角度去閱讀《心鎖》，因為「作為女性的閱讀就是避免作為男性的閱讀，就是識別男性閱讀中特殊的防護以及歪曲並提供修正」[2]，因此女性的閱讀是一種抵抗性的閱讀，抗拒在男性閱讀中種種根據「陽具中心」所設計的「優越」、「普遍性」原則，而要求一種超越的、女性的閱讀。正如同接下來對《心鎖》的重讀：這是一個強調道德與罪惡辯證的小說，在強調道德方面，郭良蕙認為「道德觀念越深的人，犯了過失的悔恨越大，但是道德觀念深的人難道絕對不犯過失嗎？」對於罪惡，她則認為「罪惡往往是富於刺激性的，因此披著誘惑的外衣，只是從罪惡裡尋找到的歡樂是暫短的，賸下的漫長時間將被悔恨所侵據。」[3]於是在《心鎖》中，她讓一向堅守道德的人去試探罪惡的深度，也讓涉足罪惡的人，能藉由悔恨得到解脫。因此不同於其他堅守反共論述的其他小說家，義正辭嚴地清楚劃分二元對立

[*]發表文章時為靜宜大學中國文學系碩士生，現為《人間福報・家庭電影院》專欄作家。
[1]見郭良蕙《心鎖》（高雄：大業書店，1962 年），頁 164。
[2]喬納森・卡勒（Jonathan Culler），〈作為婦女的閱讀〉（Reading as a Woman），張京媛主編，《當代女性主義文學批評》（北京：北京大學出版社，1995 年），頁 55。
[3]郭良蕙，《心鎖》，頁 380。

的父權價值觀，她反而隨著自己的靈魂，「我認為怎樣對，就怎樣寫下去」[4]
的意志，直探道德與罪惡的界線，游移在禮教與慾望之間，使其靈魂更深
刻地與身體真正合一。

　　她用來試探的工具是「性」，「性」的指意一向模糊，合法或不合法，
往往必須根據父權文化中的規範才能確認，如發生在家庭中父母雙方在臥
房中的「性」才是合法，而偏離此規範就是不合法，如亂倫、外遇、甚至
在父權威嚴相對持重的社會中，女性的情欲主動，都是一種罪惡。因此郭
良蕙認為「性」正是一個最好的題材，能直達人性的最深與最脆弱處：

> 我當時就是覺得舊式的家庭與學校教育要我們向善、往正確的地方去，
> 但是一方面我又看到這個社會有很多陰暗面，很誘惑人，……而且這善
> 惡之間並不像我們原以為的相距遙遠、涇渭分明，……那個年代人能犯
> 的罪就是性，……上流社會的人表面上道貌岸然，罪惡卻就在自己家裡
> 滋生，……我當年就想描寫這一點。[5]

　　雖然郭良蕙塑造了道德（禮教的遵守者）與罪惡（慾望的快感）的典
型人物，但所謂道德人物，都不是絕對確立的；所謂愛的追求，也都難免
陷入慾望的快感；而貞女更有可能去試探「蕩婦」的界線；而慾望的追
逐，更避免不了參雜真愛的理念。因為其出發點是關於「罪惡」的探索，
所以即使故事情節是在父權價值觀念下鋪展而成的（確立了道德與罪惡的
分野），卻依然在向禁忌界線的試探與跨越中形成了「游移」的視角，並對
父權體制造成了顛覆效果。

　　以下的分析首先梳理《心鎖》中在父權價值觀的影響下，所確立的罪
惡與道德典型，並引導出這兩者是如何影響書中女主角夏丹琪的情欲模

---

[4]郭良蕙，〈我寫《心鎖》〉，《心鎖》，頁381。
[5]見葉美瑤，〈開啟一把塵封35年的心鎖——訪郭良蕙女士談《心鎖》禁書事件始末〉，《聯合文學》第166期（1998年8月），頁61。

式。而在如此的解析下，夏丹琪其實是根據父權二元對立的價值觀建構而成的個體，因此也正好披露出父權文化對女性的影響與宰割。

一、道德與罪惡並存

在《心鎖》中是以夏丹琪這個女大學生為中心主角的，圍繞在她身邊的人物包括夏太太（其母），以及許久未見面的父親（和表姐袁少霞私奔）以及男朋友范林，而後因參加好友江夢萍的舞會，和江家人因而熟識，進而聯姻，於是身邊多出包括丈夫江夢輝、丈夫的弟弟江夢石以及老婆玉鸞、成為小姑的夢萍（范林娶了夢萍，成為姻親）。這些人物有些代表慾望，有些代表禮教，但更多是徘徊在慾望與禮教之間的掙扎點，她們互相交織，同時也對夏丹琪產生影響。

（一）禮教

禮教通常伴隨著種種不成文的禁令，這也就突顯出遵守禮教規範的夏太太（丹琪的母親），不但將自己的情感緊緊壓抑著，同時也企圖將丹琪塑造成一個看起來如一般價值觀念中，溫柔順從的人。夏太太一開始就以「高雅、受過高等教育」（頁 5）的形象出現，受到丹琪父親的背離後，更讓她理直氣壯地站在禮教這一邊。企圖以禮教的正當性，折磨對方。因此她不離婚，「讓他們永遠是同居名義」（頁 21），也不願接受別人的追求。雖然已經開始信仰基督教，但她「世俗的牽累太多，有愛也有恨，她恨那個背棄她的丈夫，更恨那個叛逆她的甥女；她愛她的女兒，而且總為她在擔心」（頁 34）。所以她的生命從來得不到能量的釋放。直到眼見女兒在情慾中的風風雨雨以後，外甥女少霞也離她的丈夫而去，她才開始轉換寬恕的心，體認她所信仰的宗教教義，將年邁的丈夫接回家同住，共度晚年。

書中這一個禮教的形象鮮明，是作為女主角丹琪的道德盯梢，且以母親的形象出現，使得道德禮教的作用更具說服力。

第二個禮教的代表人物是丹琪的丈夫——夢輝。夢輝是一個老成持重的人，在丹琪之前，在感情上不曾起過波瀾，即使在國外醫學院留學，也

從不招惹女孩子。至於生理需求，「他很懂得利用工作忘去自我存在，因此他的生活很忙碌，他的身心很健康。」（頁 68）他之所以追求丹琪，是因為他將丹琪對他的尊敬和心不在焉誤認為是「文雅安靜」。他像關照病人一般地愛護丹琪，給她生活上的自由，連在「做那件事」時，他都以為丹琪的冷漠是矜持，是他心中良家婦女應有的樣子。然而他對妻子的錯誤認知卻成就了她的不斷外遇。

第三個禮教的代表人物是夢輝弟弟（夢石）的妻子——玉鷥。她和夢石的認識是在返國省親的途中，她傾心於夢石的英俊與翩翩風度，而夢石也因為要博得父親的信任而願意娶一個端莊的妻子，所以結合。玉鷥是一個天主教徒，自小被教育成一個嫻雅的女性，婚後更本著相夫教子的傳統，將家裡整理得一塵不染。然而夢石卻不吃這一套，天天在外和不同的女人往來，讓她痛苦萬分，卻無法擺脫婚姻的枷鎖，只因她將天主教「不能離婚」的規則看成鐵律。

她出現在丹琪的身邊，是一個關於道德，對照性的參照點。

（二）慾望

慾望與道德的關係是郭良蕙處理的重點。在此小說中扮演慾望的角色有范林、夢石、父親與少霞（丹琪的表姐）。

少霞是夏太太從大陸逃難過來臺灣時一起帶出來的，與他們一家人在臺灣同住。然而日久生情，夏先生和少霞之間傳出曖昧關係，進而被夏太太趕出家門。但少霞當時「挺著胸，仰著頭，勇敢而驕傲。」（頁 319），愛情至上似乎已是她人生的全部信念，禮教對她而言不過是蹩腳的羈絆。她一腳就能跨越。

范林是丹琪在愛情與性這方面的第一個啟發。范林與丹琪交往多時，愛她的美貌，也覬覦她的身體。范林以甜言蜜語鬆開丹琪的道德觀，一次一次騙取溫存，讓丹琪以為可以終身相許時，他卻選擇了夢石夢輝的妹妹——夢萍。不是因為夢萍長得漂亮，不是因為夢萍氣質高雅，相反的，夢萍在這些方面根本無法與丹琪相比。夢萍唯一能贏過丹琪使范林動心的

是「財富」。由此可以看出，范林的處事都是男性利益取向。

　　范林有一對喜歡撐場面的父母親，這加強了他追求虛榮與利益的正當性。而范林本身又不願在課業上、事業上求發展進步，一心想以別人為踏腳石向上發展。因此選擇夢萍。然而丹琪的美色卻仍然吸引著他，讓他在婚後，仍忍不住一再向她靠近，利用丹琪對他的眷戀，一再放縱自己的慾望。

　　范林是一個讓慾望到處竄流的典型例子。他為金錢娶夢萍，為情欲找丹琪，但從未顧及他女伴們的需要。一來他常讓夢萍獨守空閨；二來在情欲上，他也從未考慮到丹琪的需求，求歡似乎只是他自己的事，而丹琪不過是一個利用的性對象。

　　夢石的塑造接近於范林，他的風流倜儻比之於范林，是有過之而無不及。他善於開發女人的情欲，同時也把獵豔當作一個必須的人生歷程，老婆放在家裡不過是為了傳宗接代（頁 68）。他以為婚姻關係可以是不變的，但在實質上，應該尊重雙方的自由。所以他在外拈花惹草，心裡可以沒有罪惡感，甚而也允許他的妻子交男朋友。

　　范林和夢石最後毀於一場車禍，可以視作情節的自然安排，也可以說是遵從內心本我慾望的觀念，在這個社會中因沒有出路而招致毀滅。然而這兩者也是將丹琪帶入慾望之河的主要力量。以下要討論的是丹琪於慾望和道德間的掙扎。

（三）丹琪的慾望浮沉錄

　　從整部劇情上來看，作者似乎是專注於描寫丹琪在禮教與慾望之間的拉拔戰中的掙扎情況，所以稱之為「慾望浮沉錄」。這些浮沉在小說中的處理自然不會是驟然發生的，而是經過一些轉折。因為這些轉折的描寫，我們才能同意作者自圓其說的「人物對於事物的感受以及心理變化」[6]，及「即使進展到兩性關係的描寫，……寫作態度也是嚴肅的」[7]，以及在父權價值觀的下女性面臨的種種衝突。

---

[6]見郭良蕙，〈我寫《心鎖》〉，《心鎖》，頁 381。
[7]見郭良蕙，〈我寫《心鎖》〉，《心鎖》，頁 382。

　　夏丹琪情感的第一個轉折是：與范林第一次交歡期間。這時的丹琪顯然掙扎在夏太太的教誨與范林的愛情誘惑間。母親的保護使丹琪像個「女神」[8]，但呼吸中帶有「甜甜的牛奶香」（頁 56），作者藉生理上的味道來說明丹琪的純潔，然而也進而成為范林覬覦的對象。最後丹琪會答應范林的求歡，一方面是相信范林給的承諾，一方面也為「誤會是愛情的致命傷，……女人征服男人最大的武器是順從，從現在開始她要以柔克剛，努力培養他們的感情，增加他對她的好印象。」（頁 57）

　　雲雨過後，丹琪忍受著心裡與生理上的不適，甜蜜地想像自己與范林的美好未來，甚而將母親的教誨一點點忘記。她心中開始抗拒母親。她以為「愛情是無罪的」；也覺得母親對她的諄諄教誨，不過是從跟父親相處得來的一點倚老賣老；甚至覺得「舊有的家已對她不再有意義」（頁 106）。夏丹琪得出結論：「母愛是溫暖的，但僅靠母愛並不能滋潤一顆青春的心。」（頁 89）夏丹琪的情感上的第一個轉折是母愛的褪去，愛情與慾望的獲勝，也象徵著丹琪首度試探父權文化的禁忌。

　　夏丹琪情感的第二個轉折是：范林的背叛與報復的快感交錯。范林如前所說，他是一個人生以利益取向為價值判斷的人。因此即使他已得到丹琪的身體，但他認為財富的成分仍是重於愛情。因此他一面用各種言語去討好丹琪，以便獲得生理上的需要；一方面又去哄騙江夢萍結婚，以獲得金錢上的保障。而當丹琪藉由范林媽媽的口中得知范林的真相後，自尊心受到創傷的她，便以答應江夢輝的求婚，作為向范林報復的手段。「有男人一心一意在愛她，憑這點，她也可和范林對抗。」（頁 146）

　　丹琪從此時開始一步一步跌入人生的「黑暗面」。可以看見的是，她雖然表面上順從，但私底下仍是一個具有叛逆因子的女子。感情上的挫折，激起她內心深處叛逆的成分，與母親「沉默的報復」不同，她是將自己委身於另一人，以行動來成就報復。然而卻忘記此一舉動，其實是犧牲自己

---

[8]郭良蕙，《心鎖》，頁 1。

的終身幸福。「她自覺得罪惡深重，婚姻的動機只不過是負氣的報復，並非愛情的結合，她不敢踏入禮拜堂的聖潔大門」（頁 165），丹琪在宗教的門口與報復之心相撞，但報復之心始終走在前頭。而其父權文化的性管束藉著丹琪的報復，逐漸從丹琪內心浮現，使其充滿愧疚之心與罪惡感。

丹琪情感上的第三個轉折是范林的偷情與道德良心之間的拉拔戰。丹琪的第一個報復行動的確引起了范林的激動。然而范林並不放過丹琪，他仍要「人財兩得」（人指的是丹琪，財指的是夢萍家的錢）。因此他仍引誘丹琪，向丹琪求歡。丹琪明知禮教的規範，但因仍眷戀於范林的愛情（她壓根兒沒愛過夢輝），因此，一受到愛情的引誘，便轉身向范林懷裡投靠。

丹琪已是為人之婦，卻遊走於婚姻的界線，愛情與婚姻使她置身於矛盾之中，「她覺得她那顆紛亂的心被兩隻巨掌在爭奪著，一隻是罪惡，一隻是道德」（頁 197），而後除了出軌的折磨總讓她煎熬難當，慢慢地她更認清范林的真面目，然而就在她決心要對范林死心之際，夢石卻闖入她的生命中。

愛情可以是女性在父權文化下僅能守住的真理，女性能在其中與自我接軌，但婚姻則是男性對女性「性控制」的合法化管束，以局限女性的身體與自我為目的。這愛情與婚姻的拉拔戰顯然是以女性主體的犧牲為代價。

丹琪情感上的第四個轉折是與夢石的纏綿與亂倫的悔恨。丹琪在夢石的眼裡，是一個「他感到她身體裡面包藏了一堆火，灼熱而『放蕩』」（頁 153）。因此在適當時機裡，他便引誘了她。雖然丹琪礙於自己俗世的身分（身為他的大嫂），而每每於他的挑逗中拒絕他，但事實上她一方面的確意識到夢石的力量，「她無法從夢輝那裡得到對抗范林的力量，但她可以從夢石那裡得到」（頁 303），一方面夢石也適時地喚醒她心中的情欲，因此，她與夢石纏綿過後，她竟是哭了。這「哭」的儀式中代表了女主角的多層心理涵義：第一層自然是壓抑的情欲得到解放與滿足，然而緊接而來的便是罪惡感。以前和范林一起，仍可聲稱是因為愛情的奉獻，但如今是明白的禮教的踰越，她的心中能不浮現亂倫的罪名嗎？「我放棄一種毒害，又找到另一種作彌補。這種比那種毒害更深。」（頁 329～330）慾望的純粹

性質被否定，再加上亂倫禁忌的破壞，丹琪陷入了更痛苦的掙扎之中。

　　所以丹琪想回過頭來召喚夢輝的保護與母愛的戒律。她接受了母親的威嚇，不再與范林來往，但卻落入夢石的愛的漩渦中；她尋求夢輝的保護，但夢輝卻將她「拋棄在黑夜的曠野裡」，「本來她想牽著他衣角，藉著他的力量，躲避罪惡的試探，不料他不知情由地輕輕將她擺脫，賸下她茫然無助。」（頁234）

　　最後故事結束於范林與夢石的死亡，與丹琪的大澈大悟。得不到更強大力量以對抗慾望力量的她，終於還是屈服於夢石的情欲與性愛之中，隨他到北投尋歡作樂，卻發現迎面對上也剛從尋歡場所出來的范林，范林見丹琪被夢石擄獲，惱羞成怒，挑釁起夢石與其競爭的鬥志，因此兩人開始了飛車追逐，而將丹琪放置在一旁，因為「他們沒有把她當作一個人來尊重，而把她當作一個物件來爭奪、利用」（頁 365）這時丹琪是罪惡與羞愧交加。父權文化對女性的「物化」藉由丹琪面對兩個男子的爭奪得到彰顯，丹琪因為了悟，故選擇離去。

　　下了車的丹琪，猶在悔恨階段，還來不及好好做一番反省與思考，卻已發現他們飛車互撞而死，結束其慾望的生命史。因此驚嚇過度的丹琪只好回去尋找母親的寬恕與安慰，從家裡到教堂，始終沒有母親的蹤影，卻傳來教堂中的福音，丹琪為求得平安，終於皈依上帝，「她要忘掉范林，忘掉夢石，忘掉那些親身經歷過的悲歡往事；她要單純，潔淨，最好能把思想變成一張紙，擦去了污跡的白紙」（頁 378），如此作者的結局仍回歸到一個父權社會所願意塑造的少女樣貌。

　　因此從丹琪幾個情感的轉折點看來，可以證實，在情欲、禮教、愛情、母愛拉扯來拉扯去的夏丹琪，是無法由自己來建立主體性的，必須依靠旁人的建構安排，才能成就。

　　這個故事在慾望與禮教的辯證中，卻充分顯現出了一個父權體制下一位少女的命運：她的年齡是青黃不接的少女時代，正如她的社會地位也正在曖昧不明的狀態，加之以她的始終被窺視的女性身體，她的種種弱勢，

讓她實際上是經歷了一場父權社會中最極端的身分建構，在無所不在的權力支配中窒息。也許郭良蕙還是呵護她這位女主角的，雖然皆由她來試探了這許多世俗的價值觀念，且傷痕累累。然而她卻以當下情欲的釋放來拯救她的窒息，於是夏丹琪終於能享受一點主體意識的閃爍，即使它總是稍縱即逝，即使它總與罪惡相鄰而行。

　　正是因為女性意識的瞬間閃過，才勾起了男性潛藏在心底對女性的恐懼，而雖然父權體制在打擊時用盡各式各樣的理由，卻依然遮掩不住父權價值中空洞的貞潔真理，及被顛覆時急得跳腳的慌亂腳步。

二、傾斜說出的真理

　　道德的意義也許顯著，但罪惡的深度卻是親自探測了才知道，因此在鋪展道德的同時，也必定要強調罪惡的書寫，才能突顯這兩種價值觀在小說人物心中強烈的拉鋸，掙扎才會發生，痛苦才顯得真實，而出走與悔恨才有意義。因為這是實際的人性，而不是在一定的意識型態下，忽然頓悟的強制信仰。因此《心鎖》的描寫雖然不脫父權價值的傳統，到最後仍啟示著「善有善報、惡有惡報」的道德價值觀。然而從罪惡出發描寫的角度還是難免鋪陳了一些足以顛覆父權觀念的蠢動想法，因此才會惹來文壇所謂「權威人士」對《心鎖》的「文化小革命」。然而這些顛覆其實是內隱的，它埋伏在我們的潛意識中，刺激著我們一直恃以為傲的意識規範，因此攻擊與謾罵的聲音才能突出語言，形成如「性高潮」般的旋風批評。

（一）情欲的突出

　　女人描寫「性」，這一直是《心鎖》被打壓的主要原因。一方面當然由於女性篡奪了男性書寫「性」的權力，因而激怒父權價值觀念；而一方面也出自於《心鎖》的確描寫了「性」，然而究竟是如何的描寫，才使得父權的神經如此緊繃，焦慮到必須將《心鎖》除之後快呢？因此筆者也欲談出「性趣」所在，只是不同於文壇人士的焦點集中於「性場景」的關懷「性匆匆掩卷」，而是要藉著上下文的溝通，考察其「性心理」的描寫意義，扭

轉《心鎖》一直被誤讀的汙名。

　　書中主要的性交場面幾乎都是以夏丹琪為主的。在丹琪的第一次性體驗中，范林的侵略性與丹琪的不確定性是描寫的重點，范林的求歡藉口是「愛」：「想到我對你的愛，就不會心慌了」，范林的愛撫雖然使丹琪一度陷入慾望的快感中，然而媽媽的叮嚀卻適時出現在丹琪的腦海中，使她倏地清醒過來，看見的卻是：

> 她忽然發現他的臉充著血，露著筋，帶著獸性；他使她聯想著有一次，她瞥見貓銜著一條魚的表情。恐懼之外，又加上一份厭惡和羞恥的感覺。
>
> ——頁 25

男性求歡時的猙獰臉孔明白地展示在女性的筆下。

　　第二次范林求歡時，丹琪卻是不敢拒絕，她害怕范林再次為了不能逞快而對她冷漠，為了換取他的愛情，丹琪幾乎是被動地答應范林的請求，然而這並非是一次愉快的交歡，曾經嚮往摘取禁果的丹琪，這時卻覺得：

> 世界在她的眼裡變了顏色。
>
> ——頁 58

> 愛情的手是毒辣的，……她沒有得到一點享受，當他敲著攻擊的戰鼓那一霎間，她還在痴痴等待著羽化而登仙的感覺，她不知戰爭竟這樣慘酷，使她遭受到流血的創傷。
>
> ——頁 58

　　可以隨時觸摸自我的快感，那女性的自體「性行為」被暴力的侵入打斷了。[9]

---

[9] 露絲・伊麗格瑞（Luce Irigaray, 1932-）著；馬海良譯，〈非「一」之性〉，汪民安、陳永國、馬海良主編，《後現代性的哲學話語——從福柯到賽義德》（杭州：浙江人民出版社，2000 年），頁 215。

　　范林其實並不是那麼在乎丹琪的，所以接連著忘記丹琪與他的約會，然而當丹琪沮喪地跑到范家直接找尋范林時，范林除了哄騙她，另一方面更利用其機會再次逞慾，雖然情欲掀起她的層層熱浪，然而動作的高潮並不能代表她心上的掙扎：

> 她睜開眼睛，用憐憫的眼光望著他，如果用這種行為說明他們在相愛，還不如說是互相殘害；她不知道他的樂趣何在，而她，只不過為了討他的好。感官上暫短的享受，抵消不過情緒上的驚擾，因此也就視為畏途了。
>
> ——頁 112

　　已經適應「性」接觸的她，開始質疑性的真正意義，並在「風暴過去以後」（頁 112），男性只能奄奄喘息之時，還能跳脫情緒思考情欲的意義，甚至「憐憫」起男性，因此也可以說，女性的主體意識於此時從情欲的主動形式開始展露。

　　所以在新婚之夜，面對木訥的江夢輝，已非新手的夏丹琪不但沒有因為丈夫的單純而故作羞澀，反而表情木然地任他擺佈，並抽身出來望著自己丈夫的可笑之處：

> 想不到像夢輝這樣沉著的人，竟也有幼稚的一面，暗中她既覺可笑，又覺得他值得憐憫；是過分緊張的關係，在尋找到真正的目標以前，他就不能自制地使箭脫了弦。
>
> ——頁 167

　　冷眼旁觀的夏丹琪，並非單純蔑視男性的性能力，最終原因仍是「她和他根本沒有感情」（頁 167）。和丈夫沒有感情的夏丹琪，似乎是更冷淡地對男性「性能力」進行比較與判斷。

　　情欲已經逐漸被開發的夏丹琪，在夢石纏上身之後，雖然限於身分
（為其大嫂）不敢輕易接受他的挑動，然而懂得開發女性情欲的夢石仍是
讓丹琪在快感中，終於迷失掉自己。只是每一次恣意享受快感過後，她都
感覺到罪惡感的侵襲，不但「哭了」（頁 273），且讓夢石覺得「我常覺得
有兩個夏丹琪，一個冷若冰霜，一個豔如桃李，我不知道哪一個是真正的
你。」（頁 354）

　　面貌的驟然轉變，其實是呼應夏丹琪在道德與情欲之間的搖擺不定，
同時更顯現夏丹琪在父權價值觀的控制與女性自主意識之間的掙扎。

　　略舉出的這些「性心理」的範例，可以發現這些「性場景」的描繪，
其實是為了要交代夏丹琪在這之間的困苦掙扎，一方面呈現了父權價值觀
下血淋淋的性愛權力關係：不管男性的性技巧是高超或笨拙，他都可以自
由地操縱自己和女性的性，即使是讓丹琪覺得了無愛意的夢輝，仍是在不
對等的性高潮中，陶醉了自己，而不管妻子的相關感受，以致妻子在無感
覺中，仍能跳脫出來憐憫他。而范林是為逞私慾，以愛的名義交換丹琪的
身體；夢石則以挑起女性情欲為優越感的來源，他悠遊於男性的權力之
中，享受恣意享用性的快樂，卻枉顧女性在禁忌方面所承受的壓力。

　　這樣的寫法，一方面似乎是不自覺顯露出了女性瞬間閃過的主體意
識，即使郭良蕙的本意並非在此，而是為了追究其父權道德觀念下「犯罪
的悔恨」。

　　於是太過清晰的描寫，的確是激怒了父權社會下力欲遮掩的貧弱，如
男性求歡時的猙獰面貌與丹琪受傷後對性愛的質疑、男性性交時的早洩與
丹琪的冷眼旁觀、在貞潔觀念要求下丹琪「卻」不能從一而終的性伴侶、
丹琪情欲的逐漸被開發與瞬間閃爍的主體意識，以及面對男性性誘惑卻面
貌驟變的冷靜思考……這些以女性為主動的性愛形象，卻在一枝標榜女性
的筆中呈現出來，女女的共謀，的確違反了男女性欲位置的常規，因此男
性會感到恐懼與憤怒，畏懼女性的性凝視與性爆發力，會使信心不足的男
性陽萎，而與她性交過的男人則被閹割、看不起。

（二）游移

郭良蕙的禁忌的探尋及書中女性情欲主動的形象構成了「游移」的觀點，而其游移的基準點便是以標榜男性優越的「陽具」思考為參照點的。「陽具」（父親的秩序象徵）的出現，標舉了一套「法則」的正當作用，這套法則反映了人類文明的家庭、社會和文化結構，也代表了對亂倫關係的禁制作用，換句話說，「陽具」的出現是確立了父權在人類社會中的優越位置，並從亂倫的禁制中延伸出二元對立的價值觀，以此當作維護父權利益的所在。

其 1950、1960 年代的文學反共論述無疑更加鞏固了這套父權思想。於是明明眼見陰暗面的流竄，卻要不斷地在檯面上粉飾、遮掩，因此直率卻敏感的郭良蕙察覺到這一點，將父權價值中所極力要擯棄的「罪惡」拉出來寫，或者說郭良蕙其實是將道貌岸然的人拉進「罪惡」的世界中加以觀察，因此模糊了「善惡」之間的對立，也混淆了父權力欲確立的價值觀，因此對父權社會而言，郭良蕙的描寫自然是一種「游移」。

如夏丹琪的媽媽夏太太，她年輕時的形象其實就是夏丹琪現在的反叛，「今天丹琪就是她的影子」（頁 35），「她忘記不了二十年前，在一個把持不住自己的夜晚，她如何跌入那個日後令她心碎的男人的計謀裡」（頁 36），由於丹琪父親的背叛，使得夏太太更加確立自己的道德使命，也更用道德手段盯緊丹琪，然而慾望畢竟是會不斷向人逼近的，所以當夏太太看見袁少霞（和父親私奔的丹琪表姐）有了新歡之後，夏太太的慾望居然和報復的快感同時並出，一方面幸災樂禍地說夏丹琪的爸爸遭報，一方面又悵然於「綠帽子」不是由她親自戴到不忠實的丈夫頭上的：

> 由於她的思想守舊，道德觀念太深，不少次機會都被她放棄了，……現在想起來，卻又有著說不出的惋惜。

——頁 214

　　玉鸞更是試探了貞女與蕩婦的界線，在丈夫不回家的夜晚，匱乏的慾望使她急於想找一個替代者來補缺丈夫應盡的義務，所以她有了以下這一番思考：

> 偷情，對她不是一個陌生的名詞，何況在小說與電影上，已經屢見不鮮……夢石既然置她於不顧，竟夜冶遊在外，她為什麼要虐待自己，而不去尋求安慰呢？安慰的對象近在咫尺，只要她肯自動撇開尊嚴於不顧，夢輝必然會樂意俯就的。

——頁 254～255

　　是什麼樣的力量會讓女性想要跨越父權道德的界線，去試探罪惡的所在？父權制定了「法則」，將女性釘牢在道德的規範中，因此女性反倒成為道德的捍衛者，替父權社會監視著男性的行動，當他超出道德界線時，女性的方法一是屈從，一是報復。在《心鎖》中是「報復」使這兩個將道德視為最高法則的女性，紛紛「想像出軌」的真實感覺。

　　夏丹琪更是不需再說，她本是被建構而成的，在慾望與道德間浮沉與掙扎。只是在郭良蕙的塑造之下，夏丹琪並非是反共論述下男性社會所同意的典型，其思考更是游移得厲害。在 1950、1960 年代女作家的筆下所描繪出來的女性身影，這些女性通常都是由抵抗家中封建思想開始的：如《蓮漪表妹》（1952 年）的悔婚、出走；《向日葵》（1975 年）中雅芳的拒絕纏腳、上書房；又如《餘音》（1978 年）中的「我」，同樣也是反抗父親，在艱苦中就學。她們恰巧是五四訴求家庭解放勇敢女子的身影，但經歷國家時局變化的她們卻從來不是性感的，雖然以美麗取勝，但「美麗」為她們爭奪的通常只是檯面上男性的注目，甚至是反共利益的生產，而不是情欲的自主。因此她們總容易被時局影響，如蓮漪經男性媒介而投靠共產黨，在悔恨中生活，而〈蓮漪手記〉以「第一人稱」的手法似乎是強調這是一封「悔過」的保證書，有了這個保證，因此她能經由另一個男人帶

她前往自由世界，解除其沾染的「汙名」。而雅芳則被塑造成一個從一而終的美麗女強人，事事妥貼，處處睿智，既抗日又對共黨抵死不從，最後以「貞潔」的生命成就其美麗的名聲。

再如她們的「前輩」謝冰瑩的《女兵日記》（1925 年），其中的「我」更是一個徹底反抗舊式封建家庭制度的女性，不但從家中出走，更將生命託付在國家手中，鍥而不捨。再如《聖潔的靈魂》（1954 年）、《梅子姑娘》（1940 年）的女主角，雖然是恬靜安詳的，卻仍是在家庭中奉獻出自己「聖潔的靈魂」以成就身邊男性的「大我」及國家意識。甚至如琦君、林海音在以悲憫的角度描寫她們母親那一代女性所受的父權壓迫時，其「聲音」有時雖是嘲諷的，卻只是隱然若現，比不上大聲呼喊的反共激情，所被彰顯的卻仍只是母親偉大奉獻的那一面。

夏丹琪似乎是背離了這一常軌，既非發揚善良母愛的傳統女性，也非缺了陰莖的扮裝男人，她跳脫時代反共論述對女性的建構，直接是慾望與性的客體（猶然是父權價值觀念下建構的慾望客體），枉顧社會國家責任，赤裸裸地呈現出男性／女性慾望的角力場，就像方樸所說的「對於其他的社會團體，不管是家庭、教會、國家、或者整個人類社會，她都沒有盡義務的觀念」[10]，是的，當國家社會都不是以女性存在為考量時，女性的確很難真正關心國家社會，因此與其偽善地喊出反共抗俄的口號，不如執著於「愛情」的真正意涵，起碼在「獻身」的同時，還能藉情欲熟悉自己的身體。

（三）過渡

夏丹琪一定得是個少女！

「少女」的這個命名揭示了夏丹琪的屬性：一為女性，是男性主體的參照系，對應物，在社會地位中從屬於邊緣性，是成為性客體的必要物；一為年輕，年輕代表不具社會中的固定身分，仍游移在未社會化與社會化

---

[10]方樸，〈啟開夏丹琪的心扉：分析郭良蕙的《心鎖》〉，《大學雜誌》第 1 期（1968 年 1 月），頁 27。

之間，不知秩序和控制為何物，並且對社會秩序具有潛藏的顛覆威脅。如
同維多・透納（Victor Turner）所說：

> 過渡階段或處於這個階段的人，屬性必然曖昧不明，因為這個階段或這
> 些人，溢出或滑出了文化空間裡一般定位身分與階級的分類網路。在法
> 律、習俗、或典禮所預設的位置上，處於過渡階段者是無法歸類，既非
> 此亦非彼。[11]

夏丹琪似乎就是具備了這種屬性。而《心鎖》中這一場愛情與罪惡的
試煉便是郭良蕙為她設計的一場「成人禮」。

被襁褓式的母愛滋養著成長的夏丹琪，本來是認同於母親的價值觀
的，生活在一個與母親慾望合一的前伊底帕斯狀態[12]，道德與母親的保護，
使她始終像一位女神般「純潔」（頁 1），但呼吸中帶有「甜甜的牛奶香」
（頁 56），這樣的形容把夏丹琪定義為兒童般，對於世界其實仍是錯誤認
知的主觀狀態。然而這樣的階段在《心鎖》中並不大幅描寫，而是利用回
顧的方式，將母親對夏丹琪的影響與照顧，融合在她對待男性的方式中。

《心鎖》著墨最多的部分其實是伊底帕斯（潛意識）這個過渡階段的描
寫。男性的出現（范林）使她逐漸割裂母親的聯繫，質疑母親報復父親的方
式太消極「如果是我，即使不結婚，也要多交幾個男朋友」（頁 22），進而在
追求愛的慾望中，將母親的訓言從心中逐漸移出：「媽媽重要，范林更重
要；母愛是溫暖的，但僅靠母愛並不能滋潤一顆青春的心。」（頁 83）

在尋求認同與主體性的這個曖昧階段。范林與夢石其實是慾望的化

---

[11] 維多・透納，〈過渡儀式與社群〉，吳潛誠總校編，《文化與社會》（臺北：立緒文化出版公司，
1999 年），頁 177。
[12] 「前伊底帕斯情結」指的是孩子在遭遇「伊底帕斯情結」前，與母親合一的關係，孩子在此階
段，「想像」自己是母親的一部分，完全認同母親，和母親之間沒有差異與區別的存在。托里・
莫以（Toril Moi）著；陳潔詩譯《性別／文本政治：女性主義文學理論》（板橋：駱駝出版社，
1995 年），頁 157。

身，他們以「父親」（陽具）的形象出現，卻進行了一場亂倫的顛覆，他們冒父親的名對丹琪（少女）進行啟蒙，也利用愛的名義去占據丹琪的身體。如對於丹琪父親與表姐的私奔，范林表示「沒有血統關係，怎麼叫亂倫？應該說近水樓臺」（頁 20）。而夢石則憑恃他在父權社會中的優勢，認為自己可以指導丹琪的「思想」：「不要去管道德的尺度，不要去顧禮教的束縛，人生的意義是為別人，那是騙人的高調，真正的人生意義是尋找快樂，你認為怎麼做快樂就怎麼做。」（頁 292）這是夢石的「享樂原則」，是因為他擁有權力的優勢，因此可以游移在意識的禮教與潛意識的享樂原則之間，然而丹琪呢？未占據任何社會地位的丹琪，只能在潛意識的場景裡，任憑慾望將她宰割，繼續在罪惡與道德間掙扎。正如上述筆者所敘述過的關於丹琪的幾個感情轉折，就是她一步一步追尋愛的心理歷程，也是作者安排她所接受的成人禮試煉。

　　過渡階段的年輕人，由於具備顛覆社會秩序的危險性，因此必須有成年禮的儀式，隔離她們，並使她們能脫離父母，且儀式化地確認她們的轉型身分，因此成年禮的功用一方面在於遏阻其可能帶來的危險，一方面也成為進入社會前的準備工作。所以成年禮加之於受禮者的方式，正如維多‧透納所說：「必須像一塊空白的石板，能夠刻上該族的知識與智慧，足以擔任新的職位。試煉與羞辱，經常施加於受禮者的身體上，一方面表示除去他們過去的身分，一方面也陶冶他們的本性，協助他們擔任新的責任。」[13]

　　甫進入伊底帕斯階段的夏丹琪，因此是純潔的化身，而慾望與來自身體的羞辱，則跟隨她追尋愛的旅程，一次次地淬煉著她，使她幾乎沉沒在慾望的河裡。然而在女英雄的歷程中，她必須要打敗以慾望為化身的怪物，就像在男英雄的旅程中，必須殺死噴火的惡龍，才能得到真正的愛。所以最後在夢石與范林的飛車追逐中，她終於體會到她始終被「物化」、「性化」的命運，而他們從來沒有給她真愛，因此丹琪選擇下車，讓他們

---

[13] 維多‧透納，〈過渡儀式與社群〉，吳潛誠總校編，《文化與社會》，頁 181～182。

去自相殘殺，所以夢石與范林的死亡是勢在必行的，他們不過是女英雄追求真愛旅程中的邪惡障礙，必須除之而後快。如此痛徹心扉的大澈大悟，才算是一種真正的「洗禮」，才能幫助夏丹琪走向真正的人生道路，找到真愛。

只是對女性而言，最終所追求到的「真愛」，其意義到底是指什麼？在《心鎖》中，丹琪先經過自己家中，遇見被母親寬恕的父親，然而精神已經恍惚的她，卻似乎聽不見父親對她的問候，只一味尋找母親的身影，最後走向教堂，尋求不到母親的身影，卻皈依在「天父」的懷中。這個拋棄真實父親，走向宗教中的天父的過程，其意義又顯現了什麼？

根據拉康的說法，在伊底帕斯的最後階段中，嬰孩會完成對父親的認同（女性是以對陰莖欽羨的匱乏狀態存在著），然而這個父親的名字（亂倫的法則代表），必須先獲得母親的認同，如果母親認同這一法則，則主體（嬰孩）就能掌握對父親法則的認識與基礎。

父親名字的出現也意味著父親的「死亡」，由於在拉康的學說中，父親既是「陽具」的表徵，也是「語言」（法則是以語言來言說、規定的）的標誌，而根據語言的特性，「語言的經驗是一次用詞（符號）來代替物的經驗，而詞最終也取代了物，即是說，詞宣布了物的『死亡』。」[14]

故此在《心鎖》中，丹琪走向的是經過母親認可的「父親的名字」，那是一個以亂倫為禁忌法則的「象徵秩序」，因此丹琪走向教堂，也就是等於宣告亂倫經驗的結束，等於結束伊底帕斯經驗的慾望試煉，正式步入「陽具中心」的「父之世界」。

也因此在前往的路途中，丹琪必須忽略她真實的父親，因為這個真實男人的位置已被另一個沒有形象的天父「符號」所代替，因此丹琪對真實父親的忽略（死亡），正代表丹琪已跨出伊底帕斯階段，不能再回頭，而必須奔赴已經與母親合一的天父形象，以完成她的身分認可及真愛的追尋。

---

[14]梁濃剛，《回歸佛洛伊德——拉康的精神分析學》（臺北：遠流出版公司，1992年），頁141。

　　這是一套父權思考的理論參考系統，能如此適用《心鎖》，正證明其實郭良蕙寫作《心鎖》時並不偏廢父權社會的真正價值觀。只是在呈現時，由於所有的畫面直逼佛洛伊德理論中所謂「潛意識場景」（慾望的所在地），刺激了文壇人士當時強烈的意識規範，因此被貶為不堪的「淫書」。於是描寫潛意識場景的《心鎖》終究抵消不過意識政治的檢查與壓抑，只能成為文壇中四十多年來，每當午夜夢迴時，偶而出現的夢靨。

——選自廖淑儀〈被強暴的文本——論「《心鎖》事件」中父權對女／性的侵害〉
靜宜大學中國文學系碩士論文，2003 年 7 月

郭良蕙的臺北人世界

◎董保中*

　　今年 6 月 24 日《中華日報・副刊》上，我在「現實與夢想的書房」裡，談到郭良蕙，認為郭良蕙在臺灣是一個最不受了解的作家，儘管她出版了幾十部長篇小說，無數的短篇、散文，卻不受到嚴肅評論家的注意。也許她的小說太長了，評論家們沒時間看。當然，還有別的原因。正在為郭良蕙抱不平，就看到 7 月 22 日《中央日報》國際版副刊上「作家檔案」專欄登出了莊美華女士的〈從銀夢到桃花源——郭良蕙的「緣來緣去」〉是一篇很親切之文。文中提到，想是「中副」主編加的小標題：小說山窮水盡，古董柳暗花明，說到郭良蕙的小說無法突破，所以少寫作了。可是偏偏在第二天，7 月 23 日的《中央日報・副刊》上登出了郭良蕙的〈2/5 世紀休止符（上）〉。郭良蕙還在寫作！

　　我跟郭良蕙開始交往是 1975 年。那年 12 月美國的現代語文協會年會中，有一個現代中國文學的小組，小組的召集人茅國權教授要我寫篇論文參加。我後來看到同組的另兩位的論文都是討論大陸作家的，我就決心要寫篇臺灣作家的論文。可是那時候我對臺灣的文學作品一無所知，有心無力不知如何開始。正巧，我剛看完郭良蕙的一本很厚很厚的小說《遙遠的路》，我並不怎麼喜歡，但覺得作者對小說的處理很不錯，就開始對郭良蕙的作品作一些探索工作，其中最直接的方法之一就是寫信給作者，請作者在資料方面給一些幫助。以後，又聽說郭良蕙為了她的《心鎖》一書，被

*曾為水牛城紐約州立大學教授，發表文章時為臺灣大學外國語文學系客座教授。現已退休，居美國加州。

中國文協開除會籍，《心鎖》也列為禁書。我可能有些愛「翻案」的個性，
或是喜歡打不平，就把《心鎖》一書找來了，看了，寫了一篇「翻案」評
論，送到《中外文學》上發表了。從此，我陸續的看了不少郭良蕙的長、
短篇小說。1976 年我來臺灣參加第五屆中美大陸會議，第一次見到郭良
蕙。

　　對我來說，看郭良蕙的長篇小說，不是一件很愉快的事情。我看小說
不只是為了研究，也是為了消遣、欣賞。郭良蕙小說中的很多很多人物，
人物之間的關係，都是那麼自私、虛偽、彼此利用……。他們的成功是踏
在別人失敗上！他們的失敗是受到比他們更冷酷自私，有城府的人手上。
郭良蕙小說中的人物，不似如王拓小說中的小人物，由於他們的真摯，樸
素，受苦難，有的是與時代的變化脫離，那樣容易受到讀者的同情、認
同，自然也包括評論者在內。郭良蕙的小說世界的人物的失敗、成功、痛
苦都是那些人物自私、殘酷、虛偽的結果。使讀者難以認同，難以同情。
當然，郭良蕙的小說中，也有值得同情的人物。雖說我不喜歡郭良蕙小說
中大部分的人物，但是每當我看她的小說時，總是不禁佩服作者的寫作氣
魄、細心，對作品組織的用心嚴謹。而且也欣賞作者對自己創造中的人物
的冷靜，沒有那種，很多作者對自己作品中人物、情節的情不自禁的捲
入，來影響讀者。

　　報紙、刊物上常常提到白先勇的《臺北人》。白先勇的臺北人都是從大
陸流亡到臺北的，「客居」在臺北的大陸人，他們實在不是臺北人。真正能
代表臺北人的小說，我想是郭良蕙的小說。郭良蕙小說中的人物，比方
說，《花季》中的康揚光、藍綺儂，《四月的旋律》中的羅伯強、藍夫人、
石玠尼；《好個秋》的段瑛、賈令瑾、陸太太、吳尚真、楊依君等等，都住
在臺北，又有的時常往來於東京、香港、美國。他們的家在臺北，事業、
發財之道在臺北，也在國外。郭良蕙絕少提及這些人物是大陸生的，還是
臺北或臺灣生長的。這是大都市文學的特徵之一。大都市的人來自各方，
沒有鄉土氣味，就是有，也是愈來愈少，愈淡化。這也是鄉土文學往往以

小鄉、小鎮中的人物為主的原因。大都市的人往往沒有根，只有自己，郭良蕙的小說中的人物就是這樣的大都市人物，臺北人。

郭良蕙的臺北人絲毫沒有對大陸的不能忘懷，沒有對大陸的留戀，回憶；雖然郭良蕙自己生長在大陸，直到大學畢業。從這一點也可以看出作者在她寫作時的藝術上的冷靜。郭良蕙的臺北人都是企業界、商界的大小人物。做生意、發財，也有騙財、捲財逃到美國——這不是多少年來在臺北時常發生的事件嗎？——他們也戀愛，但是這些企業家們，有野心想發大財的人的戀愛也是極為複雜。並不全是欺騙，有真誠，也有眼淚，但是愛情必須放在現實中利害關係裡去衡量。藍綺儂對康揚光有相當真誠的愛情，可是她卻欺騙，利用在香港的許鉅丹，而康揚光卻有更長遠，更實際的心計，他在利用藍綺儂。

在郭良蕙一系列以臺北為中心的長篇小說裡，愛情只是一個作為故事情節發展的一個 Vehicle，來表現一個複雜的人際關係和人的動機、心理；由此，呈現一個世界。當然，小說世界，不論怎麼寫實，真實，只能表現、反應真實世界的某一層次、某一方面。郭良蕙的小說世界表現了以臺北為中心的一個活力強盛的、勢力日益強大的資產階級世界，或是中產、上中產階級社會世界。郭良蕙小說中的資產階級社會人物的自私、欺詐、虛偽絕不是對整個的這一階級為代表的世界的否定，她自己也屬於這一階級。我重複一次，一部小說對真實世界的反映或表現是經過作者的選擇。自私、欺詐、虛偽存在任何社會，在封建時代，在農村社會，在資本主義社會，在「社會主義」社會都有，都透過不同的方式來自私、欺騙，來表現虛偽的真誠。郭良蕙的小說在這個範圍內，精緻的表現了臺北這個大都市——或紐約、倫敦、上海、北京——某些人物的生活片面。很典型的。還有，郭良蕙的這一類小說中的人物，絕大部分是中年人，他們比青年人或老年人複雜得多——也許我說得不對。

我說看郭良蕙的長篇小說對我並不是很愉快的事，可是我很愛看她的短篇小說。特別是《台北的女人》。作者用簡練的文字，組織成值得一讀再

讀的以女人為中心的故事。有人說這些故事都共同的表現女人的寂寞，我卻以為有比寂寞更多的東西。我曾經跟西德一位研究中國文學的學者談到郭良蕙，給了他一本《台北的女人》，他要回去後仔細看，也許可以介紹郭良蕙的作品。第二次跟這位學者見面，他說這本書給某一位女士看了（我猜想是他的中國夫人），他說那位女士看了，告訴他說「寂寞！？那個女人不寂寞？沒有意思！」（大意如此）就把這本書打入冷宮，我想那位女士一定沒看，或沒仔細的看只看了〈序〉，卻冷凍了這部極精彩的短篇小說集，這是她的損失。

——選自《中央日報》，1988 年 10 月 16 日，6 版

1980 年代後現代風格的都市文學

荒謬、異化的廢墟都市（節錄）

◎羅秀美*

也是臺北人：郭良蕙的臺北人書寫

　　郭良蕙（1926～2013），山東人，出生於河南開封。1949 年 4 月來臺。上海復旦大學外文系畢業，曾任上海《新民晚報》記者，後專攻小說創作。1953 年出版第一部作品，1962 年發表長篇小說《心鎖》，大膽描繪男女情欲，引起文壇大譁。晚年浸淫於古董文物的研究。其都市文學相關作品有《台北的女人》（1980）和《台北一九六〇》（1991）。[1]

　　郭良蕙的創作以小說為主，多描繪社會變遷中的愛情，善於捕捉女性的微妙心理，早期發表的長篇小說《心鎖》，即為此類型的知名作品。而1980 年代至 1990 年代初期兩部「臺北人」短篇小說集，則是她作為臺北人對臺北所投注的觀察與關愛。

一、寂寞的臺北女人：《台北的女人》

　　1980 年代初啟，郭良蕙推出短篇小說集《台北的女人》，隱地認為這是「一本寂寞的書」[2]，集中書寫了臺北都會女人的共同感受——寂寞：「如果白先勇的《臺北人》是屬於傳奇的、滄桑的、驚世的，那麼郭良蕙的《台北的女人》是屬於現代的、寫實的、心理的，更是現代女人寂寞生

*中興大學中國文學系副教授。

[1] 郭良蕙，《台北的女人》（臺北：爾雅出版社，1980 年）；《台北一九六〇》（臺北：時報文化出版公司，1991 年）。

[2] 隱地，〈一本寂寞的書——我讀郭良蕙《台北的女人》〉，《台北的女人》，頁 1。

活的寫照。」[3]但與白先勇筆下一群來自大陸的臺北人略不同的是,郭良蕙並不強調她的臺北女人來自大陸,只是描寫這一群在地的臺北女人的生活,如〈高處不勝寒〉的佳靈等待先生回家的寂寞,〈週末何處去〉的亦俐接不到電話的寂寞,以及〈黑歲月〉裡雪虹被欺騙的寂寞等;臺北女人的共同隱衷都是寂寞。《台北的女人》精準的見證臺灣經濟剛起飛時都會女性的生活面貌,呈現了都會女性在社經地位提升後,必得同時面對的追求自我的困境。是以,這本「寂寞的書」,在 1980 年甫出版,短短一個月內便銷行四版,堪稱當時的暢銷書。

(二)女版《臺北人》:《台北一九六〇》

其實,郭良蕙筆下寂寞的何止是臺北女人,所有都市人或者所有人類,都有「寂寞」這個揮之不去的朋友。因此,1991 年初,郭良蕙所發表的另一短篇小說集《台北一九六〇》,包含〈瑪莉袁〉、〈第五個〉、〈歲月如流〉等 13 個短篇,相較《台北的女人》,更能全面地寫出臺北人的故事。董保中認為:「白先勇的臺北人都是從大陸流亡到臺北的,『客居』在臺北的大陸人,他們實在不是臺北人。真正能代表臺北人的小說,我想是郭良蕙的小說。」[4]是以,郭良蕙的臺北人之所以值得被稱為真正的臺北人小說,以其小說人物都住在臺北,「郭良蕙絕少提及這些人物是大陸生的,還是臺北或臺灣生長的。這是大都市文學的特徵之一。大都市的人來自各方,沒有鄉土氣味,就是有,也是愈來愈少,愈淡化。這也是鄉土文學往往以小鄉、小鎮中的人物為主的原因。大都市的人往往沒有根,只有自己,郭良蕙的小說中的人物就是這樣的大都市的人物,臺北人。」[5]是以,郭良蕙的臺北人,較接近「真正的臺北人」。[6]而郭良蕙多以中產階級、中

---

[3]隱地,〈一本寂寞的書——我讀郭良蕙《台北的女人》〉,《台北的女人》,頁 1。
[4]董保中,〈郭良蕙的臺北人世界〉,《台北一九六〇》,頁 11。
[5]董保中,〈郭良蕙的臺北人世界〉,《台北一九六〇》,頁 11。
[6]董保中如此說,說明了 1980 至 1990 年代的臺北已逐漸成為較具規模的大都市,臺北人的在地性格也開始有了屬於自己的特質,自然與 1960 至 1970 年代的臺北人不同。而這也是本書以 1980 年代為臺灣當代都市文學史開端的原因之一。

年人的愛情事件為故事發展的主軸，一方面呈現複雜的人際關係，一方面也刻畫都市人種種自私、虛偽的面貌，形成郭良蕙筆下的「女版臺北人」世界。

──選自羅秀美《文明‧廢墟‧後現代──臺灣都市文學簡史》
臺南：國立臺灣文學館，2013 年 8 月

室外音：樂音與噪音的兩種生產趨向
新公寓‧舊部落：郭良蕙、張大春（節錄）

◎高鈺昌[*]

「中」高音，「中」低音：郭良蕙

　　臺北噪音誕生的時間，其實並非晚至 1970 年代末，早在 1960 年代，住在臺北以及公寓裡的人們，就以「噪音」，表達他們對於城市負面聽覺空間的感受。郭良蕙在 1964 年的《台北一九六〇》小說集裡，就已對臺北大興土木的社會公共空間，發出聲音感知的呼告：「卸沙，卸石，立鋼筋，灌水泥，製造出多少噪音。」[1]住在高樓公寓裡的人們，亦對於鄰近高樓興建的過程，同樣充滿負面的感受。

　　郭良蕙此一小說集，成為臺灣戰後描寫公寓以及公寓的噪音、聲音景觀的重要代表作品。此一文本同時具有兩種文類的解讀面向，其文本的形式呈現短篇小說各自獨立的故事內容，然後所有裡頭的人，皆住在相同的臺北大樓裡，而它們彼此之間，皆能聽見來自上下左右的空間中，另外一個故事空間裡的聲音，因此亦有著後結構式的長篇小說結構。[2]空間各自獨立，亦因聲音相互穿透而連結，住在裡頭的人可以用收音機生產、建構自

[*]發表文章時為成功大學臺灣文學系博士，現為中央研究院人文講座專任助理。
[1]郭良蕙，《台北一九六〇》（臺北：時報文化出版公司，1991 年），頁 266。原書名為《樓上樓下》，寫於 1963 年，由高雄長城出版社於 1964 年出版。
[2]范銘如，〈本土都市──重讀八〇年代的臺北書寫〉，《文學地理：臺灣小說的空間閱讀》（臺北：麥田出版公司，2008 年），頁 201。

己的聽覺空間，亦能用自己的耳朵，破除公寓空間個人主義式的疏離，進而找到聆聽主體與公寓之外空間中的親密連結。又或者，僅僅把它們當成是一種惱人的干擾。

就如同〈第五個〉裡的鄭太太，其實並不討厭住在樓上的孩子，然而她最終仍然無法對他們產生好感，因為「直接的利害衝突使她改變了觀念，為的是他們喜歡在她的頭頂上跳動，咚咚的聲音似乎連著她的神經……」[3]而此一聲音的神經連結，並非實質的刺耳，而是年幼孩子的擾人行為，會讓鄭太太想起，她送給遠方親戚，最為年小的第五個女孩。於是來自頂上的煩惱，讓她走入另外一個聲音景觀之中。此一被送走的女孩，其平日上學的地方，就位在居住大樓的附近，因此學校下課與上課的鈴聲，便成為她能偷偷探望這位小女孩的短暫時間提醒。「來自小孩的聲音」，不僅成為一種實質居住聽覺空間上的擾人，亦成為一種內在的干擾——虛幻母職的南瓜馬車何其短暫，上課鈴響起，鄭太太的身分在小女孩的認知中，便成為一位不經意路過的鄭阿姨。噪音因此不但來自公寓，也來自學校的上課鐘聲，它刺激著人的聽覺神經，也振蕩著女性對於母親及其倫理包袱的內在耳膜。

因此公寓中，樓上樓下的空間感與互動關係，經常來自噪音的傳遞與回應。在〈樓上樓下〉的樓下聽覺感知裡，樓上的小孩在跳動，樓上的桌椅發出挪動的聲響意味著她們正在吃晚餐，他們在晚餐時似乎摔壞了瓷器，而樓上飯後的小女孩，竟然撒野地在地上玩起彈珠，這些樓上發出的聲音，一一的都傳進樓下段家成員的耳裡。都市化下人際的疏遠，來自生活空間單位的分隔與隔離，然而聲音卻打破了視覺空間的限制，它穿透而來，讓你知道你的家庭空間，不只僅屬於你的家庭而已。

即便是噪音，這樣負面的聲響與空間感受，它也隱隱牽動了人際的交往，「沒有做鄰居時，兩家隔著距離，卻常常走動，現在一個樓上，一個樓下，聲音聽得很清楚。卻很少交往。」[4]公寓的生活空間意味著視覺空間的

---

[3]郭良蕙，〈第五個〉，《台北一九六〇》，頁47。
[4]郭良蕙，〈樓上樓下〉，《台北一九六〇》，頁259。

各自疏離，但聽得極為清楚的聲音，卻意味著公寓生活的緊密連結，因此住在樓下的段太太和段先生，便因晚餐時間時，來自樓上向家的噪音，而前往向家拜訪。段先生既意欲傳遞一種禮貌性的警告，亦將它當作飯後的時間，可以不用聽聞段太太不停說話、嘮叨的理由。

　　然而另外一種聲音的對立，卻在拜訪的過程中出現。向太太禮貌、暗示性的回應道：「我們的聲音會那麼大麼？就為了減小聲音，我們才決定裝櫸木地板的。」[5]能夠隔離噪音的能力，亦成為了一種經濟優勢的暗示。向先生與段先生同處一個公司，但向先生的職業地位，不斷地向上爬升，而段先生只能住在他家的樓下。而故事的最終，段家離開了向家，只因向家要與公司的長官一同出外聆賞「音樂」。樓「上」的向家得以聆聽「音樂」，而住在樓「下」的段家，終究只能忍受「噪音」；樂音與噪音，因此成為了同一棟公寓裡，階層與經濟地位分野的表徵；聲音的主動感知與被動聆聽，亦意味著社會地位的截然分割。郭良蕙用日常的噪音與聲音，說明了臺北公寓的生活，從來都不只僅屬於家庭與個人的範疇。

　　此一細緻建構公寓聲音景觀的文本，另外有著顯明而重要的女性意識書寫。1950 年代室內的家庭婦女，常是期待男性返家的聲響，然而〈婚姻之外〉裡的太太，卻是家中聲音的主導者。

　　一個清苦的歷史教授，因妻子的經濟福蔭，得以住在「高級」的現代公寓。而當他回家時，家中的客廳，只能聽聞妻子及其牌友的麻將聲。於是他選擇回到他的書房，「聽聽音樂，可能把那些可厭的噪音鎮壓下去」，他聆聽他播放的古典音樂小提琴聲，「忘記了打牌的女人，忘記了他的環境」。古典音樂聽覺空間的建構，讓他得以在家庭空間之中，生產出自我的空間。不過康教授的音樂空間頃刻即被瓦解，家中掌管聲音主權的妻子及其牌友，要求他換成黃梅調的流行、通俗音樂，因此原本舒適的書房，他即刻覺得已不如過往的單身宿舍，黃梅調的聲音伴之以妻子及其朋友的大

---

[5]郭良蕙，〈樓上樓下〉，《台北一九六〇》，頁 259。

聲哼唱，他只覺「折磨著聽覺」，而在這樣通俗聲響與噪音充斥的環境之中，他再也無法專心完成自己的歷史研究著作。在家庭裡，掌管聲音者，便掌管了所有的家庭空間，是故康教授沒有了高雅，最終只能轉往視覺的愉悅，他望向公寓高樓的窗外，爾後看見了比自己的妻子，還要來得能撩動性欲的女人身體的剪影，最後他奪門而出被視覺帶來的慾望所牽引，他只能逕赴北投而去，去找尋慾望最後的歸屬。[6]

　　如同王文興與李渝的臺北文本，此文的康教授，仍舊代表著若干臺北中產階級聲音美學的聆賞判準，然而其中的女性卻不再只是被動、被家庭的空間所束縛的主體，並能以聲音，主動建構起「家」的空間。聲音的部署等同於權力部署的空間、經濟資本勝利的空間，徒有社會資本而無有經濟資本的男性，最終只能離開家庭。在這個文本中，我們意外「聽—見」了這樣特殊的聲音景觀——聽覺的位階竟高於視覺的位階，如果家中的男性得到了聲音空間的安置，他不會轉向眺望窗外的視野；而大眾音樂的位階，竟勝於高雅聲響的位階，黃梅調的「噪音」，最終讓趨向古典音樂品味的教授，只能倉皇離家而去。文中的女性，悠遊生活在麻將與黃梅調的聽覺之中。

　　然而即便女性在家庭空間的關係中，並非如上述，翻轉為權力位階的另一極端，成為性別關係絕對的掌控者，《台北一九六〇》待在家中的婦女，亦不再僅僅成為盼守男性回歸的性別角色。

　　在〈歲月如流〉中，臺北現代化的高樓公寓裡，一對年老的夫妻沒有子女承歡膝下的快樂，而丈夫不喜待在家中，只有年老的女性，沉默聽著家中的聲音。她一個人在家食用午餐時，常懷寂寞之感：「餐廳這樣靜，她清晰地聽到自己的咀嚼聲。再去分辨，隱隱聽到阿珠在隔壁的廚房裡洗碗。窗外，水果販過去了，她可以想像到他推著小車，滿車西瓜、橘子和香蕉。接著是一陣奔跑，和稚嫩的笑鬧聲，孩童們放學了。」[7]在一個人的

---

[6]郭良蕙，〈婚姻之外〉，《台北一九六〇》，頁101～120。
[7]郭良蕙，〈歲月如流〉，《台北一九六〇》，頁75。

居家空間中，實則聲音，帶給她家庭與外界空間的愉悅緊密連結，而在聲音的感知之中，感到寂寞的她，實則也能理解所處的空間裡不是只有她一個人，還有一個女傭在陪著她、幫著她。藉由聲音的仔細聆聽，她有了窗外世界的視覺想像，同時更有了笑鬧聲的歡樂陪伴。而最終，即便是一個人午餐的她，她其實亦覺得：「雖然她懷著寂寞的感覺，但她仍舊可以算是滿意的。」[8]而即便她有些懊悔，或許應該多生幾個孩子，此刻才可能不會覺得寂寞，但過往餐點中的魚她僅剩魚骨和魚頭，但當下的她，卻可以享受到眼前完整的魚肉。寂寞的她，雖然逐漸理解老年生活的無味，但亦開始學會享受恁般生活的孤獨。此一家庭中的婦女，不再只是被動等待男性回歸的角色，即便年老的她，仍舊喜歡聽到丈夫日常的問候。待在室內的她，已不再被室內的談話聲給禁錮，她的耳朵能讓她聽到窗外不斷流動的愉悅空間；她亦開始學會享受一個人消磨時光，打扮出門，或者染上頭髮的新色彩。寂寞讓她得以感知臺北日常下午的聲響，寂寞讓這名享受孤單的年老婦人，也能享受在一個人的家庭空間中，安靜地「聆賞」窗外各式各樣的聲音。

　　而享受恁般臺北聽覺空間的女性，不只她一人，在〈雨‧雨〉中，郭良蕙筆下的女性，以敏銳而又細緻的聽覺，建構出都市化的居住空間中，自然音景予人豐沛的感受，更以聽覺的感知，體現了室外的空間與日常時間的流動性。此一文本的聽覺建構，雖不似李渝的溫州街那樣，充溢著文字內部的獨特聲音節奏，然而在 1960 年代之初，藉由女性寫實而又敏銳的耳朵，其文本外部的景觀建構，同樣生產出臺北獨特而又豐富、多重的聽覺空間。

　　屋中的妻子在夜間的黑暗中孤身一人，聆聽臺北的雨聲，她與丈夫相敬如水，各過各自的生活，然而如此的生活並不意味著女性的悲慘，因為這不過是她算計後，得到的最壞的結果：「當初她一半和他而另一半和他的

---

[8]郭良蕙，〈歲月如流〉，《台北一九六〇》，頁 79～80。

財富結的婚，婚後雖然得到了物質享受，卻苦了精神。」[9]文中的敘述者評價了她的處境，清楚地知道她婚姻的選擇，帶有著功利的考量與賭注，而文中的她儘管在夜間難以入眠，但她已沒有悲苦地準備等丈夫回家就寢，也不願再聞他滿身的酒氣。

在此一看似空閨獨守的傳統空間背景架構中，郭良蕙翻轉出新意，空閨是自我或顯市儈的選擇，留在家中，已不再是 1950 年代婦女相夫教子的家庭倫理管制，而是現代女性清楚選擇後的理性接受，「電影故事告訴她愛情的重要，現實生活卻教導她重視金錢。」[10]而她本來以為她的丈夫是兩者兼得的選擇，只不過她最終所接受的，僅僅是那「現實生活」得承受的結果。而儘管如此，如同前篇文章，她還是得忍受一個人獨處時的寂寞，她的耳朵帶領著家庭主婦的身體，聆聽著外在時間與空間的變化：白天裡，有擦皮鞋的、收破爛的、賣各種吃食的聲音，聲調、高低不同，有的洪亮有的沙啞，但都有各自固定的時間；然後賣臭豆腐的味覺襲來，此時已近傍晚，於是晚些就有孩子的聲音、遛狗的聲音，而晚餐前的聲音最為寧靜，但不久後，便會聽到打牌、無線電、電視機與唱機的聲音。爾後會出現練鋼琴的聲音，然後最終的深夜，是賣「五香花生」和「茶葉蛋」的叫賣聲。而當人群的聲音消失之後，更深一點的夜，她的耳朵還可以引領著她，細聽公車、卡車、轎車與機車聲響的不同。至最終、最敏銳的聽覺感知：「她發覺車輛過往時，輪胎的滾動帶著嘶嘶聲，彷彿撞觸到溼路而濺起水來似的。立刻，她在心裡打了個問號，莫非下雨了？」[11]空閨裡的女人不需望向窗外，從聽覺與嗅覺的交錯，她便知悉了一日時間的變化與人群空間的流動；1960 年代臺北社會音景中的街道小販聲響，從室內的聆聽位置之中，亦被捕捉了其歷史音景的動態變化。

除此，自然的雨聲亦能改變臺北街道音景的聲響，而在雨聲的感知之

---

[9]郭良蕙，〈雨‧雨〉，《台北一九六〇》，頁 193。
[10]郭良蕙，〈雨‧雨〉，《台北一九六〇》，頁 190。
[11]郭良蕙，〈雨‧雨〉，《台北一九六〇》，頁 180。

中，她回到了過往童年時代個人的歷史音景裡，「外面屋簷的節奏和房裡的
盆桶配合在一起，如同過年耍龍燈時的敲鑼打鼓。」[12]自然音景進入到室內
的空間之中，被想像成獨特的文化音景展演，此一敘述者過往的歷史音
景，顯現出獨特的底層生活景觀。為了脫離窮困的生活，她選擇住在了雨
聲再也不會恣意進入至室內的現代高級大樓。自然的雨聲因此具有其雙重
的意涵，指向過往，它們是物質窮困但卻點綴著歡鬧想像的聲音景觀，而
指向當下，它們變成了精神孤單但物質豐饒，終於可以安靜聆賞雨聲細緻
變化的現代女性的聽覺空間。雨聲帶動了她對於臺北城市空間的感知，亦
帶動了時間流動的變化，聽覺將過往與當下融合為相同的時間之流，亦將
當下的空間與過去的空間，融混成女性獨特而又幽密的生活空間、自然空
間以及自我的空間。

　　同樣以臺北為名，郭良蕙書寫於 1980 年代的《台北的女人》，亦又展
現了不一樣的聽覺空間層面。其聆聽的中心位置開始進入至臺北的社會音
景，就如同後述的林燿德與黃凡，臺北公共空間裡的喧囂，成為了被聆聽
的重要聲響。

　　〈往日往事〉裡的女性，以去國多年返回臺北的耳朵，聆聽臺北街道的
聲音變化，「計程車以恐嚇的動機撳了撳尖銳刺耳的喇叭」，取消消音器的機
車轟的飛奔而過，「哪裡來的這麼多車？多過紐約。」臺北的街道聲響，被
車輛的喇叭與引擎聲塞滿，而西區圓環的冰菓店，待人的聲音則顯得過度親
昵，「冰菓店的女孩喊叫得那樣清脆親熱，好像她是熟客一樣，她扭過頭看
了兩眼，女孩十分陌生。」[13]街頭的聲響不是顯得喧鬧，便是顯得毫無人
情。至於〈小夫妻的娛樂節目〉，則將聲音的景觀，轉移到臺北的電影院，
電影尚未放映前，聲音雜沓，汽水瓶倒地的聲音，顯得刺耳難聽，而一對夫
妻帶著年幼的小孩觀賞電影，注定得不到聲音與視覺的滿足，通篇內容裡的
聲音景觀，皆由小孩不時的打擾、哭鬧與夫妻的安慰所構成；它一方面指向

---

[12]郭良蕙，〈雨‧雨〉，《台北一九六〇》，頁 181。
[13]郭良蕙，〈往日往事〉，《台北的女人》（臺北：爾雅出版社，1980 年），頁 7。

了臺北娛樂場所的喧鬧，另一方面也指向了家庭生活對於女性的束縛：「他
只覺犧牲了這部電影，而她此刻的感覺卻不止於此，她感覺到今生好像都犧
牲了。」[14]小孩在母親休憩的空間中不斷發出干擾的聲音，他雙手勒住她的
脖子，大聲啼哭，強行求索母親的關注，小孩在母親的娛樂空間中不斷歧出
的話語與叫喊，彷彿趕走了母親耳朵裡美好的自我，也成為了母親永遠無法
逃脫的命運聲響。另外以夜間護士的耳朵作為感知空間的媒介，〈夜談〉一
文，開始聆聽臺北公共空間裡醫院的聲音；病房裡不斷響起的鈴聲與藥瓶不
時碰撞的聲音，構成夜間護士無法休憩的聽覺空間。[15]

　　而鈴聲亦同樣響徹在週末年輕女性的租屋之中，《台北的女人》裡，同
樣出現了繼承《台北一九六〇》的室內聲音景觀書寫。〈週末何處去〉裡，
週末在家的現代單身女郎，因一通電話鈴聲的響起而顯得焦急、興奮，她
因故未能順利接起這通電話，而這一通未接的電話鈴聲，便成為了她人際
關係與愛情抉擇想像空間的開啟樞紐：到底是誰打來約我出門，我該不該
答應，會是她，還是他，他們打來時，會說些什麼樣的話，而我又該有怎
樣的回應？到底何時才會有下一通？週末臺北單身女性的租屋中，鎮日雖
然看似只響起了一則室內電話鈴聲，但實則，這位女孩內在紛錯的聲響，
已是滿室的喧囂。[16]而另外，〈地緣〉一文，則是〈歲月如流〉的 1980 年版
本，丈夫過世的年老女性，同樣過著臺北現代女性的精彩生活，她不習慣
加州女兒的生活環境，而更願居住在臺北，她的臺北生活可以出外尋找各
式娛樂，但同時，她也可以在臺北的室內環境中，聆聽收音機裡的聲音，
享受她個人的生活空間：「扭開無線電，調頻電臺的音樂好悅耳，二十四小
時不停地播放，雖然那些樂曲她不知道名稱。」[17]收音機，彷彿成了她建構
個人舒適生活空間的聽覺樞紐。

　　臺北市內的廣播聲響，於是成為了從 1970 年代到 1980 年代，臺北市

---

[14]郭良蕙，〈小夫妻的娛樂節目〉，《台北的女人》，頁 94。
[15]郭良蕙，〈夜談〉，《台北的女人》，頁 29～42。
[16]郭良蕙，〈週末何處去〉，《台北的女人》，頁 17～27。
[17]郭良蕙，〈地緣〉，《台北的女人》，頁 120。

居家聽覺空間的重要媒介。廣播的聲響，庶幾等同於個人空間的生產與創造，從王文興《家變》裡的范曄至此時孤身的女性，扭開收音機，他們就能「聽—見」自我最為完整、不願被打擾的內在聲音與空間。

　　廣播只聞其聲，不見其影，於是提供了人們更多想像和移情的空間；它藉由收音機這種相對而言，便宜而又經濟的電子媒材，創造出一種隨身性，你不需要它時，它安安靜靜，而你需要它時，它就隨時、圍繞在你的身邊。它同時也給了人們一種選擇性，生活的各種聲音來自四面八方，而你在廣播之中，可以從中選擇你想聽的聲音。[18]此一現代傳播聲音的媒介，讓戰後文學文本中的臺北人，得以自由、輕鬆生產出，最為經濟實惠的自我空間。

　　郭良蕙另一在 1980 年代創作的小說《四月的旋律》，亦用收音機的聲音與音樂，創造出女性自我及其情愛慾望的空間。此文以一女性，與從國外短暫來到臺北的有婦之夫，彼此間情愛與慾望的對談，作為故事的主要軸線，在他們感情關係的建立中，臺北的室內空間裡，從唱機和收音機裡傳出的音樂，不但成為他們情愛關係的最初基礎：「她的聲音很柔弱，很動聽，靠在沙發上，腳隨著節拍微微點動著，態度悠閒而自然，如入無人之境。他一向喜愛音樂，不由得跟著哼幾聲。她聽見了，也對他側目之。」[19]並也在後續關係的發展中，扮演著浪漫空間建構的聲音元素：「玢尼正躺在床上，閉著眼睛在聽無線電的音樂……他嚥了一口吐沫，用來抵制內心的慾望，音樂很美，是納金高在唱的〈我們會再相見〉。」[20]臺北浪漫樂曲的聽覺空間生產，不斷環繞在他們倆無數次的臺北城市遊覽之間；而女主角亦總會在廣播樂曲的聽覺感知之中，上演無數次和男性未說出口的對談和慾望想像，並生產出自我與倫理、情愛的對話空間。而這場沒有結局的慾望流動盛宴，最終亦結束在〈我們會再相見〉的聲音旋律裡；跨國的浪漫

---

[18]劉建順，《現代廣播學》（臺北：五南圖書出版公司，2001 年），頁 15～16。

[19]郭良蕙，《四月的旋律》（香港：郭良蕙新事業公司，1980 年），頁 40。

[20]郭良蕙，《四月的旋律》，頁 90。

愛戀，收音機與封閉空間飯店裡的浪漫樂音，成為了臺北城市最為重要的
聲音景觀。

　　從 1960 橫跨至 1980 年代，郭良蕙的臺北聲音景觀書寫，以公寓的噪
音作為聆聽的中心，不輟向外輻散臺北聲音景觀的各種層面。其筆下的臺
北人與臺北女人，並非憤怒控訴現代化、資本主義發展的知識分子，亦非
坦然接受傳統家庭倫理規範的夫婦楷模，無論是單身的或者結婚的，都在
在顯示了中產階級的他們，時而中高音，時而中低音的城市聲音景觀。他
們並不徹底的高尚、高雅，但也絕非完全的下流、從俗，浪漫的古典樂與
通俗的流行歌曲黃梅調，都是他們得以悠遊其中的聲音景觀。他們挾帶自
私、經濟的考量，他們充溢個人的慾望；郭良蕙的同志小說被分析指出，
其情愛的關係裡，攪雜著金錢因素的實際辯證。[21]然而其實不只在同志的伴
侶關係裡，郭良蕙上述對於臺北中產階級異性戀家庭與伴侶關係的書寫，
其實亦顯現著同樣人性與情愛關係的維度。郭良蕙並不美化他們的所作所
為，但一個個現代女性、男性孤單、寂寞的活著，亦能活成獨立享受生活
的現代個體。

　　公寓裡的他們會抱怨噪音，因此他們會設法溝通、解決，或者生產出
自我感到愉悅的聽覺空間；他們不會把城市的噪音與喧囂，如同後續林燿
德與黃凡的後現代美學，將公寓與街道的聲音，建構為生存者難以擺脫的
絕望環境；他們會打開自己的收音機，實行簡簡單單的現代媒介踐履，或
者逕自敏銳感知室外街道的悅耳聲響，因此即能瞬時「聽—見」城市聲音
景觀的美好。他們的確孤獨、功利且自私，但卻堅毅地活下去，勇敢追求
慾望的自主。

　　在 1960 年代的調查中，臺灣小說最多產的小說家是郭良蕙，而最具聲
望的小說作家則是白先勇；[22]而如果我們將 1960 年代至 1980 年代的臺北城

---

[21]紀大偉，〈愛錢來作伙──1970 年代臺灣文學中的「女同性戀」〉，《女學學誌：婦女與性別研
　究》第 33 期（2013 年 12 月），頁 24～35。
[22]林芳玫，《解讀瓊瑤愛情王國》（臺北：時報文化出版公司，1994 年），頁 40～42。

市空間，化作階級及其聲音景觀的排列光譜，郭良蕙的《台北一九六〇》至《台北的女人》，以及白先勇的《臺北人》與《孽子》，則恰好添補了彼此光譜空間的罅隙。

　　白先勇筆下的臺北人，富含對於失鄉的上層階級與底層遊走的孽子，飽滿的憐憫；然而他們並不聆聽臺北街道的喧囂，他們活著，將新公園活成自己的悲慘世界，活在自己世界的困頓與室內歌謠聲音的救贖裡。而郭良蕙文本中的臺北空間，則是成為了中產階級生活的勵志書與照妖鏡，他們並不懷鄉[23]，當下即是城市生存的殘酷現實，於是公寓裡的人既安於室內的聲音與寂寞，亦會走向街道、走進醫院、意欲享受電影院此一現代娛樂空間。他們聆聽喧囂，同時也抱怨喧囂；他們將高雅與通俗聽成相等的聲音之流，慾望與倫理、家庭與自我間會相互拮抗，亦能各自獨立。白先勇不書寫噪音與人性的邪惡，源由他對臺北、臺北人的深層同情，以及鄉愁沈重而又甜美的負荷；而郭良蕙則是旁觀中產階級生活的起起伏伏，她書寫中產階級的邪惡與現代女性的困頓與美好，因為他們不只活在自己的室內與房間裡，也四處生存於臺北的各種社會空間中，他們既享受現代的生活，也拚命地以各種生活的姿態與聲音的路徑，找尋到自我生存的出路。

　　郭良蕙的臺北聲音景觀書寫，以 1960 年代公寓的噪音作為初始的主要聲響，進而與時不輟衍變、生產。公寓中臺北人的耳朵裡，開始以各種媒介生產自我的樂音，以抵抗現代生活中不斷湧現的噪音，且同時，在不同聆聽主體的生產趨向中，有了噪音與樂音的辯證與並置。另外，從室內至室外的聽聲位置開始，臺北的社會音景，與文化音景、自然音景間，形成了更多相互穿透的多重聽覺空間。

——選自高鈺昌〈「聽—見」城市：戰後臺灣小說中的臺北聲音景觀〉
成功大學臺灣文學系博士論文，2017 年 7 月

---

[23]董保中，〈郭良蕙的臺北人世界〉，郭良蕙，《台北一九六〇》，頁 11～12。

愛錢來作伙
1970 年代女女關係（節錄）

◎紀大偉[*]

玄小佛和郭良蕙遇到「大家」

　　一般認為白先勇的《孽子》是臺灣文學的第一部同性戀長篇小說，但這個說法大有問題。玄小佛的《圓之外》、郭良蕙的《兩種以外的》都是以女同性戀為主人翁、為主題的 1970 年代長篇小說，比 1980 年代的《孽子》早了好幾年。如果略而不提「女同性戀長篇小說比男同性戀長篇小說更早面市」的事實，就犯了兩種偏見。一、性別偏見：只看重「男同性戀」卻輕忽「女同性戀」；二、地位偏見：只看重「嚴肅文學」卻輕乎「通俗文學」。

　　林芳玫調查發現，1960 年代「最具聲望的小說作家」是白先勇（同一名單上有歐陽子）[1]，同時期「最多產的小說作家」以郭良蕙居首（同一名單上有瓊瑤）[2]，兩種名單沒有什麼重疊。她認為社會地位和性別因素共同造成的對立已經出現：嚴肅文學的從事者是菁英的、以男性為主的、被褒揚的；通俗文學的從事者是大眾化的、以女性為主的、被社會菁英所鄙夷的。[3]在這種雅俗對立的情勢中，白先勇較晚出版的男同性戀主題小說被視為第一部同志小說，郭良蕙和玄小佛比較早出版的女同性戀主題小說卻不算數。

---

[*]發表文章時為政治大學臺灣文學研究所助理教授，現為政治大學臺灣文學研究所副教授。
[1]林芳玫，《解讀瓊瑤愛情王國》（臺北：時報文化出版公司，1994 年），頁 40。
[2]林芳玫，《解讀瓊瑤愛情王國》，頁 42。
[3]林芳玫，《解讀瓊瑤愛情王國》，頁 43～48。

　　《圓之外》[4]、《兩種以外的》所想像的女性角色已經忙於事業。女性電影導演、女性白領上班族、女性貿易商，在小說中揮金如土——這些女人不見得真的有錢，但必然要擺闊。她們不見得面臨要和男性婚配的壓力，卻都要應付工商社會的各種帳單。這兩部小說是否忠實呈現 1970 年代的都會女性遭遇，並不得而知——小說本來就沒有忠實呈現社會的義務。不過，這兩部小說畢竟想像了、慾望了非主流、非婚、中產女性的瀟灑不羈。

　　接下來我藉著 1970 年代下半部的《圓之外》、《兩種以外的》，思考 T 婆的「認識論」。這裡的認識論包括了三種認知：一、「發現」T 婆出現了；二、「知道」T 婆有分有合；三、「察覺」有一種被稱做「大家」的東西跟 T 婆同時生成。上述這三種認知是同時發生的，彼此之間並沒有先後次序、因果關係。第三種認知需要多說明一下：這裡說的「大家」，就是「『大家』怎麼看待同性戀」中的這個口語化代名詞，亦即「人家」、「人們」或「社會大眾」。借用酷兒理論學者茱蒂‧巴特勒（Judith Butler）的〈（跟別人）解說自己〉（"Giving an Account of Oneself"）文章標題[5]，這個認知可說是藉著「（跟大家）解說 T 婆」來同時理解大家與 T 婆。巴特勒綜覽了黑格爾等等古今哲學家對於自我（self）和別人（other）關係的看法，指出「自我」和「別人」要同時彼此指認才能存在：我認出有別人認出我，別人認出我認出他們，這樣雙方才會都存在。我沿著這條思路，指出「T 婆」和「大家」同時造就對方成形。

　　第一個認知，T 婆出現了，是指《圓之外》和《兩種以外的》「鄭重通知」本地讀者：社會上存在愛女人的女人；這些愛女人的女人包括了陽剛角色（將要被稱為「T」）以及陰柔角色（將要被稱為「婆」）。在《圓之外》和

---

[4] 玄小佛，《圓之外》（臺北：萬盛出版公司，1982 年）。

[5] 巴特勒的英文標題直譯是「解說自己」，並沒有點出「跟別人進行解說」，但從巴特勒文章的內文來看，自己（self）解說自己，是為了給別人（Other）聽——被寫在標題的「自己」和沒有被寫出來的、隱形的「別人」，是一樣重要的。我為了方便解說，便在「解說自己」前面加上加括號的（跟別人），點出自己和別人的互相倚重。Judith Butler,"Giving an Account of Oneself," *Diacritics* 31.4 (Winter 2001), pp.22-40。

《兩種以外的》這兩本小說之前的本土文學則沒有告知讀者 T 婆的存在；《圓之外》和《兩種以外的》還沒有明寫出「T」「婆」兩字，但已經呈現 T 婆的形象。兩部小說中的主人翁被認為像男不像女：《圓之外》主人翁于穎在小說多處自稱「像男孩子」、「是男孩子」，偶爾心灰時會自稱「變態」、「不正常」，但沒有用專有名詞來稱自己；《兩種以外的》主人翁米楣君自稱為「湯包」，並將她這種人（「湯包」已經專門用來指涉某一種和平常人不同的人）追求的女人稱為「婆子」。《圓之外》的于穎和《兩種以外的》米楣君都很清楚自己的認同（想要打扮成男人、想要跟男人競爭）與慾望（追求美女，並建立穩定的女女關係）：于穎從 19 歲到 30 歲陸陸續續和幾個女人交往。39 歲的米楣君，綽號「米老鼠」（我接下來一律採用「米老鼠」一詞來稱呼這個角色，強調她的處境卑微），專心追求一名年過半百的有夫之婦白楚。白楚的親生兒子已經 27 歲。我在此特別強調歲數，是要註明這些女愛女的角色並不是「被認為」少不經事的學生——通常，一講到文學中的女同性戀，讀者就容易聯想到在校女學生，但這種預設應該被挑戰。《兩種以外的》中，中年女子米老鼠和白楚之間仍有激情性愛。書中兩人做愛數次；有一次，米老鼠說要「做愛！」，並把白楚從客廳抱入臥房。[6]

　　第二個認知是，T 婆不但存在，而且雙方之間「有分有合」。T 婆「分合」，一方面是指她們在情感上的分手或結合，另一方面是指她們在社會學意義的「分類」、「合併」。T 婆一方面分屬不同類（前者陽剛、後者陰柔），另一方面又合併為同類（都是愛女人的女人，因此都跟「大家」不同）。《圓之外》和《兩種以外的》明確顯示，T 婆組合不只是性別氣質的配對（陽剛者配陰柔者），也是經濟能力的配對（出錢者配收錢者）。T 必須努力拿錢來供養婆，否則婆會投向別人（更有錢的女人或男人）的懷抱，既有的 T 婆關係就會瓦解；文學展現的錢、情糾葛，正好呼應趙彥寧老 T 搬家系列論文的田野觀察。《圓之外》的主人翁于穎只能一次又一次回

[6]郭良蕙，《兩種以外的》（臺北：漢麟出版社，1978 年），頁 195。

去跟老爸要錢：她要有錢才能夠再生產 T 婆組合，不然失去 T 婆組合的于穎就不足以維持 T 的身分。《兩種以外的》中，米老鼠憔悴落魄，一方面要照顧臥病十年的老母，一方面還要撒錢討好揮金如土的白楚。而米老鼠四處哭窮哭命苦。書中多次寫到（跟老公疏離的）白楚從米老鼠身上得到性愛的滿足，但白楚還是經常拒絕米老鼠求歡。原來，白楚以性與愛為籌碼，藉此使喚米老鼠進貢更多錢財。

第三個認知是：T 婆和大家同時誕生。T 婆和大家享有共時性：T 婆作伙的私領域之外，另有外面的公領域，也就是「大家」的地盤。「大家」包括（一）比兩人關係外圍一點點的女同性戀族群次文化，也包括（二）更加外圍的臺灣社會芸芸眾生。文學裡的主人翁 T 絕對不是世界上唯一一個女同性戀者，T 婆組合也絕不是世界上唯一一對同性戀配對，而是和大家同時存在的。她們與第一種大家（其他女同性戀者）較勁，比賽哪個 T 賺得多、哪個婆過得幸福。同時，她們跟女同性戀次文化的其他成員一樣，也都被第二種大家（臺灣社會的芸芸眾生）牽動：整體社會的景氣起伏決定了 T 的加薪或失業，而 T 的經濟能力起伏又決定了 T 和婆的分分合合。

米老鼠曾要求白楚拋棄丈夫並且和米老鼠「公然」結合（而非「私下」同居）。「如果你肯跟死鬼（按：你老公）攤牌，我們光明正大地過日子，一切也都自然化了。」「正常化？怎麼可能？」白楚回。米老鼠道，「當然可能，你沒有聽說過『湯包』的前輩龔五嗎？還有柯明，他們和他們的婆子公開生活在一起，誰也不議論他們」。[7] 這段對話顯示幾點值得注意之處：一、「同志婚姻、同志成家」的想像早於 1970 年代的文學中就已經浮現。二、早在米老鼠之前就有老一輩而且「有口碑」（被人看見並被人肯定）的老湯包。三、「誰議論誰」，或「大家會不會議論 T 婆」，已經是值得頭痛的事。

在歐陽子、白先勇、李昂的較早文本中，封鎖在私領域的女子就算藉

---

[7] 郭良蕙，《兩種以外的》，頁 188～189。

著上學、購物、通勤等等日常生活行為參與「社會」，卻沒有和「大家」享有共時性。除了〈莫春〉的唐可言，這些女人只在意私領域的身邊人，並沒想過她們和大家的同與異：「別人也像我這樣愛女生嗎？」「大家會因為我愛女生而排斥我嗎？」等等問題，在這些文本都不存在。這些較早的文本依賴第一人稱角度或日記格式，優點是讓讀者覺得親密，缺點是只顯現私己的視野：它們並不會跳出一己之私、顯示各種人之間可能存有的緊張關係、歧視、鄙夷。

「別人會怎樣議論我？」這個問題並非一直是同志文學裡的常數；有些同志文本根本沒有想到「別人」的存在。以歐陽子的〈素珍表姐〉為例：表妹對表姐的執念是她的一廂情願，並沒有被大家／別人知道。〈素珍表姐〉這篇小說中，大家並不存在：並沒有一批早就存在的大家等著看表妹好戲，也沒有一個早就存在的大家俱樂部等著表妹加入。而在〈回顧〉中，大家在遠方。唐可言的私領域和公領域（大家）畢竟還是割離的：她的女同性戀私領域（她跟前女友 Ann 的事）是個快被她努力忘掉的祕密，與大家無關；她聽聞的男同性戀軼聞似乎飄浮在公與私之間（公：在某類臺灣男子那邊發生的情事；私：在朋友這邊被耳語），但她想要親手、親自將這個同性戀軼聞抹滅；她得知的同性戀次文化（前女友 Ann 在「外國」享有的女同性戀世界、「外國」電影中的男同性戀）只能封存在外國，跟她本人隔絕。

《圓之外》、《兩種以外的》卻和上述文本大異：這兩部小說藉著大量描繪主人翁「以外的其他角色」，也就是「大家」，「體現」（embody）了本來很抽象的「社會」。T、婆、大家之間，彼此辨認、承認，因而 T、婆、大家都知道彼此存在，人言可畏的壓力出現了。同性戀、異性戀互相看見（但雙性戀則忽隱忽現）：原來，那一邊是愛女人的女人，而這一邊的大家是異性相吸的「一般正常人」。婆可能忽而跟 T 合併、站在那一邊（都是女同性戀者），也可能忽而跟 T 分開、站在這一邊（投奔男人的婆可能被當成一般正常人，而非雙性戀者）。而在辨認彼此之後，藉著品頭論足，T，

婆，和大家都在估量彼此的價值：「跟女人相好的女人比較幸福，還是一般正常人？」而這前半部分的問題還可以再細分：「當 T 還是當婆比較苦？」

　　正因為這兩部小說很在乎「她們那種女人怎麼過日子」（尤其瞄準 T 婆組合的 T）以及「大家會怎麼看待她們」這兩個區分人我的問題，兩書從小說標題、初版封面到小說內文一再對著讀者大眾進行「導覽」：解釋愛女人的女人是怎麼回事。這裡預設的讀者雖然處於文本之外，但讀者幾近延伸了文本之內的大家。《圓之外》的初版封面中央畫了一個圓圈，圈內是兩名女子熱情接吻的特寫，圈外畫了一個看起受到挫折的男子：畫面分成兩區，一邊（圈內）是小說要呈現的女女奇觀，另一邊（圈外）是以受挫男人代表的大家。某種女人和大家是區隔開來的，卻又合併成一張需要被解釋的圖片——圈內圈外之間的張力，則留待小說內文中解釋。《兩種以外的》初版封面看起來像是變態心理學課本，由三種元素構成：一，封面正中央有一顆被咬了一口的蘋果（指禁果？），蘋果的缺口處出現青天白日。二，在蘋果的黑暗背景中，右手邊掛了兩個交疊的金星與火星符號（代表女人和男人在一起）。三，黑暗背景的左手邊有一名彷彿微微低頭沉思的女子。我猜測，這名女子咬了禁果，背對（背離？）金星與火星符號，彷彿在黑暗中「面壁思過」。

　　翻開封面，《圓之外》全書第一句話不只解釋了書名，更透露出一種急欲定義、以便（向讀者、向大家）爭取諒解的衝動：「有一種愛：孤獨、艱澀、寂寞。很久很久以來，它被拋擲於圓圈的周徑之外，那——就是第三種愛，一個永墜於悲劇的愛。」這句話中的圓圈應指異性戀體制。結果，小說內文與封面呈現的訊息「互相矛盾」：小說內文說女女在圓之外，封面上的女女卻在圓之內。[8]而一如《圓之外》開頭就點名「第三種愛」，《兩種以外的》開門見山寫道：「上帝造人／共分為男女兩種／而在這兩種以外／卻存在著——？」（原文如此）。《兩種以外的》後來改名為《第三性》，簡

---

[8]我認為這裡的兩個圓圈不是同一種。當兩名女子被鎖在圓圈之中時，這個圓圈應指她們倆人之間的、不是異性戀體制的小天地；當兩名女子被擋在圓圈之外時，這個圓圈應該是指異性戀體制。

直形同《圓之外》的姐妹作。這兩部小說在書名、開頭都展現了極為類似的衝動，而這兩者的相似剛好凸顯出它們與先前討論的文本相異：〈素珍表姐〉、〈孤戀花〉、〈回顧〉、〈莫春〉等等從作品篇名、敘事開頭到敘事結束，都無意向人（文本外的讀者或文本內的別人）介紹某種非主流女人的衝動。

《圓之外》的主人翁，方方面面都是新鮮人。于穎剛考上大學，年方十九，是字義上的新鮮人；她已有女友，並且向父親「出櫃」（coming out），更是譬喻上的「新鮮人」（她年紀小就出櫃，在臺灣文學史上，算是很新鮮的人物）。她說，「我沒有女孩樣，這是你對我的印象……我除了性別是女孩，事實上，我就是個男孩子。」[9]她坦承她喜歡女孩子，並希望她的爸爸「尊重我這種人生態度……尊重這是一種存在，一種並不是邪惡、變態、醜陋的存在。」[10]雖然于穎沒說出「同性戀」這三個字，但她儼然就是以同性戀身分出櫃、並且要求大家（以爸爸為代表）尊重同性戀的第一個臺灣文學角色，時間點是 1976 年。小說中的于穎出櫃在臺灣同志史上具有多少政治意義還有待評估[11]，但我更在乎于穎觸及的「人我分、合」：她發現人我之分，她的主體性與大家不同；她卻又想要修補人我之間的分裂，所以想跟人（爸爸）解釋她和別人不同的祕密。就算于穎沒有操用「同性戀」這個詞，就算她沒有把心中祕密說出口，她還是醞釀了人我分合。

《兩種以外的》也一再強調人我分合。主人翁米老鼠跟她心儀的白楚之間曾有一段問答。「為什麼叫 T. B.，湯包？」早就跟米老鼠認識多時的白楚故意問道。「就是 Tom Boy（原文如此）的譯音嘛！像男孩的女孩。」米老鼠答。[12]這段問答看起來只是在提供「湯包」的定義，但這兩句話的作用絕非僅僅如此。這兩句話顯示了先前提及的三個層面：一、這部小說有 T

[9]玄小佛，《圓之外》，頁 77。
[10]玄小佛，《圓之外》，頁 78。
[11]我認為，文學角色在文學中出櫃，與現實人物在現實社會中出櫃，引發的政治效果大為不同。我並無意高估于穎在小說中出櫃的政治意義。
[12]郭良蕙，《兩種以外的》，頁 39。書中並寫道：「TB（注：湯包英文縮寫）」，頁 166。

婆。二、T 婆分合：此處重點為分，一邊是具有「同性戀知識」的 T，另一邊是「缺乏同性戀知識」（或，明知故問）的婆。兩邊各屬不同分類。三、「T 婆分合」與「人我分合」同在（T 和婆解釋湯包為何，也就形同和文本內的大家和文本外的讀者解釋；T 是需要被解釋的奇觀化他者，而婆跟大家、讀者一樣，是理所當然一般人，不需要被解釋）。

　　《兩種以外的》有一段對話看似正經八百介紹 T 婆祕辛（向大家、讀者介紹；被介紹的 T 婆一同處於奇觀化他者位置），卻戲弄了這種「揭開神祕面紗」行為本身。有個異性戀女子問米老鼠：你跟女人做愛，怎麼得到快感啊？米老鼠答：當白楚的雙手勾在她的背上時，她就得到無上快感。小說文本馬上顯示異性戀女子心裡頭的自問自答：她想，看奇情片《深喉嚨》才知[13]，原來有人的性感帶在喉嚨內部，要頂到喉嚨才會快樂；沒想到湯包的性感帶在背部啊！[14]

　　這段對話有幾點值得留意。一、小說明目張膽地將當時禁片《深喉嚨》的典故偷渡在小說內文中。[15]二、小說調侃了想要窺奇的大家（包括文本之內發問的異性戀女子，和文本之外的讀者），給出一個戲謔的假答案（女同性戀的快感帶竟然在背上）。三、這段對話具有調侃之效，是因為它逆反了女同性戀和大家的關係：女同性戀本來是被當作奇觀的他者，而大家是等著看好戲的正常人；但這段對話一方面將女同性戀性行為說得平凡（而非講成奇觀），另一方面曝露了正常人的「變態／心術不正」（正常人想要利用實踐視覺至上主義，消費女同性戀的性）。

　　上述對話是個諧仿（parody）：詼諧模擬了刺探同性戀隱私的典型對話。作者郭良蕙身為諧仿高手，在書中另設一個諧仿的橋段：身為 T 的米老鼠追求白楚，一如螳螂捕蟬，怎知黃雀在後──她反而被一位雅好少男

---

[13]原文片名 *Deep Throat*，1972 年上映。

[14]郭良蕙，《兩種以外的》，頁 116。

[15]電影導演但漢章曾在《中國時報》撰文介紹過《深喉嚨》（見但漢章，《電影新潮》，臺北：時報文化出版公司，1975 年，頁 207～209）。但漢章的文章比《兩種以外的》還早面世。當年讀者公眾可能先從但漢章文章得知《深喉嚨》。

的已婚老翁看上，因為男性化的米老鼠看起來像是少男。已婚老翁要求米老鼠去飯店發生關係；米老鼠順從，想從老翁身上獲取金錢報償，藉此作為再生產 T 婆關係的資本。在飯店房間裡，老翁拿出肥皂，想要抹在米老鼠身體（按，肥皂應是用來當作男男行房的潤滑劑）。[16]這場建立在金錢交易上的性關係（看起來是男人和男孩之間，其實是老男人和男性化的中年女人之間）諧仿了同樣建立在金錢交易上的女女性關係（米老鼠和白楚之間）。這段插曲正好呼應了上一節的論點：同性戀和異性戀並不是截然分割的，而可能像兩個齒輪互相咬合。

　　相較《兩種以外的》的情節花樣百出，《圓之外》的內容顯得單調。《圓之外》主要角色有四位：兩個 T，兩個婆。兩個 T，于穎和一個酒店歌星；兩個婆是于的第一任女友（本是學生時期的同學）和第二任女友（本是夜總會歌星）。于穎初見酒店歌星──除她本人之外的另一個 T，驚訝發現對方看似男性卻是女兒身：穿襯衫長褲、留「赫本頭」。[17]除此之外，書中對於當時 T 婆的描繪很貧乏：于穎看起來類似她的第一任女友，兩人原本是高中同學；于穎也類似她的情敵，另一個 T，兩人從外表到慾望對象都一樣；酒店歌星（另一個 T）和夜總會歌星（另一個婆）的職業一樣。第一任女友和第二任女友（夜總會歌星）一樣缺乏安全感，隨時都會為了金錢或男人（金錢和男人，是同一硬幣之兩面）而在于穎生命中突然消失。

　　《圓之外》再現的 T 婆樣貌是單薄的。《兩種以外的》則描繪出一個豐富的湯包網絡：在臺北市內、以仁愛路和中山北路為座標軸（可以從此推知，這兩條路於 1970 年代臺北很出鋒頭）。網絡中的湯包們各有不同的個性與外貌，從商界強人（比男人還要能幹）到全身女性化打扮的湯包（跟

---

[16]郭良蕙，《兩種以外的》，頁 186。

[17]《再見，黃磚路》的小說女主人翁 Mikko 也留了「赫本頭」。《圓之外》的女同性戀者和《再見，黃磚路》的異性戀女子同樣留了「赫本頭」，可見「赫本頭」於 1970 年代臺灣未必意味著「性別脫序」（「女人像男人」或「女人愛女人」）。我推測「赫本頭」可能意味著「道德脫序」（「臺灣人跟外國人『學壞』」）。

女人一樣嬌柔）都有。湯包們稱兄道弟，辦家庭聚會，各帶各的「婆子」出席。在聚會中，湯包和婆子都會踰矩，跟其他湯湯婆婆眉目傳情。這個湯包網絡不只是情感、情欲的社群，也是經濟的市場：湯包們的性魅力和經濟力不能分開，湯包之間稱兄道弟也免不了牽涉金錢借貸。

——選自紀大偉《同志文學史：臺灣的發明》

臺北：聯經出版公司，2017 年 2 月

1950 年代臺港跨文化語境

以郭良蕙及其香港發表現象為例

◎王鈺婷

一、前言

　　筆者近三、四年間開始關注臺灣自 1950 年代此一歷史階段與其他地區的連動關係，特別是臺灣與鄰近香港交流史，也觀察到 1950 年代香港刊行了不少臺灣女作家的作品，包括童真、郭良蕙、郭晉秀、蕭傳文、王潔心、王韻梅（繁露）、張漱菡、蘇雪林、琰如（王琰如）、艾雯、叢靜文、嚴友梅、侯榕生、鍾梅音、琦君、吳崇蘭、林海音等臺灣女作家，都在香港文學場域有具體發表的軌跡。1950 年代開始香港透過美新處資助反共刊物，臺港兩地藉由冷戰體系產生連結、競合等密切關係，香港也成為臺灣文學的海外接生地，提供臺灣作家更多發表的空間。1950 年代臺灣女作家在香港所發行的美援刊物中，如《大學生活》、《祖國周刊》、《亞洲畫報》、《中國學生周報》[1] 所舉辦的徵文中頻頻獲獎，臺灣女作家也在「同中有異」的創作位置上，與香港文壇產生具體的聯繫。而臺灣女作家如何進入香港文壇，以及香港文學場域如何接受臺灣作品的過程，將圖誌出臺港文壇交流關係的歷史縱軸，亦可進一步理解臺灣之於香港，以及香港之於臺灣的意義，並延伸思考臺港文學場域之間相互參照的議題。

---

[1] 《祖國周刊》（1953 年 1 月～）、《大學生活》（1955 年 4 月～1961 年 11 月）與《中國學生周報》（1952 年 7 月～1974 年 7 月）皆為亞洲基金會資助成立「友聯出版社」所發行，其中以《中國學生周報》影響力最大，三份刊物都有許多臺灣作家在此發表作品。《亞洲畫報》於 1953 年 5 月創刊，為亞洲出版社所創辦。可參閱陳建忠，〈「美新處」（USIS）與臺灣文學史重寫：以美援文藝體制下的臺、港雜誌出版為考察中心〉，《國文學報》第 52 期（2012 年 12 月），頁 211～242。

　　臺港文學交流的研究，在 1980 年代由李瑞騰於《文訊》規畫「香港文學特輯」，開啟臺灣學界研究香港之興趣。[2]目前臺港文學研究在臺灣學界嶄露頭角，近年來東華大學、清華大學、成功大學、臺北大學等校，皆召開過涵蓋臺港文學交流或是臺港文藝為方向的研討會。[3]關於臺灣與香港交流現象的研究成果，目前臺灣學界對於 1950、1960 年代現代主義的傳播發展、冷戰時期文化的交流，以及香港南來文人現象等議題，都累積了令人矚目的研究成果，包括單德興論述冷戰時期美國文學的中譯，並探究文學翻譯與文化脈絡的關係[4]；須文蔚致力於意識流理論、現代主義理論等具有影響性的文藝思潮，於臺港兩地文壇跨區域交流與傳播現象[5]；陳建忠關心美援體制與臺灣冷戰與戒嚴時期的文藝思潮[6]；蘇偉貞關注於國共內戰後南來文人的文化活動[7]；應鳳凰釐清冷戰時期美援文化事業的相關面向[8]；游勝

[2]李瑞騰，〈寫在「香港文學特輯」之前〉，《文訊》第 20 期（1985 年 10 月），頁 18～21。

[3]依據筆者涉獵所及，包括：2010 年 10 月清華大學臺文所所舉辦的「跨國的殖民記憶與冷戰經驗：臺灣文學的比較文學研究」，2012 年 10 月國立臺灣文學館與成功大學閩南文化中心、香港中文大學共同舉辦「相似與差異——閩粵到臺港的多元文化發展比較」論壇，2013 年 5 月由成功大學人文社會科學中心「現代化意識形態與現代主義思潮」整合型計畫團隊所舉辦的「媒介現代：冷戰中的臺港文藝」學術研討會，2013 年 12 月由中國現代文學學會、東華大學華文文學系、國立臺灣文學館所共同舉辦的「眾聲喧『華』：華語文學的想像共同體國際學術研討會」，2014 年 10 月清華大學臺文所舉辦的「臺灣文學研究新視野：反思全球化與階級重構國際學術研討會」。

[4]單德興，〈冷戰時代的美國文學中譯：今日世界出版社之文學翻譯與文化政治〉，《中外文學》第 36 卷第 4 期（2007 年 12 月），頁 317～346。

[5]包括：須文蔚，〈余光中在一九七〇年代臺港文學跨區域傳播影響論〉，《臺灣文學學報》第 19 期（2011 年 12 月），頁 163～190；〈60、70 年代臺港新古典主義詩畫互文的文學場——以余光中與劉國松推動之現代主義理論為例〉，「流轉中的文學——第十屆東亞學者現代中文文學國際學術研討會」（香港教育學院中國文學文化研究中心、香港教育學院文學及文化學系，2013 年 10 月 25～26 日）。

[6]包括：陳建忠，〈「美新處」（USIS）與臺灣文學史重寫：以美援文藝體制下的臺、港雜誌出版為考察中心〉，《國文學報》第 52 期，頁 211～242；〈在浪遊中回歸：論史環臺遊記《新果自然來》與一九七〇年代臺港文藝思想的對話〉，《現代中文文學學報》第 11 卷第 1 期（2013 年 6 月），頁 118～137。

[7]包括：蘇偉貞，〈夜總會裡的感官人生：香港南來文人易文電影探討〉，《成大中文學報》第 30 期（2010 年 10 月），頁 173～204；〈不安、厭世與自我退隱：南來文人的香港書寫——以一九五〇年代為考察現場〉，《中國現代文學》第 19 期（2011 年 6 月），頁 25～54。

[8]包括：應鳳凰，〈香港文學生產場域與 1950 年代文學史敘述〉，「香港：都市想像與文化記憶國際研討會」（香港中文大學中文語言及文學系、香港教育學院中國文學文化研究中心、美國哈佛大學東亞系，2010 年 12 月 17～18 日）；〈1950 年代香港美援機構與文學生產——以「今日世界」及「亞洲出版社」為例〉，「一九五〇年代香港文學與文化國際學術研討會」（香港嶺南大學人文學科研究中心，2013 年 5 月 21～23 日）。

冠探討港臺詩壇對於現代主義的不同接受與反應[9]；陳國偉思索偵探推理現象的跨國性議題[10]；簡義明從保釣運動相關史料，來圖誌出臺港跨地域文化場域的文藝思潮形構[11]；近期王梅香則著重在美援文藝體制的運作邏輯與文學作品生產的過程，並思考美國權力的特質。[12]筆者近年也從 1950 年代女性文學於香港的發表現象取徑，從臺港跨文化語境的思考模式切入，來開啟臺港對話的可能性，並深入理解 1950、1960 年代臺灣文學與香港文壇交織的互動關係。

　　我們持續追蹤 1950 年代女性文學於香港的發表現象，尚有一些很少被討論的女作家，猶待進一步關注，其中郭良蕙這位 1950 年代在臺著作豐富的女作家，尤值得再討論。1950 年郭良蕙為增加收入，開始正式寫作生涯。復旦大學外文系畢業的郭良蕙先從翻譯外國小說著手，而後轉向小說創作，創作力豐盛的郭良蕙，經常為《野風》、《自由中國》、《幼獅文藝》、《暢流》等著名雜誌撰稿，〈陋巷群雛〉獲得《野風》編輯群給予五顆星最高榮譽[13]，而〈泥窪的邊緣〉也在《暢流》雜誌上連載。[14]1962 年郭良蕙在《徵信新聞報》上連載以女性婚後情欲出軌為題材的《心鎖》，隨後由高雄大業書店出版[15]，第二年因該書涉及性的描述，因而在文壇上引起軒然大波，政府出面查禁了《心鎖》，而後香港的《亞洲畫報》也在第 122、124 期以專欄的形式，討論引起臺灣社會爭論的《心鎖》事件之來龍去脈。

[9]游勝冠，〈前衛，反共體制與西方現代主義的在地化：以 1956 年雲夫譯史班德〈現代主義的消沉〉一文在港、臺詩壇所引起的不同反應為比較、考察中心〉，「媒介現代：冷戰中的臺港文藝學術研討會」（成功大學人文社會科學中心，2013 年 5 月 24～25 日）。

[10]陳國偉，〈犯罪幻視與跨國諜影：李費蒙 1950 年代作品中的香港風景〉，「一九五〇年代香港文學與文化國際學術研討會」（香港嶺南大學人文學科研究中心，2013 年 5 月 21～23 日）。

[11]簡義明，〈冷戰時期臺港文藝思潮的形構與傳播——以郭松棻〈談談臺灣的文學〉為線索〉，《臺灣文學研究學報》第 18 期（2014 年 4 月），頁 207～240。

[12]王梅香，〈隱蔽權力：美援文藝體制下的臺港文學（1950-1962）〉（清華大學社會學研究所博士論文，2015 年）。

[13]可參見師範，《紫檀與象牙——當代文人風範》（臺北：秀威資訊科技公司，2010 年），頁 27。

[14]〈泥窪的邊緣〉於《暢流》連載的盛況，可參見應鳳凰，《文學風華：戰後初期 13 著名女作家》（臺北：秀威資訊科技公司，2007 年），頁 52。

[15]〈心鎖〉於《徵信新聞報》從 1962 年元月刊載至同年六月。郭良蕙，《心鎖》（高雄：大業書店，1962 年）；本文參考版本為郭良蕙，《心鎖》（臺北：九歌出版社，2002 年）。

　　本文將先從郭良蕙最引發爭議的《心鎖》一書，在臺灣與香港所引發
的相關「爭議」談起，以標示出當時臺灣與香港兩地對於《心鎖》一書不
同的接受態度，其中涉及到兩地當時政治與社會體制，特別圍繞在文化生
產與體制網絡間複雜的協商，並從《心鎖》爭議性問題進行探索，以圖誌
出身處社會性別、國族等多重視線交織下的郭良蕙。郭良蕙具有與其他
1950 年代女作家「相異」的現代性特質，她所具有的「摩登女郎」形象，
使其成為窺測觀望的對象。本文將從「摩登女郎」郭良蕙的形象此一視角
切入，並以此重新回溯《心鎖》事件（1962 年）之前 1950 年代香港文壇
接受郭良蕙的歷程，以及梳理此一時期郭良蕙在香港發表的現象，特別是
討論此一時期郭良蕙於香港發表時不可忽略的時代背景，在當時美國於冷
戰期間所設立的「美國新聞處」，在臺灣與香港等華文地區的政治宣傳所催
化的文壇型態下，郭良蕙如何展現其「文化中國美學鄉愁」與性別政治的
態度，特別是如何回應香港都會文化型態此一面向？而這些議題的探究，
將使我們進一步了解臺灣女作家郭良蕙在香港的位置及其所扮演的角色，
本文將郭良蕙視為一重要案例，以探察 1950 年代臺港文化交流，並釐清
1950 年代臺港間文化政治與跨文化語境。

二、以「摩登女郎」形象再探《心鎖》事件

　　目前在臺灣學界關於郭良蕙的研究專論並不多見，並且主要鎖定在
《心鎖》一書，包括范銘如、邱貴芬、應鳳凰、張淑麗等學者之論述。前
者如范銘如與邱貴芬，分別從《心鎖》思索文學創作與歷史知識生產過程
中，女性位置如何挑戰威權規範與主流敘述的可能性；後者如應鳳凰討論
臺灣創作出版與官方檢查的關係。范銘如在〈「我」行我素——六〇年代臺
灣文學的「小」女聲〉，從女性「身分地理」（Geography of Identity）的角
度，特別詮釋《心鎖》一書，認為《心鎖》代表女性身分游移中尋覓主體
性位置，指出《心鎖》挑戰了執政威權體制規範女性安於「固有的」、「統

一的」位置，並引發女性身分地理中的多重矛盾張力。[16]邱貴芬在編撰《日據以來臺灣女作家小說選讀》時，因為《心鎖》的缺席，也使得《日據以來臺灣女作家小說選讀》出現了一頁空白，《心鎖》所代表的匱乏與不完整，也引發邱貴芬思索臺灣文學史撰述的議題，其採納傅柯的「不連貫」（discontinuity）、「斷裂」（rupture）的概念來架構臺灣女性小說史，並拒絕父系「香火相傳」的族譜想像，以呈現文學場域的多重結構與矛盾衝突。[17]

　　應鳳凰的〈解讀 1962 年臺灣文壇禁書事件──從《心鎖》探討文學史敘事模式〉，從文學場域生態具體勾勒 1960 年代《心鎖》事件所引發的效應，應鳳凰提出論戰涉及到作家題材選擇、創作自由、黨國機器、作家組織與市場機制種種面向，釐清作品背後的關係網絡與文學體制。[18]張淑麗在〈《心鎖》導讀〉中，討論《心鎖》的寫實通俗所引發的種種張力，特別提到郭良蕙以寫實風格來鋪陳情欲書寫，使得小說成為真實生活的註腳，因而引發傷風敗俗的「黃色小說」之名，並期許讀者能做去政治化的解讀。[19]廖淑儀的〈被強暴的文本──論「《心鎖》事件」中父權對女／性的侵害〉，則是闡述反共政權如何成為「反共父權」，以批判角度去釐清《心鎖》事件中父權國家對於女性權力的侵害。[20]陳映瑾〈超越戰後臺灣的保守文化──郭良蕙的文學現代性與作家定位〉，則是梳理郭良蕙與主導文化的差異，為郭良蕙尋找一適切的文學定位，並提出郭良蕙所具有的文學現代性，是她和同時期作家不同之處。[21]

---

[16]范銘如，〈「我」行我素──六〇年代臺灣文學的「小」女聲〉，《眾裡尋她：臺灣女性小說縱論》（臺北：麥田出版公司，2002 年），頁 49～77。

[17]邱貴芬，〈《日據以來臺灣女作家小說選讀》導論〉，《後殖民及其外》（臺北：麥田出版公司，2003 年），頁 209～213。

[18]應鳳凰，〈解讀 1962 年臺灣文壇禁書事件──從《心鎖》探討文學史敘事模式〉，《文史臺灣學報》第 2 期（2010 年 12 月），頁 45～63。

[19]張淑麗，〈《心鎖》導論〉，收於邱貴芬編，《日據以來臺灣女作家小說選讀》（上）（臺北：女書文化公司，2001 年），頁 327～331。

[20]廖淑儀，〈被強暴的文本──論「《心鎖》事件」中父權對女／性的侵害〉（靜宜大學中國文學系碩士論文，2003 年）。

[21]陳映瑾，〈超越戰後臺灣的保守文化──郭良蕙的文學現代性與作家定位〉（臺南：成功大學臺灣文學系碩士論文，2012 年）。

在上述先行研究的視角，我們可以看到《心鎖》此一文本的多義性，以及在 1950、1960 年代當時時代背景、國家權力與文化政策下，郭良蕙個人及其創作，對於主導文化與國族論述的「部分」反動，以及其所展現自我定位的追尋。如果重回 1950、1960 年代臺灣社會的語境之中，1963 年郭良蕙的《心鎖》在臺灣被禁，曾掀起輿論界的軒然大波，並引發論戰，解讀《心鎖》事件，除了從文學與政治之間，以及情色和道德間相互關聯性切入，在此將從《心鎖》所引發摩登女性（Modern Girl）和新女性（New Woman）的矛盾對比進行詮釋，來重新解讀出郭良蕙的女性形象，其將「摩登女郎」視為一種探索《心鎖》事件的「啟發器」（heuristic device），以論證出郭良蕙於臺灣女性小說家群中所具有的身分多元性。

在 1950、1960 年代女性作家群中，郭良蕙的鮮明視覺形象（visual representation）無疑是突出的，她長髮朱唇、外型高挑、打扮時尚、美麗亮眼，十分引人矚目，擁有高度辨識性的摩登女郎特徵。當時才貌出眾的郭良蕙不僅寫書，作品榮登暢銷之列，也於 1963 年與郭嗣汾、南郭名列救國團舉辦的「全國青年最喜愛的作家」[22]之中，其作品如《遙遠的路》（1962 年）[23]受到廣播電臺爭相邀請播放，郭良蕙拍過電影《君子協定》（1961 年）[24]，也跨足電影創作，並成為《今日世界》等知名畫報的封面人物，奠定其在文化圈如日中天的女作家之尊。夏祖麗的《她們的世界》曾以「現代的摩登女性」描述郭良蕙所具有的「西洋的美」：

> 她那高高的身材，深深的輪廓，有一種西洋的美。她並不刻意打扮，但從她的外型和氣質上看來，她是一個相當現代的摩登女性。十幾年前是如

---

[22] 沈恬聿，〈和郭良蕙談寫作與生活〉，《文壇》第 253 期（1981 年 7 月），頁 81。

[23] 郭良蕙，《遙遠的路》（高雄：大業書店，1962 年）。沈西城，〈蘋果樹下：心鎖・郭良蕙〉，http://hk.apple.nextmedia.com/supplement/columnist/%E6%B2%88%E8%A5%BF%E5%9F%8E/art/20130910/18415825（2015 年 6 月 10 日檢索）。

[24] 1961 年郭良蕙跨足電影創作，為天工電影公司編劇並主演一齣喜劇電影《君子協定》，可參見應鳳凰，《文學風華：戰後初期 13 著名女作家》，頁 92。

此，十幾年後的今天，她的孩子都念大學了，她給人的印象還是這樣。[25]

在目前所見的《今日世界》第 85 期[26]，封面人物郭良蕙的美好風采令人攝目，她穿一襲粉綠色的削肩洋裝，獨坐在劇場帷幕前的地板上，圓裙鋪成一道柔美的圓弧，她並沒有直視鏡頭，以無比從容和充滿自信的淺笑面對讀者。《今日世界》的封面，迷人的郭良蕙展現出女性自信笑顏，呈現出摩登女郎在公共展示中所獲得的權力與快感。

2008 年出版的《環球摩登女郎》（*The Modern Girl Around the World: Consumption, Modernity, and Globalization*），本書追索 1920 到 1930 年代出現於全球的摩登女郎風潮，並檢視 20 世紀前半跨文化與現代性交流。《環球摩登女郎》一書從性別與全球化的課題切入，一再強調摩登女郎的「女郎性」（girlness），將其詮釋為一群超越傳統女性角色，且跨越地理與政治疆界的年輕女性，也從摩登女郎形象再現中，發掘其中彰顯現代性的形構特色，並檢視摩登女郎與資本主義的跨國流通，和各國家內部的國族主義、主流意識形態等眾多變因之間多方互涉與矛盾衝突。[27]在 1950、1960 年代中，郭良蕙具有不同於其他女作家的「現代性」（modernity）表徵，本文也涉及郭良蕙與「現代性」此一內涵繁複概念之間的關係。「現代性」一詞發源於 16 世紀的文藝復興與宗教改革，到 18、19 世紀之交初步形成，現代性不僅在不同歷史脈絡中有不同的詮釋結果，也在各領域被多方運用，專研現代性之理論家繁多，如哈貝馬斯（Jürgen Habermas）、霍爾（Stuart Hall）、卡林內斯庫（Matei Călinescu）、吉登斯（Anthony Giddens）等，其論述都展現出「現代性」的多義性與多重向度，諸如討論現代性的概念和

---

[25] 夏祖麗，《她們的世界》（臺北：純文學出版社，1973 年），頁 135。

[26] 請見《今日世界》第 85 期（1955 年 10 月），封面頁。

[27] Alys Eve Weinbaum, Lynn M. Thomas, Priti Ramamurthy, Uta G. Poiger, Madeleine Yue Dong, and Tani E. Barlow eds., *The Modern Girl Around the World: Consumption, Modernity, and Globalization* (Durham: Duke University Press, 2008). 亦可參見許慧琦，〈摩登女郎環球行：評 *The Modern Girl Around the World: Consumption, Modernity, and Globalization*〉，《近代中國婦女史研究》第 17 期（2009 年 12 月），頁 281～297。

歷史、文化現代性與審美現代性、現代與後現代的關係等重要面向。在本文中，提出「現代性」的概念必須從「現代性」與「現代」、「摩登」、「現代主義」這些概念共存的整體性語境中[28]，具體審視郭良蕙具有的「現代性」表徵。

郭良蕙所具有的「現代性」表徵，首先為她個人所表徵摩登女郎的視覺性形象，此一既「現代」又「西洋」視覺性形象，還包括視覺藝術、都會時尚、知性表現、自主意識、商品消費等層面，當時電影公司、大眾媒體與出版社，不斷複製與傳播郭良蕙迷人性感的形象，並使郭良蕙成為創造臺灣 1950、1960 年代摩登女郎時尚文化的重要代表。其次，我們可以從郭良蕙的創作與實際作品中，發掘出其中現代性的形構特色，將「現代性」視為文化與美學上的概念，郭良蕙的創作也以形式上的實驗，回應現代性，並企圖記錄特殊的都市生活及其情感結構。

郭良蕙《心鎖》寫於 1960 年代初期，《心鎖》之文學表現和戰後臺灣主導文化下所提倡愛國情操的「反共抗俄」作品明顯不同調，也跳脫寫實小說的單一面貌，轉向心靈層次的深掘，並對人性欲望有深刻的體察，揭露人性中醜陋、貪婪、自私、軟弱的黑暗面。郭良蕙在小說初版後記中也表示《心鎖》之創作具有文學革新之必然，郭良蕙尤其強調《心鎖》在小說結構方面的嘗試與轉變：「我省略了寫景、寫室內陳設、寫服裝、寫故事等筆墨，在這部二十萬字的小說裡，我曾試著偏重於人物對於事物的感受及心理變化。」[29]《心鎖》以一種有別於寫實主流的創新手法，呈現都會男女的情欲關係，刻畫人物角色的內心世界。《心鎖》的確如郭良蕙所言，體現作者所欲實踐之新型態文學創作實驗，此一書寫型態，在某些方面也反映出西方現代主義的另一特色：體現藝術新形式與風格，也如同馬爾科姆·布雷德伯里（Malcolm Bradbury）和詹姆斯·麥克法蘭（James McFarlane）為

---

[28] 黃崇憲提出「現代性」的概念必須從整體性語境探求，見黃崇憲，〈「現代性」的多義性／多重向度〉，「2010 文化研究年會：文化生意——重探符號／資本／權力的新關係」（文化研究學會，2010 年 1 月 9～10 日）。

[29] 郭良蕙，《心鎖》，頁 340～341。

現代主義所下的定義，認為現代主義朝向深奧微妙和獨特風格發展的傾向。[30]郭良蕙在藝術表達的方式受到臺灣現代主義思潮的影響，這和當時臺灣社會遭逢冷戰時期美援文化高度影響，同時現代主義思潮也經由學院知識分子譯介進入臺灣文壇，現代主義在臺灣成為文化上的主導勢力不無關係，然而郭良蕙和 1960 年代提倡純粹「菁英美學觀念」，具有高層文化傾向的臺灣現代派運動者還是有顯著的差別。[31]現代主義藝術表達形式，是郭良蕙於日益現代化的 1960 年代臺灣社會所感染到的獨特「現代意識」，她以一套新的文學符碼來對應現代人的藝術情感，這一點也構成她和 1950 年代女性文學傳統文藝概念的一個重要差異。

　　《心鎖》於 1962 年 1 月至 6 月間於《徵信新聞報》的「人間副刊」中連載，9 月發行單行本，十分暢銷，1962 年由謝冰瑩、蘇雪林主導的婦女寫作協會以整頓文壇聖潔門面、肅清女作家亂紀為由，將郭良蕙開除會籍，隨即要求內政部查禁《心鎖》，也引發中國文藝協會加入討伐，「文協」反共人士呼籲作家應負起淨化社會責任，將此查禁風波從一個單純的文藝界事件，提升到國族主義層級問題，其中以王集叢、穆中南及劉心皇三位之評論為代表，在各方攻擊中使得該書終至查禁。在《心鎖》事件中傾全力攻擊郭良蕙者，以兩位位高權重的女性作家蘇雪林和謝冰瑩為代表。[32]在 1950 年代女作家群中屬於文壇前輩的蘇雪林與謝冰瑩，兩人皆受到五四文化運動的影響，蘇雪林的《棘心》[33]有女作家自我經驗的投射，為其五四時期的代表作；而謝冰瑩的《女兵自傳》[34]中以女子從軍來體現五四女性解放思潮，反抗舊有禮教對於女性的桎梏，蘇雪林與謝冰瑩是五四文

---

[30]馬爾科姆・布雷德伯里、詹姆斯・麥克法蘭編；胡家巒等譯，《現代主義》（上海：上海外語教育出版社，1992 年），頁 10～11。

[31]關於 1960 年代現代派小說的「高層文化」傾向，請參見張誦聖，〈現代主義與臺灣現代派小說〉，《文學場域的變遷》（臺北：聯合文學出版公司，2001 年），頁 7～13。

[32]對《心鎖》事件的詳盡分析，可參見廖淑儀，〈被強暴的文本──論「心鎖」事件」中父權對女／性的侵害〉。

[33]蘇雪林，《棘心》（臺北：光啟出版社，1951 年）。

[34]謝冰瑩，《女兵自傳》（臺北：晨光出版公司，1948 年）。

化中進步新女性的典範。而遷臺後蘇雪林與謝冰瑩為 1950 年代重要文藝團
體中女性代言人，在中國文藝協會與臺灣省婦女寫作協會中，扮演舉足輕
重的角色，也帶領大批外省女作家，投入文藝為政治服務的文化體制之
中，是為忠黨愛國的新女性代表。

　　蘇雪林以「黃色小說」論斷《心鎖》，並和另一部香港小說《江山美
人》[35]並列為「壞書」而加以批判，指責《心鎖》與黃色小說幾乎成為同義
詞，提出郭良蕙將《心鎖》寫成亂倫大觀，其中對於性問題之描寫，不堪
入目，是故意以此增加本書的銷售量[36]，並暗指郭良蕙為金錢而不擇手段，
寫出迎合大眾獵奇心態的作品。在謝冰瑩〈給郭良蕙女士的一封公開信〉
中，和蘇雪林相同皆以「社會責任」為由，認為此部淫亂悖德的小說，將
對臺灣青年造成身心上的汙染，謝冰瑩多次對郭良蕙進行道德說教：

> 唉！良蕙，為什麼你要寫這些亂倫的故事？……良蕙，你午夜捫心自
> 問，這部作品的主題在哪裡？……我勸你趕快把這本書的紙版自動收回
> 燒毀……望你立刻懸崖勒馬，回頭是岸……洗滌《心鎖》和《青青草》
> 的汙點。[37]

　　謝冰瑩不僅訴諸媒體大眾對這位文壇後輩的「不良素行」感到失望，可
以看到進步「新女性」[38]對於摩登女郎之排斥。謝冰瑩對郭良蕙的外型有諸

---

[35]馬彬（南宮搏），《江山美人》（香港：亞洲出版社，1960 年）。

[36]蘇雪林，〈評兩本黃色小說──《江山美人》與《心鎖》〉，《文苑》第 16 期（1963 年 3 月），頁
6。

[37]謝冰瑩，〈給郭良蕙女士的一封公開信〉，《自由青年》第 29 卷第 9 期（1963 年 5 月 1 日），頁
17。

[38]中國進步新女性指涉的是 1920、1930 年代的作家，作品中可見如娜拉般的「新女性」形象，她
們是反抗傳統婚姻制度，追求戀愛自主的五四新女性，在此將受到五四文化運動影響的蘇雪林和
謝冰瑩視為「進步新女性」，以表徵出其在五四時期挑戰封建父權，主張自主精神，和社會改革
具有密切關係的特質，並以此突顯出摩登女郎與新女性之間的差異。「新女性」相關研究，見史
書美，〈中國當代文學中的女性自白小說〉，《當代》第 95 期（1994 年 3 月），頁 108～127；簡瑛
瑛，〈叛逆女性的絕叫──從《傀儡家庭》到《莎菲女士的日記》〉，《中外文學》第 18 卷第 7 期
（1990 年 3 月），頁 51～75。

多批評，謝冰瑩指責郭良蕙長髮披肩，不像一個作家的風度，諷刺其離席補妝時「搔首弄姿」的姿態，也坦誠對於年輕貌美、打扮入時之郭良蕙感覺到不大舒服。[39]在此可以瞥見上一世代知識青年「新女性」蘇雪林與謝冰瑩，並不欣賞郭良蕙摩登女郎的性感裝扮及其言行舉止，於是率先發難，與此一摩登女郎劃清界線，這除了護衛蘇雪林與謝冰瑩「進步」女性知識分子的自我形象外，也藉此鞏固政府當局欲推廣的意識形態與倫理道德。

相較於臺灣省婦女寫作協會與中國文藝協會對於《心鎖》查禁的態度，《亞洲畫報》分別在 1963 年第 122 期及 124 期，以開闢專題的方式廣邀各界賜稿評論《心鎖》查禁事件，《亞洲畫報》標題上寫著：「《心鎖》與寫作自由」，以及「《心鎖》與文藝創作」，標示其擁護創作自由的立場。[40]《亞洲畫報》提出查禁之法律時效原則、作家組織之處理態度、藝術與色情之辯證三重視角，在查禁事件中是扮演打抱不平的「抗議者」角色。《亞洲畫報》由張國興首先發難，他提出查禁《心鎖》在法律時效上是不成立的[41]，因此呼籲內政部撤銷禁令。接下來，孫旗與王俊雄也共同撰文聲援。[42]在作家組織之處理態度上，《亞洲畫報》中提出「婦協」及「文協」以「自清門戶」的方式封鎖郭女士的作品，違反作為組織應保障旗下作家創作之自由，也有失對人權的基本尊重。對於「文協」開除郭女士的會籍一事，當時連載《心鎖》的臺北徵信新聞報社余紀忠社長主張「文協」不應該為作家設定創作框架，所謂「紀律」是為保障作家創作自由，而非用來壓制自由思想的戒條。[43]《心鎖》引起爭論的關鍵也在於內容所涉及的複雜亂倫關係，以及大量的性愛場景描寫，牴觸衛道人士的道德底限。在此，張國興認為西方社會已開放文學作品中的性愛表現，主張：「我們不應該保守與落後，應

---

[39]謝冰瑩，〈給郭良蕙女士的一封公開信〉，頁 17。
[40]「《心鎖》與寫作自由」之標題，見《亞洲畫報》第 122 期（1963 年 6 月），頁 18。「《心鎖》與文藝創作」之標題，見《亞洲畫報》第 124 期（1963 年 8 月），頁 26。
[41]張國興，〈我對《心鎖》事件的意見〉，《亞洲畫報》第 122 期（1963 年 6 月），頁 18。
[42]孫旗、王俊雄，〈《心鎖》事件的來踪去脈〉，《亞洲畫報》第 124 期（1963 年 8 月），頁 26。
[43]余紀忠，〈「文協」不應變為壓制自由思想的力量〉，《亞洲畫報》第 124 期（1963 年 8 月），頁 27。

該跟上潮流，盡量鼓勵作家藝術家發揮它的自由意志和創作自由。」[44]此外，南宮搏亦以英國的《攸力西斯》（*Ulysses*）和《查泰萊夫人的情人》為例，認為兩部小說一開始被禁，不久後又開禁的過程，說明文學作品究竟屬於低級趣味的黃色小說，還是具有藝術品味的性心理小說，純屬個人所處社會文化及主觀評斷標準而定，因此不宜以此作為查禁《心鎖》之唯一準則。[45]

　　《心鎖》在臺港兩地一系列的爭議風波，可以瞥見觀看摩登女郎郭良蕙與《心鎖》事件的目光具有多重可能性，其摩登女郎表象也變化多端，《心鎖》在臺港兩地的爭議起始於多元文化交錯、獨特的空間。郭良蕙所引發的摩登女郎風波，牽涉到 1950、1960 年代臺灣國家機器對於文化生產的介入與控制，暴露出其中性別、權力的瓜葛糾纏，並標誌出中華民族內部發展之張力與焦慮[46]，也可以看到香港自由開放的創作環境對於《心鎖》事件的聲援。

　　《心鎖》事件可以看到在 1950、1960 年代冷戰氣氛下，香港在當時兩岸三地具有「公共空間」或「公共領域」特質，各種不同意識形態的文化人在香港自由活動，各自宣揚理念[47]，香港右傾文化機構所支持的《亞洲畫報》對於《心鎖》事件之聲援，也反映當時香港文化空間的開放與包容，並呈現出東西大陣營冷戰氣氛，左右翼意識形態在香港角力對壘的狀況。以下將回溯《心鎖》事件（1962 年）之前 1950 年代郭良蕙於香港的發表現象，1955 年郭良蕙獲得《亞洲畫報》短篇小說比賽，冷戰氣氛與右翼文藝運動之開展為其得以突破界線進入香港文壇之契機，而郭良蕙此一時期

---

[44]張國興，〈我對《心鎖》事件的意見〉，《亞洲畫報》第 122 期，頁 18。

[45]南宮搏，〈關於《心鎖》的查禁〉，《亞洲畫報》第 122 期（1963 年 6 月），頁 18。

[46]王集叢針對「文協」註銷郭女士會籍一事提出辯駁，除了聲明協會依組織規章行事並無過當處，另外也一再呼籲艱難處境的自由中國臺灣，需要的是「表達愛國愛人的思想感情」，批判《心鎖》「使人忘記現實，漠視危險，不負責任，而走上頹廢、墮落、下流的邪路。」王集叢口中的災害和危機，明顯是指向心心念念的反攻復國大業。見王集叢，〈郭良蕙底《心鎖》問題與文協年會聲明〉，《政治評論》第 10 卷第 6 期（1963 年 5 月），頁 17～18。

[47]鄭樹森，〈遺忘的歷史，歷史的遺忘——五、六〇年代的香港文學〉，《幼獅文藝》第 511 期（1996 年 7 月），頁 58～63。

作品中具有「離散華人」特質，在臺港兩地南來文人緣於歷史契機所共同構築的「中國性」語境中，也使得郭良蕙自然而然被香港文壇接受，在此透過「中國性」來思考郭良蕙於 1950 年代香港文壇發表的位置，並強調當時臺灣與香港特殊政治環境所樹立的文化體制格局、文學生態之間的連結，而用以聯繫臺灣與香港的「中國性」究竟是什麼？本文關懷的重點在於這個符號所帶出的「想像中國」的議題。而如果我們要更進一步詮釋出郭良蕙和其他臺灣女作家相較，在當時香港文學場域中的位置與定位，摩登女郎郭良蕙在婚戀議題的創作主軸上，透露出她進步的女性意識，無疑是值得關注的面向。以下將分析郭良蕙於 1950 年代於香港發表的作品，以理解臺灣女性文學與香港文壇交織的互動關係。

三、南來文人之「中國性」語境與「離散華人」特質

　　郭良蕙通過 1950 年代美國所資助的右翼文化機構所發行的《亞洲畫報》徵文比賽進入香港文壇。香港美援文化所支持的刊物，包括：《大學生活》、《祖國周刊》、《亞洲畫報》、《中國學生周報》等皆舉辦高額獎金的徵文比賽，這些銷售量大，發行地區以遠東為幅員的香港美援刊物，其所舉辦的徵文比賽提供港臺作家優渥的獎金，鄭樹森指出尤其多次舉辦短篇小說比賽的《亞洲畫報》，對當時港、臺、南洋等地的青年創作風氣，不無影響。[48]《亞洲畫報》自 1955 年至 1962 年間，共舉辦八次短篇小說比賽，分為普通組與學生組，不少臺灣作家於《亞洲畫報》短篇小說比賽中得獎，包括軍中作家彭歌、梅遜、墨人與郭衣洞，以及女作家王晶心、繁露、郭良蕙和吳崇蘭等人都榜上有名。[49]郭良蕙奪得第一屆及第四屆《亞洲畫報》短篇小說比賽普通組獎項，她在文學獎效力加持之下，受到文壇守門人的「欽賞」，陸續在美新處所扶植的香港出版機構，包括亞洲、友聯、今日世

---

[48]鄭樹森，〈遺忘的歷史，歷史的遺忘──五、六〇年代的香港文學〉，《幼獅文藝》第 511 期，頁 59。

[49]吳佳馨，〈1950 年代臺港現代文學系統關係之研究：以林以亮、夏濟安、葉維廉為例〉（清華大學臺灣文學研究所碩士論文，2008 年）。

界，與自由等出版社所發行刊物中發表作品。郭良蕙 1955～1958 年間在
《中國學生周報》陸續有作品發表，郭良蕙在 1950 年代香港出版小說集，
包括：《聖女》（1956 年）、《一吻》（1958 年）、《默戀》（1959 年）。[50]郭良
蕙發表作品的管道，以友聯出版社所出版的刊物為主，包括：《中國學生周
報》、《大學生活》、《祖國周刊》等，前兩份以學生為名的刊物，最初的目
標是為流亡於東南亞一帶的中國青年而編，欲透過文化宣傳來凝聚青年力
量；而後者為友聯出版社針對知識分子發行的綜合刊物，主要作者為齊
桓、王敬羲、秋貞理（司馬長風）等右傾南來作家群為主，在此可見郭良
蕙在香港所發表的場域偏向右翼文人與美援文化資助下的刊物。

　　然而，1950 年代美援文化在香港文化空間雖呈現蓬勃的發展，卻未籠罩
整個香港文壇，在當時美蘇兩大陣營的冷戰對峙下，國共雙方都利用香港相
對自由的文化空間進行意識形態的角力，相較於 1940 年代末期香港文藝活
動帶有強烈左翼色彩，左翼陣營占據主導地位，也傳播左翼共名的意識形態
[51]，香港左翼文學在 1950 年代轉向新發展階段。由於 1949 年後大量左翼文
人離開香港，右翼文人得到美新處的援助，與當時香港難民社會的組成，也
使得 1950 年代香港左翼文學退居較為弱勢的地位，黃繼持將此一時期左翼
文學視為「潛流」[52]，張詠梅以 1950 年至 1967 年左翼小說為研究範圍，討
論相對邊緣的香港左翼文學，提出左翼文學中想像香港的模式，和其與中心
和邊緣的雙重矛盾有密切關係，特別是左翼作者自覺站在代表「新中國」的
位置發言，視香港為向外宣傳的邊緣空間，與其實際在香港邊緣處境形成雙

---

[50]《聖女》（香港：友聯出版社，1956 年）；《一吻》（香港：亞洲出版社，1958 年）；《默戀》（香
　　港：亞洲出版社，1959 年）。
[51]關於香港 1940 年代左翼的文藝活動如何發揮其影響力，並進行文藝青年的自我改造，請參見陳
　　智德，〈左翼共名與青年文藝──1947 至 1951 年的《華僑日報》「學生週刊」〉，《政大中文學
　　報》第 20 期（2013 年 12 月），頁 243～266。亦應參見樊善標，〈1940、50 年代之交《華僑日
　　報》兩個學生「園地」的青年文藝培養〉，「媒介現代：冷戰中的臺港文藝國際學術研討會」（成
　　功大學人文社會科學中心，2013 年 5 月 24～25 日）。
[52]鄭樹森、黃繼持、盧瑋鑾，〈香港新文學年表（1950-1969）三人談〉，《香港新文學年表（1950-
　　1969）》（香港：天地圖書公司，2000 年），頁 18。

重矛盾處境，這也顯出香港的「邊陲性」。[53]左右翼雙方在香港發展文化事業，關注的重點卻是中國，包括唐君毅、牟宗三與徐復觀等人所推動的新儒家哲學運動，也利用香港的邊緣來確立新核心，在當時中國一片否定與揚棄中華文化的氛圍之下，新儒家流亡香港是為致力於中國儒家思想與價值觀的保存，以守護和傳承中華文化的飄零之根[54]；同樣地，1950 年代香港右翼文化機構，其成為出版反共小說的大本營，除了宣揚美國新聞處文化與價值觀外，並借重於香港特殊自由空間與邊陲性，對抗中國共產主義的傳播，以「向中原喊話」。[55]郭良蕙 1950 年代於香港的發表情形，也折射出香港在美蘇冷戰、國共對抗的政治漩渦中特殊位置，香港在文化上扮演中國大陸與外界（如臺灣）溝通與中介地點，1950 年代《亞洲畫報》所舉行的小說比賽或是友聯出版社所印行的反共小說，這些作品選擇呈現某些「中國性」，其主要對話或是抗爭的對象無非是中國大陸。

　　1955 年郭良蕙以〈胸針〉[56]獲得《亞洲畫報》第一屆普通組得獎獎項，此一小說也隨即被選入臺灣省婦女寫作協會所出版的《婦女創作集》第一輯（1956 年）中。[57]〈胸針〉並非典型的戰鬥文學，在此可看到 1950 年代臺灣嚴峻的政治氣壓和文藝發展方向，《亞洲畫報》徵文比賽所具有「自邊緣向核心發聲」的立場，以及《亞洲畫報》徵文比賽的典律性，如何影響女作家的創作主題與風格取向，更影響到她的書寫策略。〈胸針〉以女子猜忌所造成的家庭悲劇為主題。敘述者的妻子誤會隔壁陳太太偷走她的胸針，導致陳太太因為羞憤而自殺，造成別人家庭悲劇，而後妻子在自

[53] 張詠梅，《邊緣與中心——論香港左翼小說中的「香港」（1950-67）》（香港：天地圖書公司，2003 年）。

[54] 周愛靈著；羅美嫻譯，《花果飄零——冷戰時期殖民地的新亞書院》（香港：商務印書館，2010 年）。

[55] 王集叢，〈郭良蕙底《心鎖》問題與文協年會聲明〉，《政治評論》第 10 卷第 6 期，頁 62。

[56] 郭良蕙，〈胸針〉，收於國民黨婦女工作會編，《婦女創作集》（臺北：臺灣省婦女寫作協會，1956 年），頁 340～353。

[57] 范銘如曾討論〈胸針〉一文，如何符合《婦女創作集》中「健康的」、「戰鬥的」標準，以及呼應傳統中國文化對於婦德的觀點。見范銘如〈「我」行我素：六〇年代臺灣文學的「小」女聲〉，《眾裡尋她：臺灣女性小說縱論》，頁 48～77。

己的儲藏櫃中發現那枚舊胸針，足見其冤枉了好人。〈胸針〉於《亞洲畫報》徵文比賽中脫穎而出，主要來自於其所具有濃厚的道德寓意，符合反共刊物所訴求的文藝觀。

郭良蕙於 1956 年於友聯出版社所發行的《聖女》，《聖女》中的同名之作〈聖女〉[58]，描述一位女性犧牲小我的愛情，協助殲滅地下共黨組織之大／國業，聖女之名指稱女子因其高尚情操，而成為聖女的代言人，〈聖女〉故事發生在 1948 年的上海，第一人稱敘述者為一位中國飛官，其心中時時懷想以往的初戀情人祝慧明，某日同寢室友從婚宴招待的酒家帶回一則消息，他見到一位舞女朱丹，貌似敘述者隨身攜帶照片中的女友。敘述者前往朱住處一探究竟，朱丹說起當年他獨自前往大後方，她隨後追去卻在西安盤纏用盡，只好走上舞女的路，兩人分別六年早已人事已非。敘述者後悔當年沒帶她一起走，重逢後他決定要彌補一切，計畫兩人先隨軍隊疏散到臺灣再結婚，並約好共渡聖誕節。當天祝卻失約了，留下一封信，坦言當年在西安被騙成為共產黨員，到延安受訓後被指派到上海展開間諜工作，信末她供出地下黨員的聚點情報，要他通報警方一網打盡。敘述者我趕到祝的公寓，卻見她穿著一襲紅衣仰臥床上，死狀悽慘。〈聖女〉以第一人稱見證者的姿態，載錄下個人見證女友「犧牲小我，成全大我」的反共經驗，可被歸類為美新處在香港所設立的出版社所資助發行的反共小說之列。

《聖女》此部小說共收錄九篇短篇小說，除了〈菱苗〉[59]描述本省家庭的小市民樣貌，文中呈現出臺籍父母重男輕女的封建觀念，成為間接害死兩位女兒的觸媒，展演出底層市場生活的人物樣態之外，其餘大多是隨國府來臺軍眷的故事。《聖女》小說中的政治意識非常明確，全是站在黨中央政府立場批判赤共的禍國殃民，在此一大時代下的兒女之情自然成為戰亂下的犧牲品，因此小說多以悲劇收場，然而郭良蕙並非教條式控訴鼓吹戰鬥文藝，或是塑造「神魔」二元對立的人物典型，反而細膩書寫出戰爭對

---

[58]郭良蕙，〈聖女〉，《聖女》，頁 127～153。
[59]郭良蕙，〈菱苗〉，《聖女》，頁 109～126。

於人戕害，捕捉戰爭影響下世間人事的悲歡離合。

　　《聖女》所書寫的主題，之所以受到香港文壇的青睞，主要也來自戰後臺灣與香港相似的文學史發展進程，特別是中國國共內戰後移民潮大批湧進臺灣與香港，使得南來文人現象深深影響到臺港兩地文學史的建構。香港文學所界定的「南來文人」，主要是指 1949 年中華人民共和國建國前後，左翼文化人紛紛北返，不少右派文化人大規模「南來」香港，如徐訏、南宮搏、秋貞理（司馬長風）、力匡、林適存、趙滋蕃、路易士（紀弦）等，部分文人長期居留香港而終究對其書寫與「多元身分」有具體的反思。[60]1950、1960 年代南來文人得到美援文化的資助，美援又與其政治理念相合，南來文人活躍於香港文壇，投入香港文藝事業，幾個極具影響力的文學報刊，都有南來文人耕耘的痕跡，包括：《人人文學》、《文藝世界》、《當代文藝》、《文藝新潮》、《中國學生周報》、《海瀾》、《香港時報》「淺水灣」文藝副刊等，這些文學報刊大量刊登南來文人的創作作品，鼓動香港文壇氣氛，如《文藝新潮》具體帶動港臺現代主義運動，也培養1960 年代香港的文藝青年。然而，離鄉背井的南來文人，面對陌生客地的疏離，深懷家破人亡的悲切，念念不忘的是過往的經驗與滿懷的鄉思，南來文人的自我定位與創作心態，是研究香港文學學者共同關心的議題。[61]研究香港文學研究者也從其與「中國母體文化」和「香港現實經驗」之間關聯性為主要分析軸線，來探討南來文人的創作心態與藝術技巧[62]；如劉以鬯

[60]關於此一部分陳國球詮釋南來作家司馬長風中國文學史書寫的複雜多音，頗值得參照。見陳國球，〈詩意與唯情的政治——司馬長風文學史論述的追求與幻滅〉，《中外文學》第 28 卷第 10 期（2000 年 3 月），頁 70～129。

[61]請參見：蘇偉貞，〈不安，厭世與自我退隱：南來文人的香港書寫——以一九五〇年代為考察現場〉，《中國現代文學》第 19 期（2011 年 6 月），頁 173～204；陳建忠，〈1950 年代臺港南來作家的流亡書寫：以柏楊與趙滋蕃為中心〉，收於《跨國的殖民記憶與冷戰經驗：臺灣文學的比較文學研究》（新竹：清華大學臺灣文學研究所，2011 年），頁 455～483；陳智德，〈一九五〇年代香港小說的遺民空間：趙滋蕃《半下流社會》、張一帆《春到調景嶺》與阮朗《某公館散記》、曹聚仁《酒店》〉，《中國現代文學》第 19 期（2011 年 6 月），頁 5～24。

[62]顏訥，〈五〇年代香港「南來文人」的「中國想像」與「在地認同」〉，「第 11 屆國際青年學者漢學會議」（中正大學中國文學系、中正大學臺灣文學研究所、美國哈佛大學東亞系，2012 年 5 月 26～27 日）。

就批評「南來作家不願在小說中反映香港現實」[63]；而盧瑋鑾則提出南來文人不論是以現代主義文風追求文學與文化的理想純境，或是沉醉於故國之思中，都不免游離於香港社會之外：「寫作的人多承襲了現代主義文風，很偏重於個人自我的沉吟。他們對香港社會，除了貧窮，其他所知不多。況且，暫時還有寫不盡的鄉愁，他們還沒有必要接觸香港社會素材。」[64]而陳智德則透過徐訏、力匡那一輩詩人，詩作中具有濃厚的懷舊意識，並多呈現負面的香港經驗，而指出「見諸對本地問題疏離，缺少關懷的『過客心態』，不以身處地方為家，而視為暫居地」[65]的評價，由上述香港學者的評價，可以瞥見南來香港發展的文人，由於流離生活形成的疏離、孤寂與苦悶，而衍生對於對祖國與香港現居地認同的矛盾意識，此一矛盾意識，也影響到南來文人自我定位與創作心態，更影響到他們「再現中國」與「書寫香港」的策略。

　　同樣地，戰後臺灣文壇身處官方主導的體制下，在國民黨反共文藝政策與國語運動的推行，「懷鄉文學」與「反共文學」成為主導此一時期創作的主流思潮。

　　此一時期臺港兩地的南來文人具有相似的「感覺結構」，臺港兩地的大部分右翼南來文人的政治意識、文化使命，和臺港當時政治氣氛相結合，構成特殊的南來文人文化生態。此一南來文人現象也反映百年來海外華人的離散經驗，如同沈雙對於《中國學生周報》東南亞版的研究，以「冷戰時期海外華人漂流（Chinese dispora）的文化敘述」來涵蓋《中國學生周報》所開闢出的行銷版圖，認為其展現出以香港為中心的文化地域格局，包括冷戰意識形態的漂流想像，以及遍及亞洲四處的難民身分。[66]

[63]劉以鬯，〈五十年代初期的香港文學——一九八五年四月二十七日在〈香港文學研討會〉上的發言〉，《暢談香港文學》（香港：獲益出版公司，2007 年），頁 99～114。

[64]盧瑋鑾，〈「南來作家」淺說〉，《追蹤香港文學》（香港：牛津大學出版社，1998 年），頁 120。

[65]陳智德，〈導論：本土及其背面〉，《解體我城：香港文學 1950-2005》（香港：花千樹出版社，2009 年），頁 16。

[66]沈雙，〈《中國學生周報》東南亞版對於研究冷戰時期香港文化的啟示〉，「一九五〇年代香港文學與文化國際學術研討會」（嶺南大學人文學科研究中心，2013 年 5 月 21～23 日）。

　　郭良蕙的《聖女》中，也傳達出冷戰時期海外華人漂流想像，離散是當時臺港南來文人的共同經驗，離散經驗也是這些文人創作的素材與思考的立足點，離散包含了南來文人離鄉背井的集體命運，與對於過往懷鄉記憶的永恆追尋，而郭良蕙所創出國府來臺軍眷的故事，也頗能引起同樣具有跨國離鄉經驗的香港讀者之共鳴。在建人的評論〈由〈聖女〉所想到的〉，特別稱讚郭良蕙擺脫女作家範圍狹小、作風纖巧的格局，具有作品的廣度，認為郭良蕙的小說為用理智說服人的小說，建人也特別提到對於這些國府來臺軍眷真實故事的共鳴，並表明對〈聖女〉一篇無甚好感：

　　　其實這一篇中的那些「政治意義」，那些曲折的傳奇──特務、女人、會
　　　使人想起一張很糟的中國電影《天下第一號》了。這篇無法和簡樸的
　　　〈蠶〉比較，是也不能和把周圍的氣氛和故事進行連結得那麼緊湊的
　　　〈薑苗〉相比的。[67]

　　舉例來說，《聖女》中〈孤獨的訪客〉[68]此篇小說，呈現出 1950 年代移民歷劫來臺，期望與親友異地重逢，卻又無法如願的故事，具有離散文學的特質。

　　〈孤獨的訪客〉小說一開始，男主角一大早搭著火車南下欲見分別九年的姨母。敘述者追憶初中時因赤禍殃及家鄉，母親帶他投靠大後方的姨父，姨母沒有生育，視其如己出，抗戰勝利後敘述者和母親回到家鄉，姨母則隨夫職調上海，從此了無音訊。飄流至臺的敘述者輾轉得知姨父調職臺灣的消息，心裡迫不及待想見到姨母，抵達姨父家，姨父說姨母帶著小男孩去市場了，敘述者為姨母終於有親生骨肉而感到高興。不久，姨母回來了，卻是陌生的年輕女子，姨父尷尬地說當年姨母因放心不下敘述者，回鄉想帶他一塊來臺，無奈一回鄉便出不來，姨父不得已在臺灣另組家

---

[67] 建人，〈由〈聖女〉所想到的〉，《海瀾》第 11 期（1956 年 9 月），頁 19。
[68] 郭良蕙，〈孤獨的訪客〉，《聖女》，頁 43～52。

庭,男主角期盼瞬間落空,內心感到無比的空虛與傷感。郭良蕙的文本,改寫了「他鄉遇故知」的中國傳統論述,「他鄉遇故知」在郭良蕙的小說中,有了變相的闡述,更突顯戰爭的殘害與流離命運的閉鎖。

郭良蕙於 1955 年至 1958 年於友聯刊物的《中國學生周報》上發表了十多篇作品,《中國學生周報》也是郭良蕙於香港主要發表作品的報刊。盧瑋鑾指出《中國學生周報》以 1960 年代中葉為分水嶺,前期是發揚中華文化,闡釋民族大義,後期則是引領青年成長[69],培養本地成長的一代文藝青年,如 1960 年代參與《中國學生周報》編務的年輕作家陸離、羅卡、羊城和蔡炎培等,與出身《中國學生周報》,並參與美國愛荷華大學開辦的國際作家訪問交流計畫的作家,包括戴天、溫健騮和古蒼梧。1950 年代《中國學生周報》以弘揚中國的傳統精神為主,懷鄉與離散題材一直是《中國學生周報》書寫的大宗,綜觀郭良蕙發表於《中國學生周報》,也以懷鄉文學主題為創作重點。〈金鐲〉(上)、(下)[70]收於《中國學生周報‧新苗》第 160、161 期,便是描寫主角蓉回憶家鄉的景況,也倒敘回溯出一段塵封的父母婚姻舊事。敘述者蓉回憶起母親與父親是在美國結婚,回國後母親得知丈夫早已有家室,因而與其離婚,一人獨自扶養主角長大成人。主角在父親回國後,不顧管家的勸阻,與父親見面,並到父親參加慰勞前方將士的書畫義賣活動現場,敘述者發現父親的畫乏人問津,最後她將母親贈予她別具意義的金鐲典當,私下替父親買畫,提前消彌父親可能會有的失落之情,然而這只早已典當的金鐲始終存留在主角的心中,並對母親懷有深切愧疚感,以至於蓉長大後,存了錢再打造一只,以茲紀念母親。

在臺港南來文人所共有的文化生態中,郭良蕙捕捉到南來文人特有的感覺結構,郭良蕙的懷鄉書寫,目光望向不能回返的中國故土,其中國想像往往與傳統親情連結,這種血脈親情的情懷,將中國視為血緣與文化紐

[69]盧瑋鑾,〈《中國學生周報》〉,《讀書人》第 26 期(1997 年 4 月),頁 72～75。
[70]郭良蕙,〈金鐲(上)〉,《中國學生周報‧新苗》第 160 期(1955 年 8 月 12 日),9 版;〈金鐲(下)〉,《中國學生周報‧新苗》第 161 期(1955 年 8 月 19 日),9 版。

結的「過往」記憶，飽含對於家鄉難以排解的眷念，一再再製懷舊、尋根的文化想像。郭良蕙的〈一雙棉鞋〉（上）、（下）[71]，收於《中國學生週報・穗華》第 202、203 期，以第一人稱男性回憶棉鞋的故事，也藉此呈現出戰亂中母愛的溫暖與人性的光輝。小說藉由第一人稱男性敘述者，提及妻子幫他整理從大陸帶出來的物品，無意中發現一雙保存良好的手製棉鞋。敘述者也從棉鞋牽引出好友李育的故事。當年抗戰時，敘述者與李育並肩作戰，李育卻不幸地戰死沙場，敘述者鼓起勇氣登門拜訪欲告知李育的母親此一噩耗，卻見到李育母親拿出親手替兒子縫製的棉鞋，於是敘述者不忍告訴老太太兒子已逝的消息，因其不忍傷害母親一顆期盼的心。〈金鐲〉與〈一雙棉鞋〉都刻畫出在戰爭的大時代背景下與親情有關的故事，故事性濃厚，是為懷鄉文學的代表作。

在《海瀾》中，郭良蕙也發表少見的詩作，〈心底的歌〉[72]這首詩描寫因戰爭分離兩地的戀人，只能在夢中相見之悵惘。〈心底的歌〉刻畫女主角因為海天的阻隔選擇與別的男人結婚，豈料舊情縈繞不已，舊時情人入夢，也使得女主角醒來後滿懷著惆悵與不安，詩中如此傾訴：

> 彼此相戀已成為過去，
> 選擇婚姻作我的路程，
> 一切早被我埋在心底；
> 兒女彌補住寂寞與虛空；
> 為何仍受到你的糾纏？
> 已安於戰爭帶來的命運，
> 在無人知曉的睡眠裡，
> 往事一如飄散的煙雲。

---

[71]郭良蕙，〈一雙棉鞋（上）〉，《中國學生週報・穗華》第 202 期（1956 年 6 月 1 日），8 版；〈一雙棉鞋（下）〉，《中國學生週報・穗華》第 203 期（1956 年 6 月 8 日），8 版。
[72]郭良蕙，〈心底的歌〉，《海瀾》第 10 期（1956 年 8 月），頁 29。

　　〈心底的歌〉描繪戰亂動盪中，分散兩地的戀人，因為迫於現實，只好選擇他人，此一文本仍可超越「個人」議題，置放在冷戰時期離散華人的歷史語境之中，呈現出南來文人的「中國想像」，對過往戀情的思念或是愧疚，也飽含對於原鄉難以切斷的認同，因懷人而懷鄉，因懷鄉而傷感，是臺港南來文人心中糾纏難解的情懷。以下，將承接第三節重新回溯《心鎖》事件，所標誌出郭良蕙此一超越國界的摩登女郎形象，特別是具有「現代性」表徵的郭良蕙，如何在當時「中國性」和「現代性」對話的脈絡之中，透過創作聚集於小說人物內心活動，進行種種實踐，並抵抗男權主流價值觀，也傳達出女性現代主體的自我意識。在此將從郭良蕙以婚戀為主題的小說切入，討論郭良蕙在文本如何直視愛情殘酷與婚姻現實，也在其中展現摩登女郎獨立、時髦與世故的自我認同，並以此一特質來回應當時香港文學／文化的討論空間。

四、「摩登女郎」郭良蕙的性別政治態度與都會書寫內涵

　　郭良蕙在香港發表作品中以婚戀為一大書寫主題[73]，郭良蕙在其中表現出現代女性面對自由戀愛與婚姻現況的敏銳觀察和思辨，尤其是郭良蕙捕捉各種男女角色的生存樣態，在審視性別角色時那種既冷靜又嘲諷的敘述語調，展示了現代女性的率性與自信，體現出多元的意義。以下將舉出郭良蕙以「中國想像」為主題的作品〈癡種〉[74]，如何於「中國性」和「現代性」對話的脈絡，展現出其性別政治的態度。〈癡種〉背景雖拉回中日戰爭爆發時的杭州，以一種回望原鄉的身姿，見證家國滄桑與時代變遷，然而，涵蓋懷鄉與婚戀主題的〈癡種〉，其書寫的積極意義，與其說是再現戰爭記憶與鄉愁想像，不如說郭良蕙以反抗傳統、追尋自我價值的女性角色，為騷動不安的戰亂時代做了最佳的註腳，體現強烈女性意識的特質。

---

[73]陳映瑾也從婚戀小說談談郭良蕙於臺灣發表作品所具有的現代性，然而，此一婚戀小說於臺港文學場域發表的參照意義，值得再關注。見陳映瑾，〈超越戰後臺灣的保守文化──郭良蕙的文學現代性與作家定位〉。

[74]郭良蕙，〈癡種〉，《海瀾》第13～16期（1956年11月～1957年2月）。

　　郭良蕙於《海瀾》中連載的〈癡種〉，是部由男性視角出發的婚戀小說，刻畫出男子苦戀的故事。郭良蕙翻轉現實環境中男女的強弱關係，呈現出男子為愛付出、癡情守候的形象，其中梅儂超越傳統性別角色的「前衛性」，頗值得探究。〈癡種〉敘事者為男、女主角的朋友，余以旁觀者的姿態描述發生在好友身上一段苦痛的單戀。故事以現實和回憶相互穿插的方式進行，余和鄺廣民、李錫是昔日同窗，高中畢業那一年中日戰爭爆發，李錫決定進入筧橋航校學習飛行，余和鄺則選擇繼續升學。八一三戰事之際，杭州藝專籌辦一場義賣音樂會，節目中梅儂演奏小提琴，一出場其風采立刻吸引所有觀眾的目光，早慧的音樂天賦也深受矚目，被譽為中國的音樂天才。三位好友同時對梅儂產生愛慕之情，梅儂情定飛行英雄的李錫，她畢業後順利和李錫走入婚姻，婚後仍繼續她的音樂之路，然而李錫卻在一次任務中被敵機砲彈擊中，留下傷心欲絕的梅儂和未滿周歲的女兒渝渝。自李錫去世後，余和廣民以好友身分協助梅儂處理後續事宜，廣民的付出超出朋友的關心，當梅儂沉浸在教學和音樂當中，渝渝的生活全由廣民一手包辦，終於梅儂決定嫁給廣民，他為了梅儂籌措龐大的生活費和學費，全力支持她前往巴黎進行為期一年的音樂學習。梅儂離開後，廣民負起照顧渝渝的全部責任，梅儂總以各種理由滯留海外，國共內戰後廣民於上海淪陷前逃到臺灣，余也隨著機關疏散至臺，兩人才在異地重逢。渝渝已進入中學，她遺傳媽媽的音樂天賦，廣民奉梅儂之命全心栽培她的琴藝。十年過去了，梅儂仍然沒有放棄海外生活，廣民收到一封來自南美的信，梅儂在信中要求廣民將女兒接到南美學習音樂，此外也提出離婚，希望彼此都能找到各自的幸福。小說結尾，廣民終於認清事實，將渝渝送上飛往南美的班機，結束這一段戀愛悲劇。

　　〈癡種〉中，郭良蕙將女主角梅儂塑造成高傲且強勢的女子，梅儂的作風超越傳統女性，郭良蕙在男、女角色塑造上，擺脫傳統男女二元對立的制式形象，藉由男子苦戀的故事，翻轉舊時代婚姻悲劇中守候的女性形象，回應現代社會結構中的兩性關係；其次，在於梅儂呈現出女性對於自

我成就的追求，堪稱「前衛女性藝術家」的梅儂所擁有的音樂天分及驚人
美貌，使其充滿自信，並流露出強烈女性自主意識，她不顧一切追求音樂
造詣的頂峰，在海外獨享藝術沙龍生活。其三，在於梅儂跳脫傳統母職對
於女性的綑綁，無視倫理道德的規範，顛覆傳統賢良淑德的女性形象，在
追尋人生目標的同時，她選擇放棄陪伴獨生女成長，同樣身為母親的郭良
蕙，書寫梅儂為衝刺自我事業而枉顧女兒的自私與獨斷，頗為傳神，也呈
現出女性複雜多面的內在葛藤。郭良蕙筆下的母親，讓人聯想起臺灣 1960
年代現代派創始者歐陽子的名作〈魔女〉[75]。善於探測人類心靈的歐陽子，
於〈魔女〉中解構完美慈母的形象，呈現出母親不為人知的情欲伏流，並
一再摧毀正常的家庭關係，張誦聖認為歐陽子在作品中積極面對個人自我
的心理糾纏，此一真摯、勇敢與誠實的自我剖析，在臺灣文化地圖上開拓
出一片新的天地，指出：「其挑戰的對象不僅只是傳統的倫理規範，也是
1949 年以後臺灣主導文化主軸的保守中產階級心態。」[76]郭良蕙在處理母
親此一主題的解構力道上，頗有現代派女作家的神韻。

郭良蕙在婚戀相關主題的書寫上，並非婚姻的幸福，而是直接坦率地
破除迷思，著眼於婚姻走入現實後所導致的種種幻滅，對於婚姻中「既得
利益者」男性的揶揄，以及對於婚姻中女性角色心理既有批判亦有同情，
呈現出清晰的作者觀點。郭良蕙在《默戀》[77]這部以男性為敘述視角的小說
中，透過諷刺與嘲弄男性的「默戀」，刻意書寫男性的自私，凸顯人性的真
實面與醜陋面，展現出人面對自我情欲時較為幽微的一面。

《默戀》中郭良蕙以男性視角探討男人在多年婚姻中的樣態，大力嘲
諷男性的虛偽，也嘲弄進入婚姻後家庭主婦的真實樣貌，或淪為庸俗乏
味，或慾望無從滿足，郭良蕙以此「可悲」的女性處境，來反襯出男性的
無情與貪慾，與女性在傳統婚姻中的弱勢處境。《默戀》描述男主角在 40

---

[75]歐陽子，〈魔女〉，《秋葉》（臺北：爾雅出版社，2013 年），頁 183～200。
[76]張誦聖，〈現代主義文學潮流的崛起〉，《現代主義‧當代臺灣：文學典範的軌跡》（臺北：聯經出版公司，2015 年），頁 69。
[77]郭良蕙，《默戀》（香港：亞洲出版社，1959 年）。

歲生日當天上午所發生的情緒波動，小說敘述的時間集中在一個上午，如同多數意識流小說一樣，《默戀》從人物外在行為的刻畫轉向內在心靈的挖掘，使過去的意識或是過往的追念呈現在當下男主角的自覺中，也打破傳統小說的時間觀，擴大小說內涵統攝的時間向度，並藉此引出小說的高潮，白先勇的〈遊園驚夢〉即以錢夫人的意識流動為主，南京錢府與臺北竇府的一再疊影，時間和空間步步交織，訴說退守臺灣後物非人非的繁華盡落，〈遊園驚夢〉是白先勇向近代意識流經典吳爾芙（Virginia Woolf）的《戴洛維夫人》（*Mrs. Dalloway*）取經之作[78]，郭良蕙的《默戀》也將男主角心理狀態，透過意識流的寫作技巧表達出來。

《默戀》中，男主角無意間獲得彭潔雲的消息，她是二十年來他所繫念的一個完美身影，男主角在心裡盤算著可以在午餐前抽出時間前往彭的住處，他回想 17 歲那年，姊姊師範學校的同學彭潔雲經常到家裡作客，同樣愛好文學的彭時常和他交換閱讀心得，召喚出男性對愛戀的渴求。當他沉浸在回憶中，妻子尖銳高亢的話聲騷動著寧靜的早晨。他回想起大四那年為在銀行界謀職，而認識介紹人擔任銀行經理叔叔之千金的妻，妻子亮麗活潑，婚後妻子將家庭照顧得無微不至，旁人無不羨慕男主角圓滿的人生，妻子成為母親後變得凡庸，男主角也無法忍受妻子掌控欲。30 歲那年，男主角以出差在酒店所發生的意外插曲，來進行第一次反撲，日子恢復平靜，他的內心卻愈加空虛，直到另一次偷情事件的發生。一次同事請他到家裡吃飯，目的是要他幫忙掩護其到情婦住處幽會，男主角注意到嫂夫人雅致的曲線，時常藉故拜訪，嫂夫人早已知道丈夫在外頭金屋藏嬌，並對男主角吐露自己也曾外遇，男主角再次掉入情欲漩渦，事後，男主角對嫂夫人有不同評價，認為其大膽輕浮，也更心繫初戀情人。故事又走到

---

[78] 白先勇〈遊園驚夢〉與吳爾芙《戴洛維夫人》因意識流小說技法而形成的因緣，參見李奭學，〈括號的詩學——從吳爾芙的《戴洛維夫人》看白先勇的〈遊園驚夢〉〉，《中國文哲研究集刊》第 28 期（2006 年 3 月），頁 149～170。白先勇，〈遊園驚夢〉，《臺北人》（臺北：晨鐘出版社，1971 年），頁 221～250。吳爾芙（Virginia Woolf）著；史蘭亭譯，《戴洛維夫人》（臺北：高寶出版社，2007 年）。

當下，男主角吩咐司機載他到潔雲的住處，一位削瘦蒼黃的灰髮中年婦女從他身邊走過，兩個男孩子跑出來應門，男主角驚覺適才走過的婦女是彭潔雲，告別小男孩後，男主角頹然離開，內心為失去的美夢感到悲哀。

在《默戀》此一小說中，郭良蕙巧妙地從婚後男性的心理狀態著手，刻畫人性，並以此消解婚姻的綺麗世界。小說中丈夫於事業有成後便追尋感官上的刺激，為家庭奉獻的賢妻在丈夫眼中成為平凡的象徵，丈夫在情感上的所有不忠也都被「合理化」為對初戀情人的思念。故事終了，丈夫對妻子仍然沒有一絲愧疚，只是一味地自怨自艾，感嘆歲月在初戀情人和他身上的無情錯待，《默戀》呈現女作家郭良蕙對於女性與婚姻關係的諸多琢磨，也增添許多理性的思索。

在友聯出版的《戀愛的悲喜劇》此一短篇小說集中，收錄〈尋夢者〉一篇[79]，此篇小說心也描繪出對於愛情憧憬的幻滅，並瓦解女性對於婚姻美夢的想像。〈尋夢者〉敘述高中生對愛情的過度天真，也反思羅密歐與茱麗葉式的高蹈愛情，傳達出私奔的代價是體認現實的殘酷，並直指婚姻生活的真相。小說以女主角亞琳為敘事者，一開始便進入回溯過程，場景為電影院所播放的《鑄情》電影，故事情節與五年前她看過的原劇本《羅密歐與茱麗葉》差異不大，只是觀賞者的心境已今非昔比了。敘述者於高三那年和相貌出眾，學校籃球隊裡風雲人物文遠祕密交往，然而她在長輩安排下早已訂親。某天，兩人到電影院看莎劇《羅密歐與茱麗葉》，劇中男女主角殉情的決心，鼓舞他們為愛私奔，就在敘述者未婚夫即將來訪之際，兩人懷著浪漫的想像來到 T 市共組愛巢。一開始小兩口過著甜蜜的新婚生活，直到盤纏用盡，才意識到現實的窘迫，文遠四處找工作謀生，好不容易找到低階文書員的工作，養家的重擔讓他失去昔日光彩。之後，敘述者宣布她懷孕的消息並提議回家生產，自傲的文遠不肯屈服，兩人經常發生口角，最後暴力相向，敘述者因此流產。從手術室出來的隔天，文遠留下

---

[79]郭良蕙，〈尋夢者〉，《戀愛的悲喜劇》（香港：友聯出版社，1962 年），頁 1～21。

一封短函後失蹤，臨行前他通知亞琳的母親，故事回到電影院現場，敘述者百感交集，亞琳體認到羅密歐與茱麗葉的殉情除了證明兩人的愛情，其實也成功阻止他們進入另一個墳墓，郭良蕙以悲劇式的反諷消解愛情神話，其中不乏對於婚姻中經濟條件和社會現實的深刻觀察與反思。

　　在〈幻境〉[80]一篇中，郭良蕙藉由夢境解構「一見鍾情式」的愛情神話，小說一如題名，描述主角文英的一場幻境。小說中文英是位裁縫女工，雖然聰明美麗，因為家中經濟之故只得到洋裝店裡當女工，她痛恨自己平凡的生活，嚮往優渥的都市生活與時髦的花花世界，並且怨嘆命運為何不給她一個翻身的機會？有天晚上文英在店裡看到同學夏芳的訂婚消息，心中盤算著女性擺脫貧窮最快的方式就是找個有錢的結婚對象，她穿著店裡漂亮的禮服，梳妝打扮後在店外遇到一位青年，文英假冒富貴的家世，旋即攀附權貴的青年對她展開熱烈追求，但後來才發現男子是夏芳的未婚夫，夏芳也毫不留情地拆穿文英貧窮的身世，小說揭露這一切原是文英的夢境，醒來後，她也不再沉醉於飛上枝頭變鳳凰的美夢。

　　〈幻鏡〉中文英對於都市繁華熱鬧生活的嚮往，與幻想穿著禮服而變得迷人性感，反映了資本主義下都市消費主義。郭良蕙挖掘出底層勞動女性如何被編派入都市消費主義的策略之中，整體上諷擬都會中金錢競逐下道德的淪喪與欲望橫流的醜態，更全面地展現女性都市生活的樣貌。

　　〈幻境〉這部發表於香港的小說，場景設定在都市生活，也令我們思索郭良蕙於香港發表策略，如何回應香港都市文化與都會景觀，特別是劉以鬯提到 1950 年代初期「都市傳奇」的興起，具有商品價格的「都市傳奇」，成為當時香港流行的體裁，表現出香港社會特有的色彩與韻律節奏。[81]梁秉鈞與黃淑嫻的研究，都讓我們進一步了解香港流行文化出現的背景、文學生

---

[80]郭良蕙，〈幻境〉，《中國學生周報》第 193～194 期（1956 年 3 月 30 日、4 月 6 日），6 版。
[81]劉以鬯，〈五十年代初期的香港文學——一九八五年四月二十七日在〈香港文學研討會〉上的發言〉，《暢談香港文學》，頁 100。亦可參見臺灣學界近期的研究成果，須文蔚、翁智琦、顏訥，〈1940-60 年代上海與香港都市傳奇小說跨區傳播現象論——以易金的小說創作與企畫編輯為例〉，《臺灣文學研究集刊》第 16 期（2014 年 8 月），頁 33～59。

產方式，與香港都會文化的關係，前者探討都市文化與香港文學之間的聯
繫；後者則以易文為個案，研究香港都會生活環境中雅俗兩者互相滲透互
相影響的現象。梁秉鈞從香港都市文化所具有的多樣景觀與多元生活方
式，來探究都市空間與香港文化身分之間互文的關係，認為香港作家的創
作形式或結構回應出都會感、現代性，與都市文化的多元化。[82]梁秉鈞認為
由於都市空間的不斷變化，所以香港身分的思索比其他地方都要複雜：「都
市是包容性的空間，所以其成員的身分是混雜而非單純的。」[83]梁秉鈞也主
張在資訊流通，選擇豐富的香港都市文化下，香港報刊是了解香港文化的
重點所在，特別是文學與流行文化之間的關係。而黃淑嫻從易文的文學與
電影來重塑 1950 年代南來文人的形象，也特別談到易文在 1950、1960 年
代左派與右派、雅與俗、傳統與現代之間獨特的位置，從易文對於香港流
行文化的融合，與都市生活的熱愛，來浮雕出易文對於香港文化的融入。[84]
香港都市面貌使得香港生活內涵有了急遽的轉變，各種文化交匯成複雜的
網絡，也對於香港發表的作品在形式上與意識形態上，造成很大的衝擊，
以下將舉郭良蕙的〈女人和花束〉[85]一篇為例，並分析小說中郭良蕙所傳達
都會女性自我的真切感受與心理體驗。

　　郭良蕙的〈女人和花束〉，建立在都市生活的場景中，街上店鋪、路上
行人與運行的公共汽車，複疊成休閒、飲食、交通等都市生活重要的體
系，都市的景觀與生活氛圍也對〈女人和花束〉此一小說的敘述造成重大
的影響，特別是小說刻畫都會戀情與大眾運輸經驗之間的關聯性：

> 和他之間產生了愛情，事實上是完全出乎自然的，如果不是那麼出乎自
> 然，也不會順利了。他的家和她的家同在一條交通線上，他們早晚常會

---

[82]梁秉鈞，〈都市文化與香港文學〉，《當代》第 38 期（1989 年 6 月），頁 14～23。

[83]梁秉鈞，〈都市文化與香港文學〉，《當代》第 38 期，頁 16。

[84]黃淑嫻，〈重塑五〇年代南來文人的形象：易文的文學與電影初探〉，《香港影像書寫：作家、電影與改編》（香港：香港大學出版社，2013 年），頁 69～81。

[85]郭良蕙，〈女人和花束〉，《中國學生周報・穗華》第 311 期（1958 年 7 月 4 日），8 版。

在一輛公共汽車上遇見；儘管在辦公室裡，上司對下屬的態度很嚴肅，而在車上，他卻更換一副溫和的面目；……他們一起去欣賞電影、吃飯、坐咖啡館，也是在這種情形下談起而贊同的。[86]

都市的意義也隨著戀情的萌發而持續流轉。〈女人和花束〉中的女主角是位與上司有不倫之戀的年輕女子，她前往醫院探視受傷的上司，一路中，回憶起自己與相距 20 歲上司的戀情，細膩刻畫出她內心深處掙扎於良知與道德的束縛，並聯想起高大、眼睛深邃的上司和平庸瘦削妻子的巨大差距。同事間傳誦上司妻子的美德，提及她雖平凡，卻對丈夫溫柔體貼，全心持家，撫育兒女，然而卻因為學識不如人，而受到上司的冷落，致使丈夫婚後有一半時間逗留國外，女主角思及上司也正考慮離婚，帶著她逍遙到國外，然而上司卻因意外受傷而住院，來信責備擔心探視情人後戀情曝光，在矛盾心情中掙扎的女主角。女主角來到了醫院，在門外看見上司的髮妻如此蒼老、純樸而瘦削，溫柔小心勸說高傲的丈夫進餐，女主角對其的忌妒與敵視轉為憐憫，於是決定勇敢的斬斷戀情，將買好的花送給醫院的陌生小孩，頭也不回的走了。女主角描述下此一決定的心情轉折：

> 如同強盜竊了貧窮人的最後糧米一樣，她慚愧著自己的鄙劣行為，她不該去掠奪一個弱者，一個需要丈夫支持著家庭，撫育著兒女的弱者。她蹣跚地向長廊的回路走去，她，一個廿歲的女子接受一次打擊，是不算得什麼的，她的前途難道不比那沒有學識蒼老無比的女人要樂觀嗎？幾乎一望無際的長廊，在她的感覺中顯得更長了，長廊正象徵著人生道路，她的人生道路還悠長得很呢！[87]

〈女人和花束〉中女主角深知對方需要丈夫，需要一個倚賴養家的支

---

[86]郭良蕙，〈女人和花束〉，《中國學生周報・穗華》第 311 期，8 版。
[87]郭良蕙，〈女人和花束〉，《中國學生周報・穗華》第 311 期，8 版。

持，然而，她如此斷下抉擇，不僅僅出自於對於弱勢情敵的同情與憐憫，還在於她對於自身能力充滿自信，她是新時代女性，在職場上有工作能力，擁有年輕的資本，且前途樂觀光明。小說的結尾，陽光明媚下穿著淺藍色衣服的女主角，自信走入流動性都會人潮的身影：「那淡藍色的身影已走出醫院，邁入了石階，混入道路上的人潮裡。」[88]在此一淡藍色的身影中，郭良蕙傳達出現代新世代女性對於自我的肯定，在情感上擁有自主選擇權，有其進步女性意識的展現，也在內容與形式上回應此一時期香港「都市傳奇」對於香港都會型態的發展。

五、結語

本文以郭良蕙為探察 1950 年代臺港文化交流的重要案例，以理解臺灣女性文學與香港文壇交織的互動關係。摩登女郎郭良蕙於 1950 年代在香港發表的作品所具有跨文化交流意義，其一在於郭良蕙具有臺港兩地南來文人共通的「離散華人」特質，郭良蕙作品中自然流露的「文化中國美學鄉愁」，是郭良蕙得以突破界限進入香港文壇之關鍵，也突顯出她是「南來文人」這樣的身分進入冷戰時期香港美援文化生產再製場域。郭良蕙善用香港文化空間所具有的「邊陲性」與「開放性」，奪得「中國性」的發言位置，深刻傳達出「去國懷鄉」的真實情感，也以國府來臺軍眷真實故事引起香港書評家共鳴。郭良蕙作品所具有的跨文化交流意義，其二也在於摩登女郎郭良蕙作品中所具有的現代性與都市化特質，尤其是在婚戀議題的創作主軸上，郭良蕙以冷靜理性的敘述視角，突破浪漫幻想的愛情寫作模式，展現摩登女郎獨立、時髦與世故的自我認同，透露她性別政治的態度，與回應都會書寫的內涵，也迎合、投合香港當時相對西化、中產階級，受到都會商業文化影響的讀者，並回應香港文學／文化的生產空間。郭良蕙 1950 年代於香港所發表的「文化中國美學鄉愁」作品與婚戀小說，在當時「中國性」和

---

[88]郭良蕙，〈女人和花束〉，《中國學生周報・穗華》第 311 期，8 版。

「現代性」對話的脈絡之中，進行其臺港跨界／跨文化交流。

　　1963 年《心鎖》事件爆發前，郭良蕙曾於美援體系中出版作品，不過到了 1963 年之後，郭良蕙就沒有在美援體系中發表作品，而是由新文化事業出版社發行郭良蕙的《憶曲》（1964 年）、《恨綿綿》（1964 年），以及《心境》（1968 年）[89]等作。1963 年《心鎖》事件爆發後，郭良蕙在香港所進的文學發表活動，頗值得關注。《中國學生周報》評論人春木於《心鎖》事件發生後，就對《心鎖》表達意見，他認為《心鎖》沒有寫出明顯內心或外在的衝突，也無法讓讀者分析人物的心理狀態，沒有足夠的力量使讀者向上或隨之墮落，然而，此一文章卻也呈現出《心鎖》在臺灣查禁後，在香港反而引起搶購熱潮的情形。[90]香港重要的女性雜文家十三妹，也曾撰文提及郭良蕙於 1964 年到香港替文化機構剪綵，引起一陣旋風的情形[91]，郭良蕙的作品《遙遠的路》也於 1967 年被改編成粵語電影，可見摩登女郎郭良蕙的文化活動，也跨越地理與政治疆界的版圖，並轉化成複合文化活動的形式，延伸到香江。《心鎖》事件後摩登女郎郭良蕙的 1960 年代香江活動歷程，要如何發掘與具體評價，將是另一個更引人入勝的研究議題。

參考資料

一、文本

・白先勇，〈遊園驚夢〉，《臺北人》，臺北：爾雅出版社，2000 年。

・吳爾芙（Virginia Woolf）著；史蘭亭譯，《戴洛維夫人》，臺北：高寶出版社，2007 年。

・馬彬（南宮搏），《江山美人》，香港：亞洲出版社，1960 年。

・郭良蕙，〈一雙棉鞋（上）〉，《中國學生周報・穗華》第 202 期，1956 年 6 月 1 日，8 版。

---

[89] 郭良蕙，《憶曲》（香港：新文化事業出版社，1964 年）。郭良蕙，《恨綿綿》（香港：新文化事業出版社，1964 年）。郭良蕙，《心境》（香港：新文化事業出版社，1968 年）。
[90] 春木，〈禁書《心鎖》〉，《中國學生周報》第 597 期（1963 年 12 月 27 日），5 版。
[91] 十三妹，〈為讀者釋近代文化人與遊埠〉，《新生晚報》，1964 年 7 月 17 日，5 版。

- 郭良蕙，〈一雙棉鞋（下）〉，《中國學生周報·穗華》第 203 期，1956 年 6 月 8 日，8 版。
- 郭良蕙，〈女人和花束〉，《中國學生周報·穗華》第 311 期，1958 年 7 月 4 日，8 版。
- 郭良蕙，〈幻境（待續）〉，《中國學生周報·新苗》第 193 期，1956 年 3 月 30 日，6 版。
- 郭良蕙，〈幻境〉，《中國學生周報·新苗》第 194 期，1956 年 4 月 6 日，6 版。
- 郭良蕙，〈心底的歌〉，《海瀾》第 10 期，1956 年 8 月，頁 29。
- 郭良蕙，〈金鐲（上）〉，《中國學生周報·新苗》第 160 期，1955 年 8 月 12 日，9 版。
- 郭良蕙，〈金鐲（下）〉，《中國學生周報·新苗》第 161 期，1955 年 8 月 19 日，9 版。
- 郭良蕙，〈胸針〉，收於國民黨婦女工作會編，《婦女創作集》，臺北：臺灣省婦女寫作協會，1956 年，頁 340～353。
- 郭良蕙，〈尋夢者〉，《戀愛的悲喜劇》，香港：友聯出版社，1962 年，頁 1～21。
- 郭良蕙，〈癡種〉，《海瀾》第 13 期，1956 年 11 月，頁 15～20。
- 郭良蕙，〈癡種（一續）〉，《海瀾》第 14 期，1956 年 12 月，頁 25～27。
- 郭良蕙，〈癡種（二續）〉，《海瀾》第 15 期，1957 年 1 月，頁 22～27。
- 郭良蕙，〈癡種（三續）〉，《海瀾》第 16 期，1957 年 2 月，頁 14～26。
- 郭良蕙，《一吻》，香港：亞洲出版社，1958 年。
- 郭良蕙，《心境》，香港：新文化事業出版社，1968 年。
- 郭良蕙，《心鎖》，高雄：大業書局，1963 年。
- 郭良蕙，《心鎖》，臺北：九歌出版社，2002 年。
- 郭良蕙，《恨綿綿》，香港：新文化事業出版社，1964 年。
- 郭良蕙，《聖女》，香港：友聯出版社，1956 年。

- 郭良蕙，《遙遠的路》，高雄：大業書店，1962 年。
- 郭良蕙，《憶曲》，香港：新文化事業出版社，1964 年。
- 郭良蕙，《默戀》，香港：亞洲出版社，1959 年。
- 歐陽子，〈魔女〉，《秋葉》，臺北：爾雅出版社，2015 年，頁 183～200。
- 謝冰瑩，《女兵自傳》，臺北：晨光出版公司，1948 年。
- 蘇雪林，《棘心》，臺北出版社：光啟出版社，1951 年。

二、 專書

- 周愛靈著；羅美嫻譯，《花果飄零——冷戰時期殖民地的新亞書院》，香港：商務印書館，2010 年。
- 邱貴芬，《後殖民及其外》，臺北：麥田出版公司，2003 年。
- 范銘如，《眾裡尋她：臺灣女性小說縱論》（臺北：麥田出版公司，2002年）。
- 夏祖麗，《她們的世界》，臺北：純文學出版社，1984 年。
- 馬爾科姆‧布雷德伯里、詹姆斯‧麥克法蘭編；胡家巒等譯，《現代主義》，上海：上海外語教育出版社，1992 年。
- 師範，《紫檀與象牙——當代文人風範》，臺北：秀威資訊科技公司，2010 年。
- 張詠梅，《邊緣與中心——論香港左翼小說中的「香港」（1950-67）》，香港：天地圖書公司，2003 年。
- 張誦聖，《文學場域的變遷》，臺北：聯合文學出版公司，2001 年。
- 張誦聖，《現代主義‧當代臺灣：文學典範的軌跡》，臺北：聯經出版公司，2015 年。
- 陳智德，《解體我城：香港文學 1950-2005》，香港：花千樹出版社，2009年。
- 應鳳凰，《文學風華：戰後初期 13 著名女作家》，臺北：秀威資訊科技公司，2007 年。
- Alys Eve Weinbaum, Lynn M. Thomas, Priti Ramamurthy, Uta G. Poiger,

Madeleine Yue Dong, and Tani E. Barlow eds., *The Modern Girl Around the World: Consumption, Modernity, and Globalization*, Durham: Duke University Press, 2008.

三、論文

（一）專業論文

- 張淑麗，〈《心鎖》導讀〉，收於邱貴芬編，《日據以來臺灣女作家小說選讀》（上），臺北：女書文化公司，2001 年，頁 327～331。
- 陳建忠，〈1950 年代臺港南來作家的流亡書寫：以柏楊與趙滋蕃為中心〉，收於《跨國的殖民記憶與冷戰經驗：臺灣文學的比較文學研究》，新竹：清華大學臺灣文學研究所，2011 年，頁 455～483。
- 黃淑嫻，〈重塑五〇年代南來文人的形象：易文的文學與電影初探〉，《香港影像書寫：作家、電影與改編》，香港：香港公開大學及香港大學出版社，2013 年，頁 69～81。
- 劉以鬯，〈五十年代初期的香港文學——一九八五年四月二十七日在〈香港文學研討會〉上的發言〉，《暢談香港文學》，香港：獲益出版公司，2007 年，頁 99～114。
- 鄭樹森、黃繼持、盧瑋鑾，〈香港新文學年表（1950-1969）三人談〉，《香港新文學年表（1950-1969）》，香港：天地圖書公司，2000 年，頁 3～35。
- 盧瑋鑾，〈「南來作家」淺說〉，《追蹤香港文學》，香港：牛津大學出版社，1998 年，頁 113～124。

（二）　期刊論文

- 王集叢，〈郭良蕙底《心鎖》問題與文協年會聲明〉，《政治評論》第 10 卷第 6 期，1963 年 5 月，頁 17～18。
- 史書美，〈中國當代文學中的女性自白小說〉，《當代》第 95 期，1994 年 3 月，頁 108～127。
- 沈恬聿，〈和郭良蕙談寫作與生活〉，《文壇》第 253 期，1981 年 7 月，

頁 81。

- 余紀忠，〈「文協」不應變為壓制自由思想的力量〉，《亞洲畫報》第 124 期，1963 年 8 月，頁 27。

- 李瑞騰，〈寫在「香港文學特輯」之前〉，《文訊》第 20 期，1985 年 10 月，頁 18～21。

- 李奭學，〈括號的詩學——從吳爾芙的《戴洛維夫人》看白先勇的〈遊園驚夢〉〉，《中國文哲研究集刊》第 28 期，2006 年 3 月，頁 149～170。

- 南宮搏，〈關於《心鎖》的查禁〉，《亞洲畫報》第 122 期，1963 年 6 月，頁 18。

- 建人，〈由〈聖女〉所想到的〉，《海瀾》第 11 期，1956 年 9 月，頁 18～19。

- 春木，〈禁書《心鎖》〉，《中國學生周報》第 597 期，1963 年 12 月 27 日，5 版。

- 孫旗、王俊雄，〈《心鎖》事件的來踪去脈〉，《亞洲畫報》第 124 期，1963 年 8 月，頁 26。

- 張國興，〈我對〈《心鎖》事件的意見〉，《亞洲畫報》第 122 期，1963 年 6 月，頁 18。

- 梁秉鈞，〈都市文化與香港文學〉，《當代》第 38 期，1989 年 6 月，頁 14～23。

- 許慧琦，〈摩登女郎環球行：評 The Modern Girl Around the World: Consumption, Modernity, and Globalization〉，《近代中國婦女史研究》第 17 期，2009 年 12 月，頁 281～297。

- 陳建忠，〈「美新處」（USIS）與臺灣文學史重寫：以美援文藝體制下的臺、港雜誌出版為考察中心〉，《國文學報》第 52 期，2012 年 12 月，頁 211～242。

- 陳建忠，〈在浪遊中回歸：論也斯環臺遊記《新果自然來》與一九七〇年代臺港文藝思潮的對話〉，《現代中文文學學報》第 11 卷第 1 期，2013

年 6 月，頁 118～137。

- 陳國球，〈詩意與唯情的政治——司馬長風文學史論述的追求與幻滅〉，《中外文學》第 28 卷第 10 期，2000 年 3 月，頁 70～129。

- 陳智德，〈一九五〇年代香港小說的遺民空間：趙滋蕃《半下流社會》、張一帆《春到調景嶺》與阮朗《某公館散記》、曹聚仁《酒店》〉，《中國現代文學》第 19 期，2011 年 6 月，頁 5～24。

- 陳智德，〈左翼共名與青年文藝——1947 至 1951 年的《華僑日期》「學生週刊」〉，《政大中文學報》第 20 期（2013 年 12 月），頁 243～266。

- 單德興，〈冷戰時代的美國文學中譯：今日世界出版社之文學翻譯與文化政治〉，《中外文學》第 36 卷第 4 期，2007 年 12 月，頁 317～346。

- 須文蔚，〈余光中在一九七〇年代臺港文學跨區域傳播影響論〉，《臺灣文學學報》第 19 期，2011 年 12 月，頁 163～190。

- 須文蔚、翁智琦、顏訥，〈1940-60 年代上海與香港都市傳奇小說跨區域傳播現象論——以易金的小說創作與企畫編輯為例〉，《臺灣文學研究集刊》第 16 期，2014 年 8 月，頁 33～59。

- 鄭樹森，〈遺忘的歷史，歷史的遺忘——五、六〇年代的香港文學〉，《幼獅文藝》第 511 期，1996 年 7 月，頁 58～63。

- 標題頁，《亞洲畫報》第 122 期，1963 年 6 月，頁 18。

- 標題頁，《亞洲畫報》第 124 期，1963 年 8 月，頁 26。

- 盧瑋鑾，〈《中國學生周報》〉，《讀書人》第 26 期，1997 年 4 月，頁 72～75。

- 應鳳凰，〈解讀 1962 年臺灣文壇禁書事件——從《心鎖》探討文學史敘事模式〉，《文史臺灣學報》第 2 期，2010 年 12 月，頁 45～63。

- 謝冰瑩，〈給郭良蕙女士的一封公開信〉，《自由青年》第 29 卷第 9 期，1963 年 5 月 1 日，頁 17。

- 簡瑛瑛，〈叛逆女性的絕叫〉，《中外文學》第 18 卷第 7 期，1990 年 3 月，頁 51～75。

- 簡義明，〈冷戰時期臺港文藝思潮的形構與傳播——以郭松棻〈談談臺灣的文學〉為線索〉，《臺灣文學研究學報》第 18 期，2014 年 4 月，頁 207～240。
- 蘇偉貞，〈不安、厭世與自我退隱：南來文人的香港書寫——以一九五○年代為考察現場〉，《中國現代文學》第 19 期，2011 年 6 月，頁 25～54。
- 蘇偉貞，〈夜總會裡的感官人生：香港南來文人易文電影探討〉，《成大中文學報》第 30 期，2010 年 10 月，頁 173～204。
- 蘇雪林，〈評兩本黃色小說——《江山美人》與《心鎖》〉，《文苑》第 16 期，1963 年 3 月，頁 4～6。

（三）　學位論文

- 王梅香，〈隱蔽權力：美援文藝體制下的臺港文學（1950-1962）〉，清華大學社會學研究所博士論文，2015 年。
- 吳佳馨，〈1950 年代臺港現代文學系統關係之研究：以林以亮、夏濟安、葉維廉為例〉，清華大學臺灣文學研究所碩士論文，2008 年。
- 陳映瑾，〈超越戰後臺灣的保守文化——郭良蕙的文學現代性與作家定位〉，成功大學臺灣文學系碩士論文，2012 年。
- 廖淑儀，〈被強暴的文本——論「《心鎖》事件」中父權對女／性的侵害〉，靜宜大學中國文學系碩士論文，2003 年。

（四）　研討會論文

- 沈雙，〈《中國學生週報》東南亞版對於研究冷戰時期香港文化的啟示〉，「一九五○年代香港文學與文化國際學術研討會」，香港嶺南大學人文學科研究中心，2013 年 5 月 21～23 日。
- 陳國偉，〈犯罪幻視與跨國諜影：李費蒙 1950 年代作品中的香港風景〉，「一九五○年代香港文學與文化國際學術研討會」，香港嶺南大學人文學科研究中心，2013 年 5 月 21～23 日。

- 游勝冠,〈前衛、反共體制與西方現代主義的在地化:以 1956 年雲夫譯史班德〈現代主義的消沈〉一文在港、臺詩壇所引起的不同反應為比較、考察中心〉,「媒介現代:冷戰中的臺港文藝學術研討會」,成功大學人文社會科學中心,2013 年 5 月 24～25 日。

- 須文蔚,〈60、70 年代臺港新古典主義詩畫互文的文學場——以余光中與劉國松推動之現代主義理論為例〉,「第十屆東亞學者現代中文文學國際學術研討會」,香港教育學院中國文學文化研究中心、香港教育學院文學及文化學系,2013 年 10 月 25～26 日。

- 黃崇慧,〈「現代性」的多義性／多重向度〉,「2010 文化研究年會:文化生意——重探符號／資本／權力的新關係」,文化研究學會,2010 年 1 月 9～10 日。

- 樊善標,〈1940、50 年代之交《華僑日報》兩個學生「園地」的青年文藝培養〉,「媒介現代:冷戰中的臺港文藝國際學術研討會」,成功大學人文社會科學中心,2013 年 5 月)。

- 應鳳凰,〈1950 年代香港美援機構與文學生產——以「今日世界」及「亞洲出版社」為例〉,「一九五〇年代的香港文學與文化國際學術研討會」,香港嶺南大學人文學科研究中心,2013 年 5 月 21～23 日。

- 應鳳凰,〈香港文學生產場域與 1950 年代文學史敘述〉,「香港:都市想像與文化記憶國際研討會」,香港中文大學中國語言及文學系、香港教育學院中國文學文化研究中心、美國哈佛大學東亞系,2010 年 12 月 17～18 日。

- 顏訥,〈五〇年代香港「南來文人」的「中國想像」與「在地認同」〉,「第十一屆國際青年學者漢學會議」,中正大學中國文學系、中正大學臺灣文學研究所、美國哈佛大學東亞系,2012 年 5 月 26～27 日。

四、 報刊文章

- 封面頁,《今日世界》第 85 期,1955 年 10 月。

- 十三妹,〈為讀者釋近代文化人與遊埠〉,《新生晚報・新趣》,1964 年 7

月 17 日，5 版。

五、電子媒體

- 沈西城，〈蘋果樹下：心鎖・郭良蕙〉，http://hk.apple.nextmedia.com/su
pplement/columnist/%E6%B2%88%E8%A5%BF%E5%9F%8E/art/20130910
/18415825，2015 年 6 月 10 日檢索。

——選自《臺灣文學學報》第 26 期，2015 年 6 月

輯五◎
研究評論資料目錄

作家生平、作品評論專書與學位論文

專書

1. 孫啟元　遊子心 我的母親——作家 郭良蕙　香港　郭良蕙新事業有限公司　2016 年 2 月　591 頁

本書為紀念文集，以遊記形式記述與母親互動回憶，寓託懷母之情。全書共 9 章：1.西遊意大利；2.出埃及記；3.情迷巴黎；4.布拉格序曲；5.峇里島交響曲；6.冰天雪地北海道；7.瓦拉那西的陌生客；8.香港回憶錄；9.遠離非洲。正文前有〈作者簡介〉、司馬中原〈序〉、孫啟元〈前言〉，正文後有孫啟元〈後語——獻給我崇敬的母親〉。

學位論文

2. 蔡淑芬　解嚴前後臺灣女性作家的吶喊和救贖——以郭良蕙、聶華苓、李昂、平路作品為例　成功大學歷史學系　碩士論文　林瑞明教授指導　2003 年 7 月　208 頁

本論文比較白色恐怖餘威籠罩下的 1960 年代與解嚴後百家爭鳴的 1980 年代，以瞭解女性書寫或議題如何隨著時代波動、轉折。郭良蕙的《心鎖》與聶華苓的《桑青與桃紅》在當時皆遭遇到代表「政治正確」的黨政軍保守勢力的圍剿和壓抑，可作為解釋「威權體制」壓抑文化表述空間的象徵，進一步理解個人際遇、作家想像世界及其所處社會環境的互動關係。全文共 7 章：1.緒論；2.郭良蕙與《心鎖》；3.聶華苓與《桑青與桃紅》；4.郭良蕙與聶華苓作品討論比較；5.李昂《自傳の小說》與平路《行道天涯》；6.解嚴前後女性作家的吶喊與不平；7.結論——性、文學與政治。正文後附錄〈郭良蕙、聶華苓與李昂、平路對照年表〉、〈郭良蕙年表〉。

3. 廖淑儀　被強暴的文本——論「《心鎖》事件」中父權對女／性的侵害　靜宜大學中國文學系　碩士論文　游勝冠教授指導　2003 年 7 月　155 頁

本論文透過《心鎖》於 1963 年被內政部所禁的事件，探討文本中「性」與「亂倫」的問題，並從批判的角度，釐清父權國家對女／性的權力侵害。全文共 5 章：1.理直氣壯談《心鎖》；2.彷彿在君父的城邦；3.過街性愛人人喊打；4.性匆匆掩卷；5.結論。正文後附錄〈《心鎖》論戰之論戰之期刊報紙文章〉。

4. 楊　明　　情色與亂倫的禁忌──論郭良蕙《心鎖》的遭禁　佛光人文社會學
院文學研究所　碩士論文　馬森教授指導　2003 年 6 月　113 頁

本論文從《心鎖》兩度遭禁，討論該書遭禁之原因與影響，並重新審視《心鎖》的
文學價值。全文共 6 章，1.緒論；2.歷史上的禁書事件；3.《心鎖》出版之時代背
景；4.《心鎖》為何遭禁；5.《心鎖》開禁的意義；6.結論。

5. 鍾欣怡　　郭良蕙婚戀小說　臺北教育大學臺灣文化研究所　碩士論文　張炳
陽教授指導　2008 年 8 月　121 頁

本論文從「中國傳統禮教對女性的束縛」之性別角度對郭良蕙婚戀小說進行研究與
剖析，並藉由「羈絆女人的『家』」、「動物‧寓言」、「解構父權的書寫策略」
三個範疇，探討郭良蕙在文本中所呈現的書寫策略及創作意涵。全文共 5 章：1.緒
論；2.婚戀小說中羈絆女性的「家」；3.婚戀小說的動物‧寓言；4.婚戀小說的解構
父權的書寫策略；5.結論。

6. 張以昕　　戰後臺灣女性成長書寫的敘事特徵與世代轉折──以郭良蕙、李
昂、陳雪為探討中心　新竹教育大學語文學系　碩士論文　陳惠齡
教授指導　2012 年 7 月　165 頁

本論文選取郭良蕙、李昂、陳雪三位作家為研究對象，以成長的觀點出發，析論戰
後臺灣女性成長書寫的敘事特徵與世代轉折。全文共 6 章：1.緒論；2.戰後臺灣女性
成長小說書寫概況；3.從外擴至內顯的疆域縮編──成長空間與地方記憶書寫；4.從
抗頡至和解的家園組曲──家庭場域與家變書寫；5.從閉鎖至裸裎的愛戀紀事──女
性婚戀與情慾意識；6.結論。

7. 陳映瑾　　超越戰後臺灣的保守文化──郭良蕙的文學現代性與作家定位　成
功大學臺灣文學系　碩士論文　劉乃慈教授指導　2012 年 8 月
145 頁

本論文以西方現代性角度析論郭良蕙作品，梳理其作品與主導文化的差異，重新審
視郭良蕙在臺灣文學史上的定位。全文共 5 章：1.緒論；2.臺灣戰後的文學現代性；
3.揭掀國民劣根性；4.顛覆一元中心思維的越界書寫；5.結論。

8. 謝欣孜　　郭良蕙小說中的性別意識研究　東海大學中國文學系　碩士論文
許建崑教授指導　2015 年 6 月　117 頁

本論文探討郭良蕙小說中的性別意識重構，並從心理學的觀點，分析其書寫目的與

策略，以整合出作者更為完整的文學面向。全文共 6 章：1.緒論；2.郭良蕙及其五、六〇年代文壇；3.愛欲與罪罰：情感追尋或自我譴責；4.禮教與家園：禁錮或歸屬的重疊；5.旅行與出走：女性的自覺與行動；6.結論。

作家生平資料篇目

自述

9. 郭良蕙　作者附言　銀夢　自印　1953 年 1 月　頁 154—156

10. 郭良蕙　作者附言　銀夢　嘉義　青年圖書公司　1954 年 5 月　頁 154—156

11. 郭良蕙　前言　銀夢　香港　郭良蕙新事業公司　2014 年 1 月　頁 6—9

12. 郭良蕙　作者瑣語　泥窪的邊緣　臺北　暢流半月刊社　1954 年 1 月　頁 151—153

13. 郭良蕙　作者附語　禁果　臺北　臺灣書店　1954 年 12 月　頁 217

14. 郭良蕙　我的寫作生活　今日世界　第 85 期　1955 年 10 月　頁 8—9

15. 郭良蕙　我寫〈凱蕾〉　海風　第 3 卷第 4 期　1958 年 4 月　頁 10

16. 郭良蕙　後記　感情的債　高雄　大業書店　1958 年 10 月　頁 285—286

17. 郭良蕙　後記　春盡　高雄　大業書店　1961 年 3 月　頁 407—408

18. 郭良蕙　後記　牆裡牆外　高雄　大業書店　1961 年 8 月　頁 320—322

19. 郭良蕙　前言　牆裡牆外　香港　郭良蕙新事業公司　2014 年 6 月　頁 6—9

20. 郭良蕙　關於新潮派小說的寫作　文藝生活　第 5 期　1961 年 12 月　頁 5

21. 郭良蕙　後記　感情的債　高雄　大業書店　1962 年 4 月　頁 285—286

22. 郭良蕙　《感情的債》七版記　感情的債　高雄　大業書店　1962 年 4 月　頁 287—289

23. 郭良蕙　我寫《心鎖》　徵信新聞報　1962 年 6 月 20 日　7 版

24. 郭良蕙　我寫《心鎖》　心鎖　高雄　大業書店　1962 年 9 月　頁 379—383

25. 郭良蕙　　　我寫《心鎖》——初版後記　心鎖　臺北　九歌出版社　2002 年 1
　　　　　　　　月　頁 339—343

26. 郭良蕙　　　我寫《心鎖》——初版後記　心鎖　臺北　九歌出版社　2006 年 9
　　　　　　　　月　頁 339—343

27. 郭良蕙　　　前言——我寫《心鎖》　心鎖　香港　郭良蕙新事業公司　2014 年
　　　　　　　　3 月　頁 6—11

28. 郭良蕙　　　前言　女人的事　臺北　幼獅文化公司　1962 年 8 月　頁 1—2

29. 郭良蕙　　　〈凱蕾〉和〈遙遠的路〉　遙遠的路　高雄　大業書店　1962 年
　　　　　　　　頁 659—660

30. 郭良蕙　　　《心鎖》的命運　徵信新聞報　1963 年 2 月 12 日　7 版

31. 郭良蕙　　　後記　午夜的話[1]　高雄　大業書店　1963 年 2 月　頁 195

32. 郭良蕙　　　寫《青青草》有感　徵信新聞報　1963 年 9 月 17 日　8 版

33. 郭良蕙　　　寫《青青草》有感　青青草　臺北　臺灣聯合書局　1963 年　頁
　　　　　　　　320

34. 郭良蕙　　　我不重視《心鎖》和文協會籍　自立晚報　1963 年 11 月 8 日

35. 郭良蕙　　　我不重視《心鎖》和文協會籍　《心鎖》之論戰　1963 年 12 月
　　　　　　　　頁 176—180

36. 郭良蕙　　　前言　樓上樓下　高雄　長城出版社　1964 年 5 月　頁 1—5

37. 郭良蕙　　　前言　大廈的秘密[2]　香港　新文化公司　1965 年 1 月　頁 1—5

38. 郭良蕙　　　前言　生活的窄門[3]　高雄　長城出版社　1966 年 7 月　頁 1—5

39. 郭良蕙　　　前言　台北一九六〇[4]　臺北　時報文化出版公司　1991 年 8 月
　　　　　　　　頁 21—25

40. 郭良蕙　　　前言　樓上樓下　香港　郭良蕙新事業公司　2014 年 3 月　頁 6—10

41. 郭良蕙　　　後話　樓上樓下　高雄　長城出版社　1964 年 5 月　頁 263

---

[1]原名《泥窪的邊緣》。
[2]原名《樓上樓下》。
[3]原名《樓上樓下》。
[4]本書收錄《樓上樓下》之內容，惟將原書各章節重新定名，獨立成篇，本篇內容與《樓上樓下》同。

42. 郭良蕙　　後話　大廈的秘密[5]　香港　新文化公司　1965 年 1 月　頁 263

43. 郭良蕙　　後記　生活的窄門[6]　高雄　長城出版社　1966 年 7 月　頁 263

44. 郭良蕙　　後語　台北一九六〇[7]　臺北　時報文化出版公司　1991 年 8 月　頁 266

45. 郭良蕙　　後話　樓上樓下　香港　郭良蕙新事業公司　2014 年 3 月　頁 294

46. 郭良蕙　　我的寫作階段與路線　徵信新聞報　1966 年 6 月 7 日　7 版

47. 郭良蕙　　我的寫作階段與路線　蕉風　第 166 期　1966 年 8 月

48. 郭良蕙　　我，和我第一篇發表的小說　蕉風　第 164 期　1966 年 6 月

49. 郭良蕙　　後記　雨滴和淚滴　香港　新文化公司　1968 年 9 月　頁 307

50. 郭良蕙　　他們的故事　他們的故事　臺北　立志出版社　1970 年 3 月　頁 1—3

51. 郭良蕙　　他們的故事　他們的故事　臺北　漢麟出版社　1978 年 4 月　頁 1—3

52. 郭良蕙　　前言　他們的故事　香港　郭良蕙新事業公司　2014 年 10 月　頁 6—9

53. 郭良蕙　　後記　斜煙　臺北　立志出版社　1971 年 5 月　頁 388

54. 郭良蕙　　作者附語　斜煙　香港　郭良蕙新事業公司　2015 年 3 月　頁 6—7

55. 郭良蕙　　關於《加爾各答的陌生客》　加爾各答的陌生客　臺北　新亞出版社　1973 年 7 月　頁 1—2

56. 郭良蕙　　從〈花季〉談起　中華日報　1974 年 4 月 5 日　9 版

57. 郭良蕙　　歐旅雜誌——格蘭道爾的早餐　聯合報　1978 年 2 月 7 日　3 版

58. 郭良蕙　　格蘭道爾的早餐　格蘭道爾的早餐　臺北　爾雅出版社　1980 年 7 月　頁 1—7

---

[5]原名《樓上樓下》。
[6]原名《樓上樓下》。
[7]本書收錄《樓上樓下》之內容，惟將原書各章節重新定名，獨立成篇，本篇內容與《樓上樓下》同。

59. 郭良蕙　　格蘭道爾的早餐　過客[8]　臺北　爾雅出版社　1985 年 6 月　頁 1—7

60. 郭良蕙　　新版前言　青草青青　臺北　漢麟出版社　1978 年 5 月　〔1〕頁

61. 郭良蕙　　前言　青草青青　香港　郭良蕙新事業公司　2014 年 1 月　頁 6—7

62. 郭良蕙　　屬於閒遊散記的——前言　格蘭道爾的早餐　臺北　爾雅出版社　1980 年 7 月　頁 9—10

63. 郭良蕙　　屬於閒遊散記的——前言　過客　臺北　爾雅出版社　1985 年 6 月　頁 9—10

64. 郭良蕙　　自畫像——淺淡的素描[9]　聯合報　1981 年 2 月 3 日　8 版

65. 郭良蕙　　自我素描（代後記）　人生就是這樣！　臺北　九歌出版社　2002 年 1 月　頁 207—209

66. 郭良蕙　　後記——自我素描　人生就是這樣　香港　郭良蕙新事業公司　2014 年 11 月　頁 330—332

67. 郭良蕙　　早餐後《格蘭道爾的早餐》　爾雅　臺北　爾雅出版社　1981 年 7 月　頁 211—215

68. 郭良蕙　　出版前的沉思　中央日報　1985 年 4 月 30 日　12 版

69. 郭良蕙　　吾愛吾師　聯合報　1985 年 5 月 14 日　8 版

70. 郭良蕙　　出版前言　郭良蕙看文物　臺北　藝術家出版社　1985 年 5 月　頁 3—5

71. 郭良蕙　　此岸到彼岸——代後記　郭良蕙看文物　臺北　藝術家出版社　1985 年 5 月　頁 349—358

72. 郭良蕙　　都是「過客」——再版前言　過客　臺北　爾雅出版社　1985 年 6 月　頁 1—4

73. 郭良蕙　　前言——都是過客　過客　香港　郭良蕙新事業公司　2014 年 1 月　頁 6—11

74. 郭良蕙　　自序　郭良蕙作品集〔1～16 冊〕[10]　臺北　時報文化出版公司

---

[8]原名《格蘭道爾的早餐》
[9]本文後改篇名為〈自我素描〉。

　　　　　　　1986 年 6 月　　頁 1—2

75. 郭良蕙　　自序　黑色的愛　深圳　海天出版社　1988 年 12 月　頁 1—2

76. 郭良蕙　　自序　春盡　北京　人民文學出版社　1991 年 7 月　頁 1—2

77. 郭良蕙　　自序　斜煙　北京　人民文學出版社　1991 年 7 月　頁 1—2

78. 郭良蕙　　自序　郭良蕙作品集〔17～20 冊〕[11]　臺北　時報文化出版公司
　　　　　　　1991 年 8 月　頁 14—16

79. 郭良蕙　　自序　郭良蕙作品集典藏版（全 64 冊）[12]　香港　郭良蕙新事業公
　　　　　　　司　2014 年 1 月

80. 郭良蕙　　後記　文物市場傳奇　香港　藝術推廣中心　1987 年 9 月　頁 267
　　　　　　　—271

81. 郭良蕙　　出版前的沉思——代後記　青花青　臺北　藝術家出版社　1988 年
　　　　　　　7 月　頁 353—357

82. 郭良蕙　　時光節奏　中央日報　1988 年 10 月 2 日　16 版

83. 郭良蕙　　有緣才相聚　中外雜誌　第 279 期　1990 年 5 月　頁 106

84. 郭良蕙　　長亭更短亭（代後記）　台北一九六〇　臺北　時報文化出版公司
　　　　　　　1991 年 8 月　頁 270—277

85. 郭良蕙　　長亭更短亭（代後記）　四月的旋律　臺北　時報文化出版公司

---

[10]時報文化出版公司於 1986 年 6 月至 1988 年 6 月，陸續出版郭良蕙作品集 1～16 冊。依序為《青
　草青青》、《心鎖》、《黑色的愛》、《感情的債》、《鄰家有女》、《早熟》、《加爾各答的陌生客 》、
　《第三性》、《斜煙》、《黃昏來臨時》、《失落‧失落‧失落》、《緣去緣來》、《春盡》、《我不再哭
　泣》、《記憶的深處》、《約會與薄醉》。
[11]時報文化出版公司於 1991 年 8 月出版郭良蕙作品集 17～20 冊。依序為《台北一九六〇》、《四月
　的旋律》、《他們的故事》、《遙遠的路》。
[12]郭良蕙新事業公司於 2014 年 1 月至 2016 年 2 月，陸續出版郭良蕙作品集典藏版，共 64 冊。依
　序為《銀夢》、《我不再哭泣》、《青草青青》、《過客》、《加爾各答的陌生客》、《團圓》、《第三
　者》、《心鎖》、《樓上樓下》、《黃昏來臨時》、《聖女》、《女人的事》、《早熟》、《憶曲》、《牆裡牆
　外》、《花季》、《情種》、《錯誤的抉擇》、《黑色的愛》、《春盡》、《臺北的女人》、《貴婦與少女》、
　《兩種以外的》、《我心‧我心》、《他們的故事》、《生活的秘密》、《午夜的話》、《第四個女人》、
　《人生就是這樣》、《一吻》、《好個秋》、《約會與薄醉》、《四月的旋律》、《雨滴和淚滴》、《感情的
　債》、《變奏》、《琲琲的故事》、《默戀》、《焦點》、《記憶的深處》、《他‧她‧牠》、《禁果》、《斜
　煙》、《寂寞假期》、《女大當嫁》、《晚宴》、《小女人》、《鄰家有女》、《緣》、《繁華夢》、《睡眠在哪
　裡》、《迷境》、《這一大片空白》、《蝕》、《失落‧失落‧失落》、《遙遠的路》、《藏在幸福裡的》、
　《文物市場傳奇》、《金色的憂鬱》、《郭良蕙看文物》、《青花青》、《世間多絕色》、《郭良蕙選集》
　（上）、（下）、《緣去緣來》。

1991 年 8 月　頁 455—461

86. 郭良蕙　　長亭更短亭（代後記）　他們的故事　臺北　時報文化出版公司
1991 年 8 月　頁 392—398

87. 郭良蕙　　長亭更短亭（代後記）　遙遠的路　臺北　時報文化出版公司
1991 年 8 月　頁 534—539

88. 郭良蕙　　序曲　變奏　北京　中國文聯出版公司　1993 年 5 月　頁 1—6

89. 郭良蕙　　出版前言　世間多絕色　臺北　藝術家出版社　1997 年 1 月　頁 4
—5

90. 郭良蕙　　我沒有哭　聯合文學　第 166 期　1998 年 8 月　頁 65—69

91. 郭良蕙　　心，誰能鎖住？[13]　中國時報　2001 年 12 月 10 日　39 版

92. 郭良蕙　　誰能鎖住心——四十年後重出一禁再禁的《心鎖》　九歌雜誌　第
249 期　2001 年 12 月　1 版

93. 郭良蕙　　誰能鎖住心——重新排版自序　心鎖　臺北　九歌出版社　2002 年
1 月　頁 1—4

94. 郭良蕙　　好一片月白風清（代序）　人生就是這樣！　臺北　九歌出版社
2002 年 1 月　頁 9—12

95. 郭良蕙　　大無畏　文訊雜誌　第 223 期　2004 年 5 月　頁 45

96. 郭良蕙　　親子圖　文訊雜誌　第 240 期　2005 年 10 月　頁 15

97. 郭良蕙　　青春的瞬間——青春的翅膀——郭良蕙　臺灣文學館通訊　第 12 期
2006 年 9 月　頁 25

98. 郭良蕙　　作者啟事　憶曲　香港　郭良蕙新事業公司　2014 年 5 月　頁 6

99. 郭良蕙　　前言　黑色的愛　香港　郭良蕙新事業公司　2014 年 7 月　頁 6—9

他述

100. 柳綠蔭　　綠的戀者——郭良蕙　中國一周　第 255 期　1955 年 3 月 14 日
頁 22

---

[13]本文後改篇名為〈誰能鎖住心——四十年後重出一禁再禁的《心鎖》〉、〈誰能鎖住心——重新排版
自序〉。

101. 水祥雲　蕙心蘭質蘊才華──作家郭良蕙小姐　晨光　第 3 卷第 5 期　1955年 7 月

102. 朱秀娟　我所認識的郭良蕙　工商晚報　1964 年 7 月 5 日　1 版

103. 十三妹　為讀者釋近代文化人與遊埠〔郭良蕙部分〕　新生晚報　1964 年 7 月 17 日　5 版

104. 魏子雲　論郭良蕙──兼評《心鎖》事件　偏愛與偏見　臺北　皇冠出版社 1965 年 8 月　頁 117—136

105. 〔聯合報〕　郭良蕙挺著的箭靶，不肯倒下！　聯合報　1965 年 12 月 18 日　13 版

106. 夏祖麗　郭良蕙對婚姻和人生的看法　她們的世界　臺北　純文學出版社 1973 年 1 月　頁 135—141

107. 張枝鮮　郭良蕙的心路歷程　臺灣新聞報　1979 年 9 月 14 日　12 版

108. 林海音　從新潮到古董　聯合報　1983 年 7 月 15 日　8 版

109. 林海音　從新潮到古董　剪影話文壇　臺北　純文學出版社　1984 年 8 月 頁 85—87

110. 林海音　郭良蕙／從新潮到古董　林海音作品集‧剪影話文壇　臺北　遊目族文化公司　2000 年 5 月　頁 83—85

111. 〔王晉民，鄺白曼主編〕　郭良蕙　臺灣與海外華人作家小傳　福州　福建人民出版社　1983 年 9 月　頁 213—214

112. 陸震廷　我所知道的郭良蕙　暢流　第 71 卷第 9 期　1985 年 6 月 16 日 頁 12—16

113. 劉　枋　看那一片綠──記郭良蕙　非花之花　臺北　采風出版社　1985年 9 月　頁 69—74

114. 郭嗣汾　郭良蕙的天地　文藝季刊　第 1 期　1985 年 10 月　頁 235—244

115. 〔編輯部〕　郭良蕙女士小傳　焦點　北京　中國文聯出版公司　1987 年 1 月　〔1〕頁

116. 〔編輯部〕　郭良蕙女士小傳　感情的債　北京　中國文聯出版公司

　　　　　　　　　1992 年 5 月　〔1〕頁

117.〔編輯部〕　　郭良蕙女士小傳　黃昏來臨時　北京　中國文聯出版公司
　　　　　　　　　1992 年 6 月　〔1〕頁

118.〔編輯部〕　　郭良蕙女士小傳　我不再哭泣　北京　中國文聯出版公司
　　　　　　　　　1992 年 8 月　〔1〕頁

119.〔編輯部〕　　郭良蕙女士小傳　他們的故事　北京　中國文聯出版公司
　　　　　　　　　1992 年 8 月　〔1〕頁

120.〔編輯部〕　　郭良蕙女士小傳　遙遠的路　北京　中國文聯出版公司
　　　　　　　　　1992 年 10 月　〔1〕頁

121.〔編輯部〕　　郭良蕙女士小傳　失落‧失落‧失落　北京　中國文聯出版
　　　　　　　　　公司　1993 年 4 月　〔1〕頁

122.〔編輯部〕　　郭良蕙女士小傳　這一大片空白　北京　中國文聯出版公司
　　　　　　　　　1993 年 4 月　〔1〕頁

123.〔編輯部〕　　郭良蕙女士小傳　變奏　北京　中國文聯出版公司　1993 年
　　　　　　　　　5 月　〔1〕頁

124.〔編輯部〕　　郭良蕙女士小傳　青草青青　北京　中國文聯出版公司
　　　　　　　　　1993 年 7 月　〔1〕頁

125.〔編輯部〕　　郭良蕙女士小傳　蝕　北京　中國文聯出版公司　1993 年 8
　　　　　　　　　月　〔1〕頁

126.〔編輯部〕　　郭良蕙女士小傳　金色的憂鬱　北京　中國文聯出版公司
　　　　　　　　　1993 年 10 月　〔1〕頁

127. 續伯雄　郭良蕙的「心鎖」開開關關　臺灣日報　1989 年 7 月 19 日　8 版

128. 吳崇蘭　美麗、美麗、郭良蕙　中央日報　1989 年 10 月 15 日　9 版

129. 吳崇蘭　美麗的女作家──郭良蕙傳奇　中外雜誌　第 279 期　1990 年 5
　　　　　月　頁 104─105

130. 丁　允　郭良蕙的美麗新世界　中央月刊　第 25 卷第 1 期　1992 年 1 月
　　　　　頁 116─119

131. 穆　欣　　郭良蕙《心鎖》難平　臺灣新聞報　1992 年 8 月 13 日　13 版

132. 朱白水　　永不風化的雕痕——「藝文夜談」瑣憶〔郭良蕙部分〕　文訊雜誌　第 82 期　1992 年 8 月　頁 112—113

133. 楊　明　　為當年情誼定格〔郭良蕙部分〕　中央日報　1992 年 10 月 3 日　16 版

134. 楊　明　　為當年情誼定格〔郭良蕙部分〕　風範：文壇前輩素描　臺北　正中書局　1996 年 10 月　頁 168—171

135. 魯非木　　歷經坎坷的女作家郭良蕙　光明日報　1993 年 4 月 2 日　6 版

136. 〔朱西甯主編〕　　郭良蕙　山東人在臺灣：文學篇　臺北　財團法人吉星福張振芳伉儷文教基金會　1997 年 3 月　頁 124—129

137. 陸震廷　　郭良蕙的天地　奮鬥人生　高雄　高雄縣立文化中心　1998 年 3 月　頁 14—24

138. 計璧瑞，宋剛　　郭良蕙　中國文學通典‧小說通典　北京　解放軍文藝出版社　1999 年 1 月　頁 1021

139. 董桂因　　郭良蕙換跑道，寫散文抒發心境　文苑　第 14 期　2000 年 11 月　頁 22

140. 張夢瑞　　郭良蕙，生活故事化為文字——第一本短文問世，《心鎖》也重新出版　民生報　2001 年 12 月 13 日　A13 版

141. 符立中　　鎖住心、鎖住了妒嫉與人性——郭良蕙　幼獅文藝　第 580 期　2002 年 4 月　頁 14—15

142. 師　範　　《心鎖》‧郭良蕙‧王藍‧與我　文藝生活　臺北　文藝生活書房　2005 年 10 月　頁 270—274

143. 應鳳凰，黃恩慈　　戰後臺灣文學風華——五○年代女作家系列（九）——勇於做自己的時代女性——郭良蕙　明道文藝　第 355 期　2005 年 10 月　頁 118—123

144. 應鳳凰　　郭良蕙——勇於打開心鎖的小說家　文學風華：戰後初期 13 著名女作家　臺北　秀威資訊科技公司　2007 年 5 月　頁 91—97

145. 楊　　明　　溫暖的重陽節〔郭良蕙部分〕　人間福報　2006 年 10 月 30 日　15 版

146. 師　　範　　以文會友少年遊——《野風》吹起時——郭良蕙：嚮往文學的心鎖得住嗎？　文訊雜誌　第 268 期　2008 年 2 月　頁 60—64

147. 師　　範　　郭良蕙：嚮往文學的心鎖得住嗎？　紫檀與象牙——當代文人風範　臺北　秀威資訊科技公司　2010 年 5 月　頁 25—34

148. 蔡登山　　郎靜山——鏡頭裡的名人往事——郭良蕙鎖不住的美女作家　聯合文學　第 282 期　2008 年 4 月　頁 25

149. 〔封德屏主編〕　郭良蕙　2007 臺灣作家作品目錄　臺南　國立臺灣文學館　2008 年 7 月　頁 830

150. 王大閎　　女強人——Gloria K.素描　銀色的月球　臺北　台兆國際公司　2008 年 8 月　頁 44—49

151. 〔范銘如編著〕　作者介紹／郭良蕙　青少年臺灣文庫 2——小說讀本 1：穿過荒野的女人　臺北　國立編譯館　2008 年 12 月　頁 223

152. 張夢瑞　　情欲已然過去——憶郭良蕙　中華日報　2013 年 7 月 8 日　B7 版

153. 隱　　地　　關於郭良蕙二章[14]　文訊雜誌　第 334 期　2013 年 8 月　頁 35—37

154. 隱　　地　　過客郭良蕙　生命中特殊的一年——隱地 2013 年札記　臺北　爾雅出版社　2013 年 11 月　頁 48—49

155. 隱　　地　　漏網新聞　生命中特殊的一年——隱地 2013 年札記　臺北　爾雅出版社　2013 年 11 月　頁 44—47

156. 王為萱　　作家郭良蕙逝世　文訊雜誌　第 334 期　2013 年 8 月　頁 177

157. 平　　路　　戒嚴時代的遺事　自由電子報‧自由評論網　2013 年 12 月 23 日

158. 司馬中原　　書序　遊子心——我的母親郭良蕙　香港　郭良蕙新事業公司　2014 年 1 月　頁 6—9

159. 孫啟元　　前言　遊子心——我的母親郭良蕙　香港　郭良蕙新事業公司

---

[14]本文包含「漏網新聞」、「過客郭良蕙」二部分，後獨立成篇。

2014 年 1 月　頁 10—12

160.〔編輯部〕　　作者簡介　郭良蕙作品集典藏版（全 64 冊）　香港　郭良蕙新事業公司　2014 年 1 月　頁 2—3

161. 賀越明　一位臺灣女作家經歷的禁書事件　同舟共進　2014 年第 03 期　2014 年 3 月　頁 62—66

162. 張林嵐　臺灣「最美女作家」逸事　新民晚報　2014 年 6 月 8 日　B7 版

163. 古遠清　臺灣文壇六十年來文學事件掠影——查禁《心鎖》引發之論戰　新地文學　第 28 期　2014 年 6 月　頁 171—172

164.〔編輯部〕　　郭良蕙女士紀念特輯　中華文物學會 2014 年刊　2014 年 6 月　頁 20—21

165. 蔡登山　記憶中郭老師的二三事　中華文物學會 2014 年刊　2014 年 6 月　頁 22—27

166. 孫啟元　郭良蕙看文物　中華文物學會 2014 年刊　2014 年 6 月　頁 28—33

167. 朱佩蘭　從「嘉義街景」引發的感懷〔郭良蕙部分〕　文訊雜誌　第 350 期　2014 年 12 月　頁 193

168. 吳懷楚　悼念臺灣小說作家郭良蕙女士　新世紀文藝　第 13 期　2015 年 2 月　頁 113—114

169. 詹淑嫻　前言——母親的話　繁華夢　香港　郭良蕙新事業公司　2015 年 5 月　頁 6—7

170. 許定銘　書人書事〔郭良蕙部分〕　城市文藝　第 8 期　2015 年 8 月

訪談、對談

171. 趙光裕　丟了鑰匙的「心鎖」——訪女作家郭良蕙談寫作與人生　自立晚報　1963 年 5 月 3 日

172. 趙光裕　丟了鑰匙的「心鎖」——訪女作家郭良蕙談寫作與人生　《心鎖》之論戰　1963 年 12 月　頁 43—47

173. 郭良蕙等[15]　　文藝寫作的路線問題　幼獅文藝　第 104 期　1963 年 6 月　頁 4—6，9

174. 〔聯合報〕　　郭良蕙談她的《心鎖》，不是誨淫敗德的書，認為文協指責沒有憑據　聯合報　1963 年 11 月 9 日　2 版

175. 〔徵信新聞報〕　　「心」靈的自由，「鎖」上話春秋——郭良蕙談著作被禁，藝術表現超過說教　徵信新聞報　1963 年 11 月 9 日　3 版

176. 〔編輯部〕　　臺灣最美麗的女作家 郭良蕙暢談《心鎖》——她曾上銀幕卻不打算在電影圈發展　工商晚報　1964 年 7 月 5 日　1 版

177. 〔聯合報〕　　郭良蕙：挺著的箭靶・不肯倒下！　聯合報・聯合周刊　1965 年 12 月 18 日　5 版

178. 程榕寧　　訪問郭良蕙女士　大華晚報　1973 年 5 月 19 日　8 版

179. 沈恬聿　　與郭良蕙談寫作與生活　文壇　第 253 期　1981 年 7 月　頁 143—151

180. 陳長華　　二十年《心鎖》禁閉，郭良蕙「沉冤」得雪——最美麗的女作家・重進文協大門，心靈疤痕難抹拭・勇敢面對人生　聯合報　1982 年 5 月 5 日　3 版

181. 李燕瓊　　看穿人生、抓住現實——郭良蕙和大家聊天　女性雜誌　第 192 期　1982 年 11 月　頁 38

182. 高信譚，郭良蕙講；紀瀛寰記　　女人四十如何一枝花——名主持人高信譚與名作家郭良蕙對談女人四十的魅力　快樂家庭　第 109 期　1983 年 1 月　頁 12—17

183. 吳　漢　　打開心鎖 照亮暗夜——郭良蕙與李昂現身談創作心境　時報週刊　第 401 期　1985 年 11 月 3 日　頁 29—33

184. 張國立　　打開郭良蕙的心鎖　中華日報　1986 年 7 月 23 日　11 版

185. 張勝友　　「世界人」與故園情——訪臺灣著名女作家郭良蕙　光明日報　1988 年 10 月 16 日　2 版

---

[15]與會者：郭良蕙、后希鎧、林適存、師範、王藍。

186. 翠　園　　與郭良蕙談收藏古物　緣在山中　馬來西亞　心鏡出版社　1991
　　　　　　　年 4 月　頁 78—86

187. 翠　園　　與《心鎖》作者郭良蕙一席談　藝文誌　第 278 期　1991 年 10 月
　　　　　　　頁 42—44

188. 馮季眉　　對美及藝術的永恆追求——專訪郭良蕙女士　文訊雜誌　第 140 期
　　　　　　　1997 年 6 月　頁 90—93

189. 賴素鈴　　郭良蕙《心鎖》情欲已然過去——寄給北京華文出版社的書稿，作
　　　　　　　家自行刪去部分性愛描寫　民生報　1998 年 6 月 15 日　19 版

190. 葉美瑤　　開啟一把塵封三十五年的心鎖——訪郭良蕙女士談《心鎖》禁書事
　　　　　　　件始末　聯合文學　第 166 期　1998 年 8 月　頁 60—64

191. 葉美瑤　　開啟一把塵封多年的心鎖——訪郭良蕙女士談《心鎖》查禁事件始
　　　　　　　末　心鎖　臺北　九歌出版社　2002 年 1 月　頁 345—351

192. 葉美瑤　　開啟一把塵封多年的心鎖——訪郭良蕙女士談《心鎖》查禁事件始
　　　　　　　末　心鎖　臺北　九歌出版社　2006 年 9 月　頁 345—351

193. 曾鈴月　　郭良蕙訪談記錄　女性、鄉土與國族——戰後大陸來臺三位女作家
　　　　　　　〔徐鍾珮、潘人木、孟瑤〕作品之女性書寫及其社會意義初探
　　　　　　　靜宜大學中國文學系　碩士論文　邱貴芬教授指導　2001 年 1 月
　　　　　　　頁 96—105

194. 江世芳　　郭良蕙的《心鎖》開了——看淡禁書風波，笑談《人生就是這樣》
　　　　　　　中國時報　2001 年 12 月 13 日　14 版

195. 李令儀　　郭良蕙說人生就是這樣！——當年描寫情慾小說被禁，如今回想覺
　　　　　　　得可笑　聯合報　2001 年 12 月 13 日　14 版

196. 吳宗蕙　　美寓真誠——訪臺灣女作家郭良蕙　海內與海外　2002 年第 11 期
　　　　　　　2002 年 11 月　頁 33—35

197. 陳宛茜　　郭良蕙尋寶，找到愛的枷鎖　聯合報　2003 年 8 月 25 日　12 版

年表

198. 蔡淑芬　　郭良蕙、聶華苓與李昂、平路對照年表　解嚴前後臺灣女性作家

的吶喊和救贖——以郭良蕙、聶華苓、李昂、平路作品為例　成功
大學歷史學系　碩士論文　林瑞明教授指導　2003 年 7 月　頁
133—192

199. 蔡淑芬　　郭良蕙年表　解嚴前後臺灣女性作家的吶喊和救贖——以郭良蕙、
聶華苓、李昂、平路作品為例　成功大學歷史學系　碩士論文
林瑞明教授指導　2003 年 7 月　頁 193—200

200. 應鳳凰　　郭良蕙年表　文學風華：戰後初期 13 著名女作家　臺北　秀威資
訊科技公司　2007 年 5 月　頁 98—100

其他

201.〔聯合報〕　　郭良蕙著《心鎖》被查扣　聯合報　1963 年 1 月 22 日　2 版

202. 蘇雪林　　蘇雪林致《自由青年》雜誌的一封信　自由青年　第 29 卷第 7 期
1963 年 4 月 1 日　頁 11

203. 蘇雪林　　蘇雪林致《自由青年》雜誌的一封信　《心鎖》之論戰　1963 年
12 月　頁 68—69

204.〔自立晚報〕　　論《心鎖》事件　自立晚報　1963 年 5 月 5 日　1 版

205.〔自立晚報〕　　論《心鎖》事件　亞洲畫報　第 122 期　1963 年 6 月　頁
20

206.〔自立晚報〕　　論《心鎖》事件　《心鎖》之論戰　1963 年 12 月　頁 37
—39

207. 楊尚強　　文章千古事·得失寸心知　郭良蕙失落的「心鎖」　民族晚報
1963 年 5 月 21 日

208. 龍　天　　文藝圈中一大事〔《心鎖》事件〕　幼獅文藝　第 103 期　1963
年 5 月　頁 3

209. 龍　天　　文藝圈中一大事〔《心鎖》事件〕　亞洲畫報　第 124 期　1963
年 8 月　頁 28

210. 龍　天　　文藝圈中一大事〔《心鎖》事件〕　《心鎖》之論戰　1963 年 12
月　頁 163—166

211. 江石江　　「文協」註銷郭良蕙會籍面面觀　許多人都說：這太過份了　自立晚報　1963 年 5 月 5 日

212. 江石江　　「文協」註銷郭良蕙會籍面面觀　《心鎖》之論戰　1963 年 12 月　頁 64—67

213.〔聯合報〕　　《心鎖》‧深鎖／公文‧虛文／旅行途中失蹤，訴願有始無蹤　聯合報　1963 年 6 月 12 日　3 版

214.〔聯合報〕　　對《心鎖》訴願高市府答辯呈送省政府，列述查禁合法理由　聯合報　1963 年 6 月 16 日　3 版

215.〔聯合報〕　　文書遭延誤，責任該誰負〔《心鎖》事件〕　聯合報　1963 年 6 月 20 日　3 版

216. 南宮搏　　關於《心鎖》的查禁　亞洲畫報　第 122 期　1963 年 6 月　頁 18

217. 南宮搏　　關於《心鎖》的查禁　《心鎖》之論戰　1963 年 12 月　頁 35—36

218. 張國興　　我對《心鎖》事件的意見　亞洲畫報　第 122 期　1963 年 6 月　頁 18

219. 張國興　　我對《心鎖》事件的意見　《心鎖》之論戰　1963 年 12 月　頁 18—22

220. 孫　旗　　由《心鎖》事件析論臺灣文藝界的風氣　亞洲畫報　第 122 期　1963 年 6 月　頁 18—20

221. 孫　旗　　由《心鎖》事件析論臺灣文藝界的風氣　《心鎖》之論戰　1963 年 12 月　頁 23—32

222. 微　之　　《心鎖》與會籍　亞洲畫報　第 122 期　1963 年 6 月　頁 20

223. 微　之　　《心鎖》與會籍　《心鎖》之論戰　1963 年 12 月　頁 33—34

224. 江雨帆　　從郭良蕙的訴願說起　自立晚報　1963 年 7 月 12 日

225. 張國興　　法律與正義　亞洲畫報　第 124 期　1963 年 8 月　頁 26

226. 張國興　　法律與正義　《心鎖》之論戰　1963 年 12 月　頁 130—134

227.〔聯合報〕　　《心鎖》訴願遭省政府駁回，認為查禁理由充足　聯合報

1963 年 9 月 13 日　3 版

228. 穆中南　　一個反常的現象——《心鎖》事件　文壇　第 40 期　1963 年 10 月　頁 6—7

229. 穆中南　　一個反常的現象——《心鎖》事件　《心鎖》之論戰　1963 年 12 月　頁 70—77

230. 〔聯合報〕　對於《心鎖》查禁事，文協理事有聲明，指作者散播誨淫毒素，開除會籍為維護會譽　聯合報　1963 年 11 月 4 日　2 版

231. 〔編輯部〕　註銷郭良蕙會籍　文藝協會有說明　大華晚報　1963 年 11 月 4 日

232. 穆中南　　檢討《心鎖》問題的原因和態度　文壇　第 41 期　1963 年 11 月　頁 6

233. 穆中南　　檢討《心鎖》問題的原因和態度　《心鎖》之論戰　1963 年 12 月　頁 78—80

234. 劉心皇　　關於《心鎖》的六個問題[16]　文壇　第 41 期　1963 年 11 月　頁 9—13

235. 劉心皇　　關於《心鎖》的六問題　《心鎖》之論戰　1963 年 12 月　頁 81—93

236. 孫旗，王俊雄　《心鎖》事件的來龍去脈　《心鎖》之論戰　1963 年 12 月　頁 135—143

237. 石　侶　　再談《心鎖》事件　《心鎖》之論戰　1963 年 12 月　頁 149—150

238. 潘　林　　我看《心鎖》　《心鎖》之論戰　1963 年 12 月　頁 167—171

239. 周棄子　　「否，否，否」三個字〔《心鎖》事件〕　《心鎖》之論戰　1963 年 12 月　頁 151—152

240. 林適存　　值得重視的問題〔《心鎖》事件〕　《心鎖》之論戰　1963 年 12 月　頁 158—159

---

[16]本文後改篇名為〈六十年代一部引起文壇注意的書〉，內容略有增補。

241. 孫　陵　　郭良蕙，心鎖，文藝協會　《心鎖》之論戰　1963 年 12 月　頁 156—157

242. 墨　人　　我的淺見〔《心鎖》事件〕　《心鎖》之論戰　1963 年 12 月　頁 160—162

243. 南　登　　對心鎖事件的幾點商榷　《心鎖》之論戰　1963 年 12 月　頁 40 —42

244. 曉　音　　《心鎖》問題的面面觀　《心鎖》之論戰　1963 年 12 月　頁 48 —63

245. 刑光祖　　從禁書事例說起　《心鎖》之論戰　1963 年 12 月　頁 106—113

246. 〔中國文藝協會〕　中國文藝協會聲明　《心鎖》之論戰　1963 年 12 月　頁 172—175

247. 〔中國文藝協會〕　註銷郭良蕙會籍的聲明　文藝生活　1964 年 5 月

248. 〔聯合報〕　打不開《心鎖》，訴願再遭批駁，內政部認為描寫猥褻　聯合報　1964 年 3 月 6 日　3 版

249. 讀書先生　　談郭良蕙的小說——中視「出版與讀書」節目昨天播出　中華日報　1973 年 10 月 8 日　5 版

250. 劉心皇　　關於《心鎖》——美麗的動物所著唯美的書　自由談　第 29 卷第 9 期　1978 年 7 月　頁 39—40

251. 高愛倫　　徐進良想打開郭良蕙的《心鎖》——計畫在香港拍攝　通過電檢才能在國內上映　民生報　1982 年 8 月 30 日　10 版

252. 〔編輯部〕　買古董前先瞭解背景　郭良蕙為拍賣會講古　民生報　1985 年 9 月 23 日　9 版

253. 〔編輯部〕　郭良蕙揚名英美　連登名人錄　民生報　1987 年 8 月 23 日　10 版

254. 耕　雨　　郭良蕙《心鎖》查禁真相　臺灣新聞報　1999 年 12 月 10 日　13 版

255. 〔編輯部〕　二度被查禁的《心鎖》　心鎖　臺北　九歌出版社　2002 年

1 月　頁〔1〕

256.〔編輯部〕　　孫啟元明談「母親郭良蕙」　中國時報　2014 年 1 月 10 日
　　　D4 版

257. 曾　樾　　訪臺隨筆：新書發布會與京味「麥根香」　海內與海外　2014 年
　　　第 03 期　2014 年 3 月　頁 50—52

作品評論篇目

綜論

258. 楊昌年　　郭良蕙　近代小說研究　臺北　蘭臺書局　1976 年 1 月　頁 574

259. 楊雅雲　　郭良蕙的世界——寫作、古董、珠寶　中華日報　1978 年 11 月 29
　　　日　12 版

260. 顧樹型　　著作等身的傑出文豪郭良蕙　黃昏來臨時　臺北　〔自行出版〕
　　　1987 年 1 月　頁 49—51

261.〔黃維樑主編〕　　對小說的看法和評論——郭良蕙　中國當代短篇小說選
　　　（第一集）　香港　新亞洲出版社　1988 年 4 月　頁 417

262. 董保中　　郭良蕙的臺北人世界　中央日報　1988 年 10 月 16 日　6 版

263. 董保中　　郭良蕙的臺北人世界　台北一九六〇　臺北　時報文化出版公司
　　　1991 年 8 月　頁 9—13

264. 董保中　　郭良蕙的臺北人世界　四月的旋律　臺北　時報文化出版公司
　　　1991 年 8 月　頁 8—11

265. 董保中　　郭良蕙的臺北人世界　他們的故事　臺北　時報文化出版公司
　　　1991 年 8 月　頁 8—11

266. 董保中　　郭良蕙的臺北人世界　遙遠的路　臺北　時報文化出版公司　1991
　　　年 8 月　頁 7—10

267. 郭良夫　　小妹的小說——郭良蕙小說系列序　我心·我心　北京　臺聲出版
　　　社　1989 年 3 月　頁 1—2

268. 郭良夫　　小妹的小說——郭良蕙小說系列序　寂寞的假期　北京　臺聲出版

社　　1989 年 4 月

269. 郭良夫　小妹的小說──郭良蕙小說系列序　心鎖　北京　臺聲出版社
　　　1989 年 9 月　頁 1─2

270. 郭良夫　小妹的小說──郭良蕙小說系列　台北一九六〇　臺北　時報文化
　　　出版公司　1991 年 8 月　頁 267─269

271. 郭良夫　小妹的小說──郭良蕙小說系列　四月的旋律　臺北　時報文化出
　　　版公司　1991 年 8 月　頁 453─454

272. 郭良夫　小妹的小說──郭良蕙小說系列　他們的故事　臺北　時報文化出
　　　版公司　1991 年 8 月　頁 390─391

273. 郭良夫　小妹的小說──郭良蕙小說系列　遙遠的路　臺北　時報文化出版
　　　公司　1991 年 8 月　頁 532─533

274. 王列耀　郭良蕙小說二題　華文文學　1991 年第 3 期　1991 年 3 月　頁 70
　　　─71

275. 黃重添　　長篇小說概述〔郭良蕙部分〕　臺灣新文學概觀（下）　廈門
　　　鷺江出版社　1991 年 6 月　頁 40─41

276. 王　寧　迷茫中的知識‧悲愴後的光明──讀臺灣女作家郭良蕙的小說　台
　　　北一九六〇　臺北　時報文化出版公司　1991 年 8 月　頁 3─8

277. 王　寧　迷茫中的知識‧悲愴後的光明──讀臺灣女作家郭良蕙的小說　四
　　　月的旋律　臺北　時報文化出版公司　1991 年 8 月　頁 3─7

278. 王　寧　迷茫中的知識‧悲愴後的光明──讀臺灣女作家郭良蕙的小說　他
　　　們的故事　臺北　時報文化出版公司　1991 年 8 月　頁 3─7

279. 王　寧　迷茫中的知識‧悲愴後的光明──讀臺灣女作家郭良蕙的小說　遙
　　　遠的路　臺北　時報文化出版公司　1991 年 8 月　頁 3─6

280. 葉石濤　五〇年代的臺灣文學──作家與作品〔郭良蕙部分〕　臺灣文學史
　　　綱　高雄　文學界雜誌社　1991 年 9 月　頁 97

281. 葉石濤　臺灣文學史綱──五〇年代的臺灣文學──作家與作品〔郭良蕙部
　　　分〕　葉石濤全集‧評論卷五　臺南，高雄　國立臺灣文學館，

　　　　　　高雄市文化局　2008 年 3 月　頁 109

282. 莊明萱　文學的極端政治化和非政治化傾向對它的離棄——「戰鬥文學」的
　　　　　　高倡及其演變和特點〔郭良蕙部分〕　臺灣文學史（下）　福州
　　　　　　海峽文藝出版社　1993 年 1 月　頁 42—43

283. 莊明萱　林海音、孟瑤、郭良蕙等女作家　臺灣文學史（下）　福州　海
　　　　　　峽文藝出版社　1993 年 1 月　頁 55—58

284. 王　寧　現代臺北生活的廣角鏡——讀臺灣女作家郭良蕙的小說　四海——
　　　　　　臺港與海外華文文學　第 20 期　1993 年 3 月　頁 84—86

285. 王　寧　現代臺北生活 DE 廣角鏡——讀臺灣女作家郭良蕙的小說　團結
　　　　　　1995 年 S1 期　1995 年 12 月　頁 41—42

286. 張超主編　郭良蕙　臺港澳及海外華人作家辭典　江蘇　南京大學出版社
　　　　　　1994 年 12 月　頁 124—125

287. 皮述民　從反共小說到現代小說〔郭良蕙部分〕　二十世紀中國新文學史
　　　　　　臺北　駱駝出版社　1997 年 10 月　頁 323

288. 范銘如　「我」行我素——六〇年代臺灣文學的「小」女聲〔郭良蕙部分〕
　　　　　　文學理論與通俗文化：四〇—六〇年代　臺北　中央研究院中國
　　　　　　文哲研究所籌備處　1998 年 1 月 3 日

289. 范銘如　「我」行我素——六〇年代臺灣文學的「小」女聲〔郭良蕙部分〕
　　　　　　文藝理論與通俗文化（下）　臺北　中研院文哲所　1999 年 12 月
　　　　　　頁 707—732

290. 范銘如　「我」行我素——六〇年代臺灣文學的「小」女聲〔郭良蕙部分〕[17]
　　　　　　性別論述與臺灣小說　臺北　麥田出版公司　2000 年 10 月　頁
　　　　　　67—92

291. 范銘如　「我」行我素——六〇年代臺灣文學的「小」女聲〔郭良蕙部分〕

---

[17]郭良蕙部分散見全篇。本文探討 1960 年代懷鄉文學主流之下常遭忽略的「另類」聲波，藉由郭
　良蕙、林海音、徐薏藍、康芸薇、王令嫻等含有異議的女性小說文本，揭示在家國／男性意識邊
　緣所潛藏的尋覓女性主體性及性別戰鬥文藝之暗流。本文分 4 小節：1.文本／性別政策；2.身份
　地理的遊民；3.性別戰鬥文藝；4.結論。

　　　　　　　眾裡尋她：臺灣女性小說縱論　臺北　麥田出版公司　2002 年 3
　　　　　　　月　頁 49—77

292. 范銘如　　「我」行我素——六〇年代臺灣文學的「小」女聲〔郭良蕙部分〕
　　　　　　　眾裡尋她：臺灣女性小說縱論　臺北　麥田・城邦文化出版
　　　　　　　2008 年 9 月　頁 49—77

293. 張憲彬，彭燕彬　　淺談郭良惠及其筆下的臺北女人　天中學刊　1998 年第
　　　　　　　4 期　1998 年 4 月　頁 49—51

294. 林佳惠　　《野風》重要作家作品析論——郭良蕙　《野風》文藝雜誌研究
　　　　　　　臺灣師範大學國文學系　碩士論文　陳萬益教授指導　1998 年 7
　　　　　　　月　頁 119—124

295. 莊若江　　郭良蕙——當代言情小說的先行者　臺港澳文學教程　上海　漢語
　　　　　　　大辭典出版社　2000 年 10 月　頁 142—144

296. 莊若江　　臺灣女性作家的創作——郭良蕙——當代言情小說的先行者　臺港
　　　　　　　澳文學教程新編　上海　復旦大學出版社　2013 年 1 月　頁 99—
　　　　　　　101

297. 蕭成福　　說不盡的「姻緣套」——臺灣女作家郭良蕙婚戀小說掠影　現代臺
　　　　　　　灣研究　2001 年第 01 期　2001 年 2 月　頁 64—67

298.〔王景山編〕　　郭良蕙　臺港澳暨海外華文作家辭典　北京　人民文學出
　　　　　　　版社　2003 年 7 月　頁 163—166

299. 樊洛平　　郭良蕙——女性情感境遇中的世態炎涼　當代臺灣女性小說史論
　　　　　　　鄭州　河南人民出版社　2005 年 2 月　頁 87—99

300. 樊洛平　　郭良蕙——女性情感境遇中的世態炎涼　當代臺灣女性小說史論
　　　　　　　臺北　臺灣商務印書館　2006 年 4 月　頁 87—102

301. 樊洛平　　女性情感境域的大膽碰撞與冷靜審視——臺灣女作家郭良蕙小說解
　　　　　　　讀　廣州大學學報　2005 年第 4 期　2005 年 4 月　頁 17—22

302. 顏安秀　　作者、編輯、知識份子——女性作者——郭良蕙　《自由中國》文
　　　　　　　學性研究：以「文藝欄」小說為探討對象　臺北師範學院臺灣文

學研究所　碩士論文　許俊雅教授指導　2005 年 6 月　頁 103—104

303. 解昆樺　「早到的李昂」郭良蕙　聯合文學　第 252 期　2005 年 10 月　頁 35

304. 黃萬華　臺灣文學——小說（下）〔郭良蕙部分〕　中國現當代文學・第 1 卷（五四—1960 年代）　濟南　山東文藝出版社　2006 年 3 月　頁 484—486

305. 范銘如　本土都市——重讀八○年代的臺北書寫〔郭良蕙部分〕　文學地理：臺灣小說的空間閱讀　臺北　麥田・城邦文化公司　2008 年 9 月　頁 199—201

306. 莊士玉　魔女們——郭良蕙五○年代小說論　第三屆臺大、政大臺文所研究生學術交流研討會　臺北　臺灣大學臺灣文學研究所，政治大學臺灣文學研究所主辦　2009 年 11 月 28 日

307. 陳映瑾　婚戀之上、道德寓意之外——試析郭良蕙短篇小說中的現代性　第一屆成大、國北教大臺文所論文發表會　臺南　成功大學臺灣文學系所學會主辦；臺北教育大學臺灣文化研究所所學會協辦　2011 年 6 月 18 日

308. 黃　一　文學立場的堅守和藝術實驗的艱難——論 20 世紀五六十年代出發的臺灣魯籍作家創作　東岳論叢　2011 年 7 月　頁 23—24

309. 李宗慈　追求美麗人生——郭良蕙　誰領風騷一百年——女作家　臺北　天下遠見出版公司　2011 年 9 月　頁 134—137

310. 羅秀美　1980 年代後現代風格的都市文學——荒謬、異化的廢墟都市——也是臺北人：郭良蕙的臺北人書寫　文明・廢墟・後現代——臺灣都市文學簡史　臺南　國立臺灣文學館　2013 年 8 月　頁 148—150

311. 張韡忻　舞廳裡的戰場・情場・市場：郭良蕙五、六○年代小說的女性　第八屆臺政臺文所研究生學術交流研討會　臺北　臺灣大學臺灣文學研究所，政治大學臺灣文學研究所主辦　2014 年 12 月 6 日

312. 張志樺　　辭世作家──郭良蕙　2013　臺灣文學年鑑　臺南　國立臺灣文學
　　　　　　　　館　2014 年 12 月　頁 171

313. 王鈺婷　　美援文化下臺港跨界／跨文化交流──以 5、60 年代臺灣女作家郭
　　　　　　　　良蕙香港發表情形為例　冷戰時期中港臺文學與文化翻譯國際學
　　　　　　　　術研討會　香港　嶺南大學人文學科研究中心主辦　2015 年 3 月
　　　　　　　　6─7 日

314. 王鈺婷　　五〇年代臺港跨文化語境──以郭良蕙及其香港發表現象為例　臺
　　　　　　　　灣文學學報　第 26 期　2015 年 6 月　頁 113─151

315. 紀忠璇　　臺灣早期女作家筆下的女性生存狀態研究〔郭良蕙部分〕　佳木
　　　　　　　　斯職業學院學報　2017 年第 03 期　2017 年 4 月　頁 60─61

分論

◆單行本作品

散文

《郭良蕙看文物》

316. 亮　軒　　癡絕萬古中　聯合文學　第 18 期　1986 年 4 月　頁 154─155

《人生就是這樣！》

317. 陳文發　　人生，就是郭良蕙這樣！　中國時報　2014 年 1 月 10 日　D4 版

318. 陳文發　　《人生，就是這樣！》　本事青春──臺灣舊書風景展刊　臺北
　　　　　　　　舊香居　2014 年 3 月　頁 150─151

小說

《銀夢》

319. 羅家倫　　序　銀夢　自印　1953 年 1 月　頁〔1〕

320. 羅家倫　　序　銀夢　嘉義　青年圖書公司　1954 年 5 月　頁〔1〕

321. 黃季陸　　序　銀夢　自印　1953 年 1 月　頁〔3〕

322. 黃季陸　　序　銀夢　嘉義　青年圖書公司　1954 年 5 月　頁〔3〕

323. 陳紀瀅　　《銀夢》讀後記　銀夢　自印　1953 年 1 月　頁 153

324. 陳紀瀅　　《銀夢》讀後記　銀夢　嘉義　青年圖書公司　1954 年 5 月　頁
　　　153

325. 郭　楓　　讀郭良蕙《銀夢》後　暢流　第 7 卷第 5 期　1953 年 4 月　頁 23

326. 師　範　　《銀夢》讀後　思想散步　臺北　文藝生活書房　2004 年 8 月
　　　頁 81—83

327. 應鳳凰　　作家第一本書的故事──之三：郭良蕙從《銀夢》踏出第一步　鹽
　　　分地帶文學　第 48 期　2013 年 10 月　頁 209—210

328. 應鳳凰　　郭良蕙從《銀夢》邁開第一步　本事青春──臺灣舊書風景展刊
　　　臺北　舊香居　2014 年 3 月　頁 146—147

329. 應鳳凰　　郭良蕙《銀夢》──從「短篇小說」起步　文學起步 101──101
　　　位作家的第一本書　新北　印刻文學出版公司　2016 年 12 月　頁
　　　182—183

330. 應鳳凰　　1950 年代臺灣小說──暢銷女作家的早期小說──郭良蕙：《銀
　　　夢》（1953 年）　畫說 1950 年代臺灣文學　新北　遠景出版公司
　　　2017 年 2 月　頁 153—156

《泥窪的邊緣》

331. 楊光中　　我談《泥窪的邊緣》　聯合報　1954 年 2 月 25 日　6 版

332. 司徒衛　　郭良蕙的《泥窪的邊緣》　書評集　臺北　中央文物供應社
　　　1954 年 9 月　頁 70—71

333. 司徒衛　　郭良蕙的《泥窪的邊緣》　五十年代文學論評　臺北　成文出版
　　　社　1979 年 7 月　頁 115—116

334. 馮元娥　　評《泥窪的邊緣》　文藝春秋　第 8 期　1954 年 10 月　頁 46—
　　　47

《禁果》

335. 孫　旗　　評《禁果》　中央日報　1955 年 5 月 8 日　6 版

336. 糜文開　　讀《禁果》　文開隨筆續篇　臺北　東大圖書公司　1995 年 10 月

頁 133—135

《生活的秘密》

337. 馬　丁　　評《生活的祕密》　中央日報　1956 年 4 月 8 日　6 版

《一吻》

338. 〔編輯部〕　　編者識　一吻　香港　亞洲出版社　1958 年 1 月　頁〔1〕

339. 梁以靜　　讀郭良蕙的《一吻》　海風　第 3 卷第 7 期　1958 年 7 月　頁 17

《感情的債》

340. 蒼　古　　評《感情的債》　暢流　第 18 卷第 10 期　1959 年 1 月 1 日　頁 49

341. 〔編輯部〕　　編者識　感情的債　香港　新文化公司　1964 年 3 月　頁〔1〕

《默戀》

342. 〔編輯部〕　　編者識　默戀　香港　亞洲出版社　1959 年 6 月　頁〔1〕

343. 孫　旗　　評介郭良蕙的《默戀》　自由青年　第 22 卷第 12 期　1959 年 12 月 16 日　頁 19—20

《黑色的愛》

344. 〔編輯部〕　　編者識　黑色的愛　香港　新文化公司　1964 年　頁〔1〕

《往事》

345. 〔編輯部〕　　新書介紹——郭良蕙的：《往事》　文藝生活　第 1 期　1960 年 12 月　頁 19

《春盡》

346. 方　方　　評《春盡》　暢流　第 23 卷第 8 期　1961 年 6 月 1 日　頁 27—28

347. 〔文藝生活〕　　《春盡》　文藝生活　第 4 期　1961 年 9 月　頁 19

《墙裡墙外》

348. 黎　風　　論小說的創作與欣賞——兼介郭良蕙的《墙裡墙外》　臺灣新聞報　1961 年 9 月 21 日　8 版

349. 〔編輯部〕　　新書介紹——郭良蕙的《墙裡墙外》　文藝生活　第 5 期　1961 年 12 月　頁 23

350.〔編輯部〕　　編者識　牆裡牆外[18]　香港　新文化公司　1964 年 5 月　頁
　　　〔1〕

《琲琲的故事》

351.〔編輯部〕　　編者識　琲琲的故事　香港　新文化公司　1964 年 5 月　頁
　　　〔1〕

《心鎖》

352. 江石江　　《心鎖》讀後感　晨光　第 10 卷第 6 期　1962 年 8 月　頁 7

353. 師　範　　《心鎖》讀後　徵信新聞報　1962 年 9 月 16 日　7 版

354. 鳳　兮　　黃不黃　臺灣新生報　1962 年 11 月 6 日　7 版

355. 蘇雪林　　評兩本黃色小說《江山美人》與《心鎖》　文苑　第 16 期　1963
　　　年 3 月　頁 4—6

356. 蘇雪林　　評兩本黃色小說：《江山美人》與《心鎖》　《心鎖》之論戰
　　　1963 年 12 月　頁 6—17

357. 蘇雪林　　評兩本黃色小說：《江山美人》與《心鎖》　蘇雪林作品集・短
　　　篇文章卷 1　臺南　成功大學中國文學系　2006 年 10 月　頁 62—
　　　73

358.〔皇冠〕　　關於《心鎖》　皇冠　第 109 期　1963 年 3 月　頁 74

359. 謝冰瑩　　給郭良蕙女士的一封公開信　自由青年　第 29 卷第 9 期　1963 年
　　　5 月 1 日　頁 17

360. 謝冰瑩　　給郭良蕙女士的一封公開信　《心鎖》之論戰　1963 年 12 月　頁
　　　1—5

361. 王集叢　　郭良蕙底《心鎖》問題與文協年會聲明　政治評論　第 10 卷第 6
　　　期　1963 年 5 月　頁 17—18

362. 余紀忠　　「文協」不應變為壓制自由思想的力量　亞洲畫報　第 124 期
　　　1963 年 8 月　頁 27

363. 余紀忠　　「文協」不應變為壓制自由思想的力量　《心鎖》之論戰　1963

---

[18]原名《墻裡墻外》。

年 12 月　頁 144—148

364. 郭嗣汾　從創作觀點看「新」與《心鎖》　作品　1963 年第 8 期　1963 年 8 月　頁 15—18

365. 郭嗣汾　從創作觀點談《心鎖》　亞洲畫報　第 124 期　1963 年 8 月　頁 28

366. 郭嗣汾　從創作觀點談《心鎖》事件　《心鎖》之論戰　1963 年 12 月　頁 153—155

367. 金　女　我對《心鎖》的意見　自由青年　第 30 卷第 8 期　1963 年 10 月 16 日　頁 11—14

368. 金　女　我對《心鎖》的意見　《心鎖》之論戰　1963 年 12 月　頁 114—125

369. 謝冰瑩等　《心鎖》問題的面面觀[19]　文壇　第 41 期　1963 年 11 月　頁 6—13

370. 春　木　禁書《心鎖》　中國學生周報　第 597 期　1963 年 12 月 27 日　5 版

371. 〔新聞報〕　性與作品〔《心鎖》〕　《心鎖》之論戰　1963 年 12 月　頁 126—129

372. 陸嘯釗　從《心鎖》到《林絲緞影集》──談談書刊的禁扣問題　文星　第 92 期　1965 年 6 月　頁 12—14

373. 江　萌　關於郭良蕙《心鎖》　歐洲雜誌　第 7 期　1967 年春　頁 62—65

374. 方　樸　啟開夏丹琪的心扉：分析郭良蕙的《心鎖》　大學雜誌　第 1 期　1968 年 1 月　頁 25—27

375. 郝兆鞏　評郭著《心鎖》　中華聯誼會通訊　第 21 期　1975 年 9 月　頁 146—149

376. 董保中　郭良蕙的《心鎖》　中外文學　第 4 卷第 7 期　1975 年 12 月　頁

---

[19]曉音訪問莫屏藩、汪禕成、一位軍中同志、謝冰瑩、李辰冬、包遵彭、楊寶琳談《心鎖》及《心鎖》事件。

40—47

377. 劉心皇　　六十年代一部引起文壇注意的書　帝王生活的另一面　臺北　聯
　　　　　　　亞出版社　1977 年 8 月　頁 335—353

378. 東方望　　文壇舊事話《心鎖》——是一本不該禁的禁書　藝文誌　第 154 期
　　　　　　　1978 年 7 月　頁 10—13

379. 東方望　　文壇舊事話《心鎖》——是一本不該禁的禁書　欽此集　臺北　星
　　　　　　　光出版社　1980 年 8 月　頁 155—170

380. 項　青　　陳暉與大業書店〔《心鎖》部分〕　文訊雜誌　第 16 期　1985 年
　　　　　　　2 月　頁 276—277

381.〔聯合文學〕　關於《心鎖》的說明　聯合文學　第 166 期　1998 年 8 月
　　　　　　　頁 59

382. 蘇偉貞　　關於《心鎖》　各領風騷：臺灣歷年最受爭議的小說十二篇　臺
　　　　　　　中　晨星出版社　1990 年 10 月　頁 14—15

383. 古遠清　　《心鎖》是否屬「黃色作品」之論戰　臺灣當代文學理論批評史
　　　　　　　武漢　武漢出版社　1994 年 8 月　頁 126—130

384. 游淑齡　　《心鎖》　翰海觀潮　臺北　行政院文建會　1997 年 5 月　頁 17
　　　　　　　—19

385. 楊　明　　郭良蕙《心鎖》——六〇年代初的「色情小說」？　文訊雜誌　第
　　　　　　　146 期　1997 年 12 月　頁 30—31

386. 江中明　　郭良蕙小說系列大陸出版　聯合報　1999 年 1 月 29 日　14 版

387. 吳雅慧　　書裡書外的兩難抉擇——閱讀郭良蕙《心鎖》　中興大學研究生論
　　　　　　　文發表會　臺中　中興大學中國文學研究所　1999 年 4 月 29 日，
　　　　　　　6 月 3 日

388. 鄭雅文　　情慾的甦醒——《心鎖》　戰後臺灣女性成長小說研究——從反共
　　　　　　　文學到鄉土文學　中央大學中國文學系　碩士論文　康來新教授
　　　　　　　指導　2000 年 6 月　頁 75—78

389. 張淑麗　　郭良蕙《心鎖》導讀　文學臺灣　第 37 期　2001 年 1 月　頁 75

—77

390. 張淑麗　　郭良蕙《心鎖》導讀　日據以來臺灣女作家小說選讀（上）　臺北　女書文化公司　2001 年 7 月　頁 327—331

391. 丁文玲　　郭良蕙《心鎖》已解　中國時報　2001 年 12 月 16 日　14 版

392. 陳信元　　臺灣女性小說的發展〔《心鎖》部分〕　兩岸女性文學發展學術研討會　臺北　中華發展基金管理委員會主辦；佛光人文社會學院承辦　2003 年 11 月 1—2 日　頁 4

393. 周昭翡　　引發文壇論戰——《心鎖》　文訊雜誌　第 221 期　2004 年 3 月　頁 52

394. 陳芳明　　《殺夫》事件與女性書寫〔《心鎖》部分〕　臺灣新文學發展重大事件學術研討會　國家台灣文學館　2004 年 11 月 27～28 日

395. 陳芳明　　《殺夫》事件與女性書寫〔《心鎖》部分〕　臺灣新文學發展重大事件論文集　臺南　國家台灣文學館　2004 年 12 月　頁 303—304

396. 陳芳明　　《殺夫》事件與女性書寫〔《心鎖》部分〕　現代主義及其不滿　臺北　聯經出版公司　2013 年 9 月　頁 233—235

397. 陳雨航　　編輯引言：穿越時空而不褪色的小說　心鎖　臺北　九歌出版社　2006 年 9 月　頁 7—9

398. 應鳳凰　　且問心鎖怎麼開？——記半世紀前一場禁書事件　自由時報　2009 年 6 月 14 日　D11 版

399. 應鳳凰　　解讀 1962 年臺灣文壇の禁書事件〔從《心鎖》禁查讀思考文學史書寫的問題　第十三屆現代臺灣研究學術研討會　日本　臺灣史研究會主辦　2009 年 9 月 7 日

400. 應鳳凰　　解讀 1962 年臺灣文壇禁書事件——從《心鎖》探討文學史敘事模式　兩岸三地文史哲研討會　廈門　中國廈門大學，香港大學，復旦大學，臺灣輔仁大學，明道大學，修平技術學院主辦　2010 年 4 月 3—4 日

401. 應鳳凰　　解讀 1962 年臺灣文壇禁書事件——從《心鎖》探討文學史敘事模

式　文史臺灣學報　第 2 期　2010 年 12 月　頁 45—63

402. 應鳳凰　　從郭良蕙「《心鎖》事件」探討文學史敘事模式　文學史敘事與
　　　　　　　文學生態：戒嚴時期臺灣作家的文學位置　臺北　前衛出版社
　　　　　　　2012 年 11 月　頁 11—30

403. 應鳳凰　　郭良蕙「《心鎖》事件」與臺灣文學史　現代中文學刊　2013 年
　　　　　　　第 06 期　2013 年 12 月　頁 93—98

404. 廖修緯　　郭良蕙與《心鎖》　女性身體書寫的爭議：《心鎖》、《秋葉》、
　　　　　　　《殺夫》的再閱讀　政治大學國文教學碩士在職專班　碩士論文
　　　　　　　陳芳明　2012 年 7 月　頁 24—67

405. 廖修緯　　《心鎖》幽微的女性意識　女性身體書寫的爭議：《心鎖》、《秋
　　　　　　　葉》、《殺夫》的再閱讀　政治大學國文教學碩士在職專班　碩
　　　　　　　士論文　陳芳明　2012 年 7 月　頁 142—152

406. 林黛嫚　　同時期女作家代表作品析探——郭良蕙《心鎖》　華嚴小說新論
　　　　　　　2014 年　頁 83—91

407. 林黛嫚　　同時期女作家代表作品析探——郭良蕙《心鎖》　華嚴小說新論
　　　　　　　臺北　國家出版社　2016 年 7 月　頁 126—138

408. 黃鋆鋆　　身體的狂歡與心靈的追索——郭良蕙《心鎖》中女性悲劇的探究
　　　　　　　安陽工學院學報　2015 年 第 05 期　2015 年 9 月　頁 11—14

409. 江夢洋　　婚戀中的女性困境——《心鎖》與《曉雲》人物形象對比分析　安
　　　　　　　陽工學院學報　2016 年 第 01 期　2016 年 4 月　頁 21—23

410. 劉秀珍　　禁不住的現代性——重讀郭良蕙《心鎖》　名作欣賞　2018 年第
　　　　　　　18 期　2018 年 6 月 10 日　頁 14—15

《遙遠的路》

411.〔中國一周〕　　讀書俱樂部——《遙遠的路》　中國一周　第 683 期　1963
　　　　　　　年 5 月 27 日　頁 32

《四月的旋律》

412.〔編輯部〕　　本書簡介　四月的旋律　北京　中國文聯出版公司　1988 年

12 月　〔2〕頁

《青草青青》

413. 紀大偉　現代同志文學的萌發：1960 年代——郭良蕙《青草青青》　正面與背影——臺灣同志文學簡史　臺南　國立臺灣文學館　2012 年 10 月　頁 47—50

414. 紀大偉　如何做同志文學史：從 1960 年代臺灣文本起頭——同性戀從什麼時候開始：郭良蕙的《青草青青》　臺灣文學學報　第 23 期 2013 年 12 月　頁 63—100

《樓上樓下》

415. 〔編輯部〕　編者識　大廈的秘密　香港　新文化公司　1965 年 1 月　頁〔1〕

《金色的憂鬱》

416. 孫明道　《金色的憂鬱》賞析　臺港言情小說精品鑑賞（上）　鄭州　河南文藝出版社　1999 年 7 月　頁 300—302

《我不再哭泣》

417. 〔編輯部〕　序　我不再哭泣　香港　新文化公司　1965 年 1 月　頁〔1〕

《寂寞假期》

418. 〔編輯部〕　序　寂寞假期　香港　新文化公司　1965 年 6 月　頁〔1〕

《黃昏來臨時》

419. 〔編輯部〕　序　黃昏來臨時　臺北　新亞出版社　1975 年 4 月　頁〔1〕

420. 董保中　郭良蕙的悲劇藝術——談《黃昏來臨時》（上、下）　中國時報 1976 年 8 月 24—25 日　12 版

421. 董保中　郭良蕙的悲劇藝術——談《黃昏來臨時》　黃昏來臨時　香港　郭良蕙新事業公司　1980 年 7 月　頁 357—364

422. 張珈䶫　新／都市意義的興起——代表空間意義／書寫意義的轉型——走進一座都市　臺灣女性小說與都市發展（1960-1980）　2015 年 7 月 頁 36—48

《藏在幸福裏的》

423. 〔編輯部〕　　序　藏在幸福裏的　香港　新文化公司　1967 年 1 月　頁〔1〕

424. 〔編者〕　　編者識　藏在幸福裏的　臺北　新亞出版社　1975 年 6 月〔1〕頁

《早熟》

425. 〔編輯部〕　　序　早熟　香港　新文化公司　1967 年 10 月　頁〔1〕

426. 〔編者〕　　編者識　早熟　臺北　新亞出版社　1975 年 6 月　〔1〕頁

427. 阿　迪　　《早熟》、賞析　臺港言情小說精品鑑賞（上）　鄭州　河南文藝出版社　1999 年 7 月　頁 307

《雨滴和淚滴》

428. 〔編輯部〕　　序　雨滴和淚滴　香港　新文化公司　1968 年 9 月　頁〔1〕

《焦點》

429. 〔編輯部〕　　序　焦點　香港　新文化公司　1968 年 6 月　頁〔1〕

430. 〔編者〕　　編者識　焦點　臺北　新亞出版社　1975 年 6 月　〔1〕頁

431. 郭良夫　　序　焦點　北京　中國文聯出版公司　1987 年 1 月　頁〔1〕

432. 黃重添　　臺灣長篇愛情婚姻小說面面觀〔《焦點》部分〕　華文文學　1990 年第 01 期　1990 年 4 月　頁 63—64

433. 孫明道　　《焦點》賞析　臺港言情小說精品鑑賞（上）　鄭州　河南文藝出版社　1999 年 7 月　頁 305—308

434. 托　婭　　粉墨人生話悲涼──讀郭良蕙的長篇小說《焦點》　華文文學　2001 年第 2 期　2001 年 2 月　頁 55—61

《心境》

435. 〔編輯部〕　　編者的話　心境　香港　新文化公司　1968 年 6 月　頁〔1〕

《他們的故事》

436. 董保中　　愛情！愛情！！愛情？──評郭良蕙的《他們的故事》兼論小說的一個結構問題（上、下）　中華日報　1979 年 11 月 19—20 日

10 版

《蝕》

437. 閃　華　中國留美學生的一面鏡子——介紹《蝕》　博覽群書　1990 年第
4 期　1990 年 4 月　頁 19

438. 〔編者〕　編者識　蝕　臺北　新亞出版社　〔無出版時間〕　〔1〕頁

《加爾各答的陌生客》

439. 覃　思　我讀《加爾各答的陌生客》（上、中、下）　中華日報　1974 年
1 月 11—13 日　9 版

《緣》

440. 〔編輯部〕　序　緣　臺北　新亞出版社　1973 年 7 月　頁〔1〕

《兩種以外的》

441. 紀大偉　圈內圈外：1970 年代——郭良蕙《兩種以外的》　正面與背影——
臺灣同志文學簡史　臺南　國立臺灣文學館　2012 年 10 月　頁
87—89

442. 劉侃靈　風雲時代的尖銳雜音——以巴赫汀的複調理論評郭良蕙《兩種以外
的》　第六屆臺大、政大臺灣文學研究所研究生學術研討會　臺
北　政治大學臺文所主辦　2012 年 12 月 1 日

443. 紀大偉　愛錢來作伙：1970 年代臺灣文學中的「女同性戀」〔《兩種以外
的》部分〕　女學學誌：婦女與性別研究　第 33 期　2013 年 12
月　頁 1—46

444. 紀大偉　愛錢來作伙——一九七〇年代女女關係——玄小佛和郭良蕙遇到
「大家」　同志文學史：臺灣的發明　臺北　聯經出版公司
2017 年 2 月　頁 194—204

《台北的女人》

445. 隱　地　一本寂寞的書——我讀郭良蕙《台北的女人》　聯合報　1980 年 3
月 25 日　8 版

446. 隱　地　一本寂寞的書——我讀郭良蕙《台北的女人》　臺北的女人　臺北

爾雅出版社　1980 年 4 月　頁 1—3

447. 隱　地　　一本寂寞的書——我讀郭良蕙《台北的女人》　誰來幫助我　臺北
　　　　爾雅出版社　1980 年 7 月　頁 113—115

448. 鮑　芷　　郭良蕙的新作　中央日報　1980 年 7 月 2 日　10 版

449. 陳映霞　　這是本言情小說嗎？　書評書目　第 89 期　1980 年 9 月　頁 117
　　　　—119

450. 程榕寧　　我讀《台北的女人》　爾雅　臺北　爾雅出版社　1981 年 7 月
　　　　頁 179—180

451. 詹　悟　　我對郭良蕙《台北的女人》看法　臺灣日報　1981 年 11 月 16 日
　　　　8 版

452. 詹　悟　　我對郭良蕙《台北的女人》看法　好書解讀　南投　南投縣立文
　　　　化中心　1997 年 5 月　頁 87—89

453. 胡禮佩，夏青　　臺灣作家筆下的臺灣婦女——讀《台北的女人》　光明日報
　　　　1985 年 8 月 3 日　2 版

454. 胡鳳茹　　包圍著她們的是黑夜——讀《台北的女人》　博覽群書　1986 年
　　　　第 5 期　1986 年 5 月　頁 44—45

合集

「郭良蕙作品集」《鄰家有女》

455. 何笑梅　　《鄰家有女》作品評析　臺灣百部小說大展　福州　海峽文藝出
　　　　版社　1990 年 7 月　頁 321

「郭良蕙作品集」《台北一九六〇》

456. 張珈莇　　都市做為新的文本——「寓」望城市　臺灣女性小說與都市發展
　　　　（1960—1980）　2015 年 7 月　頁 93—116

◆多部作品

《心鎖》、《人生就是這樣！》

457. 藍　紫　　郭良蕙的新年新書　中國時報　2001 年 12 月 10 日　39 版

458. 王凌莉　　四十年後打開《心鎖》——郭良蕙《人生就是這樣》重新出發　自
　　　　　　　由時報　2001 年 12 月 13 日　40 版

459. 陶念文　　郭良蕙發表兩本新書　中華日報　2001 年 12 月 17 日　10 版

《青花青》、《世間多絕色》、《寶歸何處》

460. 馮印淙　　編後記　青花青　北京　紫禁城出版社　2010 年 12 月

461. 馮印淙　　編後記　世間多絕色　北京　紫禁城出版社　2010 年 12 月

462. 馮印淙　　編後記　寶歸何處　北京　紫禁城出版社　2010 年 12 月

《心鎖》、《四月的旋律》

463. 張珈珆　　都市做為新的文本——女人要有錢　臺灣女性小說與都市發展
　　　　　　　（1960-1980）　2015 年 7 月　頁 80—92

《心鎖》、《墻裡墻外》

464. 黃俊杰　　郭良蕙筆下的「姻緣套」書寫——以《墻裡墻外》和《心鎖》為分
　　　　　　　析對象　名作欣賞　2016 年第 35 期　2016 年 12 月 1 日　頁 7—8

《青草青青》、《早熟》

465. 紀大偉　　白先勇的「前輩」與「同輩」——從二十世紀初至一九六○年代—
　　　　　　　—早熟：初中生也堪稱同志主體嗎？〔《青草青青》、《早熟》
　　　　　　　部分〕　同志文學史：臺灣的發明　臺北　聯經出版公司　2017
　　　　　　　年 2 月　頁 146—152

《台北一九六○》、《台北的女人》、《四月的旋律》

466. 高鈺昌　　室外音：樂音與噪音的兩種生產趨向——新公寓・舊部落：郭良
　　　　　　　蕙、張大春　「聽—見」城市：戰後臺灣小說中的臺北聲音景觀
　　　　　　　成功大學臺灣文學系　博士論文　李育霖　2017 年 7 月　頁 102
　　　　　　　—115

467. 高鈺昌　　「聽—見」文學的聲音：以李渝、郭良蕙文本中的台北聲音景觀
　　　　　　　為例——「中」高音，「中」低音：郭良蕙的公寓噪音　「聲音
　　　　　　　的臺灣史」學術研討會　2017 年 11 月 24～25 日

單篇作品

468. 建　人　由〈聖女〉所想到的　海瀾　第 11 期　1956 年 9 月

469. 陳克環　郭良蕙〈方先生的假期〉　書評書目　第 24 期　1975 年 4 月　頁
124—125

470. 莊美華　從銀夢到桃花源──郭良蕙的〈緣來緣去〉　中央日報　1988 年 7
月 22 日　16 版

471. 莊美華　從銀夢到桃花源──郭良蕙的〈緣來緣去〉　四海──港臺與海外
華文文學　第 14 期　1992 年 3 月　頁 96—99

472. 左鵬威　裝滿歷史的抽屜，承載情愫的地緣──郭良蕙短篇小說〈地緣〉評
析　語文月刊　1991 年第 4 期　1991 年 4 月　頁 4—5

473. 孫　聰　〈高處不勝寒〉作品鑒賞　臺港小說鑒賞辭典　北京　中央民族
學院出版社　1994 年 1 月　頁 257—259

474. 鄭清文　讀郭良蕙致謝老前輩書──〈我沒有哭〉　民眾日報　1998 年 9
月 3 日　19 版

475. 鄭清文　讀郭良蕙致贈老前輩──〈我沒有哭〉　小國家大文學　臺北　玉
山社出版公司　2000 年 10 月　頁 108—109

476. 王德威　溫文爾雅──《爾雅短篇小說選》序論〔〈冶遊〉部分〕　爾雅短
篇小說選：爾雅創社二十五年小說菁華（第一集）　臺北　爾雅
出版社　2000 年 5 月　頁 8

477. 陳室如　〈紐約機場〉賞析　遇見現代小品文　臺北　麥田出版公司
2004 年 1 月　頁 205—207

478. 彭燕彬　二十世紀臺灣女性文學創作邊緣視野觀〔〈瑪麗袁〉部分〕　和
而不同　南寧　廣西人民出版社　2008 年 10 月　頁 307—308

479. 范銘如　作品導讀／〈他・她・他〉　青少年臺灣文庫 2──小說讀本 1：
穿過荒野的女人　臺北　國立編譯館　2008 年 12 月　頁 242—
243

480. 王鈺婷　「摩登女郎」的展演空間：談《海燕集》（1953）中女作家現身
與新女性塑造〔〈擇侶〉部分〕　臺灣文學研究學報　第 12 期

國家圖書館出版品預行編目資料

臺灣現當代作家研究資料彙編. 108, 郭良蕙 / 王鈺婷編
選. -- 初版. -- 臺南市：臺灣文學館, 2018.12
　面；　公分
ISBN 978-986-05-7171-4 (平裝)

1.郭良蕙 2.傳記 3.文學評論

863.4　　　　　　　　　　　　　107018457

【臺灣現當代作家研究資料彙編】108

郭良蕙

發 行 人　蘇碩斌
指導單位　文化部
出版單位　國立臺灣文學館
　　　　　地　　址／70041 臺南市中西區中正路 1 號
　　　　　電　　話／06-2217201　　　　傳　　真／06-2218952
　　　　　網　　址／www.nmtl.gov.tw　　電子信箱／pba@nmtl.gov.tw

總 策 畫　封德屏
顧　　問　林淇瀁　張恆豪　許俊雅　陳義芝　須文蔚　應鳳凰
工作小組　呂欣茹　沈孟儒　林暄燁　黃子恩　蘇筱雯
編　　選　王鈺婷
責任編輯　沈孟儒
校　　對　呂欣茹　沈孟儒　林暄燁　黃子恩　蘇筱雯
計畫團隊　財團法人台灣文學發展基金會
美術設計　翁國鈞・不倒翁視覺創意
印　　刷　松霖彩色印刷事業有限公司

著作財產權人　國立臺灣文學館
　　　　本書保留所有權利。欲利用本書全部或部分內容者，須徵求著作財產權人
　　　　同意或書面授權。請洽國立臺灣文學館研究典藏組（電話：06-2217201）

經銷展售　國立臺灣文學館藝文商店（06-2217201 ext.2960）
　　　　　國家書店松江門市（02-25180207）
　　　　　一德洋樓羅布森冊惦（04-22333739）
　　　　　三民書局（02-23617511、02-25006600）
　　　　　台灣的店（02-23625799）　　　　府城舊冊店（06-2763093）
　　　　　南天書局（02-23620190）　　　　唐山出版社（02-23633072）
　　　　　後驛冊店（04-22211900）　　　　五南文化廣場（04-22260330）
　　　　　蜂書有限公司（02-33653332）

初版一刷　2018 年 12 月
定　　價　新臺幣 400 元整
　　　　　第一階段 15 冊新臺幣 5500 元整　第二階段 12 冊新臺幣 4500 元整
　　　　　第三階段 23 冊新臺幣 8500 元整　第四階段 14 冊新臺幣 5000 元整
　　　　　第五階段 16 冊新臺幣 6000 元整　第六階段 10 冊新臺幣 3800 元整
　　　　　第七階段 10 冊新臺幣 3200 元整　第八階段 10 冊新臺幣 3600 元整
　　　　　全套 110 冊新臺幣 33000 元整

GPN　1010702071（單本）　　ISBN　978-986-05-7171-4（單本）
　　　1010000407（套）　　　　　　　978-986-02-7266-6（套）

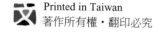